我这颗小行星，
只围绕你转动

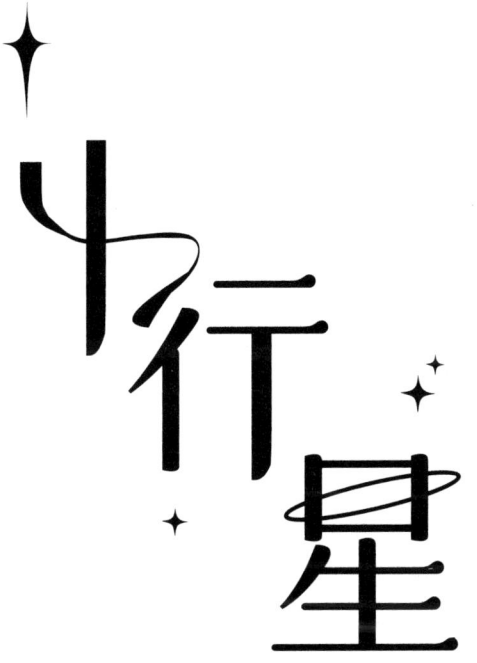

微风几许

著

图书在版编目（ＣＩＰ）数据

小行星 / 微风几许著 . -- 长沙：湖南文艺出版社，2021.11
 ISBN 978-7-5726-0448-5

Ⅰ.①小… Ⅱ.①微… Ⅲ.①长篇小说 – 中国 – 当代 Ⅳ.① I247.5

中国版本图书馆 CIP 数据核字 (2021) 第 219577 号

小行星

作　　者：	微风几许
出 版 人：	曾赛丰
责任编辑：	曾赛丰　唐　明　袁甲平
装帧设计：	小茜设计
出版发行：	湖南文艺出版社
	（长沙市雨花区东二环一段 508 号　邮编 410014）
网　　址：	www.hnwy.net
印　　刷：	长沙鸿发印务实业有限公司
开　　本：	710mm×1000mm　1/16
印　　张：	21.5
字　　数：	329 千字
版　　次：	2021 年 11 月第 1 版
印　　次：	2021 年 11 月第 1 次印刷
书　　号：	ISBN 978-7-5726-0448-5
定　　价：	49.80 元

（若有印装质量问题，请直接与本社出版科联系调换。）

目录

楔子 001	**第一章** 003 想我带，下辈子吧
第二章 032 总是流鼻血可还行	**第三章** 058 万里挑一
第四章 086 我闻到你的携带素	**第五章** 114 一无所知许棠舟

目录 CONTENTS

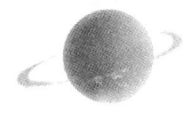

第六章　153
许棠舟的心冒出了泡泡

第七章　195
我会负责的

第八章　230
我的星星

第九章　266
谁不想欺负许棠舟

第十章　307
无条件开放

楔子

在某个遥远的平行世界，生存环境突变，弱肉强食，人类逐渐分化为阿尔法级、贝塔级和欧米伽级三种不同血型。这三种血型的人会散发出属于个人的标志性气息，也就是被大众称作"携带素"的东西。

阿尔法级血型的人群站在人类金字塔顶端，大多身体强壮、能力强悍，拥有压制级的携带素；贝塔级的人群则天生感受不到另外两个族群的携带素，大多平庸；而欧米伽级的人群最弱，对阿尔法级顺从，并产生依赖，但也能平息阿尔法级的暴躁与野性，与阿尔法级是绝配。

第一章
想我带，下辈子吧

元旦前夜，深海卫视跨年晚会现场直播。

零点到来，主持人倒计时后说了结束语，现场的人忽然开始尖叫、哭泣、疯狂地嘶吼，将当晚的气氛推到了高潮，好像到了此时，他们才迫不得已地接受了凌澈没有来的事实。

乐坛天王凌澈，从四年前出道起就一炮而红，短短四年，他就站在了乐坛的顶峰，从未经历过低谷。

一周前乐坛爆出惊天丑闻，一位欧米伽级女歌手不慎被其出轨对象彻底标上印记，引来群嘲。因凌澈与她的男友算得上朋友，媒体便追着凌澈询问其看法。

在媒体记者的围追堵截中，凌澈冷淡地说了一句"欧米伽级本来就是不能自我控制的生物，能决定欧米伽级是否被标上印记的是阿尔法级"。此话从他这个阿尔法级口中说出，很快引起轩然大波，当天便占据各大社交网站头条并持久不下。在欧米伽级处于弱势群体的情况下，这件事不断发酵，最后官方媒体也开始声讨凌澈，事态进一步恶化了。

有传言说凌澈已经被封杀，歌迷们痛哭不止，无法相信凌澈会受到这么大的影响，纷纷在社交软件、论坛等平台刷起了"凌澈我们不能没有你""反对阿尔法级对欧米伽级的偏见""阿尔法级言论自由"等话题。

而这晚，凌澈缺席早就定好并宣发的跨年晚会，让许多歌迷难以接受。

直播结束前，不知道现场是哪位粉丝起的头，歌迷们合唱起了凌澈的成名曲《行星》。

环绕一个星河内的圆，

轨道固定为亿万年。

无法阻止想再靠近你一点，

越冲动，却距离你越远……

许棠舟睁开眼睛，跨年夜的窗外夜幕浓稠，烟火绚烂。

许棠舟一个人在公寓里的沙发上睡着了，若不是电视机里传来熟悉的旋律将其吵醒，估计能一觉睡到第二天早上。

凌澈该不会真的被封杀了吧？许棠舟有点遗憾地想。

第一次在电视里看到凌澈的时候，许棠舟就被对方与生俱来的强大气场迷住了，自己从没见过那样的阿尔法级——

凌澈并没有传统阿尔法级标志性的虬结肌肉或野兽一般的体魄，他身材高而瘦削，五官立体得有点像动漫里神秘的贵族，完全可以用俊美来形容。

当凌澈在MV里的高清特写下看向镜头，琥珀色的眸子透出傲慢与懒散，那强大的携带素似乎无须介质的传递，就足以让任何透过镜头与他对视的人忍不住想要臣服。

媒体曾经评论，凌澈是天生的巨星。

可如今试图将这颗巨星拉下神坛的，也是他们。

电视里的直播切断了，现场合唱《行星》的歌声戛然而止，跨年晚会正式结束。

两秒后，屏幕上出现一个大大的深海卫视图标，并浮现一行小字："新年快乐"。

放在桌上的手机突然震动起来，许棠舟从一股油然而生的怅然里被拉回了思绪，露出微笑。

今天是自己的生日。

那些写着"生日快乐"的短信，有来自亲人长辈的，也有来自朋友的，还有一些美好的祝福来自社交软件上的粉丝。

许棠舟打开手机Flow，进入了Flow直播，一上线，房间里的弹幕就刷了起来。

"舟舟生日快乐！你终于出现了！"

"呜呜呜，舟舟二十二岁生日快乐！"

"新年快乐加生日快乐！"

"天啊，大一岁的舟舟好像更漂亮了，啊啊啊啊！"

"崽崽皮肤好白啊，眼睛好好看……"

许棠舟的 Flow 粉丝只有小几万，其中大多数都是前几年其走 T 台那段时间留下来的真爱粉。虽然许棠舟对那几年的模特生涯都没有印象了，但是这些粉丝还是对其爱得深沉，所以许棠舟的 Flow 一开通，粉丝们就立刻关注了。

经纪人黄千对此感到很满意，鼓励许棠舟时不时地与粉丝互动，可以有助于保持人气。

许棠舟以艺人身份出道没多久，前段时间刚拍了一条广告，最近很是火热，所以弹幕里也有不少新来的粉丝在祝福许棠舟生日快乐。

"大家新年好，谢谢大家的祝福。"许棠舟看着不断刷新的弹幕，问了声好，又说，"你们这么想我吗？新的一年也在闭着眼吹我的彩虹屁。"

"嘤嘤嘤，今天也被爱豆嫌弃了，卑微。"

"卑微+1。"

"崽崽感冒了吗？声音有点沙哑。"

"这声音好好听啊，微微沉迷以示尊敬。"

……

"只是微微而已？"许棠舟微微展颜，笑意一闪即过，"那快别了，一点都不尊敬我。"

这一笑，许棠舟莫名地生出一份不自知的迷人。于是弹幕疯涨，在线人数很快达到了两千人。

许棠舟长了一张令人惊艳的脸，凤眼薄唇，是带着些攻击性的长相。再加之天生的冷白皮，不笑的时候像是一个冰雪雕琢的人，高冷得生人勿近。

不过只要是许棠舟的粉丝，就绝对没人会相信许棠舟高冷这种鬼话。

"哈哈哈哈，舟舟又调皮了。"

"舟舟刚刚才从我身边走开。"

……

"你们这些坏蛋，我是刚从沙发上走开，刚看跨年晚会不小心睡着了。"许棠舟看了眼弹幕，带着鼻音念出弹幕网友的名字，"'欧米伽级失控'，嗯……我看你也快失控了，Mist 阻断剂了解一下。"

Mist，中文名迷雾。

第三代吸入式阻断剂,适用于所有欧米伽级,能在三秒内阻断携带素传播。它尺寸小巧、造型精致,还能根据个人喜好定制口味,是目前全球最受欢迎的日常阻断剂品牌。

许棠舟和星境签约后拍的第一个广告就是 Mist 上线的新口味。

"哈哈哈哈哈,广告猝不及防,舟舟生日都在带货。"

"我已经买了!买了!"

"看完广告就买啦,冰激凌口味超棒的,每吸一口都像在亲我舟。"

"呸,我是来叫醒你的,舟舟是我的!"

……

弹幕上有人问许棠舟刚才在看哪个频道的跨年晚会。

许棠舟说:"我刚刚在看深海卫视。"

"哭了,扎心。"

"我激没有去。呜呜呜呜,深海卫视虚假宣传!"

"还好没有凌澈,不然我会吐。"

"我也对凌澈路转黑了!"

……

房间里的弹幕渐渐歪了,有人问:"舟舟怎么看深海卫视呀?大胆猜测你也是凌澈的小行星。"

"嗯,不算真正的小行星,就和你们看我的直播差不多吧!"许棠舟说,"我是一个很肤浅的人。"

弹幕一片问号。

"什么差不多,我不肤浅!"

"???"

"脱粉警告?我才不是只喜欢舟舟的脸,我喜欢舟舟的全部!"

"前面那个,我怀疑你在搞事情!"

许棠舟对此并不介意,慢吞吞地道:"别害羞嘛,看脸的时代……谁还不是个颜粉呢?更别提澈神的音乐那么无可取代了。先说好,在反转没有到来之前,我这里谁都不可以骂我的偶像。八卦不扯他,文明靠大家。"

话音一落,在这次的风波里被带了节奏、特别反感凌澈的人纷纷刷起了骂人的弹幕。

"呵呵，还说不是小行星，脑残激粉实锤了。"

"又一个脑残粉？大脑是用来当摆设的？还有什么反转？"

"呕，崇拜阿尔法级，你不要忘了你是一个欧米伽级，小心被打脸！"

许棠舟眨眨眼："骂我，拉黑再反弹。你的大脑才是用来当摆设的。"

话音刚落，系统就提示某某用户被拉黑。

"哈哈哈哈哈哈，暴躁舟舟在线拉黑。"

"笑死我了，我舟年纪还小，你们骂舟舟，舟舟是会还嘴的，哈哈哈哈哈！"

"一顿操作猛如虎，厉害！"

"一不留神就开麦说大话了，应该不会被打脸吧！"许棠舟自言自语地对着弹幕祈祷，"一定会有反转，我这么单纯善良，那种事绝对不会发生在我身上。"

"哈哈哈哈哈哈哈哈！"

"笑死我了，哈哈哈哈哈，我的天呀！"

"这是什么宝藏欧米伽级，哈哈哈哈哈！"

拉黑是来不及拉黑的，直播间里什么人都有，许棠舟无法将所有人都禁言。

很快有人说许棠舟一个三十八线小明星装什么小行星蹭凌澈热度，许棠舟的粉丝肉眼可见地变少。大家吵了起来，有真爱粉立刻转移话题问许棠舟今天生日准备做什么。

许棠舟不太在意掉不掉粉，随手将手机放在桌上，托着下巴努力地想了想："唔，生日啊？我今天要去参加公司的新年年会，听说会抽大奖，搞不好我都不用给自己买生日礼物。"

"公司？舟舟现在签的哪家公司？是不是要继续走秀了？"

"舟舟终于签公司了！我哭得好大声，事业粉过年了喂！"

"等等，惹你关注的点为什么是抽奖？（闭嘴，你就不能让崽美一会儿）"

"不走秀啦。"许棠舟随意地道，"我也要奋发图强了，现在签了一家叫星境的公司，今天就是经纪人叫我直播的，没想到大家都还没睡。"

弹幕还在刷着。

"你们的祝福我收到啦，都去睡觉吧。"许棠舟完成任务，困极了，"新的一年你们也要开心哦。"

许棠舟眼含泪花，做了个拜拜的手势，一边打哈欠一边关掉了直播。

许棠舟不知道的是，粉丝群都因为自己透露的信息炸开了。

"笑什么？"

车里，年轻的男人正闭目假寐，下巴的线条优美流畅，透着疏离与漠然。

相比外界想象中的愁云惨淡，凌澈还是很惬意的。事实上，他们现在就在从深海卫视会场回家的途中，不是什么传闻中的被封杀，而是凌澈自己放了深海卫视的鸽子。

助理小安在看什么有趣的东西，抑制不住激动的心情，小声道："哥，最近有一个新人超可爱的，你看。"

凌澈大发慈悲抬起眼皮，看到屏幕上一个静止在打哈欠状的模糊人影。

"嗯？怎么关直播了？"小安拿回手机，兴致勃勃地说，"这个新人就是最近拍 Mist 广告的那个，你看广告了吗？黄千刚签到手的。"

凌澈冷冷地道："没。"

不知道是不是因为这个日子很特殊，每到新年的第一天，凌澈都会莫名其妙地情绪低落。

他这种心情往往一直要持续到晚上才会好一点，周围的人已经习惯了。

这次再加上出言不慎引起的风波，凌澈更是心情不佳。

小安想要宝转移他的注意力，便故意夸张地感叹一声："哎，新人真的长得很好看！我一个贝塔级看了都心动，我找找那个广告给你看。对了，那人好像还很喜欢你，说是你的颜粉……"

除了音乐，其他事物在凌澈眼中都是无聊的。

于是他蜷起长腿，重新闭上眼睛："没兴趣。"

再好看的人，这辈子认识过那一个就够了。

其他的人不值得他浪费时间。

许棠舟一觉睡到了当天下午，发现自己中间还上了一个 Flow 热搜。

#星境许棠舟#这个热搜标签在凌晨时分悄无声息地爬到了三十几位，

许棠舟的直播被回放了很多次，但因为本人太没有名气了，很快就被元旦夜别的明星的动向标签压了下去，现在更是连影子都找不到了。

不过超话里高达七八万的讨论量还是让许棠舟明白了，自己签的星境根本不是一家小公司。

许棠舟完全不了解娱乐圈，进入这个圈子纯属偶然，甚至根本没有想过要红。

在网上看到Mist新品模特征集的时候，是报酬的那串数字吸引了许棠舟，抱着试一试的心态，许棠舟发了一段个人视频过去。

视频发过去的第二天，许棠舟便接到了经纪人黄千的电话。

"你是前几年给宝芬尼走过秀的那个许棠舟？"对方在电话里问。

"是的，"许棠舟答，"是我。"

那时候，许棠舟作为一个比例接近完美的欧米伽级，年纪轻轻就走上了T台。由于身上有一种吸引人的中性美，凭借这个特点，许棠舟曾经合作过一些非常挑剔的大牌。

那种纸醉金迷、光怪陆离的生活早已随着年纪的增长丢失在了岁月里，许棠舟惊讶于对方竟然认出了自己。

黄千说："很巧，我前段时间偶然在网上看了你当年的走秀视频。"

许棠舟知道了，对方是冲着以前的自己来的。许棠舟迟疑地道："很抱歉，如果您需要我以前的经验，我恐怕做不到。"

黄千："为什么？"

许棠舟道："我遭遇过一次意外，那几年的记忆成了空白。"

黄千沉默几秒，很喜欢许棠舟的诚实："只要你人没问题，其他的都不重要。我们公司是Mist的合作方之一，我觉得你非常符合这次的广告形象。我们先见个面，如果你感兴趣的话，可以和我签约，我们特别有意向推荐你拍这个广告。"

Mist阻断剂这次的新品口味是冰激凌，而没有哪一位欧米伽级比许棠舟的外在条件更适合。

见面后许棠舟看了合约，价格自己能接受，工作的难度也不会很高，便查了一下这家公司——星境，注册时间不过短短几年，好像是一家规模不大的公司。

许棠舟同意了。

谁知道这家看上去规模不大的公司根本不像自己想的那样简单，只要报出其中一位艺人的名字，就足以让人如雷贯耳。

那位艺人的名字叫凌澈。

许棠舟怀疑自己当时眼瞎了。

重新打开星境的百科网页，凌澈的名字就明晃晃地在艺人栏第一个，明明那么显眼，自己签约前查询公司资料时却没有注意到。

许棠舟顿时就呆住了。

这意味着自己和凌澈现在同属一家经纪公司！

难怪昨晚直播时说了签约星境的事之后，会引起那么激烈的讨论。

正是因为与凌澈有关，所以那场直播才会悄无声息地登上热搜，许棠舟更是一夜涨粉好几万，连主页的第一条日常PO（post的缩写，指上传到网上的意思）文评论都罕见地破了万，与其余评论几百条的PO文形成了鲜明的对比。要知道自己的Flow平时很冷清，这次只是因为在直播里提了那么一句，就让许棠舟见识到了流量的威力。

评论里有些人阴阳怪气地骂许棠舟蹭热度，也有许多凌澈的粉丝在许棠舟的PO文下表示感谢：

"呜呜呜呜呜，舟舟实力怼黑粉，爱了！"

"到了公司要好好安慰一下我澈，拜托了！"

"谢谢舟舟帮我们哥哥说话，从今天起我就是你的路人粉了！"

许棠舟依然有些反应不过来。

凌澈对自己来说太过遥远了，即使许棠舟知道自己签约后是要做艺人的，却也从未幻想过能真的见到凌澈。

许棠舟甚至没有把对方当成一个真人来喜欢，只因为寻常的人很难想象现实世界里的凌澈是什么样的，凌澈只存在于巨幅全息海报上、新闻里、演唱会上与电子专辑里。

对方那双琥珀色的深邃眸子、睥睨天下的表情，以及不可一世的气势，完全就是神一般的存在，就像那首《行星》，属于璀璨的星河。

许棠舟难掩激动，动了动手指，回复热评之一："我很荣幸，一定会的！"

回完才觉得尴尬至极，说什么安慰，自己其实连凌澈的面都没见过！

淡定。

许棠舟深呼吸，不停告诉自己：要淡定。

快速调整好心情，许棠舟走到冰箱前拿出前一天买的小蛋糕，一边吃一边想，生日嘛，"可能会见到凌澈"这个讯息就当是给自己的生日惊喜。

可还是好激动！

刚吃完蛋糕，黄千就来接许棠舟了。

许棠舟换了衣服下楼去，站在路旁等待。

许棠舟简单地套了件米色粗线厚毛衣，浓浓的青春气息扑面而来。外面下着小雪，不时有行人回头看，像是认出了许棠舟。

许棠舟一边装作若无其事，一边想：下次出门还是戴个口罩好了，昨晚不小心蹭了超级热度，要是被黑粉认出来就不好了……还是保命要紧。

许棠舟站在那里，眉目沉静，冷淡得别具一格。

黄千的车子一停，许棠舟就爬上车激动地问："黄哥，凌澈也在我们公司吗？"

昨晚黄千也看了许棠舟的直播，总体还是满意的，自带热搜体质就挺好。接触几次后，他已经有点了解许棠舟了，这小孩属于表里严重不一、高冷人设随时会崩塌的类型。

黄千长得胖乎乎的，一笑起来就像弥勒佛："怎么，你是凌澈的粉丝吧？现在才知道，是不是太不合格了？"

公司新年年会，按理说公司所有的艺人都会参加，许棠舟眼睛亮晶晶的："我今晚能看见他吗？距离近到可以握手的那种！"

黄千以前是做经纪人助理的，不怎么跟明星，最近才被提拔为经纪人。许棠舟是他亲手签下的第一个艺人，所以格外上心，凡事都亲力亲为，十分有耐性。

见许棠舟这么期待又紧张的样子，黄千道："这可说不准，凌澈喜怒不定，高兴就来，不高兴就不来。他自由惯了，又没人能管得住他，我也很少在公司碰到他。"

凌澈不是普通人，即使许棠舟和凌澈签了同一家公司，也不代表能与凌澈碰面。

许棠舟迟钝地想到这一点，"啊"了一声，有些失落。

黄千注意到许棠舟的反应："你就那么喜欢凌澈？"

许棠舟耳垂红了，不在意般道："没有人不喜欢凌澈吧？他那么完美。有一段时间网友都怀疑他是秘密计划里做出来的全息偶像，专门用来刺激不婚主义的人。"

车载电台里正好在播放关于凌澈的讨论，许棠舟没有再说下去。

主持人A道："有人说，凌澈能说出那句话，和他的家庭关系、成长环境也有一定关系。"

主持人B"哦"了一声，问："这话怎么讲？"

主持人A说："你们想，凌澈的家人，一位是著名奢侈品宝芬尼总裁凌志，是个混血阿尔法级对吧？这是众所周知的。而另一位是贝塔级，关注到的人就比较少了。说起来，他出道后，身边的经纪人和助理不是阿尔法级就是贝塔级，从家庭到工作，不管有意无意，他身边可以说一位欧米伽级都没有。"

主持人B道："哦，原来是这样，那就难怪凌澈会发表疑似对欧米伽级有偏见的言论了，他根本就不了解欧米伽级。"

主持人A意味深长地说："也许吧。当然了，这仅仅是网友们的猜测而已，说不定凌澈身边只是恰巧没有欧米伽级呢？我们不能随便下定论，毕竟当事人还没出来给个说法。据悉凌澈接受采访时曾经说自己是谈过一次恋爱的，虽然他没详细说明对方的情况，但对方万一是个欧米伽级呢？"

主持人B道："那我大胆猜测凌澈受过情伤，被欧米伽级狠狠地伤害过怎么样？"

两个主持人一阵轻笑，听不出其中意味，很快揭过了这个话题。

黄千听完这一番讨论，提醒直播时口无遮拦的小艺人许棠舟："这些人最能捕风捉影。舟舟，你要保护好自己，以后要是面对媒体，记住千万不能暴露恋爱史，他们会把你怎么被印记的都想象出来。"

这种事在娱乐圈不是没有先例。

许棠舟试图回忆："我……应该还没谈过恋爱吧。"

私人体检显示，许棠舟的腺体连临时印记都没有过。

黄千："什么？"

许棠舟尴尬一笑："单身二十二年，理论知识……过于丰富罢了。"

黄千真的震惊了。

作为一个各方面都碾压他人的成年欧米伽级，许棠舟竟然还没谈过恋爱？

许棠舟移开视线："求别说，留点面子。"

星境的年会是每一年艺人齐聚的盛典，今年高层很奢侈地包下了费舍酒店的顶楼两层与恒温泳池，要在冬天搞夏日主题。

媒体闻风而至，有不少记者堵在入口的街道旁，想借着夜色堵凌澈的车。

许棠舟看着那些镜头、话筒与举牌的狗仔、抗议者，皱起了眉，这些人显然把这场新年派对当成了他们挖掘猛料的生产机了。

"严正要求凌澈公开道歉！"

"反欧米伽级偏见，创文明国度！"

……

黄千直接将车子驶入车库，似乎已经见过许多这样的场合，大风大浪都经历过，他对那些横幅标语视而不见听而不闻。

两人乘坐电梯上楼时，黄千对许棠舟说："除了你是我签回去的，我手上还分了几个本来就在公司的小艺人。你没正式去过公司，公司的艺人都算是你的前辈，见了面要好好打招呼。你是新人没经验，交个艺人朋友有好处。"

许棠舟站在电梯角落里，因为楼下的阵仗有点让其吃惊，事情好像比许棠舟想象中更严重。

许棠舟收起了心思，正经道："好的。"

黄千知道许棠舟没谈过恋爱，便觉得这人更乖了，满意地道："接下来的工作我都会安排，你不用操心，有机会的话我先找个有经验的人带带你。"

许棠舟被黄千带上楼，并没有急着进场，而是去了一个临时的化妆间换衣服做造型。

黄千考虑得很周到，提前给许棠舟准备了一套礼服。

造型师还专门搭配了一条颈环，颈环是高科技材料做的仿蕾丝材质，完美地扣着后颈。

许棠舟简单地做了头发，并没有化妆。

光是这么简单一打理，许棠舟到达大厅时，便吸引了不少人的目光。

娱乐圈里不乏精致的人，星境的年会上更是星光熠熠，各式美人目不暇接。

欧米伽级艺人很好分辨，每一位都戴了颈环。粗略看去公司的欧米伽级数量很少，以贝塔级和阿尔法级居多。

时代在变迁，靠携带素等级去看待一个人高贵与否的时代已经过去了。

可是许棠舟的出现，还是让所有人都感受到了不同。

不同于大部分欧米伽级的甜美，即使大家闻不到许棠舟的携带素，也能从外表看出来，许棠舟与普通欧米伽级不是同一个等级。

许棠舟仅仅站在那里什么也不做，就令人无法忽视。

许棠舟身上那份清冷似乎蔓延开来，让人忍不住想去看，却不敢与其说话。

许棠舟已经习惯了这样的目光，伸手从服务生的托盘里取了一杯香槟，跟在黄千身后观察四周。

啊，凌澈好像真的没有来。许棠舟愤愤不平地想，真讨厌，楼下那么多记者和抗议者，凌澈就是想来也来不了吧。

黄千似乎很享受众人的注目，他带着自己一心想捧红的许棠舟，微笑着和人说话，时不时地介绍一番，除了几个当红艺人，一圈下来许棠舟基本没记住名字。

年会还没正式开始，大家都在猜测老总准备了什么彩头做惊喜。

正说着，一个同事走过来小声对黄千说了句什么，把他叫走了。

许棠舟一个人站在原地，感到有些寂寞。

许棠舟非常不擅长社交。

"你是许棠舟吧？"一个黑发圆脸的欧米伽级主动和许棠舟打招呼，看起来年纪很小，有些眼熟。

许棠舟很快想起来，对方前不久演了一部网络剧，名字好像叫路嘉，当时很是红了一阵，不过这段时间似乎销声匿迹了，没想到路嘉也是星境的艺人。

果然，对方自我介绍："我叫路嘉，我看过你拍的广告。"

路嘉友好地伸出手。

许棠舟想起黄哥和自己说的话,便和路嘉握手,礼貌性地回道:"我也看过你出演的电视剧。"

"那是黑历史啦。"路嘉不好意思地说,笑起来有酒窝,"不能和你拍的广告比。听说因为那个广告,Mist推出的新品卖得很好。黄哥的眼光真毒辣,难怪公司内部的人都竞争不过你。"

许棠舟不知道还有这回事:"内部竞争?"

"对。"路嘉却不提了,用酒杯和许棠舟碰了碰,"运气这么好,第一次出镜就打了个开门红,恭喜。"

许棠舟只好客气地道:"谢谢。"

路嘉是个自来熟,完全没有前辈的架子,打完招呼不仅没走,还和许棠舟聊了起来。不时有艺人或同事路过,路嘉便告诉许棠舟对方是谁,讲点无伤大雅的八卦什么的,比黄千走马观花似的介绍更有用。

两人聊了一会儿,路嘉提出要和许棠舟合影,拍了几张后,还挑了一张发了Flow。

@路嘉:因为广告爱上了Mist,因为Mist遇到了许棠舟,爱你@许棠舟zz。

许棠舟明白了,路嘉这是在扩展人脉呢!

大约艺人们都喜欢这样做,不管熟不熟悉,先关注了再说,和黄哥说的"新人先交个艺人朋友有好处"是一样的道理。

"你记得关注我啊。"路嘉完全不觉得尴尬,很自然地给许棠舟先点了关注,然后小声惊叹,"你粉丝这么多啊,我还说帮你涨点粉呢,看来用不上了。"

经过昨晚直播事件的发酵之后,许棠舟已经是一个粉丝突破十万的博主了,许棠舟刚关注了路嘉,黄千就回来了。

黄千一脸兴奋,手都在发抖:"舟舟,跟我过来一下。"

许棠舟"交个艺人朋友"的任务才进行到一半,问道:"怎么了?"

黄千只顾着把许棠舟拉走,边走边激动地道:"我之前说要找个人带带你,没想到机会这么快就来了,好到我简直不敢相信,简直千载难逢!我们过去一趟。"

许棠舟一头雾水:"现在?"

黄千胖胖的脸上露出神秘的微笑："猜猜是谁？"

"我不同意。"

与此同时，费舍酒店隔音极好的房间里，凌澈懒懒地开口。

落地窗外，楼下人群的影子清晰可见。

任凭记者、抗议者们如何在楼底下堵人，他们都想不到凌澈早就从他们眼皮底下进了酒店。

凌澈的确不想参加公司年会，可是这一次他搞出了小风波，老总的面子还是要给。谁知来了以后他们却开始让他配合工作，他不认为自己有错，更不想妥协。

司徒雅焦头烂额："那你想要我怎么样？你三月份的演唱会还开不开了？我可不想到时候全是退票的！"

凌澈摆弄着一顶鸭舌帽，长腿搭在矮几上，眸子在灯光下呈深棕色："不可能有那种事。"

小安一句话也不敢讲。

司徒雅是金牌经纪人，在圈子里混了这么多年，对舆论风向的预估一向很准。

先有凌澈失言在前，再有凌澈缺席跨年晚会在后，她深知树大招风的道理。

"什么叫不可能有那种事？"司徒雅苦口婆心地道，"没错，的确没人会拒绝你的演唱会，可是之后呢？你不解释、不出面，这个污点就一直抹不去，以后你每一次站上高峰的时候，都有人跳出来用这个抹黑你，像只撵不走的苍蝇一样跟着你，不管你取得多大的成就，他们都如影随形。"

凌澈："我无所谓。"

司徒雅不得不说了："这后果如果只是你自己要承受也就算了，可是你知不知道，宝芬尼受了你的影响？"

宝芬尼是凌志的心血，作为奢侈珠宝品牌，目标消费人群一直都是欧米伽级。

而凌澈已经担任了三年宝芬尼的代言人，门店随处可见他的巨幅海报。

上个月凌澈对欧米伽级带有偏见的言论一被报道，宝芬尼的业绩便急速下滑，昨夜经过跨年晚会的发酵，市中心的门店更是被人泼了油漆，还有人控诉宝芬尼是无良品牌。

凌澈不关注媒体新闻，凌志自然也不会把这种烦心事告诉儿子，所以他还不知道这件事。

小安打开新闻页面，媒体描述得很夸张，不过宝芬尼门店确实已经被搞得暂停营业了。

凌澈一下子没了反驳的底气。

凌澈再怎么天生反骨，也不愿意自己的事情连累家人。

他的底线就在这里。

司徒雅当然知道这一点，于是趁热打铁："这件事情没那么容易结束。凌澈，我不会强迫你去道歉，否则昨晚也不会同意你缺席跨年晚会了。我只是让你去参加一档综艺节目而已，洗白的同时也刷一点好感度，不会少块肉。"

凌澈从不参加综艺节目。

他太骄傲了，惺惺作态的事他做不来。

况且，他完全不需要参加节目去提升人气，他本人就是人气的化身。

"没剧本。"司徒雅劝他，"除了不中途退出，你想怎么样就怎么样，而且只需要一周的时间。"

凌澈不信："这么简单？"

"就是这么简单。你能参加，节目组就该感恩戴德了，谁敢要求你按照剧本走？"司徒雅继续道，"和你搭档的人我都选好了，保证白纸一张，干干净净。"

凌澈了然，哂笑道："最重要的是，对方是一个欧米伽级，你这个计划不错。"

和一个欧米伽级一起参加节目，已经能引起极大的关注，再加上节目组后期鬼斧神工的剪辑，就算两人完全不互动，凌澈不用想都知道到时候节目播出来的效果是什么样的。

轻易就被凌澈猜中目的，司徒雅噎了一下，无奈地道："你不会是想破罐子破摔，就这么让他们误会你真的讨厌欧米伽级吧？"

凌澈忽地收敛起那份不羁，沉默了。

半响，在司徒雅以为凌澈真的会说出什么惊天言论时，他却挑眉淡淡地道："怎么会？我对欧米伽级完全没有偏见，更谈不上讨厌。那句话的意思我表达得很明白，我只是说欧米伽级不能自己决定是否被标注印记而已，这难道不是事实？"

欧米伽级天生弱势、极易失控的确是事实，所以一旦双方足够相爱，大部分人都会选择马上彻底被标注印记，共度余生。

可还是有人明知自己生理上已经弱于阿尔法级，却仍旧为了寻找刺激去铤而走险——这是凌澈被问烦了，对那位欧米伽级女星做出的评价。

部分媒体却故意放大他的言论，曲解他的本意，凌澈已经解释不清楚了。

他不是话多的人，以后不会再犯这样的错误。

司徒雅不清楚凌澈为什么会这么想，又是从哪里来的这种想法。她只知道凌澈刚出道的时候似乎正处于恋爱中，不过那已经是四年前的事了。

后来有一段时间，凌澈突然整个人都变得很阴沉，他每天泡在工作室里，灵感枯竭，抠着纸张强迫自己写出东西来。凌澈是个极有天分的人，颓丧之后便是爆发，他不再分心的那段时间作品开始井喷，专辑张张大爆，演唱会开个不停，好像一台永动机一样奠定了自己在乐坛的地位。

从那以后，凌澈就是乐坛。

荣耀傍身，太过完美的人只要有了一点瑕疵，就会被无限放大。

凌澈或许根本没有意识到这次的事有多严重，它的确不会立刻摧毁他在乐坛的地位，却能摧毁他的音乐。慢慢地，它将从偏见与流言里，将那些他创作的天才之作渗入杂质，直到那些作品不再是完美的神话。

司徒雅松了口气："不管是不是事实，只要你不是讨厌就好。我的确想给你安排一个欧米伽级，让你们一起上节目。不过你放心，我不是让你去和对方炒作的意思，只是希望通过节目，能让人们看清楚你对待这个群体的态度。只要这里没问题了，后面的事相关部门自然会去解决。"

凌澈似乎还在考虑，俊美的侧脸逆着光，叫人猜不透他的想法。

或许他只是不知道如何与欧米伽级相处。

"你不为自己考虑，也要替凌总考虑。"司徒雅又退一步，"那这样行不行？你别急着做决定，我刚才已经和黄千聊过，他会马上把人带过来先给你看一看再说。那小孩是黄千刚签下的，叫许棠舟，前不久拍了一个Mist的广告，市场反响很不错，你就当帮公司带新人了。"

凌澈忽然僵住了。

须臾，他转过头，盯得司徒雅有点心惊，缓缓开口："你说对方叫什么？"

司徒雅又说了一遍："叫许棠舟，海棠的棠，扁舟的舟。"

走过软而厚实的地毯，绕过走廊，年会现场的喧闹声被隔绝开来。

"如果可以成的话，你能上一个综艺节目。"黄千兴奋地道，"收视率很高的。"

许棠舟更疑惑了："我还没有作品，就去参加综艺节目？"

黄千搓手："不用担心，你之前已经有一定的曝光率了。再说只要有这个人在，就算你是素人也能照样上，节目组求之不得。"

许棠舟脑子里灵光一闪，忽然想到了什么，立马退后一步，严肃地道："黄哥，我好像忘了跟你说，我坚决不接受任何潜规则。"

黄千无奈地道："少胡思乱想！从现在开始不要紧张，给我好好表现！"

话音刚落，黄千就推开了一扇虚掩的门。

门一开，许棠舟就猝不及防地被黄千推得向前一步，突然出现在门口。

屋内正在说话的人都朝许棠舟投来了目光。

除了那一位——

那个坐在落地窗前软皮沙发上的男人，沙发前的地板都快要放不下他的长腿了。阿尔法级的气息霸道而直接地从对方身上散发出来，许棠舟一接触到，脑子里就"嗡"的一声，当场被这携带素打蒙了。

烈日，专属于凌澈的S级携带素，是少见的那类抽象性阿尔法级携带素。

电台主持人的调侃隐约在脑子里响起，许棠舟不受控制地想，难怪这个人身边一个欧米伽级都没有……这强悍的携带素光是感觉到，就已经足以让任何未被标注印记的欧米伽级腿软。

听到开门声，凌澈只是缓慢地转过头，没什么表情地看了过来。

而许棠舟正在看他。

两人目光相撞，一瞬间似乎万籁俱寂。

落地窗外是城市夜景，天空早就不知道在什么时候完全黑了下来。

凌澈背对着那片繁华的灯火，像无数次出现在舞台中央被荧光包围时一样，犹如众星拱月，遥远而真实。

许棠舟的心霎时狂跳起来，有个声音不可置信地疯狂大喊：啊啊啊，是活的凌澈！

凌澈冷淡的眸子在夜晚的灯光下呈深棕色，一丝情绪也无。

因为血统的缘故，他的眉眼深邃、鼻梁高挺，有一种懒散又高贵的优雅感。不同于年会现场那些艺人的盛装，凌澈未经打理的头发散乱着，穿着一件宽大的黑色连帽衫，唯一的装饰便是修长的手指上那几枚有不同含义的指环。

从装扮来看，凌澈真的没有出席年会的意思，他是独特的、恣意的。

年龄感一下子被缩小，令人想起这个万众瞩目的巨星今年也才二十六岁而已。

原来凌澈私底下是这样的！

许棠舟内心在咆哮。

所以黄哥口中那个要带自己上节目的人是凌澈吗？啊啊啊，我可以！

短短两三秒时间，屋内的气氛就像凝固了一般。

黄千看了一眼许棠舟，暗道糟糕。

许棠舟精致的眉眼十分冷淡，看上去似覆着一层冰，很有性格，即使黄千知道许棠舟此刻心里一定在尖叫。

黄千无语，看来得让许棠舟认真学习表情管理。

这孩子一正经起来，看上去就冷得不行。当初第一次见面，黄千就是被正经起来的许棠舟唬住了，谁知道人设立得越快，崩得越快。

"来了来了。"黄千赶紧主动介绍，"雅姐，这就是我们舟舟。舟舟，这是司徒雅，雅姐，公司金牌经纪人。还有小安，公司的金牌助理。"

小安被说得不好意思："不敢不敢。"

黄千和善地笑笑："另一个我就不用介绍了吧？今天你不是还反复问我凌澈会不会来吗？人就在那里，你还不去打个招呼？"

许棠舟还没消化掉"见到活的凌澈"这个事实。

许棠舟的耳垂不易察觉地红了，大梦初醒般开口："你、你们好。"

顶着凌澈的目光，许棠舟跟着黄千迈进屋，礼貌地与司徒雅和小安握了手。

轮到凌澈时，许棠舟的掌心都出了汗，好容易才平复下来，再次自我介绍道："澈神你好，初次见面，我叫许棠舟。"

黄千帮腔道："舟舟特别喜欢你，昨晚直播的时候还提起你了，怼了黑粉。"

小安举手："对对对，我也看了！"

许棠舟的手伸在半空中。

许棠舟的皮肤白得晃眼，手背上都能清晰看见血管脉络，像许棠舟这个人一样漂亮得无可挑剔，好像一具精美的瓷器，轻易就能捏碎。

凌澈却没说话。

他无视了那只手，完全没有要握手的意思。

"凌澈？"司徒雅只当他还在闹脾气，委婉地道，"我们说好了带一带新人的。"

黄千不明所以，以为凌澈嫌弃许棠舟的外形太过冷了点，便打圆场道："那个，我们舟舟虽然看上去是冷美人，其实特别单纯，真的。舟舟连恋爱都还没谈过，很好相处的。"

许棠舟呆住了。

自己不要面子的？

这奇奇怪怪的介绍语，经纪人这是悄悄开启了什么业务？

听到这一句，凌澈终于抬起头来看向站在自己面前的人。

直到这时，凌澈才注意到了许棠舟的颈环。

几乎透明的蕾丝颈环，缠着弧度优美的脖子。它将腺体细细覆盖，平添几分禁欲气息，却更为明显地提醒着，这颈环的主人是一个甜美的未婚欧米伽级。

短短几年，许棠舟已经长成了如今的模样。

面对自己，许棠舟不仅表现得像第一次见面那样毫无破绽，还敢大言不惭地对公司撒谎。

凌澈冷冷地开口："想我带，下辈子吧。"

许棠舟错愕地收回手，耳后的红晕蔓延到了脸上，终于将那张清冷的脸庞染上了绯色。

什么情况？

黄千的笑容凝固在了脸上，小安的嘴巴张成了小小的 O 形。

不等司徒雅说话，凌澈又无情地补充："我特别不喜欢这一款。"

黄千急忙插嘴："那是因为你不了解舟舟，你们多相处一下，了解一下就知道我们舟舟……"

"你了解吗？"凌澈这话是对黄千说的，眼神却落在许棠舟身上，"我敢说，连你都完全不了解这位艺人。"

凌澈眼神里并未透露出半分嫌弃或厌恶的情绪。

可许棠舟却觉得被他这么看着，那视线几乎在灼烧，快要把自己烧出一个洞来。那一刻许棠舟察觉到了自己在对方面前什么也不是，只是一个微不足道的等着提拔的投机者。

说实在的，许棠舟不难理解这样的想法，但凌澈和想象中的太不一样了。

因为不喜欢一种类型的人，就对别人胡乱评价，是很无礼自大的行为。

凌澈本人和他这身气势一样狂妄叛逆。

许棠舟脸上的窘迫慢慢褪去，就那样看着凌澈，什么也没说。

凌澈却移开了视线。

司徒雅见状，上前一步道："你这是干什么？工作又不是相亲，还挑款式？刚才我们说得好好的，只是带一个新人！"

真正要带新人的原因他们都心知肚明，包括黄千在内，带新人不过是附加的条件，说是幌子也不为过。

眼看双赢的机会就在面前。

"你说只是带过来让我先看一看行不行，"凌澈打断了她，好听的嗓音平淡地回答，带着几分轻佻，"我看过了，答案是不行。"

说完，凌澈无视屋子里的人，用一顶鸭舌帽将自己的脸盖住假寐。

这行为简直太幼稚了。

屋子里安静了一会儿。

就在大家都不知所措之际，凌澈冷声道："出去。"

这句话是对黄千他们说的。

黄千脾气再好也是个偏袒自家艺人的经纪人，立刻利落地带许棠舟走了，司徒雅赶紧追上去解释。

把两人一送走，司徒雅回来时再也绷不住，恨恨地揭开凌澈的帽子，看着他毫无睡意的那张脸："所以到底是为什么？！人家哪点不行？你给我一个解释。"

凌澈不急不躁，轻轻将帽子拿回来盖在脸上。

他说："这么巧帮我找到前任，我谢谢你。"

在年会的尾声，公司安排了抽奖。

许棠舟没有成功得到黄千口中千载难逢的机会，也没有如愿抽到奖，今年的生日似乎没有半点好运，处处都不顺利。

黄千到底只是个小经纪人，只能安慰了许棠舟一会儿，说以后机会还有很多，让许棠舟不要因为这件事影响了心情。

许棠舟听了一会儿，深深地叹气："唉，话说得太满，我要被打脸了。我现在去整容换脸、更名换姓来不来得及？"

直播时大言不惭地说了什么反转，当时至少有一两千人听到了自己的发言，这脸打得真疼。

黄千还以为许棠舟伤心欲绝了，没想到许棠舟竟然操心这个，他真是看不懂这些年轻人。

面子比机会还重要吗？

"脱得好不如脱得早。"许棠舟自言自语，"早点脱比晚点脱好。"

路嘉看到许棠舟，走过来正好听到这一句，睁大眼睛："脱什么？"

许棠舟又叹气，是真的失落："脱粉。"

年会结束后，不知道是谁走漏了凌澈已经来了的风声，费舍酒店外的记者越来越多了，每出去一辆车就会被拦下拍照采访，报警也无济于事。后来高层发话，说为了安全与隐私考虑，当晚所有人下榻酒店。

包下来的房间不够住，许棠舟与谁都不熟，好在路嘉主动说要两人一个房间。

路嘉喝得有些醉了，一进房间就趴在床上。

许棠舟洗完澡之后，对方还趴着，好像醉得更厉害了。

"好难受……"路嘉眼眶红红的，带着酒气，"我想洗澡。"

许棠舟很会处理醉酒的人："你现在不可以洗澡，我打电话给前台，让人拿点解酒药来。"

路嘉摇摇头："有狗仔。我、我带了的……在包里。"

许棠舟找了一圈没找到包："这里没有啊，你的包放哪里了？"

路嘉迷迷糊糊地说："化妆间。"

说完，路嘉就没有声音了。

被临时改成化妆间的小厅并不远，许棠舟去拿了包回来，房间门却被锁上了，怎么叫路嘉都没回应，大概是睡死了过去。

许棠舟不知所措，自己没有拿房卡，也没有拿手机，身上就穿了一件浴衣。

真的倒霉。

下楼是不可能的，电梯里不知道会遇见谁。

好在许棠舟脑子反应快，这层住的都是星境的人，还可以找其他房间的人借电话打给前台，让他们拿房卡上来开门。

许棠舟敲开对面那扇门，来开门的人竟是凌澈。

"是你。"看到是许棠舟，凌澈的眸子里露出不耐，"你想干什么？"

紧接着，凌澈皱起了眉。

许棠舟似乎刚洗完澡，皮肤还冒着热气，浑身上下只穿了一件松松垮垮的浴衣，隐约能看见白皙的锁骨，还有浴衣下笔直的两条小腿。

许棠舟见到凌澈，也愣了一下。作为曾经的T台模特，许棠舟已经是欧米伽级中长得比较高的那一类了，而凌澈则还要高很多。先前凌澈态度傲慢，坐在沙发上甚至没有起身，现在他就这样站在许棠舟面前，许棠舟才发现凌澈竟足足高了自己大半个头。教科书上说，体型差是属于成年阿尔法级与生俱来的优势，必要时，阿尔法级会叼住伴侣的后颈，以一个十分霸道且不容反抗的姿势将伴侣彻底标注印记。

许棠舟不知道自己为什么会突然想到那个方向去，赶紧打消了荒唐的念头，有点尴尬地道："抱歉，打扰了。我可不可以借一下你房间的座机电话？"

凌澈站在那里，还穿着刚才见面的那身衣服。

他看上去没有让许棠舟进去的意思，神情越发冷淡。

许棠舟只好指了指对面的房门，说清楚事实："我住在你对面，刚才去帮朋友拿解酒药没带房卡，回来时发现门锁了。由于朋友喝了酒睡太沉了，我叫不开门，想借一下电话打给前台，没想到这间房住的是你。"

如果知道凌澈住在这里，许棠舟是绝对不会敲这扇门的。

凌澈居高临下地看着这个人，忍不住想，为什么有人能在分手后面对前任时这么自然。

难道只有他一个人还在在意？

"算了，不好意思。"许棠舟尴尬地退后一步，装作无所谓地说，"我找别人帮忙。"

谁知走了没几步，凌澈的声音就在后面响起："进来。"

许棠舟诧异地回头，几乎怀疑自己听错了。

凌澈冷冷地说了句："你穿成这样，这么晚了还想打扰谁？"

说完，他也不管许棠舟是什么反应，就率先进房去了。

许棠舟差点忘了自己还穿着浴衣，低头一看，瞬间有点窘迫，这副样子好像的确有点不正经，要是再被别人误会就不太好了。

好在凌澈对自己本来就有意见，许棠舟倒不觉得在对方面前有什么不妥，只是进门前微微将领口拉紧了些。

这样总行了吧！

凌澈的房间格局与许棠舟和路嘉住的房间是一模一样的。

房间里只开了一盏床头灯，暖色调的灯光看起来很静谧，凌澈身上的携带素使得这房间有一种温暖的侵略性。

许棠舟一进门，就觉得自己踏入了掠食者的领地。

S级的阿尔法级果然和传闻中一样是种强大的生物。

凌澈高大的身影走到了矮几前，那上面放着一台亮着的笔记本电脑。

凌澈似乎很注重隐私，径自将电脑合上，然后才不冷不热地说："电话线我拔掉了，你自己插一下再打。"

"谢谢，"许棠舟赶紧应道，"我很快的。"

床头柜上的电话被拔了线，许棠舟蹲下来半跪在地毯上，才从柜子底下找到了电话线插头。

插电话线的过程中，许棠舟忽然明白了凌澈为什么这么做，大概是因为被记者打扰得太烦了，听说媒体会无孔不入地入侵艺人的私生活，越红的人越是没有自由。

电话通电了。

许棠舟不敢磨蹭，在电话簿上找到服务电话拨了出去。

这四年来，凌澈从来没想过许棠舟会再次出现，出现在他的房间里，就在离他咫尺之遥，几乎跨一步就能摸到的地方。

他以为，在许棠舟和他分手之后，他便再也不会见到对方了。

从他的角度，只能看到许棠舟的背影。

许棠舟的颈环已经摘掉，但后颈被浴衣领口牢牢地遮住，完全无法窥探到腺体的一丝一毫。凌澈突然有些后悔，方才他不该提醒许棠舟穿好衣服的，否则他现在就可以看看许棠舟曾经那个阿尔法级到底在那腺体上留下了怎样的印记。

绝对不会有他留下的好看。

如果是他，他绝对会让那腺体拥有一个世界上最完美的咬痕。

"打不通。"倏地，许棠舟回头说。

凌澈自然地从手机屏幕上抬起眼皮，仿佛从来没窥探过对方一样："什么？"

许棠舟还半跪在地毯上握着听筒，灯光使睫毛在眼睑投下阴影："电话一直占线，我打了好几个都是这样，是不是还有其他的线没有插？"

凌澈该不会还拔了什么线吧？

凌澈走过来，根本懒得说话，径自从许棠舟手中接过电话听筒，放到耳边拨号。

许棠舟拿人的手软，大气也不敢出，更别说提出反对意见了，只得乖乖地等着这房间的主人确认。

见面后两人第一次离得这么近，许棠舟全然不知道，自己身上散发出的淡淡香气正若有似无地往凌澈的鼻子里钻。

"通了吗？"许棠舟等了一会儿，一转头，脸马上就红了。

两人一个站着一个跪着，靠得这么近，姿势十分诡异。

许棠舟默默地转回头，装作什么事都没发生。

凌澈无所察觉，他确认了电话的确打不通，便放好听筒："可能是狗仔一直打骚扰电话造成的占线，这帮人闲着没事干扮演世界警察。你经纪人电话是多少？打电话叫经纪人来。"

"我不知道。"许棠舟站起来，"存手机里了。"

关键是自己没带手机，要是带了手机，也不至于找凌澈帮忙。

许棠舟的内心是崩溃的，最近怎么这么倒霉啊？今年也不是自己的本命年啊！

凌澈什么也没说，走回桌旁拿起自己的手机，打给助理小安，说了许棠舟的房间号，叫小安去跑一趟拿房卡，处理得干净利落。

"十分钟。"凌澈告诉许棠舟，"小安会给你送房卡过来。"

"谢谢。"许棠舟真心实意地道谢。

凌澈扔开手机，没有多余的客套，很直接地说："回去后先把你经纪人的电话号码背下来。你作为一个艺人，不是每次都找得到别人帮忙。如果遇到突发状况，最好让你的经纪人或者助理解决。"

这一次，许棠舟意识到凌澈是以一个前辈的身份在好意提醒自己。许棠舟有些不好意思，因为两人素不相识，平白麻烦对方的助理跑一趟，还要麻烦对方亲自教导自己。

凌澈这个人看上去也不是想象中那么糟糕。

"让一下。"凌澈没再看许棠舟，平淡地说，"你挡着光了。"

许棠舟本来站在床头的台灯前，闻言赶紧让开："不好意思。"

两人没再说话，也没什么好说的。

许棠舟抓抓头发："那……我不打扰你休息了，我出去等吧。"

凌澈顿了一下，无所谓般道："嗯。"

沙发就在旁边，这人是不是瞎？

不坐算了。

许棠舟走了几步，又忍不住停住脚步："那个，外面传的那些，是真的吗？"

这个问题困扰了许棠舟一整晚，凌澈对自己的态度，有没有可能真的像媒体报道的那样，是因为凌澈对欧米伽级有偏见？

凌澈听懂了这个问题："你觉得呢？"

他没想到许棠舟会这么想，他对欧米伽级有没有偏见，许棠舟不是最清楚吗？

许棠舟想了想，还是真心说："从你的音乐来看，我觉得不是。"

凌澈没有说话，也没有反驳。

许棠舟真的走了，临走前又道了一次谢，还轻轻关上了门。

凌澈终于松了口气，捏了捏鼻梁，他差点就将"你还听我的歌干什么"这句话说出口。

房间里还残留着一丝香气，是许棠舟留下的，凌澈刚才就已经仔细确认过了，那仅仅是酒店沐浴露的香气而已，他没在许棠舟身上闻到别的阿尔法级的气息。

半晌，凌澈才重新打开刚才合上的笔记本电脑。

他不喜欢做事时被打断，即使他刚刚只是在浏览许棠舟的 Flow 主页。

@ 许棠舟 zz：新年快乐呀！

此条 PO 文下的评论已经过万了。

凌澈点进去看了看，果然，有很多评论都是祝福许棠舟生日快乐的。

此外，也有很多他的小行星在下面留言。

凌澈没有开通社交账号，他这些粉丝应该是终于找到了一个突破口，疯狂地想要表达对他的关心。凌澈看了一些评论，终于发现了有人留下的录播链接。

这应该就是小安在车上看得笑出声的那个直播回放了。

他打开视频，许棠舟有些朦胧的脸出现在镜头里，是非常自然放松的状态，几乎有点恋人视角："大家新年好，谢谢大家的祝福。"

许棠舟一边说一边调整镜头，里面的人穿着宽松的居家服，镜头晃动中能看见雪白的脖颈在画面里闪过。

凌澈只看了几秒，就关掉了页面。

这段影像让刚才开门时许棠舟穿着松松垮垮的浴衣的画面不断在他眼前晃悠，好半天才平息了那股强烈的渴望。

他想给许棠舟标上印记。

非常想。

几乎失控。

现在距离许棠舟的二十二岁生日,已经过去了整整两分钟。

不到十分钟小安就送来了房卡,许棠舟简直感动得想要哭泣了,一进门,路嘉果然在呼呼大睡。

小安转头就告诉司徒雅,说澈哥真的很过分,竟然把那么可口动人的脆弱欧米伽级扔在外面,也不让人家进门,一点不会怜香惜玉。

司徒雅为此感到头大,凌澈怕不是到了大男子主义晚期了。

不就是个前任吗?

早上司徒雅来到凌澈房间,没有追问,只是犹豫着道:"你们这种情况,我是不是应该和黄千提一下?"

凌澈却道:"说什么?难道告诉黄千,我才是被甩的那个?"

司徒雅:"……"

凌澈:"你那是什么表情?"

司徒雅收拾好自己的震惊表情:"怎么会甩你?许棠舟视力不好吗?"

"我们契合度太低,"凌澈表情如常,看不出什么波澜,"许棠舟分化后遇到了契合度更高的阿尔法级,被标上印记了而已。"

司徒雅一惊:"难怪你……"

难怪凌澈会对那件事有那样的看法。

"唉,这也不是欧米伽级能控制的。"司徒雅想尽快略过这个话题,又想起了什么,奇怪道,"不对,许棠舟被标上印记了?但是对方的入司资料我看过,现在确实是单身啊!"

每一个被彻底标注印记的欧米伽级都会在体检时显示配偶信息,但是入司体检表不可能作假,除非……

司徒雅想到了:"我知道了,除非是离婚了,做了印记清洗手术。"

现在科技很发达,感情破裂的夫妇离婚后,只要有钱,欧米伽级可以去医院做清洗永久印记的手术,所以司徒雅才会这样猜测。

凌澈神色微变，难怪他昨晚没在许棠舟身上闻到任何阿尔法级的气息。

司徒雅道："那你接下来打算……"

凌澈打断了她："爱过。"

"仅此而已，"凌澈接着道，"不用和黄千提了。"

司徒雅："好，你说不提就不提吧，我看许棠舟也不想提这件事，连和你合作都不影响。"

她正式略过这个话题。

"这一个也不错，就是不算新人，比起那个谁新鲜度要差一点，也没有那个谁气质好。"司徒雅指着屏幕上的欧米伽级照片，总是忍不住和许棠舟做对比，"好在是可爱型，这说明已经有自己的人设了，估计节目组那边会在台本上给一点建议。"

司徒雅说了很久，说得口干舌燥。

天蒙蒙亮，凌澈端着一杯咖啡若有所思，不知道有没有在听。

凌澈下结论："这个不行。"

"又不行？"司徒雅疯了，"天啊！你以为这是后宫选秀啊？小哥哥！"

凌澈用手指敲敲杯子："有一种说法，是不是说分手后谁更在意重逢，谁就输了？"

第二章
总是流鼻血可还行

许棠舟这天晚上睡得很不好,做了一整夜的梦。

梦里是个雷雨天,不知道是不是来了台风,窗外的树被吹得东倒西歪,天好像裂开了一个口子,雨水拼命地往下倒。

许棠舟所在的房间里一片安静,落地窗的玻璃似乎将狂风骤雨连同惊雷一道隔绝开来,只余头顶的吊扇转动着叶片,吱呀作响。

面前有一张实木书桌,桌面上摆放着试卷,许棠舟低头一看,卷面是"2203年启南市高考模拟卷",而自己手中正握着一支钢笔。

这个时候,许棠舟还是知道自己是在做梦的。

许棠舟惊出一身冷汗,连做梦都在做高考试卷,这阴影也太深了。

忽然,有人在背后道:"这题不会?"

那声音好听极了,不冷不热的,带了点慵懒的意味。

许棠舟这才发现,自己正蜷缩在阿尔法级的怀里,是一个极为暧昧的姿势。

紧接着,一只修长干净的手从后方握住许棠舟的手背,带着许棠舟的手和笔作势要写答案。

许棠舟当然是想要阿尔法级写出答案的。

阿尔法级却故意不落笔,还靠近了些,在许棠舟耳边说:"求我啊,求我,我就教你。"

许棠舟身体颤抖了一下,后颈的腺体发痒,笔尖在纸上画出一道痕迹,口中却愤愤道:"就不能可怜可怜我们高考学生?我们真的太难了。"

梦境中画面一晃,阿尔法级几乎快要吻了下来。

许棠舟已经完全忘了自己犹在梦中,只知道自己心跳如雷。

朦胧的光线里,隐约看见对方立体深邃的五官,棕色的睫毛又长又密,一边吻着自己一边露出带着几分孩子气的笑容,就像恶作剧得逞,对方显得格外心满意足。

惊雷连连，沉闷而远在天际。

忽明忽暗的房间里，少年模样的阿尔法级轻轻咬上欧米伽级的后颈腺体。许棠舟看向落地窗，便对上了一双琥珀色的眸子。

那眸子让许棠舟迟钝地想起那人的名字："凌澈……"

许棠舟叫出那名字的那一刻突然醒了。

天色大亮，眼前是费舍酒店的天花板，提醒许棠舟刚刚是在做梦。

后颈的腺体微微发痒，就像真的被咬过一样。

房间里只有自己一个人，路嘉好像已经离开了，竟没有打招呼，不是说好是朋友了吗？

不过许棠舟舒了一口气，心里有些庆幸，还好只有自己一个人在。

这都……多久没做过那种梦了？

难道是因为昨天见到了梦中对象本人吗？还是因为在凌澈房间借电话的时候，不小心想了一些有的没的？

最开始做这种梦的时候许棠舟刚完成分化，复诊时还羞涩地告诉了医生。

医生安慰着说这是正常现象。

每一个欧米伽级分化后都会梦到潜意识里的理想型，这表示分化已经完全成熟了。只是许棠舟分化晚，这种情况就比同龄人出现得晚，医生让许棠舟不要担心。

医生还调侃："怎么样？你的幻想对象是不是理想型？"

许棠舟想了想，红着脸说："脸看不清，但是很帅！"

直到有一天，许棠舟在电视里看见了凌澈，梦里那人身上的每一处细节都似找到了归宿，恰如其分地与凌澈贴合。

许棠舟啃了一半的苹果掉在地上，转头问家人："妈，我是不是认识他？"

谢蕤走过来看了看电视里的人："你想起什么了？"

许棠舟怎么好意思说在梦里干了什么，只说："我觉得他特别眼熟，好像认识。"

谢蕤笑了笑说："他叫凌澈，是个大明星。你以前是他的粉丝啊，当然认识了。"

当时许棠舟就被自己的不要脸震惊了，只感谢自己以前没有因为只喜欢凌澈，而用不理智的行为伤害其他艺人的粉丝，因为许棠舟发现自己电脑硬盘里不同款式的阿尔法级还挺多。

事实证明梦境与现实是相反的。许棠舟来参加年会时有多激动，现在就有多遗憾，凌澈没有梦里一半温柔，还可能对欧米伽级有偏见。

许棠舟都不想做凌澈的粉丝了。

拜托，以后真的不想对着凌澈的脸做那种梦了。

黄千来许棠舟房间时心情已经阴转晴："昨天晚上你和凌澈说什么了？到底是怎么说服他的？"

许棠舟盘腿坐在床上，吃着酒店提供的早餐，腮边鼓起可爱的一团："什么？我只是想借个电话啊。"

黄千很高兴："我听小安说了。你借电话的时候是不是说了什么，让凌澈对你改观？今天一早雅姐就给我打电话，说这件事定了，凌澈表示可以考虑，态度不那么坚决了。"

艺人要想有高的曝光率就得有好的起点，黄千不是斤斤计较的人，什么都不如事业来得重要，偶尔受气什么的完全在他可接受的范围内。

许棠舟愣住了。

什么？

事情还能这样反转吗？

难道像那些俗烂偶像剧一样，因为自己不经意的一句话，导致男主产生了"呵，女人，你成功引起了我的注意"这种想法吗？

仔细想一想，凌澈好像问过自己对网络上流传的"他对欧米伽级有偏见"的说法，而自己说从音乐上看不是那样。

具体的情形，许棠舟已经记不清了。

难道是因为这个？

公司的人已经走得七七八八。

吃完早餐，许棠舟和黄千也得走了。楼下的抗议者与媒体精力旺盛，竟然守了个通宵还没走，大约是知道凌澈今天无论如何都会离开费舍酒店，记者们表现得比昨天还要亢奋，誓要堵到凌澈。

进了电梯，黄千说："舟舟，你脸色有些苍白，昨晚是不是没睡好？"

"很不好。"许棠舟实话实说。睡得好才怪，自己都快被掏空了。

"路嘉是挺能折腾的。"黄千好意提醒，"不过你平时还是要注意睡眠，你虽然还年轻，但到底是个艺人，得注意保养。你看路嘉，都二十六岁了。"

许棠舟震惊了，还以为路嘉最多二十岁。

艺人都是妖怪吧！

到了停车场，黄千刚打开车门让许棠舟上车，小安就跑了过来："黄哥！"

小安喘匀气，说想请黄千帮个忙。

两人说了几句，许棠舟没听清，只闭目养神，昨天没休息好，得补觉。

黄千上车时叫了一声许棠舟："舟舟，你坐进去一个位子。"

许棠舟不明所以，但还是挪到了第二排座椅，刚坐好，一条长腿便伸了进来。

凌澈戴着口罩和鸭舌帽，大概是想伪装，可他就是化成灰许棠舟都认得出来，更别提他身上那独特的S级烈日携带素。

火辣辣的，几乎炙人。

凌澈默不作声地在许棠舟旁边的座位上坐下，十分自然地调整椅背想坐得舒服一点。好在这高级保姆车位子宽大，不至于让他这么高的人过于憋屈。

许棠舟在纠结要不要打招呼？

小安紧随其后，笑眯眯地坐在前一排，探过头来道："打扰啦，我们昨天进来时车牌被狗仔拍到了，现在雅姐开那一辆调虎离山。这么巧遇到你们，就搭个便车，保证谁也猜不到我们在你的车上。舟舟，你不介意吧？"

这倒是实话，现在没有媒体认识许棠舟的车，甚至连认不认识许棠舟这个人都要打个问号。

司徒雅不愧是司徒雅。

"不介意。"许棠舟看了眼凌澈。

凌澈没有要和他们打招呼的意思。

黄千发动车子："凌澈是要回家还是去哪里？我听说应宸在城北住得很开心，介绍你也买了一套房子，是要去那边吗？"

应宸！大满贯影帝！

许棠舟想，原来凌澈的朋友都是这种级别的人物，果然大神都和大神一起玩。

而自己呢，巅峰时的成绩只是拖学霸室友下水，然后一起在线玩儿童版连连看而已。

"回家。"凌澈终于开口，声音听起来有点沙哑，"谢谢。"

没人提起昨天晚上那一场尴尬的会面。

不，对许棠舟和凌澈来说，是两场尴尬的会面。

车厢里没人再说话，他们顺利地穿过酒店外熙熙攘攘的人群，没有引起半点怀疑。刚开出没多远，就听有人大叫道："凌澈的车！"

人群蜂拥而上，司徒雅开着车刚露出头就被团团包围。

小安差点鼓掌大笑，而凌澈回头看了一眼那些人，只启唇说了两个字。

许棠舟觉得他说的是"蠢货"，但是没有证据。

正想着，凌澈忽然摘了口罩和帽子，完全放松下来，看起来累极了一样靠在椅背上，黑眼圈颇为吓人。

这位巨星该不会是整夜没睡吧？

"看什么？"凌澈看了过来。

许棠舟："……"

凌澈冷冷地道："别总盯着我看。"

许棠舟："我没有……"

黄千从后视镜里瞟了一眼，从他的角度看不见许棠舟，只看见凌澈冷着一张脸，在宽大的外套口袋里掏着什么，看上去很不耐烦。

黄千总觉得这两人马上就要打起来了。

许棠舟也不敢再看凌澈了，能感觉到凌澈现在有点狂躁，说不定有起床气，所以最好还是不要说话，努力地保持安静。

不知道为什么，许棠舟的腺体又痒了起来，比早上刚醒来时还要痒。

许棠舟忍不住伸手去碰了碰，发现后颈的一小块皮肤滚烫，微微鼓了起来，就像等着什么东西去刺穿一样。

一只手忽然伸了过来，那漂亮的手指和许棠舟梦中见到的手重叠了。

许棠舟一脸疑惑地抬头，看到了那手里拿着的东西。

原来凌澈艰难地掏了半天，从口袋里掏出了一袋纸巾。

正暗中观察的黄千见到这一幕，忍不住嘴角抽搐。

凌澈把纸巾递到许棠舟面前，淡淡地说："你流鼻血了。"

许棠舟身上穿着昨天来时的那件米色粗线毛衣，衬得皮肤如牛奶一般润泽，嫩得又弹又滑。

偏偏许棠舟长了一张薄情脸，鼻孔下面一点红，看起来要多滑稽就有多滑稽。许棠舟下意识地伸手一摸，果然摸到鲜红的血，脸以肉眼可见的速度变红了。

哎哟，什么鬼！

凌澈把纸递过去，脸就转向了窗外。

别挨着我。

许棠舟莫名读懂了他此时的肢体语言，自己好像被嫌弃了。

"谢谢。"许棠舟赶紧接过纸巾，狼狈地把自己收拾干净。

好丢脸啊……想哭了。

好在除了后颈的那块皮肤突突地跳，腺体变得十分躁动以外，鼻血只意思意思般地流下一滴而已。

不多时，凌澈又戴上了帽子，闭着眼睛补觉。

车上也没有人再讲话。

许棠舟心情复杂地想，如果因为自己流鼻血，搞砸了凌澈大发慈悲松口说要考虑合作的事，黄千会不会灭了自己？

车子一路安静地驶向凌澈的家。

凌澈家不是普通家境，许棠舟已经从这些天的风波里知道了，作为奢侈品帝国的独子，网上都在传凌澈因为不想继承家业，所以才愤然出道。

经过高级住宅区，再经过人工湖，车子越开越往人烟稀少的地方去。

直到看见了半山腰的一处别墅区，才算是真正接近了凌澈的家。

除了车道，这里还有一条坡度平缓的小道，像是专为行人或自行车修建的，看上去很符合富人们健康、运动、低碳的生活理念，即使他们或许根本不用。

那小道两旁垂柳伫立，但此时是冬天，它们干枯的树枝显得有些萧条。

许棠舟看着那条小道，脑海中忽然浮现出了一些片段。

嫩绿的柳叶，滚滚的自行车轱辘，被踩脏的帆布鞋，车筐里一束新鲜的雏菊……那些片段消失得太快，许棠舟来不及抓住一点尾巴，画面就消失得一干二净了。

太阳穴隐隐作痛，许棠舟总觉得自己来过这里，还不止一次。

"哥，别下车！"车子停在一处花园门口，应该是到了，小安却紧张得喊了出来。

凌澈已经醒了，虽然脸上有一道被他自己压出来的红痕，却依旧是个帅哥。

不过他显得很不耐烦："怎么了？"

小安骂了一声，说："有狗仔走路上山了，灌木丛里就躲了好几个，你家门口也有，这些人守株待兔呢。"

许棠舟扒开窗帘，果然看见外面长枪短炮很是齐全，少说也有十几个人等在凌澈家门口。

黄千二话不说，开始倒车："我们走。"

狗仔的嗅觉特别灵敏，车子一有动作，他们马上就明白了是怎么回事，都冲了上来。

"凌澈！凌澈！你下来解释一下！"

"网上说的你被封杀了是不是真的？你为什么没有参加深海卫视的跨年晚会？"

"凌澈！"

"凌澈，你是不是和应宸闹翻了？这一次他一句话都没帮你说！"

许棠舟被一个狗仔的镜头隔着玻璃怼一脸，赶紧关上窗帘："他们疯了吧，怎么比私生粉丝（本文指喜欢窥探艺人私生活的粉丝）还恐怖？"

小安说："你以后就明白了。"

不用以后，许棠舟现在就明白了。

凌澈红到不可思议的程度，旁人就算是捅破天也不会得到这样的关注，这一切只是因为他是凌澈。

车子倒出几米，正要启动，车头却被围住了，这些人太疯狂了，为了挖料简直可以不要命。

"大家让一让！"黄千伸出头去喊。

"让凌澈下来！"

"凌澈！"

"凌澈！粉丝说对你很失望，你有没有什么想说的？"

别墅区的巡逻保安车来了，保安们好像才知道有人闯上山，前来维护却无济于事，那些狗仔动起手来是会撒泼的，现场一片混乱。

凌澈似乎忍无可忍，倏地拉开了车窗。

"哥！"小安大惊，"别！"

说时迟那时快，小安话音刚落，凌澈已经伸出头去骂了几句。

外面那些狗仔的兴奋度到达了巅峰，一顿猛拍，七嘴八舌喊个不停，声音简直快把车子掀翻了。

许棠舟都惊呆了，这是不是太疯狂了？

"黄哥。"凌澈让他们看清楚他的态度，就利落地关上车窗，"解锁。"

"你不要冲动。"黄千哪里肯，"你现在和他们讲道理是没有用的，这些狗仔……我们先走吧，一会儿给雅姐打个电话再说。"

"这是我的家，"凌澈掷地有声，"我没有在家门口被人堵住还不敢回去的道理。"

黄千无言以对，急道："那我先报警，等他们走了再说。"

许棠舟眼睁睁地看着他们说话，这种情况下自己完全不知道该给什么建议。

凌澈也不像是能听进去建议的样子。

黄千不肯给车门解锁，凌澈干脆走到前面，凭借身材优势轻易地俯下身按了解锁键。

在那么嘈杂的情况下，小小的一声咔嚓解锁声却被狗仔们捕获到了，霎时间车门就被拉开了。

许棠舟眼前一阵高频率的白光闪过，那群人不管三七二十一先对着车内一阵猛拍，大喊着凌澈的名字。有那么一刻，从来没见过这种阵仗的许棠舟感到了恐惧。

"这是谁?"

"请问你们是什么关系?"

现场一团乱,令人耳鸣。

突然,许棠舟眼前一黑,迎面被人罩住了头。

是凌澈下车前脱了外套,不由分说地盖在了许棠舟的脸上,还说了一句:"傻了?"

狗仔们追着下车的凌澈跑,嘈杂的人声逐渐远去了。

许棠舟扯开外套,看到高出他人一头的凌澈在人群里被挤得寸步难行却神态自然的身影,小安也冲下了车,一边挤开那些人一边破口大骂。

黄千在打电话报警:"宓园别墅区,有人滋事,私闯民宅……"

当晚。

凌澈私会神秘恋人

凌澈带漂亮欧米伽级回家

凌澈骂狗仔

凌澈疑似恋情曝光

……

这些标签以不同的顺序占据了 Flow 热搜,一眼看去密密麻麻全是凌澈。其中以 # 凌澈带漂亮欧米伽级回家 # 最为火热,登上了热搜第一,热度久久不减。

不过,这条 # 凌澈带漂亮欧米伽级回家 # 的话题点进去的画风就完全不一样了。

"哈哈哈哈哈,我要笑死了,漂亮欧米伽级不就是许棠舟吗?"

"嗯,没错,是很漂亮,我也想带回家(重点错了喂!)"

"这谁啊?看上去还不错的样子。我竟第一次感到嫉妒不是为了夺夫之恨,是为对方这该死的气质!"

"所以这到底是谁?两分钟之内我要知道这人的所有资料。"

"我们舟舟好惊恐,你们吓到人家了!顺便科普一下,我们舟舟叫许棠舟,快粉上!粉了我们就是异姓姐妹!"

很快，娱乐圈著名的八卦评论号发布了一条信息：#凌澈带漂亮欧米伽级回家#什么带回家，狗仔是金鱼脑吗？只有七秒的记忆？昨天凌晨人家才上过热搜！拜托你们有点专业素养，关注一下圈内动态好不好？这是星境签的新人，叫许棠舟，不记得了就自己去补习一下，拜托别总让我给你们免费补课！←指路Mist广告。昨晚星境刚开完年会，澈神和一家公司的人在一起很奇怪？另外，据知情人士爆料，昨晚这群狗仔包围了星境开年会的费舍酒店，不断打骚扰电话骚扰客人与艺人。我不负责地猜测一下，应该是澈神和经纪人分开走才能脱身，许棠舟只是送凌澈回家。PS：司机是许棠舟的经纪人。

这条Flow被转发了几万次，很快就把那群狗仔的脸打肿了。

小行星们在底下狂笑，表扬许棠舟做得好。

"新人真的有照顾我澈！好乖的样子！"

"粉了。"

"答应的事都做到了，宝宝爱了。"

事件很快平息了下来，晚些时候，星境公司发布了一则声明，严厉谴责狗仔无中生有，顺便也提了一句，凌澈和许棠舟只是好友，大家不要随意揣测。

这声明一出，明眼人都知道这是营销了，就为了凌澈那所谓的欧米伽级偏见论。

凌澈与一个欧米伽级是"好友"，足以让某些居心叵测的人暂时闭嘴，虽然远远不够，但已经是个很好的开端。

司徒雅很擅长玩这一套。

许棠舟这时还不知道其中有什么深意。

此时许棠舟也泡在Flow上，想看看有没有人骂自己。结果这次竟没有人骂自己，许棠舟都有点蒙。

直到许棠舟看见 条评论被顶上了热门。

"只有我一个人注意到，哥哥把外套脱下来罩在许棠舟头上了吗？的确很帅啦，可是我还是好羡慕，真的好羡慕……我也想要哥哥的外套。"

许棠舟坐在沙发上，凌澈的外套就搭在沙发靠背上。

凌澈这个人有时候是有点讨厌，但是……许棠舟把那件外套扯回来，他的携带素还挺好闻的。

过了一会儿，许棠舟又流鼻血了。

医院永远是最忙的地方。

许棠舟强撑着挂了号，护士小姐姐忍不住看了好几眼，路人也在看，许棠舟这时还没想到是因为昨天火爆Flow的热搜，只有种毛骨悚然的感觉，赶紧把刚吸过的携带素阻断剂拿出来吸了几口。

搞不好还会上新闻，标题就是《惊！二十三世纪竟有欧米伽级死于抑制剂过期，是无知还是白痴？》。

许棠舟熟门熟路地直奔欧米伽级内科，然后拿着报告去找仇音。

"大惊小怪，你这只是假性失控。"仇音看了报告，然后老成地说，"不要诬赖我们医院的抑制剂有问题，你看，检查报告显示抑制剂有效期至少还有半年以上。"

仇音才十九岁，与许棠舟是室友。

说是室友，实际上这个刚成年的欧米伽级正忙着攻读博士，还忙着在医院实习，一个月估计有二十天都不在家。

许棠舟强调："我都流鼻血了。"

今天起床后浑身都很烫，昨天就开始鼓起来的腺体也完全没有消下去的迹象，隐隐有一股说不上来的感觉在身体里乱窜，下床的时候腿脚发软差点没站稳，许棠舟知道自己不对劲。

许棠舟的生理卫生知识过关，把这些症状都仔仔细细地告诉了仇音。

仇音扶了扶黑框眼镜，皱眉道："除了这些基本状况，你的那个地方有异常吗？"

许棠舟脸红了："我不知道。"

仇音叹气："你了解这么多生理卫生知识，连这些基础知识都没掌握……"

许棠舟："喂！理论知识能比得上实践吗？"

仇音充耳不闻，不带感情色彩地问："那你自己有检查一下吗？除了这些，还有没有其他情况？"

许棠舟趴在桌面上："没有……我就不该来找你……"

"那不是假性失控是什么？"仇音很有专业素养，一脸淡定地道，"你分化得晚,又从来没被标注过印记,如果短时间内与阿尔法级频繁接触,就很容易出现假性失控。流鼻血只能表示你的腺体对他的携带素很敏感,特别想被他标注印记。建议你让他临时标注一下印记,反正假性失控期又不会怀孕。"

许棠舟捂着脸,冰山美人的外壳破裂开来:"不可能的,这太难了。"

让凌澈给自己标注印记,无异于找死吧。

仇音说:"你若不想被标注印记,就尽量避免与对方接触,最好不要见面,免得腺体再次受到刺激。"

完了。

许棠舟有点绝望:"我们可能会在一起工作,虽然可能性比较小……是不是没救了?"

仇音用医生的专业眼神看了看许棠舟,然后就开始在电脑上开处方:"当然有救,可以吃药啊。这些药你按时吃,等你的腺体习惯了对方的携带素,停药后症状也会逐渐消失。"

许棠舟:"朋友,你讲话能不能不要喘大气。"

仇音平时不上网,上网也是上专业网站,因此对许棠舟这些天的事情一无所知。

仇音不紧不慢地说完正事,终于想起了重点:"所以,到底是哪位阿尔法级这么厉害让你有反应了呢?这很难得,不如你追求对方,和他进行标注永久印记……"

许棠舟拿了医疗卡:"再见!"

第二天,许棠舟接到了黄千的电话。

"好消息!昨晚雅姐和我在电话里沟通了很久,已经确定由你和凌澈一起上节目了。"黄千说,"最近你来公司,先上一上课,了解一下出镜的注意事项什么的,顺便准备一下上节目的妆发造型。"

后面黄千说了什么许棠舟都没有注意,许棠舟震惊地道:"我……我和凌澈?"

黄千说:"对。"

许棠舟:"不是,凌澈不是只说考虑考虑吗?"

许棠舟可还记得凌澈当时说过"想我带，下辈子吧"这种话。

黄千美滋滋地道："雅姐的意思，是我们送他回去的时候，你和他不是被拍到了吗？软文也写你们是'好友'，不如趁机上节目，肯定比重新找一个人要来得好，凌澈知道利弊的。"

许棠舟无语，自己和凌澈哪里是什么好友，根本就是"无中生友"，他们对彼此一点都不了解，上节目难道不会穿帮吗？

许棠舟说出了自己的疑虑，黄千却早有准备。

"参加节目要签合同，凌澈从来没上过综艺，雅姐和平台要谈的条款很多，至少要两三周后才会开始拍摄吧，你们完全有机会互相多了解一下。"黄千道，"有凌澈在，收视率肯定会大爆，我之前给你的剧本可以压一压了。"

许棠舟手上有两个剧本，都是配角。

自己又没有演戏的经验，下个月排了满满的一个月表演课，这么看来，课程也得推后。但黄千的意思，明显就是想等节目上了之后再另做打算。

许棠舟却早就把其中一个心仪的剧本看完了，台词都背了不少。

"舟舟，加油。"黄千最后说。

一周后，最近两年热度最高的综艺节目《我们的完美旅行》第三季官宣。

作为一档斗智斗勇的旅行类综艺，该节目以少得发指的经费、多得令人怀疑人生的巨坑，让参加这档节目的明星在镜头面前当着全国观众翻脸吵架，就算网友们对综艺节目有剧本这种事心知肚明，这档节目也还是成为综艺史上"最真实的"明星真人秀。

《我们的完美旅行》官博：我们回来啦！今年的完美旅行会是谁和我们一起度过呢？动动你的小手指，给我们点赞吧！公布嘉宾时在点赞的粉丝中抽一百人，每人送五千卡卢比哦。

评论区一下子就炸开了。

"完美？完美个鬼，明明是《我们的'坑爹'旅行》。"

"等等，五千卡卢比，节目组做个人？"

"给大家科普一下，五千卡卢比约等于五块钱，点这个赞我都觉得受到了侮辱。"

"哈哈，我就想看看今年有哪些艺人想不开。"

几个小时后，《我们的完美旅行》以一个#抠出新高度#的热搜登上了Flow热搜榜第一名。

"其他节目出来挨打，看看人家花五百块钱是怎么上热搜的。"

"呵呵，五块钱，我买杯奶茶都不够。"

"收视率那么高，一定赚了不少吧？制作人要点脸？"

"等一下，我发现了盲点，为什么要送卡卢比啊？难道这次要去的是苏里兰海岛？"

"啊啊啊，苏里兰超美的，我也想去啊！"

没过多久，大影帝应宸给一条热评点了赞，也上热搜了。

他点赞的那条是"今年有哪些艺人想不开"，网上的粉丝都快笑死了。应宸去年参加了这档节目，一度因为这节目差点人设崩塌，好在他是个影帝，凭着精湛的演技竟然拉了回来。

看来这节目真的很恐怖，应宸被坑得不轻。

凌澈此时很生气，方圆两米生人勿近："你不早说。"

"我怎么知道你会去？"应宸关掉手机，摸着下巴说，"我当时也是被忽悠了，说只要我去，想干吗就干吗，绝对给我优待。"

"然后？"

"然后的确我想干吗就干吗，他们给的优待嘛……你都知道了，给我塞了一个蜜桃欧米伽级，天天不好好用阻断剂，一路都在发嗲……"应宸想起来都还牙痒，"这都一年了，我现在还对桃子过敏。"

凌澈想到了许棠舟。

应宸不知道他在想什么，以为他萌生了退意，便说："也不全是坏处，这节目的确坑，但是摄影和后期都很绝，是业内一流的水准。我上完这个节目，片酬都翻了一倍。"

凌澈才不在意这些。

应宸明白他的目的："你就随便上上。对了，和你搭档的是谁？"

凌澈："一个新人。"

应宸说："让我猜猜，一定是个欧米伽级。司徒雅挺靠谱啊，你这上完节目就完全脱身了，黑子继续黑也黑不到哪里去，有节目资料在，你那些小行星分分钟把证据甩他们一脸。"

凌澈不置可否，用毛巾擦汗。

他们凑在一起就是打网球，打完以后一身臭汗，两人的携带素在房间里杂糅在一起，互相嫌弃。

应宸："对了，哪个新人？叫什么名字？我搜一下。"

应宸被上次那个欧米伽级弄出心理阴影了，就怕以凌澈的脾气，遇到同样的情况会弄巧成拙。

"不用。"凌澈说，"对方不是那种人。"

许棠舟的这一点凌澈还是不会看错的。

"哟，这么有信心？"应宸挑眉，"你们接触过了？"

凌澈充耳不闻，站起来收拾自己的东西："你管太多了。"

凌澈越不说，应宸就越感兴趣："说说呗，到底是谁啊？我对欧米伽级有经验，要不要我教教你？"

"你不认识。"凌澈头也不回地说，"走了。"

节目官宣之后，黄千紧急安排了许棠舟上课："每个艺人有单独的办公室，不过大家都很忙，不会常来，挂个牌而已。练习生没有办公室，练习生们会每天到不同的教室上课，练习生是要作为团队出道的，你不一样，你是公司发展演员方向的艺人。不过你这几天上的公共关系课和形象管理课都会与练习生们一起上。"

黄千带许棠舟去看了教室，认识了老师，也见了其他几个签在黄千名下的小艺人。

"那边是什么？"许棠舟指着不远处的走廊。

比起其他地方的喧闹，那里显得要安静许多，门上也没有名牌，不知道是做什么的。

"是凌澈的个人空间。"黄千道，"凌澈也不常来，但是里面的乐器什么的很齐全，还专门搭了录音棚，以防他来的时候想用，我看他一年也用不了一两回。"

许棠舟咋舌。

果然凌澈不像是那种按部就班打卡的人，可一年都不来一两回，公司还给他这么高的配置，对其的重视程度一目了然。

"你不用羡慕，也羡慕不来。"黄千笑道，"星境可以说是专门为了他开辟了音乐部门，他在公司只有经纪约，作品什么的都由自己的工作室团队负责，他偶尔在那边写歌，大多数在家里写歌，需要雅姐和助理上门才请得动。"

许棠舟松了口气，自己今天应该是不会在公司见到凌澈了。

黄千问："要不要去看看？门没锁。"

许棠舟："可以吗？"

黄千说："可以，看看又不会怎么样，经常有人来参观。再说了，你不说，我不说，他也不知道。"

许棠舟便好奇地拧开门看了一眼。

只见偌大的空间里，乐器与线路乱七八糟地摆了一屋，有些都还没拆封，与许棠舟想象中的豪华布置完全不一样。桌上堆着一些签名海报，似乎没来得及签完，签字的人就扔开了笔。

沙发背对着门，上面搭着高高的一叠衣服，不像平时穿的，什么款式、什么颜色都有。

地上则摆着些花里胡哨的滑板与网球拍，彰显主人爱好丰富。

许棠舟心想：这里真的不是一个杂物间？

黄千说："凌澈要开演唱会了，里面都是他要用的东西，录完节目才有空来清理这里。他最近都在工作室那边排练，时间很紧，短时间内没空管这边。"

凌澈的演唱会一票难求，黄牛为了抢票打得头破血流的新闻许棠舟不是没看过。曾经，自己也是想和同学一起去看凌澈演唱会的一员，但每次都因为抢不到票而告终。

看来越是成功的人，付出的努力越多，凌澈除了天赋，也不是就这样横空出世的。

舞台上的光芒万丈，都是由无数汗水换来的。

许棠舟莫名受到了鼓舞，如果有一天自己红了的话……不想让人觉得，只是因为恰巧和凌澈搭档才红的，许棠舟不想徒有其表。

如果通过努力可以得到尊重，那么别人的尊重自己想要，凌澈的尊重也想要。

半个月后,《我们的完美旅行》正式启动,公布了第一组嘉宾。

第一组嘉宾是一对身处话题中心的贝塔级姐妹花。

这对姐妹年纪差距仅两岁,曾连续喜欢上同一个男生好几次,公开在网上互揭老底,每当网友认为她们这次要彻底决裂的时候,她们又会在机缘巧合下哭着说对方才是生命里最重要的那个人。

总之,她们的闹剧一波接一波,网友"吃瓜"都"吃"不完。

网友们的热情被第一对嘉宾点燃了。

节目组采用每天公布一组嘉宾的方式宣发,一边用五块钱"侮辱"网友,一边吊着大家的胃口。

第二组嘉宾是一对阿尔法级和贝塔级情侣,两人都是演员,阿尔法级和贝塔级的搭配在这个年代不奇怪,却也不被看好,毕竟与一个阿尔法级谈恋爱却不能被标注印记,总让贝塔级们没有安全感。

双方粉丝每天盯着两人的恋爱动态,动不动就对骂,为自家偶像抱不平。

这已经很有看点了。

到了第三天晚上,网友们早早就等着官博揭晓最后一组嘉宾。

"我猜是父子档,去年就有父子档!"

"那会不会是卫如羽啊?啊啊啊,我太幸运了吧,能在一个节目里同时看到我老公和我公公!"

"卫如羽才多大,你醒醒!"

"你们都太天真了,拜托你们看看阵容,一对贝塔级,一对阿尔法级和贝塔级,还差什么?最后一组肯定是阿尔法级和欧米伽级的组合啊!"

"厉害!有理有据,令人信服!"

到了晚上八点,最后一组嘉宾的名单姗姗来迟,终于公布了。

《我们的完美旅行》官博:环绕一个星河内的圆,许下的承诺是亿万年。小行星为你,披荆斩棘。@凌澈45361@许棠舟zz 友谊无敌!

"啥?"

"你说什么?我不认识字了!"

"啊啊啊——"

几分钟后,Flow服务器濒临宕机了。

许棠舟好不容易打开Flow，没急着去看关于自己的评论，因为Flow已经被"凌澈上综艺"这种评论刷爆了。

不过许棠舟有一个疑惑："凌澈不是没有Flow账号吗？官博@的谁啊？"

@凌澈45361。

这个用户名怎么看都像是山寨的。

黄千忙着看行程单，头也不抬地说："哦，公司让他开了一个，但是他的名字早被注册了，就选的系统随机的，@的就是凌澈本人。你记得关注一下，以免显得你们一点也不熟。"

许棠舟"哦"了一声。

凌澈的粉丝为了增加热度短时间内评论达到了上万条，导致许棠舟被卡得连续点了好几次，才点进去那个叫"凌澈45361"的Flow主页。

这个账号的主人还没有头像，用的是自带的蓝色小人，只有简介处证实了他的身份，写着：星境签约艺人，歌手。

PO文更是只有一条，还是注册时系统自动发送的。

@凌澈45361：Hi，我开通了Flow账号，你可以关注我，随时了解我的近况哦，快来找我玩吧。

从节目组公开凌澈的Flow账号到许棠舟点进去，短短十几分钟的时间，凌澈这条系统自动发送的动态下评论已经有三万多条了。

"有生之年，呜呜呜……"

"我们哥哥终于想起来他的手机可以上网了！"

"啊啊啊！谁敢和我说世界上还有什么不可能！"

"啊啊啊，我澈有账号了，啊啊啊！"

…………

评论数正以可怕的速度增长着。

然而，凌澈本人并没有下一步的动作，他没有转发节目组的官宣，没有私人信息，甚至连关注栏那一项的数字都是0，仿佛注册这个账号就是为了让节目组官博@一下而已。

许棠舟和凌澈不一样，老老实实地按照黄千的要求，转发了节目组的官宣，还很官方地配了文字。

@许棠舟zz：听说这个节目很好玩，期待和大家见面。

许棠舟的评论里，画风就不一样了，除了少数知道许棠舟是凌澈的真爱粉，其他人的评论和节目组官宣下面的评论如出一辙。

"有人吗？谁能告诉我这是谁？"

"所以凌澈要上综艺是真的吗？感觉他这样好自降身价啊，还是和欧米伽级一起！"

"早就知道是炒作了，凌澈怎么可能有欧米伽级朋友，呵呵！"

"楼上滚，保护我方欧米伽级！"

"上节目就露原形，我不信凌澈能洗。"

与过去相对温和的评论风格不同，许棠舟这次受到的关注前所未有，面对的质疑和非议也多得多，但出乎意料的是，到Flow留评的网友看上去大多是欧米伽级，不知不觉评论区就成了阿尔法级和欧米伽级对骂的地方，双方开始在底下进行争论了。

许棠舟："……"

为期一周的录制马上就要开始了，这次要去的地方被网友猜中了，的确是苏里兰岛。

许棠舟要回看往期节目，要准备行李箱，要听黄千讲注意事项，还收到了节目组分给自己的跟拍助理发来的叮讯（虚拟的社交软件）。

助理茉茉：亲爱的舟舟，这边提醒您，明天早上和其他成员一起到节目组的出发摄影棚集合哟。以下是不可以放在行李箱里的物品哟，如果带了的话，我们是会当场扔掉的呢。

附件是一份清单：

1. 任何食物。

2. 任何饮品（包括纯净水）。

3. 任何国家的现金、银行卡。

4. 任何电子通信设备。

5. 任何日用品（不含护肤品）。

6. 任何一次性物品。

7. 任何让您感到舒适的辅助用品（包括睡袋和枕头）。

许棠舟反复看了几遍，确定这些都是不可以带的，不由得陷入了沉思：这还能带什么？

在许棠舟沉思之际，应宸发了一条Flow，将网上热火朝天的气氛再次推向了高潮。

@应宸：@凌澈45361 哥哥，求关注，让我成为你第一个关注的小可爱。

他隔空喊话，营销号与粉丝齐上线，到了晚上，凌澈终于有动静了。

蹲守他Flow的小行星们眼睁睁看着凌澈的关注数从0变成了1。

半分钟后。

"哈哈哈哈哈，求应宸的心理阴影面积！"

"哈哈哈哈哈哈，酒肉朋友而已，绝交了吧！"

"哈哈哈哈哈，应宸删除那条PO文了，姐妹们快去看！"

"猜猜凌澈关注了谁？天哪，今天我生活在什么快乐星球？！"

早在节目组给所有嘉宾发拍摄通知之前，司徒雅就拉了一个四人组的叮讯群聊。

这次去录制节目不能带经纪人，也不能带助理，临到这时候了，他们才发现这两个要上节目的人无论哪一个都不让人放心。

许棠舟相对比较听话，可是从来没有这方面的经验，一言一行都有可能被镜头放大，许棠舟又是那种一不小心就容易犯错的人。

而凌澈就不一样了，他虽然也没参加过综艺节目，可是他好歹有无数面对镜头的经验。这些经验常常让他感到被束缚着，没有经纪人盯着，他很有可能随时都不配合安排，若是严重点，中途撂挑子走人也不一定。

司徒雅在群聊里苦口婆心地讲了很多，关于许棠舟的部分，黄千已经和许棠舟讲过了，但许棠舟还是乖乖地听着。大部分的话，都是司徒雅讲给凌澈听的。

司徒雅："凌澈，你是不是没在看叮讯？"

凌澈的叮讯头像是亮着的，但全程他没在群聊中说过一句话。

司徒雅又问了一次。

足足过了五分钟，凌澈才回复。

凌澈："哦。"

许棠舟傻眼了，就一个"哦"？

司徒雅没再追问，似乎习惯了这样的交流方式，转而问起了最后一个问题。

司徒雅："舟舟，嘉宾组包括凌澈在内有两名阿尔法级，你们一起录节目，免不了接触得频繁一些，你打过失控期抑制剂了吗？"

这句话，可以理解为司徒雅是在为许棠舟的安全考虑，也可以理解为她不想许棠舟和凌澈在节目中擦出火花闹出绯闻，不管怎么样，要是真的发生那种事，还是凌澈的损失更大一些。

这是个尴尬的话题，毕竟两人血型不同，一旦欧米伽级失控，在场的阿尔法级便会被动失控。未被标注印记的欧米伽级与阿尔法级在单独相处时总是像颗不稳定的定时炸弹，还是得细致入微地做好预防工作。

这些话司徒雅作为阿尔法级不好直说，黄千是明白的，于是他抢先回道："打过了，舟舟的抑制剂至少还有半年时间才失效。另外，知道要上节目，舟舟最近主动在吃调整携带素敏感度的药物，也准备了颈环和Mist阻断剂，保证不会对凌澈造成影响。"

工作归工作，黄千很清晰地划分出了界线，心照不宣地站在许棠舟的角度，主动和凌澈撇清了关系。

许棠舟人就在黄千旁边："其实是我身体不舒服……"

具体怎么不舒服，当然是"特别想被凌澈标注印记"什么的，但听上去太轻浮了，根本说不出口。

黄千拍拍许棠舟的肩膀："这样说他们才放心，雅姐这个人很精明的。"

司徒雅回复表示那就放心了。

而凌澈则冷冷地发了一条："那样最好。"

发完这条信息，他的头像立即暗了下去，直接下线了。

谈话正式结束。

许棠舟松了一口气。

还好黄哥这么说了，凌澈看起来也很不想和自己扯上关系。

黄千告诉许棠舟："你记住，听说凌澈这个人睡眠很轻，很容易被吵醒，会有起床气，所以你早上尽量不要和他说话。还有就是他很挑食，能迁就他就迁就一点。另外他的头发是禁忌，不要碰到他头发。"

"为什么？"许棠舟好奇，"碰到了会怎么样？"

黄千："要不你试试？"

许棠舟回忆了一下凌澈的样子："不了不了。"

两人要假扮朋友，就不能连这些都不知道，之前说好要让两人找机会互相了解一下，却一直没有时间。

现在许棠舟只好临时抱佛脚，能记一点是一点了。

黄千像一个老父亲般千叮咛万嘱咐，生怕许棠舟出什么错。

导演和跟拍助理他都提前打了招呼，希望他们对许棠舟友好一点，对方当然是满口答应，但说实话，黄千也不敢太相信，毕竟这节目以坑嘉宾出名。

到了录音棚外，黄千就被拦住了。

和许棠舟挥手告别后，黄千还不放心地一步三回头，让许棠舟感到一点分离的不舍。

这几天有黄千无微不至的照顾，要不是黄千太年轻，许棠舟都想管他叫爹了。

那股伤感还没散去，许棠舟一下车，迎面就对上了一个黑洞洞的镜头。节目组竟然从他们下车起就开始拍摄了，并且没有提前通知。

许棠舟有一刹那的怔忡，冷情冷意的脸上显出少见的迷惘。

跟拍助理茉茉带着他们跟拍摄像笑吟吟地打招呼："早上好呀舟舟，你是第三个到的。"

许棠舟一点也不好。

这镜头都快怼到自己脸上了。

说不紧张怎么可能，许棠舟所有面对镜头的经验就只是拍摄过一个广告而已，并且广告的导演是怎么美怎么拍，而这位大哥简直恨不得拍清楚自己脸上到底有多少个毛孔。

"早上好。"许棠舟努力表现得镇定一点。茉茉是个贝塔级小女生，脸红红地带着许棠舟去签到处签名。

签名本制作得很精美，封面印着亮晶晶的《我们的完美旅行》几个字，里面则写着"我自愿参加此次旅行"等类似于同意书一样的内容。

许棠舟对上综艺节目这件事，到了此时好像才终于有了真实感。

签名栏已经有两个人的签名了，许棠舟辨认出那是陆承安和米非的签名，也就是那对阿尔法级和贝塔级的情侣，两人比许棠舟来得还要早。

也就是说凌澈还没来。

许棠舟拿起笔，一笔一画地写下自己的名字：许棠舟。

茉茉带许棠舟进入录影棚，可能是察觉到对方有些紧张，茉茉一边走一边问些无关紧要的问题暖场，又问："你只带了一个行李箱吗？里面都装了什么呢？"

许棠舟："……"

小姐姐失忆了吗？那个禁带物品的附件不是她发的？

除了衣服还能带什么？

许棠舟在心里抱怨着节目组的安排，一进录影棚，就被吓了一跳。录影棚布置得很绚丽，中央区域空出了一块，竟然堆放了五个行李箱。嘉宾可以带这么多东西？陆承安与米非，也就是这五个行李箱的主人先过来打了招呼，看着许棠舟那形单影只的行李箱，不禁失笑。

"果然太年轻了啊！"陆承安比其他人都年长一些，他去年刚拿了视帝，一副风度翩翩的样子。

"人家哪有你老奸巨猾。"米非是个年纪还小的演员，笑起来时会露出虎牙，"舟舟，我可以叫你舟舟吧？我看你的粉丝好像都叫你崽崽。"

录影棚里设置了座位，对面就是一排黑压压的人头，六位嘉宾，每人一个跟拍摄影师不算，还有导演、副导演、场记和助理等若干人。

许棠舟就坐在米非旁边，面对这么多镜头，一时有些无所适从。

原本许棠舟坐得笔直，越紧张越是显得冷淡，白皙的皮肤像一块冷玉，让人不知道如何接近。

陆承安和米非很好地缓解了许棠舟的紧张与局促，许棠舟有点惊讶："你怎么知道？"

米非道："我妹妹是欧米伽级，你代言Mist以后，她特别喜欢你，知道我们一起参加节目，天天在我面前说起你。"

"我没有代言Mist，"许棠舟俊脸微红，"只是拍了一款新品的宣传广告。"

米非搞错了也不慌："是吗？早晚会的，信我。"

陆承安握着米非的手,身上的携带素像他人一样温和,有些像兰花的味道,开口也是温润的语气:"信我们小米,小米很灵的。"

许棠舟说:"真的?谢谢你。"

"好说。"米非忽然露出神秘的笑容,这个许棠舟和外表看起来好像有点不一样啊。

不多时,那对贝塔级姐妹花也来了。姐姐叫夏月,妹妹叫夏星,她们倒没有陆承安两人夸张,但还是带了三个行李箱。

她们来了以后,内景主持人名嘴戚木也来了,等人一到齐,她就会正式宣布节目规则。可时间过去了半个小时,凌澈还没来。

此时已经过了节目组定好的时间。

"听说凌澈在准备演唱会,"夏星道,"他和我是一个编舞老师,最近都在舞蹈室排舞,如果昨天也练到很晚,今天可能起不来。"

夏月隔着几个位子弯腰看过来:"许棠舟应该知道吧?"

许棠舟冷不防被点名:"嗯?"我也不知道!所以凌澈昨天到底在干吗?

"我……不太清楚,"许棠舟拿出了毕生演技,"他最近很忙。"

还好自己的面部表情本来就不丰富,所以看上去很淡定,其实内心很慌。这么说是不会错的。

谁知大家纷纷想起来两人是好朋友这件事,连戚木都说:"要不舟舟你给他打个电话,我们也好视情况调整时间。"

现场这么多人等着,许多人对于凌澈来上节目的目的心知肚明,否则凭他们怎么可能请得动凌澈?

一个横空出世的许棠舟,竟和凌澈打起了好友牌,还不是因为自己是一个干干净净无料可挖的欧米伽级。夏星她们提这个,或许是恶作剧,或许是不怀好意,许棠舟不知道。

作为一个专业素养很高的主持人,戚木也这么问完全就是在为节目的收视率做贡献了,这将会是节目播出后的第一个爆点。许棠舟差点就要穿帮了。

许棠舟拿出手机,从通讯录里寻找凌澈的名字。

米非凑过来,用旁人绝对听不见的音量小声问:"有吗?"

许棠舟知道米非是好意,轻轻点点头,滑动屏幕的手指一停,"凌澈"两个字出现在通讯录里。

还好黄千事先存了凌澈的手机号码！

现场变得很安静。

戚木嫌不刺激，叫人换了节目组的手机打给凌澈，还接通了现场的音响。连通的"嘟——"声是那么漫长，终于被接起来的时候大家都很亢奋。

"喂？"凌澈的声音响起，带着睡意，似乎还在睡觉，因此显得低沉。

许棠舟硬着头皮压下了想说"你好"的冲动，尽量自然地道："你在哪儿？"

"路上。"凌澈没有反问什么，答道，"堵车了，前面不知道在干什么，真烦。"凌澈向来都这么桀骜，他是不收敛的。

所以，他很有可能正在车上睡觉，并且不加掩饰。

"哦。"许棠舟就不知道该说什么了。

戚木飞快地写了提示板，许棠舟在戚木的示意下念出那几个字："你知不知道我是……谁？"什么意思？

许棠舟卡壳了。

凌澈那边忽然沉默了。凌澈从接电话起就没问过对方是谁，而许棠舟的声音算不上多有特色，加上摄影棚的话筒效果，要是不熟悉的人，还真不一定马上就听得出来。

许棠舟知道自己踩了节目组设下的坑。在众人的注视下，许棠舟几乎屏住了呼吸，心跳得很快。

自从那次年会后，两人就没见过面，所以严格意义上来说，许棠舟和凌澈就只见过一次面。

"崽崽。"半晌，凌澈略带沙哑的声音响起。许棠舟的心跳漏了一拍，耳朵忽然就烧了起来。

凌澈挂断前用很熟的人才会用的语气说了句："你当我是傻子吗？"

第三章
万里挑一

"哟，崽崽！"

"叫的崽崽呢！"

电话一挂断，周围的嘉宾们就开始起哄了。

许棠舟耳根还是红的，"崽崽"是自己的小名，除了自己的粉丝，几乎没什么人喊。

凌澈是怎么知道的？

许棠舟很快就想到了司徒雅。黄千既然会提前做这些准备，司徒雅的经验更为丰富，做的准备应该是只多不少。许棠舟想到这一层，脸上的热度才缓缓地褪去。

打这通电话的目的已经达成，不管是为了节目效果还是真的想问问凌澈的情况，这一茬都被很快揭过，算是有惊无险。两人接下来要面临的考验还很多，他们的一言一行都会被镜头记录下来。

许棠舟告诉自己要放松。

这才没多久工夫，夏月与夏星就嚷嚷着妆花了，要补妆。

她们补妆的空当，节目组干脆让戚木请陆承安和米非这对CP（网络流行词，指配对）到安静处进行采访，爆一点甜蜜的日常小料，以后剪辑作为花絮素材。

凌澈一进录影棚，就看到孤零零地坐在座位上的许棠舟。

许棠舟又穿了一件毛衣。

大约是许棠舟的气质太过冷淡，造型师在这方面很是注意，搭配的都是暖色系服装，以此中和许棠舟给人的疏离感，试图让许棠舟看起来更为合群。

可许棠舟坐在那里的感觉，还是太格格不入了。

没人能对许棠舟的长相挑出半分错。

不施粉黛,就已经让一旁花枝招展的夏月和夏星黯然失色。

"澈神来了!"

现场忽然一阵骚乱,有人欢声雀跃,一时间嘈杂无比。

许棠舟抬眼看去。

只见一个高大的男人被镜头跟着,他拖着一个行李箱,气定神闲地走了过来。

"怎么?"凌澈无视众人,径自走到许棠舟旁边,在对方头上揉了一把,"没人理你?"

这问话与动作,说两人不熟都没人信。

除了镜头,角落里不知道有多少人正悄悄注视着两人的互动。

"别人都忙啊,"顶着那些目光,许棠舟心狂跳着微微笑了一下,"你来了就好了。"

明明还没有正式开始录制,凌澈一出现,现场所有的镜头自动进入了工作状态,每一帧每一秒都可以进入后期的素材库。

凌澈穿了一件黑色夹克,走的是有些复古的路线,看上去像是私服。两人的风格迥异,却又莫名地很配,就像提前商量好的一样。

所有人都知道,他们这一组才是节目的焦点。

许棠舟的掌心一下子就出了汗。

凌澈随意在许棠舟身边坐下,胳膊搭着椅背,凑过来微笑着低声道:"许棠舟,你是笨蛋?"

这嗓音与表情完全不符,完全是冷冰冰的。

许棠舟觉得这才是凌澈本人。

凌澈唇边弧度未变,看起来确实是友好交谈的模样,口中却无情地教训道:"人家挖坑你就踩,做事的时候多动动脑子,不要被人牵着鼻子走,下次我不一定能救你。"

许棠舟的睫毛颤了颤,转过头来,眸子黑如点漆,漂亮的唇开合:"知道了,下次我一定尽量不让你救我。"

这是有点生气了。

许棠舟也觉得自己很笨。

"知道就好。"凌澈看着许棠舟,"乖一点,不要给我惹麻烦。"

"两位在讲什么悄悄话?"

许棠舟还来不及回嘴,戚木与陆承安两人就回来了,笑着打断了两人之间的暗流涌动。

凌澈坐着也比许棠舟高出一些,凌澈姿势不变,两人看上去有点亲密,顺着答道:"既然是悄悄话,当然不会让你们知道。"

"对。"谁料许棠舟也回了一句,竟然还笑了一下,"毕竟我们正在讲节目组的坏话呢。"

说完,两人对视一眼,似乎真的有那么回事。

许棠舟的眸子里写满了不甘示弱。

现场的人被他们俩逗得小声哄笑。

这时夏月和夏星两姐妹也回来了,一看到凌澈就尖叫起来,争先恐后地要和凌澈握手。两人半真半假地互相拉扯,一时间笑料百出。

一番暖场后,导演喊了开始,戚木拿起话筒,终于正式拉开了节目的序幕。

戚木作为著名主持人,连续三季担任节目组的场内主持,业务能力不是吹的,对于节目规则与注意事项,不看台本也能流畅自如,时不时还能加一点笑料,硬是把坑人的内容说得冠冕堂皇。

《我们的完美旅行》是一档旅行综艺,也是一档经营比赛类综艺。

一共三组嘉宾,每组嘉宾在出发前会得到相同的基础资金,具体数额根据每一季不同的目的地有所变化。从嘉宾们出发时比赛便正式开始,嘉宾们将在目的地旅行生活一周,回到场内录影棚时则比赛结束,所剩基础资金最多的一组嘉宾获胜。

当然,在节目组的规则和"帮助"下,要想胜出不是那么容易的,但每年的获胜嘉宾都会得到令人艳羡的奖励,所以大家都会拼尽全力去争取,这也是节目的看点之一。

今年的获胜奖励比往年的还要吸引人。

戚木激动地宣布:"本季《我们的完美旅行》胜出者,将会成为国际一流品牌宝芬尼全球视觉形象代言人!"

嘉宾组顿时沸腾了,连陆承安都露出了惊讶之色。

宝芬尼是国际一流的奢侈品,以珠宝起家,近年来不断吸纳国际上赫赫有名的设计师,推出的香水和手袋已经风靡全球。

更重要的是,宝芬尼已经有一位天王级别的全球代言人了,那便是总裁的独子凌澈。

无论到哪个国家,都可以看见凌澈的巨幅海报。

而这个全球视觉形象代言人不仅仅是一个头衔而已,还有机会得到和凌澈一样的待遇,说不定还能与他一起出现在代言上,再加上天价代言费,这种一流资源竟然被节目组拿到了!

"感谢宝芬尼独家赞助本季节目,"戚木对着镜头中规中矩地说,又调皮地对着凌澈道,"当然,也要感谢衣食父母凌澈。如果不是凌澈来,我想宝芬尼也绝对不会看中我们,毕竟差距太大啦。"

凌澈懒懒地道:"知道就好,叫爸爸。"

戚木拉长了声音:"金主爸爸!"

大家都忍不住笑了。

其实凌澈先前对这件事不知情,还是前一天在家里碰见了凌志,对方像简单聊天一样将这件事一句话带过。

在做生意这件事上,没有人比凌志更厉害,亲生儿子的热度不用白不用。

米非说:"那澈神肯定没那么想赢了,反正这个奖品对你来说就等于没有啊,我看不如你干脆认输好了,把机会让给我们。"

米非这句话说出了众人的心声。

许棠舟随着大家的目光一起看向凌澈。

凌澈的面容与有异国血统的凌志很相似,俊美得有一点距离感。他平常话并不多,当着众人的面,他只用下巴对许棠舟扬了一下:"怎么可能?机会是我们崽崽的。"

猝不及防被提到，许棠舟凤眼圆睁。

不，我不想要！

说大话会招黑的！

还有，这位朋友你真的不是精分吗？

陆承安却开玩笑般提起另一件事："搞不好真的有内幕。你们都不知道吧？许棠舟以前是模特，给宝芬尼走过秀。"

嘉宾们都大喊黑幕。

只有戚木一人还在状况外："那时候舟舟是模特吗？难怪腿这么长……等等，我发现了盲点，我知道了，澈神和舟舟就是在那个时候认识的对不对？舟舟，我想听你说，澈神说出的话没一句是真的。"

许棠舟对那几年的记忆全无。记得小时候的事，记得稍大一点的事，偏偏记不住那几年。

许棠舟只能顺杆子下来，给自己留了条后路，免得以后穿帮："对，我们那时候就认识，但是那时一点也不熟。"

凌澈敛去些许笑容，语气冷了些："是不怎么熟。"

这之后，凌澈就很少说话了。

即使众人故意把话题引到他身上，他也不太乐意搭话的样子。旁人只道他根本不在意有几个镜头，只有凌澈旁边的许棠舟知道，他好像很不爽。

凌澈的携带素在公共场合收敛了许多，可那股烈日的气息却若有似无地往许棠舟后颈钻，引得许棠舟后颈那块皮肤发痒。

许棠舟忍不住伸手去挠了一下，庆幸自己都按时吃了药。

已经有好几天没做过想被凌澈标注印记的梦了……许棠舟一边在心里吐槽对方，却一边想被对方标注印记什么的，真的很不要脸。

这个秘密要烂在肚子里才行。

插科打诨结束，戚木开始走流程："这次呢，我们的目的地是苏里兰岛。苏里兰岛位于大洲东部，那里资源丰富、风景优美，因为安静自然而受到富人们的青睐，是近年来逐渐发展起来的度假海岛。也就是说，那里的消费可不低哦。"

节目组适时播放了几张苏里兰岛的照片。

浅蓝的海水，细白的沙滩，仿佛海天一线，确实美丽得惊心动魄，令人心驰神往。

许棠舟难得主动开口："好漂亮……所以，你们给我们多少钱？"

问得一点都不现实呢。

戚木被逗笑了，公布数字："经过节目组的慎重商议，决定给每一组嘉宾两万元。"

嘉宾们纷纷开始窃窃私语。

米非和陆承安说："这么多钱，生活七天挺容易的。"

许棠舟总觉得哪里不对。

一直没开口的凌澈毫无感情地说了句："但是……"

"但是，"戚木果然接上了这句话，笑眯眯地道，"这两万块钱包括大家的往返机票、食宿，以及在岛上的一切开支。"

现场一片安静，似乎被节目组的不要脸程度惊呆了。

要知道，两人的往返机票就几乎能用掉一大半的基础资金。

"我们给大家提供了未来三天的不同航班，"戚木道，"大家可以根据机票价格自由选择。第一个到达苏里兰的小组，可以获得优先选房和三天免费用餐的奖励；第二名也能优先选房，两天免费用餐，另外可以选择房租减免奖励或水电减免；至于第三名嘛，就只能选大家挑剩下的了。不过大家放心，每一组嘉宾都有优质房源。"

吵吵闹闹之际，戚木又说："不过，在大家出发之前，我们先来检查行李哦。昨天发的附件大家都收到了吧，上面写得很清楚哪些物品禁止携带。为了公平起见，除了禁止携带的物品我们会扔掉以外，也会进行惩罚。每发现一样，扣除该组一百块钱。"

她看了看安静下来的众人："你们准备好了吗？"

这个节目搜行李箱是惯例了，在场的人都看过往期节目，早有心理准备。他们不是没见过前两季被搜出来的一些令人啼笑皆非的物品，因此那些有可能钻空子但已经被发现过的东西，他们都避开了。

大家心里都有自己的小计划。

这不是不遵守节目规则，节目组这么坑，他们得精明一点，否则就会任人宰割，到时候痛苦的人可是自己。

戚木围着众人的行李箱走了一圈，先看谁的后看谁的，她早有打算。

"我们先从最大的这一堆开始看吧，"戚木说，"一二三四五，五个，陆米CP可带了不少，怎么，想到岛上去给老外开时装周吗？"

陆承安道："你们没说不能带这么多，托运费用我们自己给就是了。"

戚木抬起其中一个放到早就准备好的高台上："很有信心嘛，看来是没什么禁带物了。"

陆承安："嗯哼。"

米非走过去，按下指纹，打开行李箱。

前两个都有惊无险，这对情侣特别遵守规则，全都是准备的衣服和毛巾等，一样禁带物也无。

可是后面三个行李箱打开时，就有点壮观了。

第一个箱子里装了满满一箱折扇。

第二个箱子里装了满满一箱如意结。

第三个箱子里装了满满一箱布艺玩偶，还不带重样的。

大家惊得都围着箱子转，许棠舟疑惑地道："你们这是准备出去宣传我们国家的文化？"

凌澈则拿了一个布艺玩偶在手中细看。

他人长得高，手指也长，一只手就能将那玩偶拿在手中把玩，他笑了笑，对陆承安说："前辈真是商业鬼才。"

陆承安波澜不惊："过奖过奖。"

说完他还和米非击了个掌，然后米非就踮起脚在他脸上亲了一下。

狗粮撒得够够的。

凌澈视而不见。

夏星等人终于反应过来，大叫："哦，我知道了，你们想把这些东西拿到苏里兰去卖吧？违规！绝对违规！"

一边说，众人一边抢夺那些箱子。

米非不服道："这怎么能算违规呢？节目组又没有说不可以携带工艺品出去。"

许棠舟恍然大悟："我怎么没想到？"

凌澈有些无语地想：真的是笨蛋无误。

戚木在闹哄哄中一锤定音："好了，别抢了，听我说！经过我和导演组商议，答案是不可以！"

陆承安："我们没有违规。"

米非："对！节目组也没说不允许带这些东西啊！"

两人同仇敌忾，可惜戚木并不为两人的默契所感动，还说："当然，你们不算违规。可是既然这些东西可以变卖，就相当于你们变相携带了现金不是吗？这对其他嘉宾组来说是不公平的。"

戚木掷地有声，说得很有道理。

米非说："那我们不卖，我们拿去送人总行了吧？"

戚木笑："不行哟。很抱歉，这些东西我们得当场扔掉。"

工作人员推来一个大大的空箱子，将那些东西都倒了进去，在哗啦啦的声音里，米非眼眶红了。

陆承安上前一步，制止了工作人员的行为："抱歉，这一箱不可以。这些娃娃是小米亲手做的，本来就不打算卖，是想送给苏里兰当地的小朋友。"

夏月不信："不是吧，亲手做的？前辈就会忽悠人，一定想着这些还可以卖呢。"

夏星道："没错，前辈可是拿了视帝的，演技不得了，我们千万不能上当。"

比赛还没开始，就已经有人开始为了胜负较真了。

米非一言不发，显得贝塔级姐妹咄咄逼人。

凌澈不紧不慢地开口道："我刚才看过了，的确是手工做的。"

镜头里，凌澈抓住娃娃的缝合处，展示那些针脚线头。

说完，他也没站在谁的那一边发言，保持中立态度，隔得老远把娃娃投给了许棠舟。

被砸到脸的许棠舟有些无语。

许棠舟怀疑凌澈是故意的。

凌澈道:"给她们看看。"

"好。"许棠舟乖乖地把娃娃给贝塔级姐妹看,意料之外地听话。

这是进入工作状态,要和凌澈配合了。

夏月和夏星看过娃娃,娃娃手工痕迹明显,但无法证明是米非做的。当着镜头,她们还是给米非道了歉,戚木很快打了圆场。

"那这样吧,这些手工的娃娃就不扔了,寄放在节目组好不好?"戚木温和地问,"我们保证不会偷拿,到时候会通过导演组带去苏里兰以你们的名义送给当地的小朋友。"

"好。"米非扯出了个笑容。

陆承安已经有些不爽了,他在米非额头上吻了一下,把人拉到一旁去安慰,他们的跟拍摄影师一刻不停地拍下他们相处的画面。

"由于陆非CP被扔掉的这些东西不在禁带物品清单上,所以只做处理,而不进行金钱惩罚。"戚木说,"感谢你们,为我们下一季的禁带物品提供了思路。"

气氛重新活跃起来。

检查完五个行李箱,录影棚中间就空了许多。

接下来,贝塔级姐妹的行李箱被打开,一样一样物品被拿出来查看。很快,在戚木毒辣的目光下,她们那一大袋乱七八糟的瓶瓶罐罐被单独拎了出来。

夏月:"护肤品和化妆品,你们没说不可以带。"

戚木说:"这么多?"

夏星附和道:"对呀,我们两个人都很麻烦嘛,又是过敏体质,很多东西都要自己带去才放心。"

戚木打开一个大罐子,闻了闻,微笑着从罐子底部抠出了装在密封袋里的压缩饼干。紧接着,藏在其他地方的巧克力和能量棒也被她发现了。随着两姐妹脸色越来越难看,戚木在化妆棉里还找到了一叠现金。

米非被逗笑了。

夏星崩溃地蹲在地上捂着脸:"天啊,你是缉毒犬吗?什么鼻子……"

戚木在众人眼中当然不是缉毒犬,而是从一个美丽优雅的主持人瞬间完成了向巫婆的转变。

巫婆数了数那些东西，一共有十几样，她擦过手之后公布："星月组，堂而皇之携带禁带物，但是逃不过我的火眼金睛，她们终究是技不如我！根据节目规定，一共扣除罚金一千六百块钱，也就是说现在星月组暂时落后，基础资金为一万八千四百块钱！让我们期待接下来澈舟组的表现！"

许棠舟来到摄影棚中间，镜头聚焦在许棠舟身上。

现场瞬间就随着许棠舟身上的气质安静下来。许棠舟和身为阿尔法级的戚木差不多高，脖颈修长，垂眸看着行李箱的模样如雪如玉，让人想到那句"只可远观而不可亵玩焉"。

但是，许棠舟一说话就不是那么回事了。

许棠舟打开行李箱："我什么禁带物也没有，为了公平起见，你们检查完应该给我钱才对。"

戚木差点被带偏了："你真是理直气壮。"

许棠舟淡淡地笑了，犹如冰雪消融："谢谢夸奖。"

戚木真是觉得许棠舟可爱极了，嗔怪道："贫嘴。"

许棠舟果真什么禁带物都没带，让一心想找点什么出来的戚木有些失望。

"为什么呢？"戚木不死心地翻找，"你为什么这么老实呢？"

许棠舟就任她翻。

除了衣物，许棠舟作为嘉宾组唯一的欧米伽级，就带了颈环和携带素阻断剂等物品，这些都属于比较私密的物品，按理来说是不适宜阿尔法级触碰的，所以戚木出于礼貌戴了手套。

"因为崽崽一直很乖。"

这句话是凌澈说的。

凌澈将自己的行李箱放上高台，不理会许棠舟的错愕，将许棠舟的行李箱盖上，说："崽崽是特别守规矩的那种乖。"

气氛有点热烈，大家都在起哄，实在是很难见到凌澈展现这样的一面。

凌澈的关注点却不是这个，他道："行了，该检查我的了。戚姐，这环节也太长了点，麻烦你，我们大家都赶时间。"

戚木好气又好笑："还没轮到你呢，急着交罚金？"

凌澈却不看她，向许棠舟示意道："还不下去，等着被嘲笑？"

许棠舟："不了不了。"

现场响起一阵笑声。

许棠舟回到座位上坐好，只听戚木在台上说："澈神太护短了吧，我还没说什么呢！"

许棠舟其实摸不着头脑，还以为凌澈巴不得自己出糗呢。现在看来，凌澈只是不想惹麻烦罢了。

不过，凌澈怎么知道自己……很乖，不，很守规矩的？

许棠舟看向台上，凌澈正无视戚木的问题，出声催促。

"但你是个随便的主持人。罚金不要了吗？"

结果证明凌澈也什么禁带物都没有，更没有违规。

他们这一组真是很清新脱俗了。

戚木十分失望，还不想让凌澈下来。

米非悄悄对许棠舟说："其实昨天我看到凌澈在 Flow 上关注你的时候，还以为你们只是合作呢，没想到你们真的是朋友，不好意思啊。"

"我们当然是……"许棠舟顿住，"嗯？你说凌澈关注……我了？"

从昨天到现在，许棠舟忙得根本没时间看手机。

米非说："是啊，他只关注了你一个人，好羡慕。"

这个环节录完后便是中场休息，许棠舟忍不住打开 Flow，果然收到一条 Flow 提示。

Flow 助手：恭喜！许棠舟 zz，你关注的凌澈 45361 已经关注了你，你是 TA 第一个关注对象哦，快去和他打个招呼吧！

许棠舟心想：不会吧！

就算是为了合作，凌澈也不用特意只关注自己一个人吧！

这条提示下面有一个选项：【知道了】。

许棠舟点了【知道了】。

谁知 Flow 自动发出一条私信，出现在对话框里。

@许棠舟 zz：对你来说，我一定是最特别的那个人吧！谢谢你，让我成为你的第一、唯一、万里挑一。

这文案也太老掉牙了，关键是还无法撤回。

不远处，被节目组潜在粉丝们团团围住的凌澈看了眼手机。

对话框显示对方正在输入。

许棠舟："……"

录影棚的网络信号不太好。

私信界面卡了一下，不等"对方正在输入"的内容发送过来，另一条系统自动发送的消息就出现在了聊天界面。

@许棠舟zz：点击我的主页，去发现更多和你兴趣相似的博主，扩大交友圈吧！Flow，因为发现，所以精彩！

搞什么，原来Flow这个流氓软件在对新用户打广告做用户指引吗？

许棠舟心底蓦地一松，还好，自己不会被误会成有妄想症了。

说实话，老是在梦里和对方这样那样，自己偶尔还是会心虚的。

"对方正在输入"的那行提示消失了，对方可能放弃了编辑信息，也有可能是对方已经发送了消息过来，许棠舟无法分辨，因为网络太差，信号标志又开始转圈圈了。

许棠舟屏息以待，特别想知道凌澈到底有没有发送内容。

就在这时，不远处那些人纷纷散开，比众人都高出一截的凌澈朝这边走了过来。

凌澈走到许棠舟面前才停下，两人之间不过一步的距离。

因为身高差，他微微低着头："许棠舟，你在搞什么？"

"那个，我发现你关注我了……"许棠舟立刻解释，想要吐槽Flow到底有多烂，这种烂绝对和自己无关。

可凌澈根本不是在问这件事："他们在叫集合……"

说到这里，凌澈似乎不得不停下，接着许棠舟的话说："现在才知道？我的账号是司徒雅在注册的，是她关注的你。"

原来是这样。

许棠舟有种恍然大悟的感觉。出道前黄哥也曾拿了许棠舟的账号，把其没出道时收到的私人信息都删除了才申请的认证，顺便还关注了一小批"三观正确"的Flow博主。

那么司徒雅用凌澈的账号关注人也就不奇怪了。

那刚才在编辑信息的人到底是凌澈还是司徒雅？许棠舟有点好奇。

凌澈看了许棠舟一眼，没什么感情地说："别玩了，集合。"

对方这么快进入状态，许棠舟赶紧跟了上去，暂且把这件事抛到脑后，两人一起回到了录影棚聚光处。

嘉宾们经过短暂的休息之后再次回到座位上，节目组换上了新的舞美。

拍摄开始。

三组不同的航班机票立在前方。

A组：头等舱。直飞苏里兰岛，当天下午出发，航程十一个小时，双人往返总费用为一万四千元。

B组：商务舱。直飞苏里兰岛，当天晚上出发，航程十一个小时，双人往返总费用为八千五百元。

C组：廉价航空特价机票。当天晚上出发，中途转机一次，航程十四个小时，双人往返总费用为三千五百元。

戚木风情万种地站在放大版机票前用笔划出重点："经节目组与各方协调联系，这是目前最为划算的几趟航班呢，价格当然也是优惠价哦。"

陆承安道："优惠价？基础资金才两万元，A组机票就要花费一万四千元，接下来七天我们怎么生活？"

米非这次和他有了不同意见："不是这样的哥，你看，A组是唯一一组今天下午就可以出发的机票，选A组的人一定能最先赶到岛上。"

第一名的奖励是什么，米非就没再说下去了。

周围都是竞争对手，米非只点到即止，不知是有意还是无意，反正懂的人就会懂。

夏星却接着说："第一名有三天的免费用餐，还能优先选房，相当于七天的一半都能解决了！夏月，我们选这个！"

夏月提出不同意见："你急什么？现在我们的钱是最少的，选了这个就只剩四千四百块了。你还没搞清楚，不是说把这七天混过去就能赢，能赢的是剩下的钱最多的那一组，你知不知道？"

戚木笑了下："没错，的确是这样哦。但是呢，世事无绝对，节目组到时候会在苏里兰不定期地给大家设置游戏，提高趣味性，房子的价格也各有不同，所以现在钱最少的人不一定就是最后钱最少的人。"

谁也无法预料到节目组接下来还有什么动作，所以没有人敢完全把戚木的话作为参考。

考虑到后期经营，大家都在反复权衡三组机票的利弊。

选B组的机票意味着第二个到达苏里兰，虽然不能选到三天的免费用餐，但是也能享受到房租减免或水电减免的优待，也还能剩下一多半的基础资金。

而选C组的机票，将会是最后一个到达苏里兰的，虽然只能得到大家选剩下的房子，可它确实便宜得很令人心动。

"好了，"戚木打断了众人的讨论，"为了公平起见，机票的选择我们不会公开，也就是说，你们可以不让其他嘉宾知道你们选择什么时候到达。注意，同一组航班可以多次选择，并不是说别人选了，你就不能选了。"

好奸诈啊！

许棠舟叹服。

节目组竟然从这里开始就让嘉宾们钩心斗角。

许棠舟真想知道策划这档节目的人到底是谁，这么有才，怎么不去写宫斗剧？

戚木分给每组嘉宾一个印着节目组LOGO的信封，里面是各组的基础资金。

"现在开始计时，大家在苏里兰见面。"戚木微笑着说结束语，"期待各位嘉宾能享受一次完美的旅行，祝你们顺利！"

陆承安和米非先走了。

夏月和夏星也走了。

夏星临走前还吵着要选A组机票，是被夏月拖走的。

录影棚里就剩下凌澈和许棠舟，以及他们的跟拍摄影师及跟拍助理茉茉。

凌澈把信封递过去："拿着。"

许棠舟接过来，却觉得自己管钱不太行，有点犹豫："我是数学很差的那种人……"

"没关系,"凌澈道,"要是算错了,就把你卖掉换钱。"

许棠舟:"我现在退出节目还来得及吗?"

凌澈勾唇,不冷不热地说:"想好了选哪组没?"

许棠舟发现,只要一进入拍摄状态,凌澈就会变得好相处许多。于是许棠舟也抛开那些杂乱纷扰的想法,放松地以朋友的口吻道:"你猜他们会选什么机票?我觉得陆前辈那组可能会选择 A 组。"

从凌澈的眼神来看,这里要是没有摄影机,许棠舟多半要被骂笨蛋了。

可凌澈硬是只说了两个字:"不会。"

许棠舟不知道凌澈为什么这么肯定陆前辈那组不会选 A 组机票,可自己也不敢问。

毕竟两人一点默契也没有。

"你不要管人家选哪组,"凌澈道,"你只管你想选哪组。"

许棠舟拿出手机,打开备忘录:"这是我前几天做的旅行攻略,有苏里兰的物价、房价,还有人工服务费等。我算了一下,如果两个人在那边生活,住宿加吃饭,一天的消费在两千元左右。如果能再节约一些,一天一千五百元是最低消费。"

许棠舟说完一抬头,才发现凌澈正专注地看自己打开的备忘录。

两人离得很近,凌澈纤长的睫毛都清晰可数。

凌澈身上有很淡的香味,但更让许棠舟心跳加速的,是那烈日的携带素味道。

录制节目几个小时以来,从一开始的腺体发痒到逐渐平静,许棠舟已经慢慢习惯了凌澈和自己的距离。仇音开的药许棠舟都有按时吃,所以对凌澈身上阿尔法级携带素的抵抗力已经大大提高。

可是现在,两人之间的距离拉得更近了。

即使许棠舟努力不为携带素的影响而出糗,但心跳得还是太大声,几乎快震破自己的耳膜。

别担心。许棠舟心里有个小人在喊,仇音是博士,仇音说的绝对没有错,你绝对不会当着镜头流鼻血！要是流了，你回去就打死仇音！

"你还做了功课？"凌澈忽地看向许棠舟，琥珀色的眸子如同琉璃，"聪明了不少。"

当着镜头，许棠舟也不能立刻闪开。

朋友之间距离这么近不算逾越，要是自己反应太大会显得很奇怪。

许棠舟耳根发红，把视线移到手机屏幕上："所以我们不能选A组。你看，机票就花掉一万四千元，免费用餐只有三天，我们还要度过剩下四天。四天里我们最低限度也会消费六千元，那么我们就是最后一名。"

凌澈席地而坐，这里空间有限，他只得蜷起一条腿，看起来很随性。

这么一来，两人之间的距离就拉开了些。

许棠舟心里暗自呼气，与凌澈并排坐了下来。

"刚刚才说了你聪明，"凌澈拿过许棠舟的手机，打开计算器，"你怎么不会反向思考？"

"嗯？"许棠舟疑惑。

凌澈一边按下数字一边说："我们的基础消费是两千元一天，他们的基础消费也是一样。"

什么节约一点的一千五百元最低消费，根本不在凌澈的计算范围内，他继续分析道："B组机票，只有两天免费用餐，相当于他们接下来要花一万元才能生活。加上八千五百元的机票钱，他们也只能剩下一千五百元而已。"

这一幕有点熟悉。

许棠舟想起来了，梦里，凌澈教自己做题的时候，不就和现在差不多吗？

不过，梦里他们还做了别的……

许棠舟被自己的思绪惊呆了，努力甩开那些画面，把注意力集中到眼前的问题上，还是不理解凌澈的意思："那他们还是比我们选A组剩下的钱多啊！"

凌澈注意到，眼前人玉白色的耳垂越来越红了。

他移开视线道："你忘了，我们还能优先选房。"

"对哦！"许棠舟忽地睁大眼睛，"我怎么忘了？"

根据往期节目来看，每一期优先选房的人都会选到日租特别低廉的房子。

如果可以忍受条件设施差的话，甚至有免费房可以选。

那么，两人如果能拿到第一名优先选房，每日基础消费将会大大降低。

"明白了？"凌澈分析完了，等着学生回答。

许棠舟似乎明白了，又似乎没明白："那我们为什么不选C组机票啊？不管怎么样，C组剩下的钱从目前来看都是最多的。"

虽然节目组的坑不是一天两天了，可目前看来还是C组机票最划算。

"你是笨蛋？"凌澈人不动，眼神像看笨蛋一样。

"嗯？"许棠舟觉得自己在他面前真的很傻，不开窍那种。

"你忘了，我不能坐廉价航空去排队转机。"凌澈无奈地道，"崽崽，机场会瘫痪。"

许棠舟本来只有耳朵红了，这下脸也红了。

凌澈一叫"崽崽"，许棠舟就觉得不知所措，这感觉太亲密了点，和粉丝的叫法不同，"崽崽"两个字从凌澈嘴里说出来有点宠溺的味道。

许棠舟努力忽略掉那种奇怪的感觉，把注意力放到当下，接上话题："那我们就不能选C组了。"

如果"我出现会让机场瘫痪"这种话从别人口中说出来会被认为狂妄，那么只要把说话的人换成凌澈就完全没有问题了。

凌澈的演唱会曾经因为一票难求，现场安保估算不足，发生过踩踏事件。

只要是凌澈公开出现的场合，往往都是人满为患、交通堵塞。

的确是许棠舟考虑不周，如果选C组机票，转机和候机都会招来无数人围观，机场瘫痪是预料得到的事情。

"没错，"凌澈继续道，"这段时间关注我的人太多了。"

凌澈指的是关于欧米伽级偏见那件事。

跟拍助理茉茉特别激动，他们想从凌澈身上挖掘的话题无非就是这个，原本还想着怎么提出这个话题会比较自然，谁知道凌澈竟然自己谈到了。

以许棠舟的咖位想上《我们的完美旅行》是不可能的，许棠舟完全是为此而来。司徒雅替凌澈接下这个通告，就多次提出要多拍凌澈和许棠舟在一起的镜头。按理说，许棠舟身上有任务，就应该顺着凌澈的话说下去，诸如"是他们不了解你""你不是那样的人""没错，你承受的已经很多了"之类的话，都可以很好地达到司徒雅想要的效果。

可许棠舟却只是点了点头："B 组机票是最不划算的,那我们就选 A 组吧。"

许棠舟还不够圆滑,根本想不到那一层。

凌澈站起来："决定了？"

许棠舟仰着头回答："对啊,我们坐头等舱舒舒服服地过去,就算最后输了,至少我们前面这段时间会很爽。"

凌澈把手机还给许棠舟："既然你这么想得开,我都可以。"

许棠舟再次确定,也从地上站了起来,告诉茉茉："我们选 A 组。"

许棠舟用两万块的基础资金支付了机票费用,原本鼓鼓的信封一下子就扁了下去,忽然觉得哪里不对。

自己好像被凌澈牵着鼻子走了,凌澈应该原本就比较想买 A 组票吧。

许棠舟狐疑地朝凌澈看去,对方却一脸坦然。

两人站在一起,画面分外养眼,跟拍摄像忍不住换了几个角度拍特写。

凌澈被对方转得有点烦,单手抓着镜头道："好了。"

他不喜欢每分每秒都被放大,已经容忍了对方越来越近,谁知道对方却不知道适可而止。

参加真人秀不代表他就一点空间都没有。

"不好意思。"跟拍摄像退后几步。

"好了好了。"节目组的工作人员都是人精,茉茉等摄像拍够了才开始走流程,"澈神、舟舟,由于你们选了 A 组机票,我们马上就要出发了哟。在出发之前呢我们会收走你们的通信设备代为保管,节目组给你们每人配了一部新的手机,在接下来的录制过程中,除非必要事务都要使用这部手机作为联络工具。"

节目组早就和航空公司谈妥,茉茉用两人的证件顺利办理了机票。

现在的确该出发了。

凌澈掏出自己的手机递过去。

许棠舟也交出了手机。

等茉茉把两人的手机都关机装进密封袋里,许棠舟才想起来,刚才还有一条 Flow 的私信没有来得及看。那个没有转完的圈圈,最后出来的到底是什么内容呢？

许棠舟特别好奇，甚至想问问凌澈了。

可凌澈已经说过了，注册账号的人是司徒雅。

"后悔也来不及了，"凌澈误解了许棠舟的反应，"都上贼船了。"

"我没有啊。"许棠舟放弃了问他的想法，反正等回来的时候能看到手机。

凌澈一边打开新手机，一边漫不经心地道："你会的。"

许棠舟心想：还没出发就泼冷水真的好吗？！

去机场的路上，车子开了没多久凌澈就开始闭目养神。

作为"好友"，许棠舟和凌澈一起被安排在后座，不走节目环节的时候，两人确实没有什么话要讲。在镜头之下与镜头之外，凌澈表现得像是两个人，许棠舟有些不适应，却也能理解。

真敬业。许棠舟在心里这样评价道。

许棠舟转过脸看着窗外，冬日难得一见的阳光洒在许棠舟的脸上，叫人移不开眼睛。

跟拍摄像发现了这一点，决定录点素材，茉茉就按照事先准备好的一些问题与许棠舟闲聊："舟舟以前去过海岛吗？"

资料上写着许棠舟是启南人，那里地处内陆，并不靠海。

许棠舟牢记着黄千的教诲，要管理好自己的表情，不要给人距离感。

于是，许棠舟回头时带了淡笑："没有。"

记忆里是没有的。

茉茉一个贝塔级都被那笑电到，按着心口花痴地问："真的啊？澈神特别喜欢去海边度假，你们没有一起去过吗？"

又是一个坑。

许棠舟暗骂一句，嘴上很无辜地说："我以前要上学，时间对不上。学习是最重要的！"

"也是哦，"茉茉说，"那你们一般都什么情况下约出去玩呢？"

这题黄千教过。

许棠舟背诵道："我们都不忙的时候，会约几个圈外的朋友一起出去玩。"

"真的吗？是阿尔法级比较多，还是欧米伽级比较多？"

"都有，看情况，有时候贝塔级也很多。"

"澈神有次采访的时候说平时和他在一起玩得最多的人是应宸，舟舟有没有见过应影帝？"

许棠舟有备而来，这题也会答："见过一两次，不过我们不太熟，每次人都很多，他可能不记得我吧。"

这些问题都答得无懈可击。

许棠舟真后悔自己上车后没有学凌澈闭目养神，果然像陆承安说的那样，自己太天真了，这个节目一点都不善良。

刚想到陆承安，陆承安的电话就打过来了。

节目组给每位嘉宾的手机里存下了其他嘉宾的电话号码，手机响起来的时候，许棠舟还有点意外，在茉茉的示意下按了免提接听。

"喂？陆前辈？"

"舟舟，你们做好选择了没有？"陆承安那边挺吵的，但从背景音里听不出具体是在什么地方。

许棠舟道："好了。陆前辈你们呢？"

"我们还没有选好。"

两人先进行了一番无意义的对话。

接着，陆承安切入了正题："你们选择的是哪一组航班？说不定我们可以选同一班，约好一起走。"

"我们……唔！"

一只手忽然伸过来捂住了许棠舟的嘴，另一只手则抢过了许棠舟的手机。

只听身边的阿尔法级警告道："陆前辈，不要趁我打盹，就想从许棠舟这里套话。"

说完，凌澈挑眉看了过来，眼中睡意全无。

许棠舟心想：他果然没睡！

凌澈看了眼许棠舟，又用眼神扫过车里其他人，意思是叫他们都不要出声。

许棠舟下意识地屏住了呼吸。

凌澈的掌心温暖而干燥,手指修长,一只手就几乎遮住了许棠舟大半张脸,完全没有放开的意思。

"什么套话?瞧你说的。"陆承安在电话那头温和地说,"我是想航班时间那么长,我们四个人一起比较好打发时间。"

凌澈说:"谢谢,我们觉得很有趣,不需要打发时间。"

陆承安:"真的?你们在玩什么那么有趣?不如一起玩。"

凌澈:"不好意思,人太多就不行了,必须要两个人玩才能有点乐趣。"

陆承安:"嗯?你怎么说得那么奇怪……"

凌澈把电话挂断了。

许棠舟还被捂着嘴:"乌几到乐,勿前被系不系……"

"重新讲。"凌澈收回手,温软的触感犹存,他微微握起了拳。

许棠舟一被放开,就重新讲了一遍:"我是说我知道了,陆前辈是不是想打听我们还剩多少钱?"

"不然?"凌澈道,"节目里没有什么好人。"

"我差点就上当了!"许棠舟舒了口气,想起之前凌澈说过陆承安不会选A组机票的事,好奇地道,"对了,你为什么说陆前辈不会选A组机票?"

凌澈只道:"人年纪一大,就比较喜欢求稳。"

"噗!"车上有人忍不住笑出声,不知道是摄像还是司机。

陆承安不过三十五岁,这位巨星你确定你不会被陆粉攻击吗?

显然凌澈是无所谓有没有人黑他的,他示意许棠舟:"又来了。"

许棠舟低头一看,这回打过来的是夏月,无语道:"他们这是看不起我?"

为什么都给自己打电话,是柿子都挑软的捏吗?

夏月果然也是问他们航班的,不过她不绕圈子,自来熟地开门见山:"舟舟,你们选了什么机票?"

夏星在旁边大声道:"你还问他们干什么?抓紧时间啊姐妹!"

许棠舟不服气,这回自己回了话:"我们还没选呢。"

夏月:"怎么还没选?"

许棠舟放低语气:"我现在一个人……"

夏月倒吸一口气:"啊?澈神呢?你们、你们是不是吵架了啊?"

许棠舟憋笑:"嗯。"

夏月说:"怎么会这样呢?澈神他……"可能是想起来在录节目,夏月吐槽的话没有说完,转而道,"那你们怎么办?"

许棠舟说:"我不知道怎么办。你们选哪一组,能不能给我参考一下?"

夏月似乎心软了:"嗯……我们可能会选 B 组吧。不过你们钱还多,你不一定要按我们的选。"

两人挂了电话。

"夏月姐还想骗我呢,"许棠舟有个冷壳子,眼睛却亮晶晶的,温度灼人,"骗人我也会!"

凌澈靠在车窗上,用手轻轻撑着额头。

许棠舟察觉到凌澈不太高兴。

凌澈:"听见了。"

办理了手续,一行人在 VIP 休息室等候登机,其间花了两个多小时的时间。

从早上录制到现在,大家都还没吃饭,一上飞机便先点了头等舱还算不错的飞机餐,等待的过程中小声聊起了天。

许棠舟咖位最小,因为凌澈的态度,节目组对许棠舟算不上热络,除了茉茉偶尔热情地和许棠舟说一两句话,大多时候都是一个人安静地待着。

就在这个时候,米非突然出现在许棠舟身边,"哇"的一声跳了出来:"舟舟!"

许棠舟被吓了一跳:"小米?!"

和米非同时出现的还有他们的跟拍摄像,显然早就等着拍这一幕了。

"哈哈,没想到吧!"米非得意地说,"刚才在休息室老远看见你,哥就带我躲起来了。哼,澈神嘴巴那么紧什么都不说,我们当然要吓吓你们报复一下了!"

陆承安从身后揽着米非的腰,气定神闲地道:"年纪大的人,会比较稳重一些哦。"

跟拍助理都是叛徒,为了节目效果,类似的话在嘉宾里传得很快。

说着，陆承安稍微让了一让，转身看向凌澈："可惜澈神忘了，我有小米，综合综合，我也勉强算得上年纪还小吧。"

许棠舟和凌澈的座位就隔了条走廊。

凌澈一脸淡定："是我失误了，陆前辈勇于冒险的精神值得佩服。"

陆承安笑起来："不不不，我就是想看看你们说的两个人才能有乐趣的事到底是什么。"

许棠舟："是剪刀石头布。"

米非不知道有没有领会到许棠舟的意思，竟认真提议道："太无聊了吧，有十一个小时呢，我们四个人可以打扑克牌。"

有了陆米CP的加入，许棠舟的处境要好上许多，米非是个话痨，可以一直和许棠舟聊天。用过餐后，他们当真各自用座位上的透明电子荧幕打起了连线扑克牌。

凌澈本来不想玩，但又不好拂了陆承安的面子，对方好歹是前辈。

不过凌澈可不想白玩，不屑道："赌贴纸条是小孩子才玩的。"

陆承安："那你是想赌钱？"

凌澈："小孩子才做选择，我都要。现在我们的资金都一样多，陆前辈敢不敢赌？"

这么一来，连许棠舟都有点兴奋了。

赌的是基础资金，就他们现在的情况来说算是玩得很大，贴纸条倒不算什么。

"有什么不敢的？"陆承安拿视帝的那部电视剧就是演赌场浪子的，认真学过几天，在他看来这简直是一种挑衅。

然而，一个小时后。

陆承安走过来："不玩了。"

他三十五岁的人，输就输了，但他实在想不通他为什么要和这群人玩贴纸条。

米非想笑又不敢笑，憋得很辛苦。

凌澈当着对方的面问许棠舟："崽崽，我们赢了多少？"

许棠舟数了一下:"三百四十块。"

许棠舟和凌澈是一家,钱多半都是凌澈赢的,他看上去不太满意的样子:"这么少,留着给小费吧。"

陆承安气得一窒:"再见。"

他一走,米非就笑得往许棠舟身上倒,一副没心没肺的样子:"喂,舟舟,你和澈神以前是不是经常玩,这么熟练!看我哥吃瘪,我好开心啊,哈哈哈哈哈!"

许棠舟很圆滑地说:"玩过几次吧,我有个还在念博士的朋友特别会玩。"

仇音那种高智商生物,连别人手上的牌都算得清清楚楚。

念博士的朋友。

凌澈神色微变,却没有追问。

米非走开了,抓着摄像问刚才的都录下来了没有,让对方回头给自己一份。

这一对感情是真的好,许棠舟记得在节目组官博下面看到过黑子说他们两人炒作,说什么阿尔法级和贝塔级不可能有真感情,可是许棠舟觉得不管是米非还是陆承安,都完全没有被这个问题困扰。

凌澈让许棠舟把钱收起来。

刚才许棠舟脸上也贴了纸条,去洗手间清理了一下,再回来时,凌澈已经斜靠在舒适的沙发椅中看书了,还戴了一副耳机。

节目组的人都看出来了,澈舟这一组……关系似乎不像官博说的那么好。只要是在镜头外,凌澈就不怎么和许棠舟讲话,而许棠舟一旦安静下来又显得很高冷,两人之间有种是个人都能看出来的疏离。

娱乐圈里这样的情况实在太多了,好在大家都是聪明人,倒没有人表现出什么,只是默契地做着各自的工作。

没了助理,摄制组的人就负责起了两个艺人的日常生活,茉茉身兼数职,除了必要时提一下流程,还得安排他们顺利地抵达苏里兰。

茉茉按照餐单推荐点了几份甜点,空少送来时也给许棠舟送上一份。

"崽崽不吃这个。"

许棠舟看过去，是凌澈正在和空少说话。

"这份甜点里面有蓝莓酱，而这位乘客正好对浆果类过敏。"凌澈对空少示意，看向许棠舟的方向。

许棠舟下意识地点点头，对空少表示自己的确对浆果类过敏。

凌澈连这个都记住了吗？

"抱歉，"空少礼貌地提议，"我给您换一份布丁，您看可以吗？"

"好啊，"许棠舟说，"谢谢，麻烦你了。"

茉茉注意到这边的动静，走过来说："不好意思，我没注意里面有蓝莓。"

许棠舟的艺人资料上的确有特别交代过不吃葡萄、蓝莓等浆果类水果，她一忙起来，就忽略了还有这回事。

凌澈却不打算就这样点到为止，很直接地告诉她："不用不好意思，下次别自作主张给崽崽点东西。"

凌澈虽然大牌，却很少这样教训人。

那股气势与S级的携带素无关，却足以让人腿软。

茉茉红着脸应下："好的，澈神。"

所有人心里都有了疑惑。

这要说两人关系不要好，谁信？或许人家的相处方式就是这样的？

茉茉又向许棠舟道了歉，许棠舟赶紧说："没关系，吃了也就是脸肿起来，第二天就好了。"

茉茉哭笑不得："怎么没关系啊？你脸肿了，节目还怎么拍？再说了，过敏真的很危险。舟舟，你不要说了，下次你吃什么做什么，我还是问问澈神。"

难道不是该问我本人？

许棠舟与凌澈的位子就隔着一条走廊，凌澈早就在继续看书了，看上去没空搭理人，脸上还是写着"别挨我"。

要是真的把自己的琐事都交给凌澈管，是嫌命太长还差不多。

航程又长又枯燥，许棠舟没带书，时间没处打发，便小睡了三四个小时。许棠舟醒来时耳边只有飞机发动机的些微轰鸣，机舱里很安静，窗外的天已经黑了下来。

飞机穿过月光下的灰色云层，云海层层叠叠，夜空中还缀着几颗漂亮的星子。

凌澈睡着了。

机舱微弱的灯光里，他侧靠着倾斜的椅背，微微蹙着眉，鼻梁高挺，薄唇紧抿。

许棠舟想，吃饭时凌澈只懒懒地戳了几下，就没吃什么了，盘子里还剩了不少，凌澈是真的很挑食。这么挑食的人到底是怎么长这么高的？

似乎察觉到许棠舟的目光，凌澈忽然睁开了眼睛。

"看什么？"他说。

许棠舟偷看被抓个正着。

要知道一般凌澈这样问的时候，就不是什么好征兆。但是许棠舟还是想和凌澈好好录节目的，至少不要太生疏，便主动问："你饿不饿？"

凌澈眉毛皱得更紧："你又饿了？"

刚才他亲眼看见许棠舟吃了很多。

许棠舟做了个"嘘"的动作，打开了旁边的小灯。灯光下，许棠舟白得晃眼，睫毛低垂的时候仿佛鸦翅一般。

许棠舟找到刚才脱下来的外套，窸窸窣窣地摸索了一阵，摸出几块巧克力递过去，用气音道："我藏在衣服口袋里的，这是我的秘密粮库，分给你一点，你可以存起来。"

黄千说这样做不算耍诈，反正节目组不会搜身。因为节目里其他人说不定也会留一手，节目组在这方面都是睁一只眼闭一只眼，心照不宣罢了，谁敢真的让艺人饿肚子呢。

因为激动，许棠舟的脸颊有点发红。

许棠舟发现这情景和上学的时候用零食和同桌处好关系也没什么不同嘛。

"你现在也可以吃，"许棠舟的手还伸在过道半空中，"我还有其他的东西，不用担心吃完了。"

凌澈却没接，只问："谁教你这么做的？"

说谎、耍诈、打牌，都是谁教许棠舟的？

什么特别守规矩的乖，他早该知道从许棠舟说从来没谈过恋爱起，人就完全变了。而这些都是谁教的,是那个标注印记过许棠舟的人,还是那个教许棠舟打牌的人?他只要想一想,就很反感。

凌澈没接那几块巧克力。

他翻了个身背对着许棠舟,没再说话,也没看许棠舟是什么表情。

许棠舟弱弱地说:"黄哥教的啊!"

话音刚落,就对上坐在前排看着自己的米非。

米非默默地看着许棠舟手上的巧克力,有点怨念的样子,指着自己的嘴巴。

分点给米非,两人就算"同流合污"了,米非应该就不会揭发自己违规吧?

两人不言不语地把巧克力分了,轻轻击掌,就算完成了某种秘密约定。

"给我。"凌澈不知道什么时候又转过身来。

许棠舟:"……"

米非:"……"

凌澈脸很臭:"我的巧克力呢?"

许棠舟停止咀嚼,鼓起一边腮无辜地道:"我还有压缩饼干,你要不要?"

许棠舟觉得直到下了飞机,凌澈还在因为巧克力的事耿耿于怀,因为挑食,不吃压缩饼干,脸一直很臭。

然而,压缩饼干又做错了什么?许棠舟觉得压缩饼干也是很美味的。

走出机场,因为时差,这边还是傍晚,天空染着晚霞。

节目组抠得要命,竟没有准备接机的车,让他们自行解决。

"由于现在是两组嘉宾同时抵达了苏里兰,所以,节目组很贴心地为你们准备了优质房源。"茉茉笑眯眯地对他们说,"但是呢,优先选房的权利改为谁先抵达录制区域,谁就能先选房!你们选择出租车、巴士或步行都可以哦!友情提示一下,录制区域距离机场三十公里。"

四个人拖着行李箱,面无表情。

一阵海风吹过。

第四章
我闻到你的携带素

被好几台摄影机围着，四个人中依旧是陆承安先开口。

"澈神，你们怎么过去？"陆承安像老狐狸一样，已经打好了算盘。

凌澈不动声色："打车。"

他们两组原本基础资金一样多，支付机票后都还剩下六千元，但是在飞机上陆承安和米非输掉了三百四十元，现在领先的人变成了凌澈与许棠舟，他们两人大可以用那笔钱打车。

陆承安说："澈神，这样不太好吧。你们如果打车的话，我们也只好打车，这样到了目的地还得抢，结果都是一样的。不如我们都坐巴士，以最省钱的方式到了目的地再抢怎么样？"

米非与陆承安十指紧扣，依偎在陆承安身边，两人一起真诚地看着许棠舟。

难道他们看不出来自己和凌澈是凌澈说了算吗？

谁知凌澈也看了过来："崽崽，你怎么想？"

下飞机之前大家都换上了夏装。

这里地处热带，二月初的气温就高达三十度了。不过刚从机场出来这么一会儿，每个人都被炎热咸湿的天气打了个措手不及，微微出汗。

只有许棠舟一个人不怎么受影响，还是干净清爽的模样。

许棠舟穿了一件白T恤和短裤，小腿细而长，露在外面的皮肤很白皙。

冷不防有了决定权，许棠舟还不太适应，想了想才说："行吧，这样大家都可以省钱，不用白白做贡献。"

一起到达目的地挺好的，至少不用在路上争个先后。

"那一言为定。"陆承安伸出手。

"一言为定。"凌澈只用拳头抵了一下。

"耶！"米非小声欢呼，四处看了看，"那边有巴士站！"

行人好奇地看着他们这一群人，还有人倒回来特意盯着凌澈看。

凌澈不得不戴上了帽子，微微低下头催促道："走了。"

《我们的完美旅行》官宣以来，从未对外公布过具体拍摄时间，但不排除有狂热的粉丝提前到这里来蹲守。一行人阵仗大，原本还算宽阔的巴士站被他们填得满满的，甚至已经有人举着手机开始拍他们了。

巴士到站时陆承安先上车，然后很有风度地拉米非上去。他们的摄像紧跟其后，助理则和司机礼貌地说明他们在拍摄，寻求许可。

他们刚才在机场换了卡卢比，许棠舟的包鼓鼓囊囊的，正一边低头翻找硬币一边上车。

这巴士与国内的公交车高度有所不同，许棠舟下意识地抬脚，却一脚踩空："啊！"

下一瞬间，许棠舟的腰便被后面的人托住了。

那双大手特别有力，把许棠舟托得稳稳的，许棠舟腰侧的皮肤隔着一层衣服都烫了起来——是凌澈的手。

凌澈很自然地放开手："先上去再找。"

许棠舟依言上车，投了硬币以后脸还是热的："知道了。"

巴士里空荡荡的，陆承安他们都坐在同一边，许棠舟便朝另一边走去。车子发动时海风吹进车厢，许棠舟的T恤被吹得微微鼓起，隐约能看见一截细腰。

"好漂亮啊！"许棠舟选了个靠窗的位子，主动对在身边坐下的凌澈说，"你看外面。"

凌澈太高了，逼仄的座位让他的大长腿无处伸展，不得不斜坐着把腿伸到过道里。闻言他"嗯"了一声，不知道在想什么，反正是在不爽就是了。

许棠舟忽然记起来米非说凌澈很喜欢去海边度假，那一定是见惯了这样的景色，已经见怪不怪了。

一旁的米非也在叽叽喳喳地和陆承安说话，窗外的景色令米非有些兴奋。

米非说着说着就回头道："澈神，我突然想起来你的一首歌！"

凌澈还没说话，许棠舟就道："《在你之后》，对不对？"

"对！很有在海边然后失恋了的那种感觉！"米非轻轻唱起来,"海风与细沙还是一样,长滩承载着那嬉闹一场。你说涨潮会缩放岛的形状,像被温柔紧紧拥抱过的心脏……"

米非唱歌没什么技巧,但声音听起来很干净,意外地好听,连许棠舟都被带入了那个情境中。

凌澈却打断了米非:"别唱了。"

米非一脸茫然:"为什么?"

凌澈言简意赅地道:"跑调。"

米非"哼"了一声,转身向陆承安抱怨,说凌澈欺负自己。

许棠舟刚想和凌澈讲米非明明没有跑调,凌澈就压低声音道:"不要想太多,这首歌与你无关。"

许棠舟也觉得和自己无关,讲别人跑调拉仇恨的又不是自己。

许棠舟没心没肺地点点头,敷衍道:"嗯嗯。"

"知道就好。"凌澈看许棠舟的眼神一言难尽,顿了顿,又说,"到了下一个站,你做好准备。"

许棠舟:"准备好做什么?"

凌澈却不理许棠舟了。

摇摇晃晃中,巴士到了下一站。

前门与后门同时打开,趁着前门的乘客往里走,凌澈开口:"下车。"

许棠舟一下子就明白了他的意思。

说时迟那时快,他们拎着行李箱跳下车的时候连茉茉和摄像都没反应过来,好不容易才跟着跳了下去。陆承安他们则来不及了,气得破口大骂,米非一脸不敢置信。

巴士载着他们渐渐远去,陆承安把头伸出窗外,骂道:"凌澈你这个……"

陆承安愤怒的声音远去。

许棠舟笑得捂着肚子蹲在地上半天起不来:"陆前辈气得脸都变形了,哈哈哈……"

凌澈没说话。

他就看着地上蹲着的这个人设完全崩坏了的人，一脸嫌弃。

许棠舟抬起头来时，眼眶是湿的，是笑出眼泪来了："不敢置信小米非，怀疑人生陆承安，这时候后期可以配上这样的字幕，把他们的反应多放几次剪成预告片，哈哈哈……"

茉茉和摄像都憋笑憋得很辛苦。

连凌澈的唇角都忍不住勾了下，分明有笑意一闪而过。

许棠舟还是头一次看见他这样笑，心不知道为什么狠狠地悸动了一下，有种异样的感觉转瞬即逝。许棠舟耳朵发烧，特别受不了这样的凌澈，太勾人了。许棠舟想，还好我按时吃药，不然怎么受得了！

可凌澈只是臭屁地说了句："你笑够了没有？笑够了就起来打车。"

还当着镜头呢，没了助理的大明星就敢正大光明地使唤人。

许棠舟不过是个小虾米，哪里敢有意见，老老实实地站在路边打车。

凌澈则坐在行李箱上，丝毫没有要帮忙的意思。

"在这边要举手才表示搭车，"凌澈不仅奴役许棠舟，还指点来指点去，"他们看不懂你的手势。"

"你来教我啊，"许棠舟学会了耍小聪明，反正镜头下凌澈不敢凶自己，"你做个示范。"

凌澈都懒得站起来，坐在行李箱上滑动过来，毫不客气地把许棠舟平伸出去的胳膊向上一托："广播体操都不会做？"

一被碰到，许棠舟又想起了刚才那双扶住自己的手，不敢作妖了。

许棠舟站得笔直。

这条巴士线是环岛的，途经的都是主要道路。

此时天色完全黑了，路灯亮起，在咸湿的海风中众人仅仅等待了不到五分钟，就成功地搭上了出租车。

很快，出租车就超过了慢吞吞在路上摇晃的红色大巴，隐隐有陆承安和米非趴在玻璃窗上的脸一晃而过。

凌澈靠着聪明机智，实际是出尔反尔，成功带着许棠舟首先到达录制现场。

陆承安到达时，已经恢复了镇定："兵不厌诈，澈神，等着瞧。"

直到此时，米非仍旧觉得不敢置信。

凌澈就算了，许棠舟严重伤害了两人之间的感情，以至于选房子的时候，米非才稍微缓过来。

"特别折扣房？"米非要崩溃了，"为什么会有打折到几乎免费的房子？这是什么烂节目？还有公平可言？"

节目组准备的优质房源中，最吸引人的便是这一套房子了。

小小的木质私人别墅，共有两个房间，坐落在离海边很近的椰树林里，除了离便利店等有点远外，几乎没有缺点。房主已经提前收拾妥当，唯一的要求是照顾好他小别墅内所有的东西。

而陆米CP这一组因为第二个到达，只能排在澈舟后面，选不到这套房子了。

剩下两套备选的房子都不怎么样，与节目组声称的"嘉宾都有优质房源"大相径庭，两套中一套是水电减免，一套是房租减免。

陆承安选了房租减免那一套，米非打开信封看了一眼，发现他们这套房子的日租减免后竟然与第一名的房子一样，而这两套房子不知道差了几个档次。米非扑通一声跪地懊悔不已，抠了一把沙子："太狠了吧！"

许棠舟已经拿到了小木屋的钥匙，于心不忍地说："小米，你想开一点……天无绝人之路，至少还有更惨的夏月姐姐她们垫背呢。"

米非真的想哭了："舟舟，你背叛我！"

许棠舟低声道："我也是身不由己。你看，明明错的不是我，是这个世界。"

凌澈冷声道："戏加完了？"

许棠舟站起来，一脸严肃："差不多了。"

米非抓起一把沙子朝许棠舟的腿撒了过来，许棠舟眼疾手快地闪开了，凌澈猝不及防被撒到："许棠舟，你到底跟哪边的？"

许棠舟赶紧表明立场："我跟你的！"

凌澈眸色沉沉。

米非只是开玩笑，否则也不会朝着腿撒沙子，被凌澈一看，心里有点慌，还以为他生气了："我只是和你家崽崽开玩笑，对不起啊澈神……"

谁知凌澈痞笑一下，弯下腰也抓了一把沙子朝米非的腿撒去。

"啊啊啊啊啊！"米非跳起来就跑，"你们就会欺负我！"

陆承安也加入了，四个人在现场追着打闹，嬉笑怒骂中结束了这一环节。

最后凌澈拍拍手上的沙子，说了一句："无聊。"

当晚节目组安排大家一起用了餐，便各自入住了。

到了睡觉时间，茉茉和摄像们都要休息了，但他们在嘉宾除了浴室以外的每个房间都安装了摄像头。

真人秀节目就是这样的，会尽可能地拍摄嘉宾的生活，毕竟每一分每一秒都有可能出现在正片里，都有可能成为节目的看点。

比如现在，陆承安就和米非在他们的房间里数钱，计算总共还剩多少基础资金。

他们的房租并没有公布给凌澈与许棠舟看，实际上就算经过减免，一天的房租也需要大约八百元。再加上吃饭日用，他们接下来会过得很艰难。

陆承安亲亲米非的额头："没关系，大不了我那份饭给你吃，不会让你饿肚子。"

米非扑过去，趴在他肩膀上一言不发。

而凌澈与许棠舟这边，却各自回到了自己房间里整理行李，几乎没有交流。

但让节目组惊喜的是，状况发生了。

许棠舟将行李箱里所有的东西都拿出来摊在床上，仔细地翻找了两遍，也没找到用来调节携带素敏感度的药。

准确来说，是许棠舟的 Mist 携带素阻断剂、颈环和腺体贴都不见了，那个装着这些私人物品的口袋在录影棚里被搜过之后，许棠舟也不记得有没有好好地放回去。

此时，许棠舟察觉到了自己的携带素味道。

欧米伽级的携带素和阿尔法级的不同，是无法自己控制浓度的。

许棠舟很少能闻到自己的携带素。

二十几年前，阿尔法级、贝塔级和欧米伽级血型的比例达到3:5:2，创百年新低，欧米伽级人口的锐减使欧米伽级开始为自己追寻平等权利。携带素阻断剂在那时横空出世，它能在短时间内屏蔽欧米伽级携带素，防止欧米伽级携带素引起的阿尔法级被动失控，真正让欧米伽级从被动求偶转变为主动选择，终于实现了真正意义上的平等。

每一位欧米伽级都会在分化完成后使用携带素阻断剂，直到欧米伽级处于恋爱关系中被临时标注印记，或者步入婚姻殿堂被彻底标注印记为止。

而未使用携带素阻断剂的欧米伽级，一般情况下都会被视为正在大胆求偶。

许棠舟才不想大胆求偶，所以非常绝望。

作为节目组里唯一的欧米伽级，许棠舟在这里人生地不熟，也没个认识的欧米伽级可以借一借。

还好颈环只是用来以防万一的非必需品，而携带素阻断剂和腺体贴什么的便利店就有卖。

唯一棘手的是仇音开的药没了，许棠舟不知道自己还会不会对凌澈的携带素敏感。万一录节目时对着凌澈流鼻血……那就太糟糕了。

坐了两三分钟，原本还淡淡的味道渐渐变得浓郁，许棠舟相信任何进这个房间的人都能闻到自己的味道。

许棠舟不得不去一趟便利店了。

许棠舟无计可施，只得先用一件衣服捂住了腺体，在脖子上打了一个可笑的结，卑微地希望味道可以被遮住，然后硬着头皮去敲凌澈的门——这件事得和凌澈商量，因为除了基础资金，许棠舟也没有钱。

许棠舟走出房间前先闻了闻自己，确定闻不到味道，才穿过不算长的走道往凌澈的房间走去。

挂在墙壁上的摄像头就像好奇一样，跟着许棠舟的动作移动，发出轻微的声音。

凌澈正在洗澡。

他来开门时头发还在滴水，身上穿了条短裤，披着一条浴巾。

许棠舟都不知道该看哪儿，偷偷瞄了一眼凌澈的人鱼线。凌澈的身体结实有力，漂亮的腹肌清晰可见。

如果凌澈能一直不说话，许棠舟这个颜粉真的可以！

"你干什么？"凌澈用手拨弄了一下许棠舟围在脖子上的衣服。

许棠舟努力让自己镇定下来："我的阻断剂不见了。"

许棠舟把事情的经过说了一遍。

凌澈原本不怎么耐烦的神情渐渐收了起来，眉头微微皱起，看向了墙壁上的摄像头。

当时戚木搜过行李箱以后，为了不耽误流程，行李都是统一由节目组的人收拾整理的。凌澈记得许棠舟装私人用品的卡通布袋，那些物品的确都装在里面。

节目组再坑人，也不至于拿这种事开玩笑，如果真的是节目组干的，凌澈绝对不会容忍。

"我需要去买一个，"许棠舟为难地说，"有点贵，那个，我先用基础资金。明天问问茉茉这一项可不可以使用我自己的钱支付，不算在我们比赛的支出里。"

凌澈根本不在意什么钱从哪里支出，作为一个独断霸道惯了的阿尔法级，他只问："去哪里买？"

许棠舟："便利店。"

凌澈似乎觉得太不严谨了："便利店就能买到？"

许棠舟心道，你不是谈过恋爱吗？连这个都不知道？

看来越是出色的人单身，就越是有原因的啊。

阻断剂需要本人购买，许棠舟回房间拿了护照，凌澈已经穿戴整齐在等了。

院子里有一棵低矮的芭蕉树，海风吹得树叶窸窣作响，凌澈站在树旁，五官深邃俊美，夜色中倒真的比平常更像傲慢自负的贵族。

见许棠舟出来，凌澈说了句"你的动作怎么这么慢"，就率先朝外面走去。

许棠舟有些意外："那个，你要陪我去啊？"

两人不是真的熟，许棠舟可还记得凌澈警告自己不要给他找麻烦。

凌澈走了几步站住，居高临下地说："你来找我不就是这个意思？"

凌澈根本没注意到许棠舟来找他是商量钱的事，自动理解为许棠舟要他陪。毕竟欧米伽级弱小可怜又无助,他总不可能不理会。

许棠舟知道,自己否认的话就死定了,凌澈搞不好会翻脸,于是赶紧点头:"我就是那个意思。"

"那就走快点,"凌澈转过身继续往外走,也不等人,"不然你就自己去。"

椰树林里黑漆漆的,小道上就只有节目组设置的夜光标志。

许棠舟背脊发凉,没骨气地追上去:"不不不,别让我一个人去,你别走那么快!"

这附近不是闹市区,到了夜里十点,便利店里已经没什么人了。

店员是当地人,看到两个东方面孔,也只是多看了一眼,并没有在意。

许棠舟很快就在货架上找到了畅销全球的 Mist 携带素阻断剂,冰激凌口味已经不算新品了,却还是摆在最显眼的位置。

一个 Mist 的售价在两千元左右,大约能使用好几个月。

凌澈站在货架旁,比货架还高,恹恹地道:"快点。"

许棠舟有些心疼:"我的那个 Mist 还剩百分之六十没有用呢,不知道还找不找得到。"

凌澈无法理解这种心态。

许棠舟的家境比寻常人好太多,也算得上是从小锦衣玉食,却还这么节俭,是长大了吧。

凌澈:"选好了没有?"

许棠舟选了冰激凌口味:"好了,我上次就是用的这个口味。"

其实除了口味没什么好选的,付款后解锁再输入携带素编号就可以使用了。

结账时,店员觉得凌澈特别眼熟,一直盯着他看。凌澈便转过身去避开对方的目光,却正好看到收银台旁整齐摆放的私密用品。

许棠舟在凌澈后面,探过头去看了眼说:"帮我拿一盒这个,要薄一点的。"

凌澈:"你买这个做什么?"

许棠舟抬头看凌澈,很自然地说:"用啊。"

凌澈:"……"

许棠舟点头:"薄一点的比较好用。"

说着，许棠舟侧身过来，拿了一盒放在私密用品旁边的腺体贴。

拿到腺体贴的瞬间，许棠舟才明白刚才凌澈误会了。

许棠舟耳朵发烧，只要和凌澈在一起，自己的耳朵好像就时不时要烧一下："你以为我要拿什么？"

凌澈忽地记起来许棠舟新年夜那晚的直播。

什么梗都敢接，什么话都敢说，完全不像乖巧的样子，许棠舟怎么会这么开放？

其中原因，他不用想也知道。

"你怎么了？"许棠舟见凌澈不说话，顺手拿起了那盒私密用品，"对不起，怪我没说清楚，这个也是超薄的。"

凌澈冷冷地扔下一句："我在外面等你。"

回去的路上，凌澈没怎么和许棠舟说话。

许棠舟算不上话痨，也不是很主动的人，一个不小心就容易用力过猛。刚才自己用来缓和误解的举动好像太过了点，对方可是凌澈，不是粉丝，更不是朋友。

不过再一想，凌澈或许根本没打算和自己搞好关系，毕竟两人是因为这个节目才不得不有了交集，等节目一结束，以自己和凌澈之间的差距，就再也没有什么机会来往了。

两人一前一后往回走，许棠舟有点失落。

"许棠舟。"冷不丁地，凌澈叫了许棠舟全名。

许棠舟："嗯？"

两人站在昏暗的椰树林中，借着节目组布置的荧光灯，勉强能看清楚对方的模样。

凌澈的眼神很冷："你为什么要参加这档节目？"

这里没有别人，所以凌澈讲得很直白，也不用再扮演什么好朋友，这是真实的凌澈。

许棠舟却有点听不懂这话的意思，疑惑地道："黄哥安排我参加的，你不是知道吗？"

凌澈追问，问得更清楚："为什么明明知道有我在，你还要参加？你就一点也不介意？"

这是要谈心了？

许棠舟心想，难道凌澈还在意上次年会上的事吗？明明是拒绝过的人，却还是一起参加了节目，饶是凌澈，也无法装作若无其事。

黄千曾告诉许棠舟，凌澈不是完全无法沟通的人，若是有机会聊天，大可以主动向他示好，人与人之间一旦沟通得当就没有芥蒂了。

于是许棠舟说："我不介意。"

凌澈："为什么？"

许棠舟说："因为我喜欢你啊。本来我不太想参加综艺，看到和我一起来的人是你，我才想参加的。"

那次在费舍酒店不是说得很清楚了吗？

自己是他的歌迷，是喜欢他音乐的人。

此外，还是他的颜粉，是在梦里和他发生肢体接触的人——这个许棠舟就不敢说了。反正自己控制不了，做梦也不犯法。

凌澈足足有一两分钟没有说话，像被雷劈了一样呆立在原地。

许棠舟迟钝地发现自己的话好像有歧义，立刻解释道："不是你想的那样，我并不是想蹭你的热度……我知道你对我没什么好感，你放心，我没有其他的意思，就只是喜欢你。节目完了以后我不会赖着你不放的，你否定我是你的朋友也没关系，你不用有心理负担。"

许棠舟没那么想红，只是想好好工作，不辜负黄千的栽培。

凌澈再开口时，语气十分僵硬："知道了，这种事你不要随便和别人说。"

许棠舟一头雾水："为什么不能和别人说？"

凌澈走近一步，神色不明："总之就是不要说，我不想别人产生不必要的误会。"

凌澈身上的压迫感扑面而来，许棠舟下意识地往后退，却被凌澈伸手按住了后颈，明明还隔着一层围在脖子上的衣服，却让许棠舟动弹不得。

两人靠得很近，凌澈微微低头，声音很沉："记住了吗？我们只需好好录节目，回去以后，该怎么样还是怎么样，什么也不会改变。"

许棠舟点点头："我记住了。"

凌澈看上去仍不满意："还有……我闻到你的携带素了。"

后半句话，凌澈的语气很重。

许棠舟迟疑地道："那、那麻烦你帮我贴一个腺体贴？"

直到很久以后，许棠舟才明白凌澈说"我闻到你的携带素了"这句话的意义。

那是凌澈第一次闻到许棠舟的携带素。

但当时，凌澈听到许棠舟的要求只是神色微变，他眼睛眯了眯："我帮你贴？"

腺体贴是配合携带素阻断剂使用的物品，长期接触阻断剂的腺体需要得到休憩，而腺体贴除了暂时以物理方式阻隔携带素以外，还能给腺体做保养，是欧米伽级的专用物品。

简言之，让别人给自己贴腺体贴，可以视为很亲密的行为。

许棠舟尴尬地道："是我不会贴，你不要误会。要是不方便的话就算了，我自己来。"

许棠舟分化腺体不过才四年，不会贴腺体贴这个毛病是仇音惯的，仇音作为医学博士生有强迫症，许棠舟贴歪一点，仇音都要撕下来，然后一丝不苟地再贴回去。

凌澈没有理许棠舟，大步朝小木屋走去。

"回来了回来了！"

另一套房子里，从摄像头中看到两人回来的工作人员互相通知。

只见实时画面里，凌澈先于许棠舟进了院子，而许棠舟紧跟其后，手里还拎着便利店的购物袋。不知道为什么，这两人出去了一趟，再回来两人之间的气氛比之前更紧张了，感觉随时就要开始冷战。

许棠舟回到房间，盘腿坐在地上打开购物袋，开始思考怎么才能贴好。

凌澈突然推门而入，一脸不爽的样子："给我。"

许棠舟一脑袋问号。

凌澈："腺体贴。"

许棠舟：阿尔法级的心思真难猜！

许棠舟腹诽着，却还是把东西递上去，卑微地解释着，希望凌澈不要翻脸走人："不难的，你看，贴的时候把中间的部分对齐就可以了，很快很快。"

凌澈"嗯"了一声。

他虽然不会贴，但是说明书他还是会看的。

沉默地研究了一两分钟，凌澈道："头低一点，不要乱动。"

说完，凌澈抓起许棠舟刚才用来围脖子的衣服扔了出去，准确无误地把摄像头盖住了。

画面顿时一片漆黑，八卦的工作人员纷纷面面相觑。

许棠舟已经乖乖地把头低了下去，看不见凌澈的表情，心却扑通扑通地跳了起来，是在紧张吗？还是最脆弱的地方展示给凌澈看，有些不妥？

凌澈撕开包装，却迟迟没有动作。

许棠舟的睫毛轻轻地抖了一下，贴个腺体贴而已，为什么气氛有点奇怪？

殊不知，凌澈的眸色已经变深了。

眼前这段细长白皙的脖颈因为低头的动作微微凸起颈椎，暴露在空气中的皮肤完好无瑕。

没有咬痕，干净得都有些刺眼了。

凌澈终于确认了这一点，许棠舟曾经属于过别人的印记真的已经被彻底清除，再也看不见任何阿尔法级曾标注印记的痕迹。

不记得有多少次，他试图在这里找到一个名为腺体的器官，却终究无果，而现在，它就在那层干净柔嫩的皮肤下极轻微地鼓起，提示他，它已经完全发育成熟了。

只要咬一口，他就能将阿尔法级的携带素注入腺体，让这具身体的主人成为自己的所有物。

明明许棠舟什么也没做，仅是这样一截再寻常不过的脖颈，就好像在对他发出无声的邀请。

疯狂和暴虐深深地刻在阿尔法级的骨子里，不可否认的是，他们眼中的欧米伽级真的很脆弱。

若是契合度足够，欧米伽级从生理上根本无法拒绝阿尔法级的追求，轻易便会被彻底占有，无论欧米伽级是否自愿，生理上都抵抗不了。

所以不怪凌澈有偏见，欧米伽级无法控制自己是客观事实。

许棠舟不仅回来了，还洗去了印记，并说了那样一番话。

许棠舟想干什么？

凌澈拿着腺体贴，手指不可避免地触碰到那温热的皮肤，只觉得有细微的电流从指尖闪过。

令凌澈惊讶的是，手下这段雪白的脖子竟迅速泛起一片粉色，并往耳后蔓延而去。

凌澈一怔，许棠舟怎么敏感成这样？

"好痒。"许棠舟抬起头，眼尾有点红，"你可以快点吗？"

许棠舟的携带素味道是极清淡的，透着冷冽，好像这个人给人的感觉一样。腺体分化后，携带素已经完全融为一体，从皮肤和发梢等地方开始，慢慢将身上的气质彻底改变了。

凌澈被这么一看，下一秒就"啪"的一下毫不温柔地把腺体贴盖了上去。

这个强势的阿尔法级，自己只是弱小的欧米伽级！

"好了。"凌澈没有感情地说，"今天太晚了，明天我会让人去查，你的阻断剂和颈环总不至于凭空消失了。"

许棠舟点点头，看起来有点乖。

凌澈有点待不下去了，不管许棠舟想干什么，总之他不会上当。

凌澈没有过多逗留，临走前留下一句："好好用阻断剂，不要让携带素到处都是。"

许棠舟闻了闻，马上把 Mist 解锁并输入携带素编号，连吸了好几口。

凌澈并不打算让节目组去查这件事，如果真的是节目组干的，现在他们人已经到了国外，查也查不出结果。

他打电话给司徒雅说了这件事。

司徒雅沉吟半晌道："我会和黄千提一下，有些事情他比我更方便出面。"

凌澈："嗯。"

司徒雅道："你们怎么样？你们现在住一套房子，没事吧？"

司徒雅在担心什么，凌澈当然知道。

她肯定不是担心如果许棠舟和凌澈发生什么会被用来炒作，而是担心凌澈本人的感受。

毕竟不管以前怎么样，感情的事还是当事人自己最清楚。

"没事，"凌澈漫不经心地道，"到处都是摄像头，我们的房间隔着一条走廊呢。再说了，我也不至于那么没有自制力。"

大不了就是被携带素撩拨得一整晚睡不好而已。

许棠舟雪白的脖子和微微鼓起来的腺体总是在他眼前晃悠，撩拨着他的神经。昨晚他有点失眠，干脆爬起来写歌。

也算不上歌，就是一些零散的旋律，可能也没什么用处。

"这几天你们俩的热度很高。"司徒雅道，"前天在录影棚拍摄的片段做了花絮，你有空上网看看。"

另一边，许棠舟接到了黄千的电话，从网上看到了所谓的录影棚花絮。

被反复播放的，正是自己打电话问凌澈怎么还没到的那一段。第一次在视频里看见自己在综艺节目上的样子，许棠舟终于明白了黄千为什么老是让自己做好表情管理。

"脸真冷啊，耍什么大牌。"

"还真以为自己是超模呢？淡出几年，谁还记得这个人？周围都是前辈，有必要那么装吗？"

"抱着凌澈的大腿才得到资源，还是要搞清楚自己的位置。"

"抱走我家舟舟，人家和好朋友上节目不行吗？黑粉滚远点。"

……

不说别人，许棠舟看了自己的脸都想吐槽。

原来自己和嘉宾们坐在一起全程都没有表情啊，可是明明自己已经很努力在卖乖了。

花絮不长，很快就到了夏星说凌澈准备演唱会，然后夏月提道："许棠舟应该知道吧？"

"不理人？"

"嗯？"

"舟舟天生就是这样的，你们不要挑刺啊！"

"什么舟舟，不蹭凌澈热度，谁认识啊？"

"还不想接梗，连我都心疼硅胶姐妹花。"

戚木让许棠舟打电话给凌澈，弹幕更多了，全是表示羡慕嫉妒恨的，偶尔夹杂两个黑凌澈的都被其他弹幕遮住了。

"我想要哥哥的电话，啊啊啊！"

"凌澈，你不要随便把手机号码给不认识的人啊，给我！"

"啊啊啊，哥哥的声音好好听啊！"

"堵车了，心疼，那天路上发生事故了。"

"前面说要大牌故意迟到的黑子打脸了没有？要不要出来我再补两耳光？"

"崽崽。"凌澈的声音传来。

"啊啊，我疯了！崽崽？"

"崽崽？啊啊啊，凌澈，我不允许你这么叫！"

"我先走一步了，姐妹们随意。"

"我老公会宠人了，呜呜呜呜，宠的不是我。"

"哈哈哈哈，我没疯，崽崽一定是叫的我，哈哈哈！"

许棠舟再次听到这两个字，耳朵又红了，心也跳得更快了，捧着手机想看黑粉们又怎么骂自己，没想到弹幕却画风突变。

"我居然觉得有点可爱是怎么回事？"

"不对，我是不是按了暂停键？"

"前面的等一等，你没有按暂停键，是许棠舟愣住了，哈哈哈哈，我崽崽脸皮太薄了吧。"

"剪辑的吧？这脸是突然刷了腮红？"

"一秒脸红了啊姐妹们，这是什么速度！快点看，连耳朵都红了啊！"

"等一下，我忽然觉得有点宠……"

#凌澈 崽崽#和#许棠舟 一秒脸红#这两个话题迅速登上了Flow热搜。

有人把许棠舟的反应做成了表情包动图,脸红的过程由于速度过于令人惊叹,在各种领域得到了广泛运用。

许棠舟趴在床上,反复看那张动图,惊得目瞪口呆。

自己的反应为什么总是那么大?当时也是,现在也是,一听到凌澈那么叫自己,就心跳如雷,自己是不是喜欢上凌澈了?

明明只是假的,连朋友都是假的,凌澈还叫自己只管好好录节目,自己也太自作多情了吧。

不要脸!

许棠舟一边唾弃自己,一边把那段凌澈叫自己的音频反复播放了二十遍。

真好听。

小木屋处于几套房子的中心点,风景优美,树林阴凉,未来几天这里便是大家的集合点。

节目组的人到达小木屋时还早,当地时间早上六点,他们轻脚轻手地开始布置现场,却发现两位本该躺在床上的嘉宾都已经醒了。

凌澈正在满屋子找水喝,厨房和冰箱他都找过了一遍,一点饮用水也没看见。

许棠舟也出了房间,和凌澈一样,也拿着一个杯子:"我们没有水吗?"

凌澈看了许棠舟一眼:"嗯。"

晨光中,两人一个头发乱糟糟的,一个还穿着睡衣,镜头中的景象却像是在拍MV,连滤镜都不用加。

两人简单交流后便陷入了诡异的沉默中。

许棠舟不知道凌澈在想什么,反正许棠舟在想:凌澈看到那个花絮了吗?好想回到那个时候捂住脸啊,毛细血管就不能争点气!

凌澈确定这人把自己昨晚说的话听进去了,放下杯子淡淡地道:"叫人来问问是怎么回事。"

许棠舟自告奋勇:"我去问!"

话音刚落,许棠舟就趿拉着拖鞋,小跑着出去找人了,身体力行地贯彻着好好录节目的工作方针。

节目组果然不愧是最坑人节目组。

茉茉进来后告诉两人，因为当地不允许开发，所以饮用水需要自己去便利店购买，而节目组奖励给他俩的三天免费用餐是不包括饮用水的。

这还没完，她硬着头皮继续道："舟舟的行李是由后勤部门整理的，我们正在调取前天的监控录像。不过你们可以放心，在弄清楚之前，你们昨晚的花费我们会承担一半。"

凌澈已和司徒雅联系过，挑眉道："一半？"

凌澈算不上强势，语气也不凶，可茉茉快被吓哭了："对，这个根据规则算在日常用品里面了。"

许棠舟心想：为什么对这样的结果一点都不惊讶，节目组应该巴不得看到嘉宾出各种状况吧。

茉茉本以为凌澈不太好说服，谁知凌澈却道："行，那等弄清楚以后，我需要你们节目组公开道歉。"

当事人许棠舟心大，听到只报销一半的噩耗，已经在用手机计算器算手上还剩多少钱了。

这件事情暂告一段落，简单地吃过早饭，所有嘉宾到小木屋前的院子里集合，外面传来了一阵喧闹声。

原来是贝塔级姐妹花夏月和夏星经过转机与十几个小时的飞行，终于到达了目的地。

作为第三组到达的嘉宾，她们得到了减免水电费的房子，但没有休息就要开始录制第一天的节目，两人看上去都很疲惫。

令人意外的是，她们是一路吵过来的。

"那就不要参加了，"夏星眼睛都气红了，"退出啊！我们现在就回去，有什么大不了的！"

夏月停下脚步，摊开手："你还好意思说，误机的是你不是我！"

夏星一下就没了言语，噎了一下："我都道歉了，你还想怎么样？我又不是故意的！"

夏月是姐姐，吼道："那就闭嘴！"

米非站在离她们最近的位置,见夏月走开后留夏星一个人在原地,便上去拉她:"怎么吵起来了?走,先跟我们一起吧,消消气。"

夏星却直接甩开米非的手:"不关你的事!"

米非有点尴尬。

陆承安站在原地,喊了声:"小米。"

这对姐妹花经常吵架,已经不是新鲜事了。

两人在综艺节目上动不动就吵起来也是正常的,谁劝谁倒霉。

原来夏氏姐妹并不是选的C组廉价机票,她们权衡利弊之后,选了折中的B组。本来基础资金就落后一截,她们也不想成为最晚到达苏里兰的那一组。谁料夏星不知道干什么误机了,两人赶紧又买了C组机票,花了两次机票的钱才赶到苏里兰。

这么一来,她们吵架的原因大家就都明白了。

跟拍摄像一直对着夏星拍特写,她的眼泪一滴一滴地往下掉,负气地一动不动,任摄像拍。

夏月:"你还不过来!"

夏星猛擦眼泪,乖乖地走了过去:"催什么催!"

许棠舟心想:真是神奇的相处方式,有兄弟姐妹的家庭都是这样的吗?

凌澈站在许棠舟身侧,将许棠舟那副无法置信的表情尽收眼底:"喂。"

许棠舟回头:"嗯?"

凌澈放低声音,用只有两人能听见的音量道:"下次脸红,不要像她一样傻站着让人拍,懂?"

许棠舟心脏猛地一跳,天啊,凌澈果然看见花絮了。

脸上适时地泛起热度,许棠舟抓着T恤领口,把半张脸缩进了领口里:"懂了!"

这时,导演组提示可以开拍了。

外景主持人昨天大家就已经见过,还一起吃过饭了,是个叫小白的贝塔级,近年来主持了好几档大热外景综艺,听说他是戚木的徒弟。

小白先说了一些热场的话,还不忘感谢宝芬尼的独家赞助,其诙谐的主持方式别具一格。

"《我们的完美旅行》，给你不一样的精彩。请不要说我们坑爹，因为我们从不扑街！"小白站在嘉宾一侧，"三组嘉宾都已经成功抵达了苏里兰，首先欢迎大家！"

稀稀拉拉的掌声响起。

凌澈和陆承安都懒得鼓掌，夏星还在负气，只有许棠舟和米非象征性地拍了两下手。

这种节目组，不能给它脸——昨天不仅大出血支出了牙膏、牙刷和沐浴露等日用品的费用，谁料竟然连水都需要大清早去便利店买才能喝的众人如是想。

小白睁眼说瞎话："哇，大家的兴致都很高昂呢！"

众人鸦雀无声。

小白充满感情地说："旅行，是找到生活美好的出发点，是找到人生意义的过程！来到苏里兰，就不得不说苏里兰风靡全球的网红打卡点！接下来几天，我们将和所有的嘉宾一起探索这座美丽的岛屿，享受我们的完美旅行！那么，今天我们要去的打卡点是哪里呢？"

说着，小白撕开行程立牌上第一天的那一栏，上面写着：人鱼礁。

他开始介绍。

许棠舟本来在认真听主持人说话，忽然听到陆承安对身边的凌澈说："澈神，今天你准备怎么去？"

许棠舟都有点佩服陆承安了，被骗过一次，竟然还敢相信凌澈？

凌澈道："陆前辈怎么去？"

陆承安说："我听说昨晚你和舟舟去便利店，花了一笔不少的钱，阻断剂挺贵的，你们应该会节约一点了。"

凌澈不动声色地道："还好，毕竟我们的房子不花钱。"

陆承安："……"

陆前辈每天都被凌澈怼得怀疑人生。

许棠舟忍不住了，真心实意地给陆承安火上浇油："陆前辈，你们的房子日租到底是多少钱啊？"

嘉宾间彼此都对对方手里的钱感到好奇，能算就算，预估对方还剩多少钱是制胜法宝，对自己的消费则是能模糊就模糊，绝对不告诉对方。

陆承安道："小朋友，你和凌澈在一起学坏了。"

许棠舟是嘉宾里年纪最小的，陆承安叫许棠舟小朋友并没有什么问题。

可是陆承安刚叫完，凌澈就冷冷地看了他一眼，那一刻，陆承安竟微微感受到了压力。他搂着自家恋人的肩膀，告诉米非："宝贝，他们这么坏，你以后不要和他家崽崽玩。"

"好呀。"米非搂着陆承安的腰，无声地对许棠舟说了声再见。

真是恋人如手足，朋友如衣服啊。

双方现在可是竞争对手呢。

"到达网红景点人鱼礁，为对方拍下最美的照片，今日便算是成功打卡！"小白说了任务，"还等什么，我们一起出发吧！"

人鱼礁距离他们所在的位置十公里左右，并无巴士可以到达，他们只能选择打车或者步行的方式。

岛上地势平缓，许棠舟是认真做过攻略的，于是告诉凌澈："我们可以骑双人自行车，一个小时左右就能到人鱼礁，在便利店附近第二个路口可以租自行车。攻略上大家都是在附近骑着玩，以前没人骑到那么远的地方，另外两组应该想不到还能这样。"

等他俩到达租自行车的地方时，其他嘉宾都在那里了。

两人：说好的想不到呢？

"谢了啊，舟舟！"米非和陆承安已经戴上墨镜骑上车了，"你的提议特别好！"

夏月和夏星看上去已经和好了，至少没再吵架。

夏月道："我附议，我们下次跟着舟舟走就不会错。"

许棠舟付完押金，特别无语："你们怎么偷听我们说话，这是剽窃创意，我要收费的。"

夏星笑着说："你们说话站的那么远，我就是在海那边也听见了，还用偷听？"

这倒是实话。

许棠舟今天离凌澈很远，连站位都隔着一个人的距离，好像故意躲着对方。

等那些人都走了，凌澈才轻咳一声："走了，你骑前面。"

在便利店买得到腺体贴和阻断剂，却买不到仇音开的处方药。

调节携带素敏感度的药没了，许棠舟现在完全不清楚自己的情况，总觉得马上就要被凌澈身上的气息搅得流鼻血。

"我骑后面吧。"许棠舟迟疑地道。

骑后面，就算发生了什么，凌澈也看不见。

凌澈懒得多说，先一步跨上了后座："有我在前面挡着，你看得见路？"

个子比对方矮大半头的许棠舟内心怒吼道：阿尔法级了不起啊！

许棠舟一坐上前座，凌澈就说了一句话，那声音又低又酥，从耳后传来，许棠舟整个人像是被凌澈抱在怀中耳语一样，距离与气息都亲密无间。

"你不用太费力气，交给我就好。"凌澈说。

这是十分平常的一句话，凌澈还是懒散冷淡的语气。

许棠舟却手一抖，还没开始踩脚踏板，整个人就已经软了。

凌澈把座位调到最高，果然如他所说不需要许棠舟太费力气，有他一个人就足够了。双人自行车很快在小道上跑起来，跟拍的车辆则一直不疾不徐地跟在两人身侧。

骑双人自行车需要一定的默契，两人频率一致才能骑得更快。

可是，因为靠得太近，许棠舟的药又丢了，前些时候还不太敏感的携带素正不断地从凌澈身上传过来。

一上车许棠舟就知道要完，果然，自己现在简直想跳车。

凌澈在看自己吗？他会不会发现自己的异样？

许棠舟越敏感越觉得如芒在背，脑子里乱七八糟地想着各种被凌澈发现后的可能，发现不管是哪一种都没有好结果，只好努力把注意力放到脚下。

骑车就骑车，乱想些什么！

椰树、海风、烈日，在这样的环境里，许棠舟盯着周而复始滚动的车轱辘。

渐渐地，许棠舟像是被催眠了一般，周遭的一切都远去了，椰树换成了嫩绿的柳叶，车筐里的矿泉水变成了雏菊，脚上的鞋子也换成了帆布鞋。

许棠舟眼前又浮现出了那天年会后黄哥开车送凌澈回家时，在凌澈家的半山小道上出现的画面。

画面里，自己骑着自行车，因为追不上前面之人，还猛地站了起来使劲蹬圈："等等我！"

前面那人的衬衫被风吹得鼓起，一边骑车一边回头，语气闲散道："加油，许棠舟，你平时省着力气就用来睡觉？"

那个人的脸看不清。

光是试图去想那个人的眉眼，许棠舟的太阳穴就特别疼。

"许棠舟。"身后，凌澈忽然开口。

许棠舟回过神，额头出了冷汗，身体一个前倾，是凌澈按了刹车。

许棠舟双腿撑地，已从凌乱的画面里清醒过来："怎么了？"

他俩已经骑了半个小时，凌澈刚才就发现了许棠舟的不对劲。

"你不舒服？"凌澈蹙眉，伸手去探对方额头。

这么一看，他才发现许棠舟浓密的睫毛上还有汗珠，落在冷艳的脸上，平添几分烟火气。那双眼睛眨了眨，脉脉含情，好似会说话。

凌澈突然收回手，像什么也没发生过一样。

而许棠舟原本就晒得发红的脸顿时更红了，刚才还算安静的腺体也有了骚动的征兆。许棠舟知道，自己的身体现在特别想被凌澈触碰，这到底是什么携带素敏感症！

节目组的车子停下，茉茉跑过来问："舟舟怎么了，是不是中暑了？"

可能是嫌茉茉聒噪，凌澈没有回答，直接拧开车筐里的矿泉水，递给许棠舟："喝点水，我们先在这里休息一下。"

许棠舟点点头，咕咚咕咚一口气灌下去半瓶，那股燥热的感觉才消散了些。

茉茉忧心忡忡，欧米伽级真的这么柔弱吗？她生怕许棠舟出什么闪失，黄千可是对她千叮咛万嘱咐过的。她建议道："今天不用比速度，不用比谁先到人鱼礁。澈神，你们刚才是不是骑得太快了？"

言下之意是两人求胜心切，许棠舟跟不上凌澈的速度才会这样。

可是她不敢直接说。

凌澈都懒得解释。

许棠舟不好意思地告诉她："不是的，其实我都没怎么动，都是他一个人在动，我平时不怎么运动，大概省着力气都用来睡觉了。"

凌澈微微一怔，看了许棠舟一眼。

许棠舟察觉到了，抬头与凌澈对视，凌澈却又移开了视线。

凌澈生气了吗？

刚喝完水的许棠舟不知道，自己现在这副有点可怜的模样让人想欺负罢了。

大家在路旁休息了一会儿，再出发时凌澈冷冷地道："你，坐后面去。"

许棠舟：阿尔法级也太善变了！

凌澈不知从节目组车上哪个人的手里抢来一顶草帽，不等许棠舟提出异议，就不怎么温柔地把草帽盖在许棠舟头上了。

这次不需要许棠舟再看路。

凌澈在前面，挡住了一大半的毒辣阳光。

许棠舟心里有一小块地方在发烫。

许棠舟胆大包天地想，如果自己告诉凌澈实情，万一真的到了迫不得已的地步，求凌澈给一个临时印记，以保证节目的顺利录制，凌澈会同意吗？大家都这么熟了，话也说开了，自己应该不会被打吧？

正在此时，他俩碰到了已经成功打卡人鱼礁，正返程的陆米CP和夏氏姐妹。

陆承安："澈神，你体力不行啊。"

凌澈："呵。"

陆承安："人鱼礁有很多欧米伽级在晒日光浴，去晚了就看不到了！"

凌澈："没兴趣，你们慢慢看。"

许棠舟心想，还是算了吧，肯定会被打的。

当晚，扣除第一日房租水电费及日常支出，节目组公布了第一日的基础资金胜出者。出乎意料的是，基础资金原本最少，还因误机花了两次机票钱的夏氏姐妹竟以微弱优势胜出了。

她们得到了第一天的胜出奖励：第二日网红打卡点门票免费。

而澈舟这一组是唯一一组房租几乎免费的，本该是赢家，却因为许棠舟购买携带素阻断剂与腺体贴额外花费一千元而位居第三。

再说陆米CP，虽然在飞机上输掉三百四十元，还被凌澈抢了优先选房不得不支出房租，但两人仍在他们自己所预计的第二位，稳居不动。

节目第一天一般来说是最轻松的，大家还没什么比赛意识，越往后面竞争才会越激烈。

节目组的监控显示器里，每一组嘉宾的房内情况都正在实时录制。

陆承安与米非如同老夫老妻一般，互相按摩聊天。

米非说："我们明天得争取拿第一名才行，不能落后。早知道有奖励，我们今天就不该花钱租自行车，我觉得徒步十公里是没问题的。"

陆承安笑道："徒步十公里是不难，可是天气这么热，中暑就很麻烦了。"

米非犹豫道："我看今天舟舟好像不太舒服，我问的时候，舟舟还说没事。"

陆承安笑了笑："有澈神在应该不会有事，不放心的话明天你问问许棠舟，再关心一下，如果有事，我们看看能不能帮忙。"

夏月和夏星这一组正在数钱。

夏星很兴奋："我们竟然是第一名！姐，你还怪我误机，这不是很稳吗？"

夏月翻了个白眼："我拜托你，我们的房租是最贵的好不好，水电减免有什么用？只要我们多在这房子里住一天，其他两组就能轻松超过我们。尤其是澈神，他们的房子算得上是没花钱。我觉得，我们和他们之间的金额差距应该很小。"

夏月拿出本子写写画画算了一会儿账，估算出每一组嘉宾目前剩余的钱。

按照她的核算，目前澈舟剩余大约四千元，陆米四千六百元，而她们自己还剩四千八百元。节目组的人在监视器前暗自心惊，夏月算得也太准了吧！

夏星看了之后，大概也觉得自己有点傻，一下子就蔫了："对哦。澈神他们有特别折扣房，而我们每天的房租水电就要消费一千二百元。就算他们什么都不做，两天后也能赢我们了。"

夏月道："所以，每天打卡我们都得赢，这样才能得到第二天的奖励。你今天吃了两桶方便面，明天只准吃一桶了。"

夏星不服，两人又吵了起来。

至于凌澈和许棠舟这一组,客厅里没有人,到处都空荡荡的。

这两位嘉宾每天一回去就各做各事,几乎没有交流。

节目组切换小木屋的摄像头,看到许棠舟蹲在院子里,身边有一只狗。狗狗很温顺,长得又壮又乖,吐着舌头任许棠舟抚摸。

它的项圈上有一个信封,许棠舟看到一封信,打开看了一遍就站起来往屋子里面走。

"凌澈!"许棠舟一边喊一边敲门,"节目组太坑了!"

监视器前的节目组众人:"……"

等凌澈打开房门,许棠舟才发现他戴着黑色眼罩,看上去已经准备睡觉了。

凌澈的模样本就极为俊美,眼罩被拉到棕色的乱发上,有种被吵醒的不羁,他就那么带着些微不爽地看着许棠舟。

许棠舟被迷得晕头转向,自己都不知道自己在说什么,反正就很气愤地把情况说了一遍。

原来在选房时,节目组说房主交代过,替他照顾好小木屋内所有的东西,这是有陷阱的。

节目组才不会做免费为嘉宾提供房间这种好事。

那只狗带来的信是房主写的,说狗狗叫 Ruby,它很想念这里,决定要自己回家,因此交给两位房客喂养照顾。狗狗已经称了体重,目前是三十五公斤。等他俩退房时,如果狗狗每轻一百克,就扣五百元基础资金。除此之外,狗狗还需要去岛上的宠物店美容一次、洗澡一次,费用需自理。

许棠舟义愤填膺地道:"控制体重误差不能超过一百克,节目组是变态吗?"

凌澈:"……"

Ruby 跟了进来,熟练地从某个地方找出食盆叼在嘴里,证明它确实是这里的狗没错。

它饿了。

许棠舟说:"我们可不可以拒绝?我要求换房子。"

凌澈走过去,俯下身子,轻轻摸了摸 Ruby 的头。

这次凌澈竟然没有嘲讽节目组,还说:"留着吧,你不是很喜欢狗?"

许棠舟愣住了，凌澈怎么知道的？难道又是司徒雅告诉他的？许棠舟记得自己没有在资料上填过涉及这些方面的内容。

自己的确很喜欢狗。

凌澈站起来道："以前你就一直吵着要养，这次当实习了，养几天也不会怎么样。"

他俩站在门边，走廊和房间里的摄像头都拍不到两人的正脸，画面上只能看见走廊与房内情形，这里成了死角。

画面里有好几十秒都没收到音，节目组还以为收音器出问题了。

许棠舟搞不清楚凌澈现在是在即兴表演他们是朋友这件事，还是别的什么，或者根本就是凌澈自己喜欢狗，许棠舟有点接不上这个话题。

在镜头下许棠舟什么也没问，只犹豫地说："可是我们没有多少钱了。"

"狗粮应该不是很贵，洗澡我可以帮忙。"凌澈冷冷地道，"还有，节目组能弄这一出，就是知道我们拒绝不了。"

听上去很有道理的样子。

可是从天而降这么大一个坑，仍然让许棠舟有些意难平。

这个节目太坑了！

难怪应宸会在 Flow 点赞"今年有哪些艺人想不开"，原来如此。

两人牵着狗去买狗粮，殊不知这回节目组已经在便利店里装上了摄像头。便利店被包了下来，专门为他们拍摄服务。

许棠舟在货架前选狗粮，由于没有经验，不知道选哪种好。

凌澈看了许棠舟一会儿，等许棠舟站起来，就伸手过来探对方的额头。

画面中，凌澈看起来有点粗鲁。他这回实实在在地碰到了许棠舟，后者惊得退后一步，整个人靠在了货架上。

凌澈皱眉道："许棠舟，你在发烧。"

许棠舟慌张地想：不，是失控了。

假性失控。

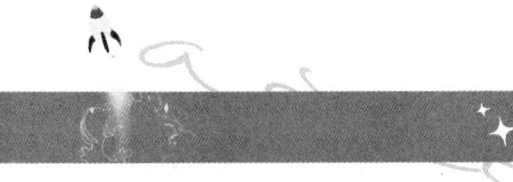

第五章
一无所知许棠舟

凌澈是怎么发现的？难道自己的脸很红吗？

许棠舟还以为凌澈根本没怎么正眼看自己，现在被凌澈这么一碰，就是不脸红也该脸红了。

许棠舟踌躇半秒，若无其事地撒谎："没有。"

见对方明明都烧得眼尾发红了，还要强撑着说没有，凌澈收回手，退后一点："你连自己在发烧都不知道？"

许棠舟又想：不，不是发烧，是失控。

自己的身体对凌澈的携带素有特别的想法！

两人恢复了之前的距离，来自凌澈的压迫减轻了一些。

许棠舟还是不敢喘大气，心跳越来越快了，被凌澈碰过的地方在发烫，鼻子也热热的，保不准马上就会有两管鼻血汹涌而下。

许棠舟下意识地捂住鼻子，闷声闷气地道："天气热，火气大，回去喝点凉茶就好了。"

这个人水都舍不得喝，还喝凉茶。

凌澈发觉事情并不简单，他正要开口，许棠舟已经拿起一袋狗粮，牵着 Ruby 往收银台去了。

等凌澈出了便利店，许棠舟已经走出很远。许棠舟牵着狗一路小跑着往小木屋而去，好像凌澈是洪水猛兽。

等进了院子，许棠舟很快拆开狗粮倒入食盆中。

可 Ruby 嗅来嗅去，半晌，一颗也不肯吃。事实证明，狗狗也是会挑食的，这对许棠舟来说简直是晴天霹雳。

这么一来，许棠舟想快点躲进房间去的算盘就落空了，因为凌澈已经回来了。

在路上吹了一阵海风，许棠舟已经好多了，至少刚才突如其来的燥热感降下去了不少。

院子里有摄像头许棠舟是知道的，见了凌澈就跑也不太好，于是稍微平静了一下，教育狗狗："Ruby 小公主，你的临时铲屎官花了一百五十块大洋给你买的高贵食物，你怎么能不吃呢？"

许棠舟捡起一颗狗粮，亲自喂给 Ruby，它却用舌头顶了出来，发出呜呜的叫声，还委屈上了。

许棠舟："我现在退掉狗粮还来得及吗？"

凌澈："你觉得呢？"

许棠舟感到心疼："难道我们还要重新买几种口味给它试吗？"

凌澈冷眼旁观了一会儿，没提刚才的事，也蹲了下来，靠着许棠舟。他身上的携带素味道让许棠舟的身体又一阵热，许棠舟悄悄往旁边挪了一些。

阿尔法级的气势可比欧米伽级强悍多了。

凌澈拈起一颗狗粮放在手心，根本不用喂，Ruby 就在凌澈的注视下歪着头，乖乖地将那颗狗粮卷进了口中。

许棠舟惊呆了。

那一刻，许棠舟竟觉得 Ruby 和凌澈有了某种相似之处……都是一样的挑食，都是一样的傲娇。明明人还是挺不错的，嘴上却偏偏要逞强。

凌澈凉凉地说："真乖，知道我只给一次机会，不敢耽误节目进度。"

他话中所指太明显了，许棠舟缩起脖子，心虚了。

许棠舟记得黄哥带自己去公司的时候，看过凌澈的那个私人空间，那里面全是与演唱会有关的设备。夏星她们也说过，凌澈为了准备演唱会，排练得特别辛苦。

类似的话凌澈之前也讲过，说自己只想好好录节目，将节目当作任务来完成，并不想节外生枝。

许棠舟："要、要是耽误了呢？"

凌澈没回答，回房去了。

许棠舟慢慢地松了一口气，摸了摸鼻子，还好，至少没有流鼻血。

但是接下来几天要怎么办呢？

直接告诉凌澈自己对他的携带素很敏感，需要帮助吗？至于为什么很敏感，是因为自己潜意识里特别想被凌澈标注印记？

许棠舟真的说不出口。

小木屋有大坑这件事被其他两组嘉宾知道了，第二天早上集合的时候，陆米CP和夏氏姐妹击掌欢呼。

"每轻一百克扣五百元，撒一泡尿就没了，"米非道，"贵，真贵。我从来没见过这么金贵的狗。"

夏星正在和狗玩："那你们有没有称一下狗狗今天多重？"

许棠舟说："已经称过了，今天没轻，还比昨天重了一点点。"

许棠舟早上起来做的第一件事就是称狗。

陆承安道："那退房的时候，多给它喝点水不就行了。"

凌澈冷着一张脸，犹如看几个傻子。

节目真是一天比一天精彩，凌澈和许棠舟的狗成了看点就不说了。不知道是夏星还是夏月那么有才，大清早的就去海滩上租了一顶大帐篷，竟退了需要交费的房子，准备住在帐篷里。

导演组震惊于她们还有这样的操作，可是又不能说她们违反规则，赶在她们在海滩上搭起帐篷之前，让她们把帐篷安置到了小木屋的院子里方便拍摄，所以她们正式和澈舟还有Ruby成了邻居。

陆承安已经去租帐篷的地方问过了，像这么大的帐篷一天的租金只需要五百元，租的时间越长日租越便宜，夏氏姐妹是怎么谈的他不知道，总之就是便宜得令他都有些心动。

宝芬尼的资源对陆承安来说也很重要。

何况一旦赢了就是一组都能拥有代言权，他和米非将会成为第一对拥有国际大牌资源的阿尔法级和贝塔级情侣。

"陆前辈，你们不准再来我的院子里，"凌澈察觉到他的心思，先拒绝了，"不然我也只好租顶帐篷，我们一起玩。"

凌澈特别不喜欢嘈杂。

院子里一下子多出了一条狗就算了，现在又多了一顶帐篷和两个人，若不是在录节目，凌澈会直接走人。

陆承安说："你不会的，澈神。你看，我们租一顶小帐篷就够了，你和舟舟不同，你还得租两顶，算下来不比住房子便宜，除非你和舟舟也是一对。要不，你们考虑发展一下？"

凌澈："没兴趣。"

陆承安："呵呵，我开个玩笑。"

凌澈："不好笑。"

现在不是录制环节，陆承安示意跟拍摄像关掉机器，给他们一点私人空间。

他说起正事："小米昨晚跟我说舟舟有点不舒服，舟舟没事吧？"

凌澈看向不远处，许棠舟正牵着狗和一群工作人员说话，唇角带着淡淡的微笑。许棠舟在人群中是最白的那一个，可凌澈仍旧记得对方昨晚貌似发烧、脸色绯红的样子。

凌澈应了声："嗯，没事。"

陆承安笑了笑，提醒他："舟舟没事就好，未被标注印记的欧米伽级真的太脆弱了，什么腺体感染、假性失控，你们要小心，别闹出绯闻。"

凌澈仍看着许棠舟。

他知道许棠舟绝对有问题，而他已经有了一个猜测。

"呼吸急促，体温升高，脸色涨红，还出细汗。"昨晚通话时应宸听了他的描述，一如既往的流氓，"这是假性失控啊！啧啧啧，我看那个许棠舟在节目花絮里真的特别单纯。小哥哥，你是不是故意散发你那S级携带素吸引人家了？"

凌澈："要点脸。"

应宸道："唉，不是吗？那我冤枉你了。可惜啊，如果真是假性失控，临时标注印记谁都会做，可是澈神你不会啊。"

凌澈破天荒地没有反驳他，却也没有认同。

事实上，他和许棠舟在一起时，处于一个很微妙的境地——

谁都不知道，他曾经一直在等他的恋人长大，用了十万分的耐心和二十万分的自制力，却依然经验全无。

他没有得到过那样的机会。

应宸说:"我技术娴熟,明天坐飞机过去还来得及吗?"

凌澈直接把电话挂了。

这天的第二个网红打卡地是浮潜公园。

所有人都换上了泳衣,夏月和夏星在沙滩上大秀身材。节目录得很快,钱也哗哗地流得很快,坑人的节目组没有给他们准备任何道具用品,除了有免费门票的夏氏姐妹得到了免费赠送的教练,连请教练都需要嘉宾自己掏钱。

主持人小白表示,嘉宾可以弃权。

胜出组可以得到鸟巢餐厅的免费用餐,这也意味着提前完成第三日的打卡,于是除了陆米这一组,其余两组都参加了。

凌澈喜欢潜水,他本身就有潜水证,不需要教练,怎么可能不参加。

这个环节是要求两位嘉宾同时下水,在水中根据要求完成不同难度的姿势。

许棠舟很聪明,在凌澈的指导下顺利完成了动作,再顺利地上了岸。

凌澈和许棠舟这组赢了,节目组的人一片欢呼。许棠舟却迟迟没有取下面罩。

凌澈挡着镜头不让他们拍,也不让人靠近,独自去看许棠舟到底怎么回事。

只见许棠舟的眼睛发红,身上滚烫,连呼吸都有些急促了。

许棠舟的眼睛眨了眨,身体的感觉还陷在方才水下两人的互动里,腺体在发痒,让许棠舟看起来特别可怜:"我……我还可以拥有一次老实交代的机会吗?"

凌澈:"你觉得呢?"

许棠舟闷在面罩里绝望地说:"我觉得我还可以拯救一下。"

凌澈淡淡地说:"不需要拯救,你回去喝点凉茶就好了。"

出乎凌澈意料的是,他这么说了以后,许棠舟竟然不吭声了。

两人正僵持着,他们这组的跟拍助理茉茉走了过来,很小心地询问许棠舟有没有事。

他们两个在一旁的反常举动已经引起了节目组所有人的注意，大家都在远处打量着两人，只是碍于凌澈的吩咐不敢过来而已。

许棠舟撑在身侧的手指微微有些发抖，正要开口说自己没事，却被凌澈抢先了一步。

"第一次下水太紧张，"凌澈回答了这个问题，"许棠舟没事，只是对水压有点不适应。我先带许棠舟过去休息一下。"

许棠舟讶然，凌澈这是干什么？

许棠舟还以为凌澈就想让自己出糗，故意逗着自己玩呢。

更衣室就在不远处，里面有一些可供休息的长椅沙发等。凌澈说得自然，茉茉也没有起疑，说会先拍其他嘉宾的部分。

等茉茉小跑着离开了，凌澈才恢复了冷淡的语气："起来。"

许棠舟被他抓住了胳膊。

凌澈面上没什么表情，行为许棠舟却读得懂，许棠舟知道凌澈这是在扶自己的意思。

许棠舟真的是满头问号了，站起来的时候，腿还是有点软。

腺体因为凌澈的靠近激动得突突地跳，像是自己有了生命一样不受控制。和之前不同的是，离凌澈远一点才能平静下来的反应变成了离凌澈越远越明显，只有近一点，更近一点，才能稍微有所缓和。

许棠舟的反应已经到了临界点。

凌澈身上有灼热的烈日气息，在这种气息的包裹里，许棠舟不记得自己是怎么挪动步子到了更衣室。

此时更衣室里空无一人，节目组和嘉宾们的喧闹声就在不到二十米远的海滩上，隐隐约约地传来。

"我、我坐一下就好。"许棠舟坐在长椅上，咬牙道。

许棠舟低着头，连耳垂都是通红的，却因戴着面罩看不见表情。

凌澈站在一侧，语气如常："然后呢？"

重逢后，凌澈对许棠舟的一系列行为都保持着观望态度。许棠舟要干什么，远远没有许棠舟想干什么重要。

许棠舟:"我想给黄哥打电话。"

和黄千联系，让黄千和节目组沟通，去岛上的药店买一点非处方药，先不管有没有用，就算麻痹知觉也没关系，总之几天时间很快就过去了，回去再说。

凌澈的脸一下子就黑了。

遇到紧急情况给经纪人打电话，这还是他教训许棠舟时用过的呢。

开着冷气的更衣室，不知道什么时候变得燥热了起来。拥有S级携带素的成年阿尔法级的存在感是那么强，何况凌澈本人已经足够吸引人。

在胶着起来的氛围里，许棠舟听见了自己在面罩中急促的呼吸声。

忽然，面前一凉，新鲜空气灌进了鼻腔。

昏昏沉沉里，是凌澈半蹲在许棠舟身前，将面罩取了下来:"许棠舟，你想要我的携带素，开口会死？"

明明重逢后先说"喜欢"的人是你许棠舟！

许棠舟受惊，一下子就抬起了头。

凌澈知道了？

这样近的距离，让许棠舟在凌澈的浅棕色眸子里看见了自己惶惶不安的模样。

果然流鼻血了。

一小滴不怎么明显的鲜红血液染在人中处，白皙莹润的脸庞绯红，眼尾不知是汗还是泪，总之很狼狈。

鬼使神差地，凌澈黑着脸，用大拇指轻轻地将那滴血抹掉了。

他冷声道:"不要就算了。"

两人离得太近，属于欧米伽级的携带素正扩散开来，刺激着阿尔法级的神经。阿尔法级和欧米伽级独处，这已足够让人血脉偾张。

是啊，有什么不好意思讲的。

听仇音说，就算是单纯的朋友遇到这样的意外情况，也可以由阿尔法级进行帮助。

可许棠舟偏偏说不出口。

凌澈太高高在上了，不管许棠舟之前如何想，如何在梦里对凌澈这样那样，彼此终究不是平等的关系，甚至不怎么熟。许棠舟担心凌澈"欧米伽级是不能自我控制的生物"的偏见因此更加根深蒂固，担心凌澈会露出厌恶的表情……

但是，现在又不是让自己告白，凌澈也不会知道，自己有什么好怕的？

"要……"许棠舟一阵后怕，整个人有点发抖，却抓住了凌澈的衣角，"拜托……不要走。"

凌澈有些暴躁。

他伸手摸着许棠舟的脖子，故意做出正在考虑的模样，后者脸上的红晕因此扩散到了后颈。

"对不起，"许棠舟急忙解释，"我不是故意要给你找麻烦的，是我调节携带素敏感度的药不见了，就在我不见了的那个口袋里。我之前已经吃了一段时间，本来以为会没事……"

"哧啦"一声，潜水服的拉链被拉开了。

许棠舟的话音戛然而止。

"你已经给我找麻烦了。"凌澈打断了许棠舟。

米非录完一轮，四处不见许棠舟的影子。

因为家里有个欧米伽级妹妹，年长的米非是一个温柔的人。听茉茉说许棠舟因为水压不舒服和凌澈去休息了，便和陆承安商量，买了一瓶水专门送过去。

更衣室的门半掩着，米非还没开口，就惊愕地呆立在了原地。

许棠舟背对着门口坐在长椅上，而凌澈半跪在许棠舟身前，用一个绝对占有的姿势咬住了许棠舟的后颈。

或许是太疼了，许棠舟抓着椅子的手十分用力，关节都泛了白。

米非看不见许棠舟的表情，却看见了凌澈的。

凌澈将许棠舟搂在怀里，一条手臂环住对方，另一只手则扣着对方的后脑勺，不容对方有半分的逃脱。

强势的S级烈日携带素源源不断地注入腺体，许棠舟整个人由一开始的紧绷变得柔软，再也支撑不住，完全软在了凌澈的怀里。

在许棠舟的皮肤变得潮红之时，凌澈便发现了偷窥者。

平日里浅棕色的眸子此刻深不见底，像是被打扰进食的凶猛的野兽，米非心中猛然一跳，后背升起一阵凉意。

此时的凌澈太可怕了。

许棠舟对此是不知情的。

有了抚慰，许棠舟整个人舒坦了许多，说话却带着哭腔："行了吗？我怕有人来了。"

凌澈没说话。

米非耳后一热，做梦也想不到会撞见这种情形。

可眼前的情况不容多想，米非赶紧退了几步，默不作声地离开了，没走几步就碰到了陆承安，还有跟拍摄像。

"怎么样？"陆承安问，"澈神和舟舟没事吧？"

作为唯一一个欧米伽级，许棠舟真的是全节最关心的存在，陆承安都怀疑节目组是故意这样安排的了。

当着镜头，米非笑了下："没事，他们两个应该马上就出来了。"

陆承安说："那我们也去换衣服，又不潜水，早知道今天就不带泳衣了。"

"等一下！"米非拉着他说，"海水那么蓝，你帮我拍几张照。"

脚步声远去了。

许棠舟隐隐听到声响，稍微清醒了一些，低声道："凌澈，应该……可以了吧？要是被拍到……我就惨了。"

胆大包天让凌澈给自己做临时印记，无论怎么解释，粉丝都不会放过自己。

"吵死了，"凌澈终于放开了许棠舟，很不耐烦地说，"多给你点，免得你随时都想找我要。"

好好的一件事，凌澈越描越黑。

许棠舟所认为的请求帮助可不是这样的，什么叫随时都想要啊？

自己只是携带素敏感，又不是得了饥渴症。

但是许棠舟现在平白矮了一大截，也不敢顶嘴，特别没出息地说："谢谢，真是太麻烦你了。我会尽量不找你……要的。"

凌澈站起来"哼"了声，不置可否，脸上写着"你最好说到做到"。

两人收拾好出去，都换下了潜水服。

许棠舟这天穿的是衬衣，领口恰巧能遮住咬痕。

节目组的人已经准备收工了，大家都关心地问许棠舟有没有事，当然什么也没发现。被问得越多，凌澈看起来就越不爽，许棠舟只好一次又一次地告诉大家自己真的没事。

可是凌澈更不爽了。

许棠舟伏低做小，只好乖一点，更乖一点。

好在吃晚饭的时候，许棠舟就变得生龙活虎了。

吃完饭，嘉宾们玩起了国王游戏。

Ruby围着桌子转圈圈，由Ruby从桌游的指令里随意叨出一个，让国王发令来做。

夏星抽到了国王牌，她恰巧指到了凌澈的那一张。

Ruby叨出的是一个真心话。

大家都很兴奋，因为从凌澈口中很难得到关于他自己的料，平时还不如应宸爆的多。

夏星问："澈神，请问，大家都说你的那首《行星》是你写给初恋的，是真的吗？"

所有人都看向凌澈。

但是，凌澈的手机突然响了。

这就很扫兴了。

许棠舟本来也抱着期待，自己之所以迷上凌澈，除了那些令人面红耳赤的梦，就是那首《行星》。

环绕一个星河内的圆，

轨道固定为亿万年。

无法阻止想再靠近你一点，

越冲动，却距离你越远……

这首歌到底是写给谁的？

看起来是一首失恋的歌，难道真的像外界猜测的那样，凌澈被欧米伽级抛弃过？

凌澈站起来，去院子里接电话了。

站在芭蕉树下，他听见屋子里的人在起哄，说许棠舟和凌澈是一组的，凌澈走了就要许棠舟重新选一个任务替他完成。

司徒雅在电话里说："许棠舟的事有结果了，我让黄千去守着录影棚监控查看，的确是有一个工作人员在整理行李的时候把许棠舟的东西拿走了。"

凌澈："拿走了？"

司徒雅笑道："很有意思，那个人把东西放进了另一个嘉宾的行李箱里。"

凌澈沉下了脸。

司徒雅和他详细说了经过，让他不要打草惊蛇。

最后，司徒雅说起了另一件事。

"那个，咯……"司徒雅挺尴尬的，"我不是故意要告诉黄千你被许棠舟甩过，毕竟我也没有面子。就是这回这个事，以防万一，我和黄千交流了一下。"

凌澈：这话怎么听着这么不顺耳……

司徒雅安慰他："不过你放心，你不用尴尬的，反正许棠舟什么都不记得了，你就当没那回事吧。"

凌澈皱眉："什么意思？"

司徒雅十分意外："不是吧，你不知道许棠舟失忆了吗？"

小木屋里。

在夏月与夏星的鼓动下，许棠舟只得同意了代替凌澈完成指令的要求。

不过，许棠舟可回答不了刚才那个问题，只好由Ruby在备选筐里重新叼出一个纸团，这次是大冒险。

许棠舟把纸团打开一看，瞬间愣在原地。

为了好玩，大家都写了一些过分的指令，反正不管是谁都有可能遭殃，与其那么倒霉抽到后被别人整，不如玩得大一点，大家一起倒霉。

镜头对着许棠舟的纸条，将许棠舟呆滞的神情也拍了下来。

"是什么？"夏月好奇地从许棠舟手上拿走纸条，看清楚后扑哧一笑，"请选择在场的另一位嘉宾,和你一起模仿电影《暗夜情衷》中的经典桥段,哈哈哈哈哈!"

《暗夜情衷》是老牌影帝叶之凡二十年前的成名作,叶之凡之所以能成为大众男神,除了他精湛的演技以外,全靠那一场令人震惊的戏。

电影里,叶之凡饰演的角色安暮因为双手受伤,只能用嘴帮恋人解开衬衣纽扣。那个镜头很长,很安静,叶之凡与另一个演员无声的表演被奉为教科书般的经典。

在场的人都看过这部电影。

许棠舟上表演课的时候,老师播放过不少叶之凡的作品。

这种要求让陆承安都忍俊不禁了:"谁写的?"

米非道:"反正不是我。"

夏星道:"也不是我!"

夏月灵光一闪,想起唯一不在场的人:"哈哈哈,不是我们,该不会是澈神吧?"

怎么可能是凌澈?

许棠舟一脸生无可恋:"是我写的。"

大家一阵哄笑,有人笑得捶桌,许棠舟重重地把头磕在桌子上,彻底明白了什么叫自作孽不可活。自己写的自己抽到,太惨了!

天知道,许棠舟之所以写这个,是因为看见旁边的米非写了"选一位嘉宾并用这位嘉宾当钢管跳一段钢管舞"受到的启发。

大家都叫许棠舟不要耍赖。

许棠舟真是无语,抬起头来扫视了一圈,只有陆承安是穿的衬衣。

愿赌服输,既然答应了就得做到。

许棠舟不理会众人的疯笑,面无表情地说:"陆前辈……"

众人笑得更欢了,连米非都笑得前仰后合。

陆承安微微变了脸色,捂住自己的扣子:"啊?舟舟,我不太合适吧?我已经有小米了!"

他和米非的恋情本就不被网友们看好,要是和许棠舟玩这个游戏,少不了惹来一场口水战。

许棠舟面无表情地说:"陆前辈你误会了,我要的其实是小米。"

见陆承安不爽,许棠舟得到了些许安慰,微笑着道:"我是想请陆前辈把衬衣借给小米,方便表演啊。"

米非和许棠舟玩得比较好,所以许棠舟选择米非是最稳妥的做法。

陆承安松了一口气,佯装伤心:"你伤到我的自尊心了,舟舟,我还以为你对我有想法。"

夏月说:"舟舟要是真的有什么想法也应该是对澈神啊!陆前辈你怎么这么自恋?"

"喊!"夏星唏嘘,"不是陆前辈根本就没意思嘛!"

唏嘘归唏嘘,但毕竟是做节目,大家也不好太过分了,到时候播出去影响不好。

于是,陆承安脱了衬衣拿给米非穿。好在就算看不见陆承安的表演,能看见陆承安的身材也是不错的。陆承安正值壮年,他一露出穿着背心的健壮躯体,就引来夏氏姐妹吹口哨喝彩。

米非:"嘿,谁问过我的感受?你们都不准看!"

陆承安携带素的味道是兰花香,不是清淡的那种,不确定是哪个品种,总之芳香馥郁,算得上醉人。

凌澈刚走到门口就察觉到了。

他们在玩什么?

阿尔法级们对彼此的携带素都没有好感,就算是好友,也无法坦然地接受别人的携带素占领自己的地盘。对凌澈来说,现在的小木屋就是他的地盘。

而屋内的情形让他冷下了脸。

米非斜靠在沙发上,原先的衣服外面还穿了一件陆承安的衬衣。

而许棠舟双手背在身后,正在大家的叫好中打算用嘴巴去解米非的扣子。

许棠舟是欧米伽级,是这屋里最不同的那一个。

只见许棠舟俯在米非前方,侧脸柔美,低垂的睫毛就像振翅欲飞的蝶。

"解开!解开!"

一旁几位看热闹不嫌事大的观众做花痴状。

许棠舟在众目睽睽之下低下头去,准备开始行动。

"你们在干什么？"凌澈出现在门口。

许棠舟不知所措。

屋里安静了一瞬，不知道去而复返的凌澈为什么看上去不太高兴，好像就是接了一个电话，他就换了一个人。

陆承安把这次需要完成的国王指令说了一遍。

许棠舟控诉道："都是他们怂恿的，说既然你不在就要惩罚我，因为我俩是一组。"

凌澈睨了许棠舟一眼："然后你就同意了？"

许棠舟语塞，忽然醍醐灌顶："也是哦，我为什么要同意？难怪我常常因为自己的善良觉得和这个世界格格不入！"

凌澈一回来，就迅速夺回了小木屋的主权。

他的携带素等级够高，陆承安不自觉地散发的兰花气息一遇到他便减弱了些。

凌澈神色稍霁，回到自己的座位上盘腿坐下，拍拍旁边的位子："过来。"

许棠舟知道他是在叫自己。

可是，为什么这行为看上去有点眼熟，大约和自己叫 Ruby 过来的时候差不多？

夏月制止道："不行，还没演完呢。"

陆承安也说："澈神，这么扫兴？舟舟和小米这一段表演你不想看？"

凌澈根本不理他们的抗议，懒散地拿回之前的提问纸条，继续刚才没完成的游戏："问我《行星》是不是写给初恋的，是吧？"

看样子凌澈是要回答了。

许棠舟已经乖乖在凌澈旁边坐好了。

冷不防地，凌澈抬手轻轻捏住了许棠舟的后颈，许棠舟微微一颤，心狂跳了一下：这是干什么？

凌澈的行为看上去不过是朋友间的亲密举动而已。

只有许棠舟知道，凌澈似乎是在回味那场临时印记，因为凌澈的手指故意碰到了衣领下的咬痕。

许棠舟好不容易平复下去的心情又乱了，手忍不住握成了拳，微微出汗。

自己求凌澈给临时印记的事，会被大家发现吗？

凌澈道："这个问题，你们可以问许棠舟。"

什么鬼？！

众目睽睽之下，凌澈微微眯着眼睛，眼中有许棠舟看不懂的东西，言语却像刚才那般随意："崽崽，我这首歌是写给谁的，你不是最清楚？"

"对哦，"夏星兴奋了些，"我怎么忘了，舟舟你和澈神关系这么好，应该知道他很多秘密吧？"

夏月道："等等，澈神，那么问题来了，你到底是和舟舟的关系好一点，还是和应宸的关系好一点呢？"

凌澈反问："应宸是谁？"

众人一阵哄笑，凌澈的表情未变，完全没有心疼应宸的意思，还主动把话题拉回来，对许棠舟说："把答案说出来，没关系，只要今天我把这几人喂饱，明天他们就再也不问了。"

凌澈放在许棠舟后颈的手稍稍用力了些，好像是在鼓励。

那手指尖微凉，却让许棠舟的耳朵红了。

自己知道什么啊？

要不是有摄像机在，许棠舟都想瞪凌澈一眼了，这个人到底在干什么？难道是嫌他俩到目前为止都没有穿帮吗？

大家却都逮着许棠舟追问："所以《行星》到底是不是写给初恋的啊？"

许棠舟只能硬着头皮勉强编了一段："是。凌澈那时候失恋了，所以才写了这么一首歌。这是他的伤心事，你们不要老是提，不然夜深人静的时候，他会躲在被子里哭的。"

"真的假的？"众人想笑。

凌澈不置可否，还想继续听的样子。

"真的，"许棠舟一本正经地胡说八道，"因为被子被泪水打湿了，他就又写了一首《晒干记忆》。后来收被子的时候，他稍微平复了心情，就写了《阳光的味道》，晚上再盖上被子觉得很舒服就写了《Soft Night》，等到他好不容易忘了那段感情，才写了代表走出困境的《光》。"

所有的歌名都不是许棠舟瞎编的，全是凌澈的原创热门歌曲，许棠强行将那些歌名串联在一起，编成了一部痴情男神恋爱史。

现场笑成一片，凌澈却没笑，反而在越来越热烈的气氛里，轻轻松开了放在许棠舟后颈的那只手。

不知道为什么，凌澈沉默了一两秒，才说："不是。"

许棠舟看向他："什么？"

凌澈的眼神很暗，他伸手在许棠舟的头发上揉了一把："讲错了，不是失恋的时候写的。"

许棠舟愣住了："啊？"

凌澈站了起来，对众人道："失陪。"

不顾众人讶然的目光，凌澈就这样离开了客厅。

每个人都感觉到了他的低气压，不是针对别人，是针对他自己。

像排山倒海一样，突如其来。

当天的拍摄结束。

院子里不再如以往安静了，多了夏氏姐妹，连Ruby都不再待在房子里只守着许棠舟了。Ruby钻进帐篷里和她们玩得不亦乐乎。

许棠舟正在外面和黄千通电话，黄千似乎有什么话想对许棠舟说，先问了最近在节目组怎么样，然后才问和凌澈相处得怎么样，许棠舟回答一切如常，没有把临时印记的事情告诉黄千。

许棠舟觉得黄千知道了是会生气的，说不定第二天就会买张机票飞过来，许棠舟害怕自己的事业由此毁于一旦。

许棠舟不想让所有人都知道这件事。

"相处得还……行？"许棠舟有点脸红，都标上印记了，不仅是还行了，至少凌澈没有打自己。

许棠舟以为黄千还在担心凌澈对自己的态度，便如实告诉黄千："我们有共识的，就是好好录节目，尽量一起配合，一般录完了节目我们就不怎么说话了。"

黄千却欲言又止，听许棠舟这样说，最后道："这样，那好吧。那等你回来我再和你说。"

许棠舟挂了电话，正好碰到散步回来准备回自己房间睡觉的陆米两人。

隔得老远，米非对许棠舟挥了挥手。

许棠舟也挥了挥手，表示晚安，然后便进屋去了。

这头，米非对陆承安说："我真的觉得我很蠢，我今天……"

犹豫了一个下午，米非还是把下午撞见的情形告诉了陆承安，米非能否保守这个惊天秘密就先不说了，主要是凌澈本人似乎完全不在意，等了一下午，凌澈也没有来提醒米非不要讲。

谁料陆承安说："我已经知道了。"

米非很惊讶。

去海滩潜水回来之后，还在餐桌上陆承安就知道这件事了。

贝塔级对携带素不敏感，就算有人到了失控期，贝塔级们也察觉不到携带素的变化。陆承安可是货真价实的阿尔法级，携带素的细微变化都逃不过他的嗅觉。

之前许棠舟用了阻断剂，所以平时的欧米伽级和贝塔级一样闻起来是无味的。可这天晚上，许棠舟身上忽然多了凌澈的气息，这只能说明许棠舟已经被凌澈标注印记了，并且是临时印记。

因为时间那么短，两人不可能有机会做别的。

米非听到这里，后知后觉地道："之前还以为他俩真的不熟，结果，唉，我这是咸吃萝卜淡操心吗？"

"你是好心。"陆承安拍拍米非，"不要把这件事告诉别人，但是也不要因为告诉了我就觉得愧疚，你不说，别人一样也会知道。"

米非明白了过来。

如果陆承安能觉察到许棠舟的变化，那么节目组还有几位阿尔法级工作人员，说明他们也知道了。

一个节目组能有多大？

当晚就能让这个八卦传遍节目组内部。

对于这件事凌澈没有打算保守秘密，大家都心照不宣，只是不敢随便对外说罢了。什么该提，什么不该提，他们签了保密协议，不会泄露半分。

说到底，凌澈敢在节目里这样玩，胆子真的很大。

"被公开临时印记的"许棠舟完全不知道大家的猜测。

许棠舟打完电话就穿过院子，经过院子里那个还传出嬉闹声的帐篷，再进入客厅，迎面碰到了从浴室里出来的夏月。

夏月穿戴整齐，头发都吹干了。

看到许棠舟，夏月还主动搭了话："舟舟回来了？我洗完啦，你可以用浴室了。"

看着夏月蹦蹦跳跳离开的身影，许棠舟觉得十分诡异。

许棠舟准备回房去，刚进入走廊就被一个高大的人影吓了一跳。

凌澈站在门口，斜靠在门框上玩手机，修长的手指上那几枚戒指远没有那只手好看，随便一拍，就能让粉丝们尖叫。

见许棠舟回来，这位本来在玩手机的大明星抬起眼皮："去哪里了？"

凌澈在等自己？

许棠舟不敢确定，这种事还没发生过。

碍于凌澈今天晚上的表现很奇怪，许棠舟简单地回答道："我刚才在和经纪人打电话啊。"

凌澈将手机收起来放进口袋里，不怎么在意地问了句："黄千？你们说了什么？"

许棠舟道："他就问了我们相处得怎么样，拍摄顺不顺利。"

司徒雅在电话里对凌澈说，黄千知道这件事的时候很震惊，同意了在不影响节目里两个人相处的情况下，等拍摄完成后再告诉许棠舟实情。

这么看来，黄千是遵守承诺，还没告诉许棠舟了。

另外，黄千还告诉了司徒雅更详细的内容。

许棠舟是在十八岁那年失去了往前数五六年的记忆，也就是说，关于那段年少时的模特生涯，关于T台，关于那些日子里认识的所有人、发生的所有事都忘得一干二净了。

除去那段记忆，许棠舟的生活与学习能力并没有出问题，因此高中毕业后还是按部就班地上了大学，然后接了Mist广告，再进入了娱乐圈。

黄千说，许棠舟想当艺人的原因很简单也很直接。

"我想挣一笔钱。"许棠舟是这样告诉黄千的。

司徒雅当时在电话里一度因为这个问题觉得不可思议："你怎么会没发现许棠舟失忆了？你不是应该比较了解许棠舟吗？你之前说你们交往时认识了几年来着？"

"四年。"凌澈不是没发现反常，只是因为他不想去了解罢了。

许棠舟的离开对他来说是一种打击，再次见到许棠舟，还能一起上节目已经很不错了。

司徒雅很了解凌澈，却还是惊叹于他竟骄傲到了这种地步："天啊！"

凌澈无法容忍经纪人的嘲讽。

他冷冷地道："那又怎么样？我今天还是把许棠舟给标注临时印记了。"顿了顿，他又补充了一句，"是许棠舟求我的。"

因为携带素敏感而假性失控，还死撑着宁愿憋到流鼻血也不说，四舍五入算是许棠舟求自己的吧。

电话里一片沉默，在司徒雅狂怒惊叫地大骂不该让他俩一起参加节目前，凌澈就挂断了电话。

除了写歌创作，凌澈在"如何快准狠地挂断电话让对方骂不了我"这件事上也小有成就。

方才司徒雅又打电话来，显然已经平静了下来："我帮你问了一下，失忆这种事很复杂，不一定什么时候就能想起来。你最好不要自乱阵脚，先把节目录完再说。但是，引起失忆的原因，很有可能是印记清洗手术。"

凌澈听懂了。

因为血型终生印记本是无法解除的，印记清洗手术算得上是逆天而行，不仅费用高昂，失败率也很高，很少有人选择去做这种高风险的事。就算手术成功了，也有可能留下很多后遗症，腺体的位置连接着大脑的复杂神经网络，引起失忆也不是不可能。

许棠舟为什么要冒着这样的风险去做这种手术？

到底是因为那次离开是真的身不由己想回来，还是因为离开之后其实过得不幸福？

不管是哪一个原因，都不重要了。

标注临时印记以后，凌澈知道自己想要什么，他不可能放手。

更重要的是，此时的许棠舟已经回答不了他了。

他只能自己去查。

许棠舟知道搞好关系是首要方针，得到临时印记是主要目标。

许棠舟站在走道里等了一会儿，见凌澈说完之后没有下文，便主动讨好地问："你怎么还没睡啊？是因为今天晚上心情不好吗？"

许棠舟长得太好看了。

褪去那层冷冰冰的外壳，这样忐忑不安问话的时候，凌澈很容易就想到了以前的许棠舟——很容易害羞，被人碰一下就要羞半天，得哄很久才能好。

凌澈会故意那样做，故意看许棠舟不知所措，然后一整天都抱着人不撒手，直到许棠舟乖乖地听话为止。

经过小半晚的思考，凌澈已经拿定了主意。他不屑地否认："我才没有心情不好。"

许棠舟脸上写着"我信了"。

"是外面太吵，吵得我睡不着，"凌澈皱眉对许棠舟说，"头也很痛。"

许棠舟也觉得有点吵："哦。"

尤其是夏月她们好像把这里当成了临时旅馆，许棠舟有种自己和凌澈是旅馆老板的错觉，一个是脾气不太好的大老板，一个是刚被标注过临时印记的小老板。

哦……扯远了。

凌澈说："你来帮我按摩一下。"

许棠舟："……"

凌澈居高临下地看着许棠舟："怎么这副表情，不想按？"

他的潜台词简直就是：还要不要我的临时印记了？

许棠舟拿人手短，又被拿捏住要害，赶紧说道："没有没有，想按的，特别想按，哪里不舒服按哪里！"

只要凌澈心情好，怎么样都没关系！

凌澈退后一步，先进房间去了。

许棠舟跟在他身后，身上慢慢地热了起来，这还是第一次进到凌澈的房间呢。这里属于阿尔法级的气息很明显，许棠舟觉得自己就像一只闯入野兽领地的小白兔，很容易就会被野兽按在这里这样那样。

不要脸。

许棠舟不知第几次在心里唾弃自己了。

许棠舟面无表情地站在屋子中央，努力让自己看起来很平静。反正那些乱七八糟的想法都装在脑子里，没人能看得见！

"坐啊。"凌澈淡淡地说，身上的低气压已经消失得差不多了。

"嗯。"许棠舟刚回答完就听咔嚓一声，循着声音望去，发现凌澈把摄像机的电源拔掉了。

凌澈就是这样，想让拍就拍，不想就不拍，向来都是别人配合他。他家是节目的赞助商，他是这期节目的核心，没人敢违逆。

另一头，画面黑了。

正将监视器里的画面与今天得知的惊天八卦联系在一起的众人，不约而同在心里骂了一声。

凌澈走过来时，许棠舟下意识地往后退了几步，这算是被标注过临时印记的后遗症吗？

许棠舟简直怀疑凌澈之前没有经验了，哪有人做个临时印记咬那么狠、那么久，还在脖子上犹豫了一会儿才下口，搞得自己差点就哭了。

要是凌澈现在再来一口，自己可能有点受不了。

凌澈什么也没做，他只是在沙发上侧躺下来，然后将头放在了许棠舟的大腿上，大佬一般沉声吩咐："按一下太阳穴就行了，其他地方不用按。"

凌澈身上带着淡淡的香气与携带素味道，许棠舟被撩得心跳都加快了："好。"

这次是真心实意答应的。

凌澈说完则闭着眼睛等待服务，一句废话也没有。

许棠舟想起了黄千说的凌澈的头发是禁区，不要去摸他的头发，这么看来，好像也没那么夸张嘛，没不让自己碰。

许棠舟稍稍一迟疑，试探着把手放了上去："这样可以吗？"

头发软软的，和凌澈本人截然不同，就像……在撸狮子的毛。

"可以。"许棠舟不轻不重地按了几下，凌澈的眉头就缓缓舒展开了。

所以，他真的就只是让自己进来为他按摩啊？

许棠舟叹息一声，不标注印记的话，顺便贴个腺体贴什么的也好啊。

没过多久，在许棠舟以为凌澈已经睡着了的时候，便停下了动作。

凌澈却一把抓住了许棠舟的手："许棠舟。"

许棠舟马上就红了脸："怎么了？你、你没睡着啊？"

"我又不是猪，一天到晚都想睡觉。"凌澈睁开了眼睛，琥珀色的眸子里一点睡意也没有。

凌澈头一次用这种语气开玩笑，就像两人已经认识了很久一样。

四目相对，心跳在加快。

那如擂鼓般的心跳声是自己的，还是凌澈的？许棠舟竟有点分不清了。

"我听说你失忆了，"凌澈说，"是什么都记不得了？"

是黄哥说的吗？

许棠舟觉得应该是，于是点头回道："嗯。好几年的记忆没有了，有时候在路上遇见同学，也一个都不认得。医生说能不能恢复要看情况。"

凌澈继续问："那你是什么时候认识我的？"

许棠舟可不敢说在梦里做的那些事，想了想，只道："应该是四年前吧，我认识你的时候，你的头发还有点长。"

第一眼在电视里看见凌澈，许棠舟就着了迷。

那段时间凌澈走的阴郁派风格，是俊美的类型，留长发也半点不违和，更不女气，既妖冶，又有种属于男人的飒爽。那时凌澈写的歌都是灰暗型的，直到现在还有玩忧郁的地下乐队把他的那些轻摇滚奉为经典。

听了许棠舟的描述，凌澈大概知道了许棠舟是什么时候失忆的。

是两人分手之后。

许棠舟竟然在那时候就失忆了。

"我喜欢你那时候写的《借口》，"许棠舟告诉凌澈，"还有那天米非唱过的《在你之后》。你那时候的造型我也很喜欢，当然现在的也不错，是不一样的感觉。"

凌澈现在是短发，他的眉骨高，鼻梁也高，无须头发的修饰就三百六十度无死角。有人说凌澈连影子都比普通人好看。

许棠舟又列出了几首经典作品，凌澈却问："还有呢？"

对许棠舟来说，现在两人的姿势用来聊天真的有点亲密了。

一个坐着，一个躺在对方的大腿上，低着头说话，只有情侣才会这样做。

许棠舟来不及仔细思考，以为只是一个临时印记就让两人在生理上拉近了距离。有一种说法，说是被临时印记过的欧米伽级与阿尔法级之间会有某种轻微的臣服与命令，不过这是建立在绝对力量的压制性上。这种关系不会令双方感到难受，甚至还会有更想靠近对方一点的想法。

自己现在就是这样吗？

"我本人呢？"凌澈坐起来，直直地看着许棠舟，"你不是说很喜欢我，因为我才想参加这档节目吗？"

许棠舟呆住了。

他这是什么意思？临时印记的秋后算账？凌澈该不会误会自己就是为了骗印记吧？

许棠舟反应过来，急道："是真的。"

凌澈没继续追问，移开视线，别扭地说了四个字："我同意了。"

这下许棠舟是真的满脑袋问号了，同意什么？同意参加节目？是不是太晚了点？都已经参加了啊！

凌澈的语气没什么起伏，甚至有些霸道："我有三个要求。第一个，不准后悔。第二个，不准和其他人勾肩搭背、打打闹闹。第三个，每天晚上都过来给我按摩，不然的话我就不给你携带素。"

原来他是在说临时印记的事。

许棠舟恍然大悟："好的。"

一次临时印记只能维持几天，具体效果因人而异。

许棠舟回家之后才能再次吃药，所以为了保险起见，还得厚着脸皮向凌澈请求一次印记，没想到凌澈这么好说话。

"我保证一定会做到，绝对不违反任何一条！你怎么这么好啊？不枉费我这么喜欢你！"许棠舟有点兴奋。

见到眼前人瞬间明媚起来，凌澈的眸色深了些，他清清嗓子："知道了。

录节目的时候，低调一点。"

"我绝对不会告诉任何人！"许棠舟立刻发誓。

"我不是那意思……"凌澈想说什么，但又放弃了，"算了。"

说起节目，许棠舟心里悬着的大石终于落下，不用再担心随时可能出现假性失控的情况，终于有精力去考虑这件事了。

两人来到苏里兰之后就没怎么商量过接下来的安排，趁着现在气氛不错，许棠舟把目前的基础资金算了一下。两人的住宿问题不打紧，却已经只剩下不到三千块钱了。

明天他俩倒是能免费打卡一个景点，可是接下来还有四天，他俩真的很穷啊，搞不好也要学夏氏姐妹租帐篷。

"帐篷……"凌澈思索了一下，"暂时不考虑。我们可以考虑一下怎么把你买阻断剂的钱拿回来。"

许棠舟疑惑："怎么拿回来？"

凌澈道："等。"

他告诉许棠舟："明天应该就会有结果了。"

直到节目录制的第三天，许棠舟才察觉到异样。

可是具体是哪里不对劲，许棠舟也弄不清楚。

许棠舟这天穿的是短袖，没有衬衣可以遮住咬痕，便贴了一张腺体贴。全节目组竟然没有一个人来问是怎么回事，许棠舟连借口都想好了。

吃过早餐，许棠舟还没来得及去外面和其他人会合，就听见凌澈喊自己："崽崽。"

许棠舟站住脚步，脸有点红。

每次凌澈这样叫，许棠舟都会不好意思，要是听习惯了还好，偏偏凌澈也就是偶尔才这样叫。许棠舟基本上确定了，这大概率会出现在凌澈心情好的时候。

"怎么了？"

"过来一下。"

许棠舟回头一看，茉茉与跟拍摄像竟然都很有默契地退出去了，小木屋的餐厅里就剩两个人。

这是干什么？

许棠舟走到凌澈面前，身上还带着凌澈的气息，这令凌澈很满意。

录外景的时候为了不浪费资源，所有的摄像头都是关闭状态，现在没了盯着他俩的眼睛，可是许棠舟觉得自己比面对摄像头的时候还要紧张。

许棠舟总是会想起上一次两人独处时，凌澈……那样给自己标注了印记。

凌澈用手拉开许棠舟的衣领，看了一下贴歪了的腺体贴："重新贴。"

许棠舟有点不好意思，是自己不严谨了，腺体贴歪掉很容易被发现咬痕的。

"你要帮我？"

凌澈："废话。"

两人进了房间，许棠舟从口袋里拿出腺体贴递给凌澈。

两人指尖触碰，竟有一股酥麻感从其间窜过，让许棠舟耳根发红。

凌澈注意到了。

他不动声色，先揭开许棠舟脖子上的那张腺体贴看了一下咬痕。

昨晚是他疏忽大意，若不是许棠舟走后他一直睡不着，在网上查了查被标注临时印记后的注意事项，他还不知道欧米伽级的腺体在被咬后如果护理不当，很容易感染。

其中一条医嘱是，阿尔法级的唾液里含有大量修复自身咬痕的有效成分，可以适当用唾液为伴侣修复咬痕。

至于怎么修复，当然是……

眼前的人这么敏感，还没做什么耳朵就红了，要是真的用那种方式，会怎么样呢？

凌澈这么想着，口中淡淡地道："你的咬痕变红了，有可能会感染。"

许棠舟低着头看不见凌澈的表情，却知道凌澈正在打量哪里。

许棠舟太紧张了，手心都出了汗："我觉得……明、明天就好了吧。"

还不是怪你乱咬！许棠舟腹诽，还咬那么重！

许棠舟的理论知识这么丰富全拜仇音所赐，耳濡目染下倒是知道阿尔法级要怎么做欧米伽级才能好得快一点。

正想着，后颈突然传来了梦里才有的触觉，温热柔软，许棠舟一下子就颤抖起来："凌澈？"

　　凌澈从后面揽住许棠舟，只懒懒地"嗯"了一声。

　　他慵懒的一声回答带着鼻音，让许棠舟的头发都竖了起来。

　　一时间许棠舟的大脑根本无法思考，浑身的血液似乎在刹那间全涌上了脸部，脸瞬间红得像个番茄一样，呼吸彻底乱了。

　　凌澈的手臂坚实有力，许棠舟下意识地想躲，却没处可躲。

　　对方只是在一心一意地帮自己忙修复腺体伤口的咬痕。

　　伤口需要修复。许棠舟告诉自己。

　　可许棠舟就在这种友好的帮助下可怜地发着抖。任许棠舟平时怎么口无遮拦或者瞎想，此时都任由凌澈掌控着不能动弹，一点挣扎的余地都没有。

　　太不公平了吧。

　　身为欧米伽级，许棠舟第一次认识到阿尔法级对欧米伽级的克制。

　　咬痕很深，凌澈知道，几天后，它就会以惊人的速度愈合，腺体里重新装满属于欧米伽级鼓囊囊的腺体液，直到再咬上一口，给它注入新的携带素为止。

　　而现在，他竟然就已经开始期待了。

　　这算不上残忍，因为被标注了临时印记的欧米伽级身体本来就会自动重复这一过程。

　　除非欧米伽级被彻底标注印记占有，那咬痕才会永久地保留下来，成为欧米伽级已经拥有终身阿尔法级的证明。

　　凌澈会给，但不是现在。

　　"好了。"凌澈终于离开了那块后颈皮肤，说话时嗓音暗哑，"咬痕可能会发痒，你不要用手去抓。今天晚上我会检查。"

　　许棠舟的心还在怦怦跳着，撞击着自己的耳膜。

　　凌澈又说了一遍："知道了？"

　　后颈一片凉意，许棠舟胡乱点点头："知道了。"

　　凌澈这才把人松开。

他脸上没什么表情，看起来依旧冷淡傲慢，这位刚完成第一次印记后护理的阿尔法级亲自撕开了一张腺体贴，仔细地给欧米伽级贴上了。

腺体贴的图案是粉色小兔子，和许棠舟本人实在是不搭。

这一盒里就这么一张少女系，被凌澈拿到了，凌澈故意没有说出来。

许棠舟还心慌意乱的，总觉得哪里不太对劲。

那感觉随着对方的行为变得更加强烈。

凌澈："下次我会轻一点。"

许棠舟微微睁大眼睛，有点激动："真的？太好了，你真的应该轻一点！"

为、为什么这么奇怪？凌澈是不是太主动了？难道标注临时印记后，阿尔法级想要照顾欧米伽级的血型天赋都会觉醒？

许棠舟觉得今天凌澈的行为可以列入"今日迷惑行为大赏"。

看对方的反应，凌澈好像又嫌弃许棠舟太脆弱了，不怎么自然地开口："走了，大家在等我们。"

凌澈说完也没有等许棠舟，手揣在口袋里走了出去。

从阴凉偏暗的小木屋里走到阳光正好的院子里，大家果然都已经到了。

嘉宾们站好位，凌澈步入其中，和陆承安有一句没一句地嘲讽对方。院子里吵吵闹闹的，Ruby则围着大家转圈。

许棠舟后出门一步，等到了院子里，小白才拍拍手："人到齐了，大家准备！"

"不好意思。"许棠舟站到嘉宾队列里先和大家打了招呼。

凌澈就在身侧，阳光下他棕色的头发与睫毛都变得浅了一些，耳垂上的一枚耳钉在发光。见到许棠舟，凌澈也只是看了一眼，和平常没什么两样。

没人知道这么耀眼的凌澈刚才对自己做了什么。

"欢迎来到《我们的完美旅行》第三天！"小白说了开场词，"几天过去，大家还是这么容光焕发，看来大家的旅行到目前为止都十分完美！"

众人："……"

小白："快乐的时光总是很短暂，我想提醒大家一下，节目录制已经快到一半了哦。目前基础资金剩余最多的星月组，她们靠着吃苦耐劳和聪明机智，坚强地以劣势开局撑到现在！值得一提的是，过了今天，澈舟组的免费用餐也将正式结束了，澈舟组也将加入节省大军的行列，和大家并肩作战！"

这回有了掌声。

夏氏姐妹和陆米CP对这两位的加入表示热烈欢迎。

"今天我们要打卡的网红景点是鸟巢餐厅。"小白宣布早就确定下来的地点，"除了澈舟这一组在昨天的游戏中胜出可以得到免费用餐的机会，其他两组嘉宾都需要自费参加。不过大家不需要担心，我们也安排了很多可以反败为胜的环节，只要你们努力争取，也会得到不少免单机会！"

什么反败为胜的环节，不过是新挖的坑等着大家跳而已。

许棠舟因为小白的话而紧张起来。

两人现在的基础资金就剩两千多元，到底要怎么样才能度过接下来的四天？

小白一声令下，嘉宾们都分散开，各自查看路线。

鸟巢餐厅距离他们所在的海滩不算远，但那里地处偏僻，有丛林有山崖，是顺着山路蜿蜒而上才能到达的世外桃源，巴士不能到达，更无法骑自行车前去。

嘉宾们面临两种选择：一是花四百元坐缆车直达山顶；二是步行，走山路上去后，花八十元坐滑索到达山顶。

米非和陆承安的意思是坐缆车，一辆缆车可以坐四个人。除了司机以外，还能坐四个乘客。如果能与另一组嘉宾一起分担费用，那么车费就能划算很多，甚至比两个人坐滑索还便宜。

这组嘉宾的人选，自然是凌澈和许棠舟了。

谁知夏星却先一步叫了米非两人："米非，你们和我们一起拼车怎么样？"

自从那次夏星和夏月吵架，米非试图劝她们，却被她们毫不留情地驳了面子以后，两组在节目里基本上是没什么交流的。

米非有些意外。

还是陆承安反应快，优雅地微笑道："好，可以。"

看着一旁的澈舟组，陆承安慢条斯理地摘了太阳帽示意："抱歉了澈神，今天不能和你们分担支出了呢。"

凌澈根本就无所谓："正好，我不喜欢和别人挤一辆车。"

陆承安当他死鸭子嘴硬，终于享受到了第一次让凌澈吃瘪的快感。

等他们两组离开之后，在跟拍摄像的镜头里，留在原地的两人就显得有些孤单了。

"崽崽，"凌澈站在原地，不疾不徐地问，"我们还剩多少钱？"

许棠舟正好也在思考这个问题。

凌澈的喊声让许棠舟回过神来，许棠舟被"崽崽"这个称呼弄得心跳乱了一拍，看到周围的镜头才反应过来是在录节目。

"还有两千八百六十元……"许棠舟昨晚刚数过钱，对数目记得很清楚，"我们步行上山，然后坐滑索去山顶怎么样？"

"可以。"凌澈正有此意。

许棠舟问茉茉："茉茉姐，我们今天在鸟巢餐厅吃什么都是免费的吗？"

茉茉回答道："对，一些招牌菜都是今天需要打卡的，你们昨天赢了，所以今天都是免费。"

许棠舟："其他的菜呢？"

茉茉说："也是免费的。"

确定了这一点，许棠舟看上去有点高兴。

"我有个想法，"许棠舟告诉凌澈，"既然什么都是免费的，在不浪费的基础上，要是我们有吃不完的食物应该可以打包吧？"

凌澈明白了许棠舟的意思，微微挑眉。

许棠舟要发挥自己的小聪明了。

两人没出门，反而回到了小木屋。

Ruby兴奋地围着他俩打转，许棠舟摸了摸它，却没有陪它玩。许棠舟在橱柜里找到了房主留下的保鲜盒，从小到大，共有四五个，又找了一个袋子把它们都装了进去。

"我们打包吃不完的东西，不算违反规则。"许棠舟一边收拾一边说，"听说全世界的餐厅每年浪费的食物能养活好几亿人。"

凌澈坐在高脚凳上："我不吃剩菜。"

许棠舟早就知道他挑食了："我可以吃啊。就算能省下明天一天的用餐费用也不错，买你一个人的就行了。"

许棠舟说得这么自然，是根本就没打算让凌澈吃打包回来的食物。

事实上，许棠舟的父亲是退役军官，家庭教育很严格，没坏掉的食物，家里会一直吃到吃完为止。

挑食的凌澈没说话。

等 Ruby 再次围着许棠舟转，把许棠舟扑倒的时候，凌澈就单手把它拎开了。

茉茉早就看见了许棠舟换掉的腺体贴，见到凌澈这个动作，兴奋得忍不住捂住了嘴。

她懂，狗碰一下也不行是吧。

嗑到了！

山路不算好走，好在一点也不晒。

早就到了的陆承安他们不断在节目组安装的通信软件里发信息，全是在餐厅悠闲品味咖啡和红酒的照片。陆承安与米非秀恩爱，夏星与夏月则忙着摆拍。

明星们私底下和普通人也没什么不同。

陆承安发语音："你们怎么还没到？好寂寞啊。"

陆承安的声音在通信软件里显得很低沉，带着熟男的磁性。

许棠舟刚刚点开语音，手机就被凌澈拿走了。

凌澈冷声道："陆前辈，请矜持一点。"

许棠舟："……"

讲话这么直接的吗？对方毕竟是前辈啊。

两人翻过一截青苔密布的峭壁，陆承安的语音又发了过来，他不仅完全没生气，还说："我家小米喜欢，澈神这是嫉妒？"

小米的语音也紧跟着发了过来："对不起啊，我没管住他。"

陆承安又发来一张两人亲密相依躺在鸟巢状的吊椅里的照片。

米非在照片上写了标签指着陆承安：家有恶犬。

夏月也在群里说道："舟舟，我求求你们快点来，我真的受不了了，那两人一直在撒狗粮！"

许棠舟拿过自己的手机。

看来他们是真的闲得无聊，等太久了。

许棠舟拍了一张前进中的照片，回复："我们快到了，前面就是滑索了，你们可以来滑索处等我们。"

过了一两秒，陆承安回复："不是吧，你们竟然走山路！这都一个多小时了，舟舟行不行啊？"

凌澈本来走在前面，闻言停下脚步回头看了许棠舟一眼，然后破天荒地拿出自己的手机回复："还可以。"

许棠舟知道大概是那天假性失控的时候流鼻血，自己留给凌澈的印象太虚弱了。

实际上，自己的身体真的还不错。

陆承安说："澈神，这你就不懂了，舟舟是欧米伽级，细胳膊细腿的，你问问有哪位欧米伽级为了省钱，饿着肚子爬山一个小时的？"

夏月说："舟舟，你实在走不动的话就让澈神背你。"

米非："附议。"

这一群人看热闹不嫌事大。

他俩已经到了滑索处，凌澈去买水，顺便询问坐滑索的注意事项。

群里的人还在说个不停，列举欧米伽级的柔弱表现，许棠舟可不想让这几人对所有的欧米伽级这么想。

许棠舟按住语音键，没留神漏了句让人目瞪口呆的话："别看我菜，力大可以开瓶盖。"

群里安静了好一会儿。

许棠舟这才发现，自己好像不经意间暴露了什么，高冷人设崩了，不由得一阵脸红。

这可不是个人的直播，也不是自己的损友群。

许棠舟立刻撤回了语音，只希望凌澈忙着买水没听见。

凌澈回来了。

不知道为什么，许棠舟感觉后颈腺体有点凉。

凌澈微微眯起眼，手中正好有一瓶水："帮帮忙，开瓶盖。"

许棠舟的脸变得更红了，忙道："不了不了。"

滑索的终点正落在餐厅的超大平台上。

套着安全绳从百米高空中滑过，两人越过热带山涧，没了树木藤蔓的遮挡，他们在高处看到了一望无际的浅蓝色大海。

急速滑行中风从耳际呼啸而过，失重感令人肾上腺素飙升。

若是坐平稳的缆车，还享受不到这样的刺激感。

许棠舟先于凌澈落地，踩上平台时还有些意犹未尽。

另外两组嘉宾已经在滑索尽头等着两人了。

许棠舟低着头，让工作人员解开安全绳卡扣。许棠舟不说话的时候很安静，甚至显得有些冷漠，仿佛什么事情都可以漠然置之，自成一道风景。

可惜，此时每个人都感觉智商受到了侮辱。

本来大家只觉得许棠舟外表高冷，其实开得起玩笑也挺可爱的，但是这么相处下来，竟然到了今天他们才迟钝地发现真正的许棠舟并不是这样。

许棠舟带了一个大袋子，里面装了好几个保鲜盒。

米非一看就明白了，有点愤怒地道："舟舟你太过分了吧，免费吃就算了，还想着打包？"

许棠舟因为刚才的事本打算安安静静地不说话，但还是忍不住说："节约是美德，你要不要，我借你一个？"

米非立刻微笑道："好啊，舟舟真是人美心善。"

要打卡的食物那么多，每种仅仅是尝一下，的确会剩下不少。

夏氏姐妹也围上来跟许棠舟要打包盒。

节目还在录。

凌澈紧随其后，极为淡定地从滑索上滑了过来。他长腿撑地，轻轻松松地稳住身形，停在了平台上。

不同于许棠舟需要人帮忙，他本身就爱极限运动，这些都是小儿科。工作人员一围上去，他就让他们退开了，自己三两下解了卡扣。

许棠舟被几人围着，几分钟内就被拿走了三个保鲜盒。

"让让。"凌澈挤了进去。

仗着身高优势，这位阿尔法级顶流明星轻而易举地从各人手中把保鲜盒拿了回来。看样子他比队友许棠舟还要抠得多，简直有辱他的高贵身份。

夏月气呼呼地道："澈神，别这么小气嘛，反正你们也吃不完，放在冰箱里大家一起吃啊。"

这两姐妹占用他们的院子，占用他们的浴室和卫生间，现在还想占用他们的冰箱。

凌澈是个睚眦必报的人。

他也不解释，眼皮都没抬一下："吃不完可以喂狗。"

众人哄笑。

凌澈将保鲜盒递给许棠舟："收好，回去以后盯着 Ruby，别让它偷吃。"

夏月红着脸道："讨厌！"

许棠舟内心吐槽道：这样对女孩子真的好吗？

然而，许棠舟什么也不敢说，毕竟自己还欠凌澈一个开瓶盖的事。

夏月夸张地翻了个白眼，把综艺效果做到十足，和夏星一起回了两句嘴。

许棠舟把保鲜盒收好后，大家一起进了餐厅。

节目组包下了餐厅，早就清过场并且布置好了，随处可见《我们的完美旅行》节目标志。接下来小白上场，三组嘉宾分桌而坐，小白开始介绍餐厅的几位大厨和打卡规则。

每组嘉宾至少要完成两道前菜、一道冷盘、三道主菜和两道甜点才算完成当日打卡，嘉宾们可以自行挑选菜品。

许棠舟看了价目表，这次打卡，至少要花一千五百元才能完成。

反正不用自己付钱，于是许棠舟眼睛眨也不眨地选了最贵的、分量最多的。

每上一道菜，澈舟组都因为能免费获得而引来众人的羡慕和嫉妒。

小白道："各位，不用羡慕他们，我们今天为大家设置了游戏环节。看到那边的食材区了吗？"

餐厅内侧摆满了各式新鲜蔬果和海鲜，琳琅满目，好像超级市场。

"是要我们自己做？"陆承安问，"我可不会下厨，烧了餐厅我没钱赔啊。"

夏星好奇地道："咦，我记得陆前辈不是演过食神？"

米非说："是啊，哥演过《食神成长史》，他在里面很帅很帅的，颠勺什么的特别帅。"

小白："那么小米是因为《食神成长史》才喜欢上陆前辈的吗？"

米非忽地有点羞涩："他每部戏我都喜欢啊。"

许棠舟是所有嘉宾里年纪最小的，《食神成长史》这部戏已经是十几年前的了，夏月笑着问："你们考虑一下舟舟的感受啊，舟舟一脸茫然，和我们好像有代沟。"

"舟舟没看过？"米非问。

许棠舟被问到，诚实地回答："啊？其实我不记得了……"

或许看过，或许没看过，自己没了记忆，无法确定。

"你们忘了，陆前辈也演过赌神。"坐在窗边的凌澈突然开口。

靠演过什么来确定是否拥有某项技能已经行不通了，至少凌澈就帮大家测试过——在飞机上惨输三百四十元钱，是陆承安赌神人生折翼的地方。

众人忍不住笑了，陆承安享受夸赞不到一分钟就被现实打败了，冷哼一声："我还演过变态杀手呢。"

他话锋一转："舟舟，我看见你嘲笑我了，你想说什么？"

许棠舟放下菜单，一本正经地道："我在想节目组后期会怎么配字。"

许棠舟一路上简直为节目组后期操碎了心，什么"不敢置信小米非""怀疑人生陆承安"都是许棠舟说的。果然不负节目组后期的期望，许棠舟又评价道："这个时候，陆前辈的头上一定会出现几个字：日常被怼陆承安。"

在一片笑声中，主持人小白宣布了游戏规则。

嘉宾们选择菜品后，大厨会随机给出该道菜品的详细食谱，从主要材料到调味品，都需要嘉宾自己去食材区在一分钟之内找齐。全部正确的嘉宾组可获得该道菜的免费权，答错的则没有。

这是抢答题，每组嘉宾共有八次机会。

在其他两组嘉宾吵吵嚷嚷之际，许棠舟察觉到凌澈看向了自己。

许棠舟见凌澈薄唇开合，低声地说了几个字：一无所知许棠舟。

许棠舟:怎么感觉自己被嘲讽了?

游戏开始,澈舟组隔岸观火,在喧闹和争吵间怡然自得,看其他两组抢得头破血流。两人慢慢地品尝完当日的打卡食物,又将保鲜盒装得满满的,惹得另外两组眼冒红光。

拍摄结束后,鸟巢餐厅的老板出来和艺人们握手。

这位年轻的老板是凌澈的歌迷,餐厅里经常会播放凌澈的歌,从凌澈的第一张专辑到最新一张,老板都有收藏,不少还是签名版。

满满当当五张专辑的十二种版本、宣发海报,还有一些周边,都铺在了鲜花盛开的餐桌上。

音乐无国界,凌澈的英文歌并不多,却依然能引起共鸣。

煽情的部分终究会来,饶是凌澈平时傲慢无比,在真诚的歌迷面前也变得平易近人了一些。

他同意了与老板合影,还在店里的墙上签了名。

他转身,见人群中的许棠舟正拿着一张CD在看。

刚才餐厅老板向大家介绍,那张CD是纯音乐,只有三首钢琴曲,而且发行量很少,属于凌澈玩票性质的作品。

"只有五百张,"老板热泪盈眶,"还有编号呢!不知道都是哪些人那么幸运拿到了它们,我花了很高的价钱托人买的!"

这是粉丝满满的爱。

许棠舟有些疑惑。

"凌澈《Tears on the Phone》",灰色的封面上只有这样简单的几个字和一只流泪的眼睛。

这张纯音乐专辑许棠舟也有一张,在家里的书架上,还是签名版,封面上龙飞凤舞地签着凌澈的名字。许棠舟当时想,既然失忆前自己就是凌澈的粉丝,有这样的东西也不奇怪。可是老板这么一说,许棠舟才知道这张专辑有多珍贵,更何况是签名版。自己当时是怎么买到的?

"在看什么?"凌澈的声音突然响起。

许棠舟抬起头,见凌澈不知道什么时候站到了自己身旁,微微俯身,似乎对这张专辑也有什么不一样的回忆。

从凌澈的角度，恰巧能看见许棠舟柔软的黑发，以及那一段白皙的后颈，还有后颈上粉色兔子的腺体贴。

兜兜转转，许棠舟还是就这样乖乖地站在了这里。

许棠舟告诉凌澈："我也有这张专辑，还是签名版。"

凌澈原本算得上冷淡的眸色变深了些。

许棠舟又不好意思地说："我知道了，多半是山寨货，我的那个签名看起来怪怪的，和你签的根本就不一样。"

凌澈忍不住在心里骂了一句脏话，他那时刚开始练习签名，能有多好看？见凌澈的脸一下子变得很难看，许棠舟有些后悔告诉凌澈这件事。

谁也不会喜欢有人持有自己心血之作的盗版吧！

许棠舟赶紧补充："我以后可以找你要个新的签名吗？"

凌澈走开之前冷冷地拒绝了："不可以。"

下午临走前，节目组提出想拍一段现场素材，请凌澈弹奏那张 CD 中的一首曲子，嘉宾们葡萄美酒夜光杯，说不定可以做成新的宣传片。

凌澈的坏心情一直持续，他恹恹地说了句："不想弹。"

众人见状，也就不敢叫他弹了。

倒是有人去问许棠舟，看许棠舟能不能说动凌澈。许棠舟一脸茫然，自己怎么敢安排凌澈做事？节目策划小心翼翼地说："你们关系不一样嘛，要是你也不方便的话就算了。"

许棠舟在思考：我们的关系哪里不一样？是因为我们在节目中被设定为好友了？

策划打圆场化解尴尬："那个……腺体贴挺好看的，是澈神选的？"

许棠舟看不见，但是心里一惊，发现事情并不简单。

所有人都知道自己的腺体贴了，那……他们会不会误会了什么？如果传出去被那些小行星知道了，等节目播出的那天，自己怕是惨了。

"我们不是……"许棠舟想解释，"是我临时不舒服。"

策划笑着说："懂的懂的。"

许棠舟：你们懂什么了？

下山时，突然下起了小雨，大家都乘坐节目组安排的缆车，没有再使用滑索。

每个人都注意到了澈舟组奇怪的氛围，与来时完全不同，许棠舟被凌澈甩在了后面。几天下来，许棠舟和众人逐渐熟稔了，身边倒也不缺人陪着。

夏月问："澈神怎么了？"

许棠舟以为夏月也误会了那件事，谁知夏月抱怨道："我怎么觉得他今天特别针对我？"

许棠舟安慰她："没有吧，他也怼了陆前辈。"

夏月说："我看他就不怼你。"

许棠舟心想，那是你们不知道罢了。

许棠舟心里苦，还拿人手短，靠着别人携带素过活的日子太难了。

下了缆车后，众人走到山脚下，节目组开始分发雨伞和雨衣。

因为要照顾摄影机，雨伞又不太多，在不够分的情况下就需要两个人撑一把伞。

前方的凌澈停下脚步，撑着伞喊了一声："许棠舟！"

大家都听见了。

许棠舟本来正要套上工作人员递来的雨衣，听到凌澈喊自己还愣了一下，凌澈不生气了？

凌澈又喊了一声："崽崽。"

许棠舟确信凌澈在叫自己，便退了雨衣，冒雨冲过去："来了，怎么了？"

凌澈粗鲁地把许棠舟拉到自己伞下，又从许棠舟手中把打包好的保鲜盒接过来。

保鲜盒挺沉的，凌澈眉眼间皆是不耐烦："你走得太慢了。"

雨丝很密，伞下成了一方小世界。

许棠舟跟在凌澈身侧，发现对方适当放缓了脚步配合自己的步伐。在雨中，淡淡的携带素萦绕着两人，无声地诉说着阿尔法级的占有欲。

许棠舟好像明白了什么。

又是提要求，又是修复腺体，还管自己乱不乱说话，原来临时印记过的阿尔法级与欧米伽级之间会因为携带素的交融而产生微妙联系是真的。就像狼标记领地一样，除非标注印记后的味道散去，狼群重新找到栖息地，它们才会斩断那种联系。

第一次亲身体会到这种感觉，许棠舟几乎产生了自己和凌澈十分亲密的错觉。

"看什么？"凌澈偏过头，发现了许棠舟投过来的目光。

许棠舟说起其他事情："打包的这些应该够我吃两天了，我问了老板，放冰箱没那么容易坏。"

说完，许棠舟的耳朵又慢慢地红了。

凌澈看了一两秒，又转过头目视前方，淡淡地道："放在冰箱里是不容易坏，反正放得更久的食物你也不是没吃过。"

吃过放了更久的食物？

听着这熟稔的语气，许棠舟脑中有什么东西一闪而过，就像他俩以前认识一样。

人的思维是很奇妙的系统，一旦有一个地方通了一条路，串联起来就是复杂的逻辑网。可惜没等许棠舟想清楚，凌澈就把袋子换到另一只手上，然后用空出来的手轻轻握着许棠舟的头，硬是把许棠舟的脸转回正前方。

然后，他低声道："现在看路，别看我。"

许棠舟的心狂跳几下，凌澈怎么突然变得这么温柔？

都有点不想让这临时印记消失了。

第六章
许棠舟的心冒出了泡泡

二十几分钟后雨就停了，雨消雾散后不多时便又是朗朗晴空。

"恭喜大家完成了《我们的完美旅行》第三日网红地点打卡！"

小木屋的院子外侧，摄影机与工作人员站成一排，空中还有无人机拍摄，这节目的摄影一向十分出众。海岛景色极美，炎热潮湿的空气里，大家也不至于太烦躁，勉强可以忍受这样的工作强度。

日光变得毒辣，院子内侧的嘉宾纷纷戴上了太阳帽、墨镜等护具。

每隔几分钟，夏氏姐妹就要喷一次防晒喷雾防止晒黑。她们长得极为相似，十四五岁时以双胞胎姐妹花的形式出道，实际上她们年龄相差近两岁。夏月现在走御姐路线，夏星则走萝莉路线。

"接下来还有四天时间！"小白微笑着说，"猜猜大家的资金排名是怎么样的呢？"

这都是废话，随便想想也知道第一名是强势入住小木屋的夏氏姐妹。

第二名与第三名应该差距很小，这天中午在鸟巢餐厅的一分钟抢食材游戏里，原本领先澈舟组的陆米CP没有占到多大便宜，花费不少。

小白说："我想告诉大家的是，这种差距从今晚开始会进一步扩大！有优势的一方将更有优势，而处于劣势的一方也将得到机会猛追，因为……"

他顿了几秒，卖了个关子才宣布："大家都变穷了！注意，不只是穷而已，是很穷！为了缓解这种压力，我们一次性放出剩下的十二个打卡点，大家可以自行选择完成。这意味着从今晚起，就没有集体行动了！注意，每天完成打卡最多的嘉宾组，可以得到五百元额外限时购物券，感谢国际奢侈品牌宝芬尼对本节目的独家赞助！"

大家顿时来了精神，米非率先发问："什么是限时购物券？"

小白说："半个小时内，在指定便利店将这五百块花光。注意，花费不能多也不能少，否则会被取消资格，将购物券让给下一组！"

苏里兰的物价特别高，一桶方便面都要二十五元。

五百块钱能买多少桶方便面啊！

想想就令人兴奋。

解散后，各组嘉宾拿到打卡地点表，假模假样地讨论了一番，都不肯告诉对方自己接下来的打算。用一句话来形容就是谁透露谁傻，这次连陆承安都没有询问凌澈的计划了。

许棠舟和凌澈进了屋，两人的房子再过一晚就不能打折了。当时选择小木屋时，两人已经确定这里的日租是八百元，和陆米CP经过减免租的大房子是一样的，水电费用另算。

早上出门时还有两千八百六十元，减去滑索和买水等费用，他们现在只剩下两千七百元。

两千七百元，也就是说就算两人接下来每天都能赢五百元的购物券保证生存，也只能在这里没水没电地过三天，还有一天将无家可归，更别提还有一只狗要养。

许棠舟有点着急，坐在高脚椅上拿着笔写写画画。

凌澈走过来，看着许棠舟仔细地计算，本是抱着输了也无所谓的心态，却还是忍不住拿过了本子。

"这样是抠不出来的，"凌澈道，"你有没有想过，我们可以挣钱。"

这还是陆承安给凌澈的灵感。

早在节目组搜行李箱的时候，陆承安和米非就有了带好几个箱子的东西出来卖货的想法，只不过根据节目规则那些都属于禁带物品。

那种被耐心教导的感觉又来了。

许棠舟不解："怎么挣？"

看着许棠舟懵懂求知的眼神，凌澈不自觉地勾起了唇角，笑意一晃而过，问道："昨天你在潜水的海滩给我买的椰子多少钱一个？"

许棠舟现在一听到"潜水"两个字，脑子里就浮现出那天在更衣室的画面，后颈都隐隐发痒了。

可许棠舟记得凌澈说过不准挠，只得硬生生忍了下来，让自己正经一点："两万卡卢比，就是二十元人民币。"

这么一说，难怪穷了，大家都买十块钱的矿泉水，凌澈却喝二十块钱的新鲜椰汁。

凌澈的关注点却不是这个："那你在便利店外面给我买的呢？"

便利店外有一家水果店，服务的都是住在附近或者路过的游客，椰子并没有海滩边的大只甘甜，却要五十块钱。

从潜水海滩到便利店不过二十分钟路程，价格差距就这么大，若是还能得到批发价格呢？

许棠舟一下子就明白了："我们可以赚取差价！只要花一天的时间，说不定就能赚回一部分基础资金，后面三天再追打卡点。"

他们拍摄时，潜水海滩是清了场的，平时那里人很多，这个方案完全可行。

可是他们作为游客，这样的行为是否符合当地的法规呢？

对于这种担心，凌澈淡淡地道："为了节目看点，有人就是绞尽脑汁也会处理好，这点不用我们操心。"

摄像头的另一端，坐在监视器前的众人："……"

没错，他们会搞定，为了节目效果，他们什么都可以做！

许棠舟有点兴奋："那我现在就去便利店看看，观察一两个小时，看看人流量怎么样。"

"等一下。"

许棠舟："怎么了？"

凌澈难得在这种事上表现积极，他现在的样子若是叫司徒雅看见，后者绝对会大吃一惊。他不仅提建议，还打算参与这种无聊的事。

"不要告诉其他人，我们分头行动，我去海滩和摊贩谈。"

许棠舟："我知道，我才不会告诉其他人我们的致富宝典呢！"

"你这么好骗，很难说。"凌澈吐槽完还是嘱咐道，"观察一个小时就够了，要是我还没回来，你就先回这里。我有事要告诉你。"

"什么事？"许棠舟猜测应该是关于自己阻断剂的事，凌澈说今天就能有结果。

许棠舟真的很好奇到底是怎么回事。

"回来再说。"凌澈道。

录制节目以来，两人第一次分开行动。

许棠舟去便利店附近观察人流量，顺便遛狗。凌澈则戴上墨镜，穿着沙滩鞋去了海边。

茉茉跟着凌澈去了海滩，路上忍不住问："澈神，你下个月就要开演唱会了，这次会邀请朋友做演唱会嘉宾吗？"

凌澈："现在还不清楚。"

"那莫潇呢？"茉茉问，"会邀请他吗？"

凌澈顿了顿脚步，琥珀色的眸子淡淡地扫过镜头，再看向茉茉。

夕阳照着椰树小道，光线穿过树叶投影在小道上。在金光跳跃中，凌澈神色沉静，他平时话并不多，不是容易接近的类型。

真是神奇，许棠舟看起来也不是平易近人那款，但有许棠舟在的场合，凌澈的气场就会有所收敛。

现在没了许棠舟，茉茉就觉得凌澈变得很陌生，被他看得心里直打鼓，生怕他会生气。

大约是司徒雅和凌澈打过招呼了，凌澈没有回避这个问题。

"不会。"凌澈说。

莫潇，就是那个女朋友出轨后不慎被出轨对象彻底标注印记的歌手，以前娱乐圈都称他为"说唱王子"，现在都称他"全天下都知道我被绿"的"草原王子"，最近已经沉寂了。

凌澈和莫潇曾经在一场盛会上合作过，算得上是朋友。

自从莫潇的女朋友出轨，凌澈被追问后爆出疑似对欧米伽级有偏见的言论，凌澈就没对那件事做过任何回应。

"为什么？"茉茉问，"去年您准备演唱会宣发的时候，官博提过可能会邀请他。"

凌澈说："他没有空。"

"那您有没有安慰他，或者说站在他的角度……"她竟不知道怎么问了，司徒雅说过，凌澈不可能对自己的言论进行特别解释去讨好粉丝。

粉丝喜不喜欢他，是粉丝的自由。

还没等她想清楚怎么提问，凌澈竟主动回答了："我很抱歉，之前的言论造成了误解，怪我高估了某些人的理解能力。明知是事实还要触犯道德底线，说明有人不值得，莫潇值得更好的。"

这几乎算得上是一段解释了！

这一段播出去必定会成为爆点，茉茉激动得手都有点抖："那您觉得在一段恋爱中，阿尔法级应该怎么做才合适呢？"

"一旦确定关系，我就会彻底给我的欧米伽级标注印记。"凌澈淡淡地道。

茉茉又激动地道："那如果之后你们想分手呢？或者说澈神你遇到更心动的人怎么办？"

凌澈一句话就结束了这个话题。

"不可能，"他双手插在裤兜里，懒散地往前走去，"我只谈一次恋爱。"

任茉茉和跟拍摄像怎么去理解这段话，也不在意后期会怎么剪，凌澈没想到这一段播出后会引起那么大的轰动。

凌澈回去得比预计的时间要晚一点。

潜水海滩上卖椰子的摊贩已经收工了，他不得不去更远一点的摊贩家中和对方谈。椰商很精明，不会想不到凌澈能想到的差价问题，毕竟他们也是要赚钱的，讨价还价后定了二十五元钱一个椰子，否则不提供大量货源。虽然比零售价要贵，但这样算下来其实依旧能获得双倍利润，凌澈答应了。

回到小木屋，凌澈刚走到椰林小道外就见周围很混乱，救护车与警车都到了，现场乱成一团。

茉茉随便抓了个同事问："怎么了？"

对方说："陆前辈在小木屋里被动失控了……"

在混乱的人群中，米非独自站在院子里，神色很淡。

米非伸手拦住了闯进来的凌澈。

"澈神！"米非叫住他，"不是舟舟！"

阿尔法级被动失控，是因为遇到了契合度适宜的欧米伽级正进入失控期，而整个节目组只有许棠舟一个欧米伽级。

凌澈一进院子便冷静了下来，紧接着一股怒气涌上心头，先前想不通的事情一下就通了。

院子里有一股浓郁的金桂香味，甜得发腻，这是欧米伽级完全进入失控期的象征，携带素的浓度高到了所有未婚阿尔法级都抵抗不了的程度。节目组已经做了清场，出了这样的事，对节目组来说是一个噩耗，搞不好节目的录制都会作废。

凌澈站住脚步："我知道。"

米非竟然还有心情说别的："你是闻到味道了吗？我听他们说是桂花香味的，你闻到了，所以你知道不是舟舟。"

凌澈沉默了。

在房子里的是陆承安，而米非是一个既没有腺体，也闻不到携带素的贝塔级。

他们才该是亲密的一对。

米非脸上看不出悲伤，甚至还笑了一下。

就算不通过闻味道辨别，许棠舟有凌澈的临时印记，不可能会失控，是凌澈一时紧张罢了。

米非刚想问问凌澈，许棠舟的携带素是什么味道，就见凌澈大步往院门口走去。

许棠舟牵着狗回来了。

如冰雕玉琢的人站在那里，一脸茫然。

凌澈走过去，粗暴地一把将人按在了怀里。

没等凌澈开口，急救人员就抬着担架让他们借过。

两人很快分开，让出了路。

一行人好容易才通过完。

许棠舟有些尴尬，红着脸问："怎么了？出什么事了？"

凌澈："你把人流量都调查清楚了？"

急救人员破门而入，用担架抬出来散发着甜腻携带素的始作俑者，一旁则跟着哭泣的夏星。

众人蜂拥围上去，凌澈站在原地没动，似乎早已猜到担架上的人是谁。许棠舟觉得好奇，在一片嘈杂中，凌澈捏住了许棠舟的后颈，就跟捏小猫咪似的。

许棠舟缩了缩脖子，这里人这么多，被误会了怎么办？

其实就现在的情况，根本没人会分出精力去注意他俩。

凌澈站在许棠舟背后，冷冷地说："别看了，是夏月。"

许棠舟回过头，凤眼圆睁，不敢置信地看着他。

两人来不及多说，就听有人在小木屋里喊："米非呢？陆大哥在找米非！"

米非还站在原地没动。

似乎从一开始，身为贝塔级的米非就注定要放弃某些东西。

听到喊声，米非抬起了头："陆承安？"

那人跑到米非面前，原来是那一组的跟拍助理，急匆匆地道："小米，你快进去！陆前辈把自己反锁在澈神房间里，他的手割伤了！你不去，他不开门！"

"把手割伤了？"许棠舟紧张起来，"怎么会这样？"

那个助理说："现在还不清楚，好像伤口挺深的！"

凌澈道："在这种时候，越痛越能保持理智。"

听到这里，米非眼睛发红，箭一般冲了进去。

许棠舟与凌澈跟在后面想看看能不能帮忙，却只看见房门后伸出一条受伤的手臂，将米非拖了进去。几乎是同时，房门就"嘭"的一声关上了。

一屋子人面面相觑。

一位急救人员说："谁能敲门进去，让伤者先处理一下伤口？"

被动失控的阿尔法级把自己的伴侣拖进去要干什么，众人都心知肚明。

阿尔法级的失控期不久，一晚足矣。

就是米非……

所有人都在心里为米非祈祷。

工作人员将纱布与抑制剂从窗户扔进房间，但愿米非不可脱身的时候能想起来给陆承安使用。救护车一走，当地警察就进来询问情况。欧米伽级不按时打失控期抑制剂，在当地属于违法行为。夏氏姐妹那一组的助理留下来说明情况。

按照工作人员的说法，夏月是忽然分化为欧米伽级的。

傍晚凌澈与许棠舟一起出门时，恰巧遇到陆承安来找凌澈去冲浪。节目录制的闲暇时间，他们去过一次，这本来很平常。凌澈不在，陆承安便和Ruby玩了一会儿，谁知在小木屋浴室里的夏月却突然失控了。

陆承安感觉到携带素不对劲，发现情况之后二话不说就把夏月敲晕了……

难怪夏星在哭，估计陆承安下手不轻。

警察简单做了记录，节目组就派人跟去了警局。

现场每个人都忙得不可开交，查看监视器画面记录、和策划沟通、召开紧急会议。

短短一两个小时的工夫，情况就超出了每个人的想象，谁都没想到会出这种事。这节目，还录吗？

不多时，现场便只剩下了凌澈与许棠舟两个闲人，茉茉和摄像都跟着大部队忙得团团转。

空气里有阿尔法级的兰花香味，许棠舟闻到了。不等许棠舟开口，安静下来的小木屋里隐约传来暧昧声响，还有房间里两人模糊不清的低语声。

许棠舟一脸尴尬地道："我、我们去哪里？"

凌澈皱起眉，他的房间被占用就算了，以后就是还给他，他也不想要，但他也不可能让许棠舟继续待在这里。

"去陆承安那里。"

两人走在小路上，往陆米CP的大房子走去。

许棠舟还牵着狗，两人一路无言。

"一个小时的人流量是三百二十五个。"许棠舟找回刚才的话题，试图打破这诡异的氛围，"我还发现，进水果店的人有八十个左右，有十二个人买了椰子。这是接近傍晚时的数据，如果我们花一天的时间，从早上开始……"

"嵬嵬，"凌澈打断了许棠舟，沉声道，"你猜你不见了的阻断剂在哪里？"

携带素阻断剂是欧米伽级用来屏蔽自身携带素的。因血型不同，阿尔法级的腺体无法使用阻断剂屏蔽携带素，贝塔级更是用不上，所以携带素阻断剂是欧米伽级的专属用品。

"你的意思是夏月姐拿了我的东西？"

许棠舟明白凌澈的意思了，但是许棠舟完全无法把这件事和夏月联系起来。

"嗯。我今天准备和你说的就是这件事。"凌澈说。

原来，经由司徒雅确认，监控中拍到许棠舟的私人物品被放在夏月的行李箱里。

过去一天司徒雅都在和节目组沟通，那个工作人员一开始不承认自己的所作所为，直到被告知那个死角也有监控，他才不得不从实招来，说是夏氏姐妹让他这么做的。

本来凌澈一直想不通夏氏姐妹为什么要针对许棠舟，如果不是针对许棠舟，那么她们作为贝塔级拿着那些东西做什么，现在全都想通了。

说什么临时分化为欧米伽级都是骗人的。

司徒雅提到，夏氏姐妹与原来公司的合约快到期了，公司没有续约的打算。她们到了一定的年纪却没什么作品，目前暂时靠姐妹俩演戏和日常吵架获得热度，再过一两年，她们就将被人彻底遗忘。

凌澈的热度必定使这档节目大爆，夏月想要通过这次节目制造更加吸人眼球的话题。她们是以贝塔级双胞胎的形象出道的，前几年才被爆出实际有年龄差，却没想到连分化都是经纪公司制造的噱头。

成年后再次分化的案例在世界上极少，如果在这样的节目里夏月能分化为欧米伽级，完成奇迹般的身份转换，她们至少能保证此后三到五年内的人气。

而想要完成这样一场精心策划，夏月本来就是欧米伽级这件事必定不能让任何人知道，所以她一定会长期使用携带素阻断剂，一天也不能停。然而，根据节目规则需要搜行李箱，她的行李中就不能出现任何有关欧米伽级的私人物品。

好在天赐一个许棠舟。

夏月完全可以在搜行李箱环节后拿走许棠舟的阻断剂，只需要重启并输入自己的携带素编号即可，甚至不用去购买，任何人都发现不了。

因此，她们并不是针对许棠舟，阻断剂随时可以买，她们对许棠舟也构不成实际伤害。

是她们眼里只有自己。

许棠舟愣住了，一时间竟不知道说什么好："我这是在看悬疑宫斗剧？如果是真的，她们演技这么好，为什么不去当演员，偏要走捷径啊？"

凌澈轻哼了一声："演技好但是人蠢，也没什么用。"

难怪在鸟巢餐厅的时候，夏月就抱怨说凌澈针对她，原来凌澈那个时候就知道是她拿走了阻断剂，所以才会有那种表现吗？

许棠舟竟觉得凌澈有点可爱。

夏月和夏星都去了医院，陆承安和米非一时半会儿脱不了身，节目组也乱成一锅粥，什么事情在这个晚上都只能暂时放一放。

至于要怎么处理这件事，各家经纪公司都不是省油的灯，这就不用艺人操心了。

"可惜陆前辈白白受一场苦，"许棠舟沉声道，"不知道他伤得重不重。"

流了那么多血，会不会有危险？

许棠舟简直操碎了心。

"因祸得福，"凌澈说，"陆承安值得。"

在这场不被看好的恋情中，陆承安证明了自己，以后再也不会有黑子黑他和米非炒作，也不会再出现两家粉丝对骂的情况了。

凌澈说了那句话后，沉默了一两秒，转而问道："如果是你，你会怎么做？"

许棠舟不明白凌澈的意思。

凌澈便又说了一遍："先不提夏月，假设你是一个刚完成分化就进入失控期的欧米伽级，遇到这种情况，你会怎么做？"

凌澈问得很认真，好像真的会发生那种情况一样。

说来也巧，许棠舟对失忆前的事情一点都不清楚，自有记忆起人就已经在医院了，那时自己刚好十八岁，恰好刚刚分化并进入第一次失控期，是通过输液抑制住的。

所以许棠舟说："我会马上去医院，绝对不给别人带来麻烦。"

凌澈站住，又问："如果恰好有一个契合度高达百分之八十的阿尔法级在场呢？"

"百分之八十？你设定得太具体了吧！"许棠舟被这个假设弄得有点心动了。

在全世界，阿尔法级和欧米伽级的最低契合度为百分之四十三，平均合格契合度为百分之六十五，只要达到合格线就已经是难得的佳偶，若是契合度高达百分之八十，那会是多少人梦寐以求的结婚对象。

见许棠舟认真思考起来，凌澈一把夺过狗绳，一声不吭地往前走去。

"那要看我喜不喜欢对方了，"许棠舟的声音在后面响起，语气很笃定，"要是我不喜欢对方，契合度再高也没用，我选择去医院。"

凌澈停了下来。

Ruby围着他打转，以为要玩什么游戏。

路灯昏暗，许棠舟看不太清凌澈的表情，但许棠舟觉得只有自己回答这个问题不公平。欧米伽级不能自控是事实，虽然凌澈的言论算不上偏见，但从阿尔法级口中说出来也让人不舒服。今晚之事，足以说明阿尔法级也会有失控的时候。

"那你呢？"许棠舟问，"如果是你，遇到一个失控的欧米伽级，恰巧契合度也高达百分之八十，你会怎么做？"

凌澈闻言，想都不想便脱口而出："没有如果，我不会随便和单身欧米伽级单独待在一起。"

好吧，许棠舟无可辩驳。

凌澈这么臭屁，的确不会出现那样的情况。

"爱不应该只和携带素有关。"凌澈说。

今晚发生的事，似乎完美地印证了凌澈的观点，因此他说这句话的时候有些傲慢。

说话间，两人已经走到了陆米CP的房子。

屋里还亮着灯，显得很温馨。

桌上放着一个本子，粗略一看应该是出事的时候米非写到一半就被人叫走了。

不用想都知道本子上面肯定详细记录了过去几天基础资金的变化，说不定还有对接下来几天如何安排打卡地点顺序的规划。

知己知彼，百战不殆。

但凌澈一瞄到本子上的内容，就随手合上了。

偷看对方的安排是小人行径，他才不屑那样做。

许棠舟去房间里看了看，出来时说："陆前辈和小米的感情也太好了吧，不仅有情侣拖鞋、情侣水杯、情侣手表、情侣外套，连床单都是一人一半的情侣款，真让人羡慕。"

凌澈评价："肉麻。"

先前凌澈也不是没想过这两个人是假装恩爱，毕竟在娱乐圈这种事情很常见，现在他却完全不这么想了。这两人是真的很恩爱。

许棠舟说："小房间根本没人睡过，原来陆前辈和小米在节目里也是一起睡呀。"

凌澈抬起眼皮："你又羡慕了？"

许棠舟感觉话题有点怪怪的。

凌澈道："今晚你睡小房间，我睡沙发。"

阿尔法级的携带素相克，凌澈才不会去睡陆承安的床，自然许棠舟也绝对不被允许去睡，就算睡米非那一半也不可以。

许棠舟正要说自己睡沙发也行，突然想到了什么。

刚才在路上，凌澈说"我不会随便和单身欧米伽级单独待在一起"，可是现在……自己不就是一个单身欧米伽级？

凌澈这个人有点矛盾啊。

许棠舟正暗自吐槽，却听见凌澈说："你过来，我检查一下。"

许棠舟："什么？"

凌澈反问："你说呢？"

对了，腺体贴！

凌澈早上说过会检查咬痕，许棠舟差点忘了这件事。

大概是嫌许棠舟动作慢，凌澈自己走了过来，毫不客气地将许棠舟的头按低了些，却又动作很轻地把使用了一天的腺体贴撕了下来。

许棠舟再次感觉自己像一只猫被掐住了后颈，只要这里被控制住，就动弹不得了。

可是一看到那张腺体贴，许棠舟就呆住了。

为什么会有粉色兔子这种图案啊？难怪节目组的策划说自己的腺体贴好看！

许棠舟整个人都不好了，可是也不好意思挑三拣四的，凌澈能帮忙就不错了。

凌澈观察那咬痕，有点惊讶于它的愈合速度。

他第一次给人做临时印记，自然也是第一次看见欧米伽级的恢复过程，相比于早上，它已经好了大半，相信再过一两天就会完好如初了。

"怎么样了？"许棠舟不自在地问。

"挺严重的，"凌澈不动声色，还问许棠舟，"你今天是不是用手去挠了？"

"我没有……"

许棠舟看不见真实情况，信以为真，可怜巴巴地说："那怎么办？"

果然怪凌澈咬太重了吗？

这人能不能学点技巧，看看教程什么的！

凌澈没有感情地说："现在没有腺体贴可以换，想要好得快一点，你就不要乱动。"

话音刚落，凌澈的唇再次落在了许棠舟的后颈上。

等凌澈放开许棠舟时，许棠舟滚烫着脸道谢："谢谢。"

"嗯，"凌澈一脸淡定，"晚安。"

不知道是不是受陆米两人影响，这晚睡在小房间的床上，许棠舟又做梦了。

许久没出现过的场景又出现在梦里，还是在暴雨天的房子里，自己坐在阿尔法级身边做高考试卷。这回，许棠舟一开始就知道那个阿尔法级是凌澈。

窗外雷雨依旧，头顶的吊扇还是在吱呀作响。

自己的手被一只大手轻松包裹住，凌澈的声音在耳旁响起："这题不会？"

紧接着，低沉的声音戏谑般捉弄许棠舟："求我啊，求我，我就教你。"

接下来，许棠舟听见自己说："这题不会……"

许棠舟不仅这么说，还主动带着凌澈的手在试卷上移动："这题也不会，这题、这题都不会，怎么办？我都要求你吗？"

话音刚落，许棠舟就被那只大手转了个身。

两人面对面坐着，少年的脸庞已经有了如今的轮廓，浅棕色的眸子里只装着许棠舟一个人。

两人的呼吸交错相融。

凌澈颇有耐心，不轻不重地捏着许棠舟的后颈："这么多题都不会，故意的？那等这里长好了，先求我咬一口怎么样？"

许棠舟被捏得很舒服，几乎眯起了眼睛："不用等那么久，求你，现在就……"

惊雷乍起，掩盖住了许棠舟的声音。

屋内的光线随着闪电忽明忽灭。

凌澈眉目深邃，温柔诱哄："嗯？什么？再说一遍。"

"咬我。"

许棠舟睁开了眼睛，心跳得很快，依稀记得梦里的凌澈还说了一句话。

"崽崽，你什么时候才长大？"

第二天下午，陆承安的经纪人与夏氏姐妹公司的人就赶到了苏里兰，前一晚得到消息后，双方好死不死地订到了同一航班，要不是苏里兰免签，他们又舍得花钱，根本不可能来得这么快。

这件事不知道被谁泄露了出去，但因为警方说得很含糊，大众只知道节目组有欧米伽级失控导致陆承安被动失控，国内的粉丝们很快就在网上掀起了一场骂战，陆承安被骂得体无完肤，陆米两人的粉丝也撕得昏天暗地。

两家经纪公司的人尚且不知缘由，互相指责中在飞机上就先吵了一架，害得那趟航班差点取消，还是陆承安的经纪人小孟先冷静了下来，不管夏月安的什么心，再怎么说还是尽快赶过去看自家艺人比较重要。

"不管到底是怎么回事，想要咬人的狗我一只都不会放过！"小孟来时是这样说的。

节目暂时停止了拍摄，上午陆承安从小木屋出来处理了伤口，他对自己下手的时候倒是挺狠的，但缝合伤口的时候一下子就腿软了——他晕针。

而米非还没起来，陆承安的经纪人又还没来，除了几个不太熟的助理跟拍，就剩凌澈和许棠舟。

凌澈一大早心情就不大好，他不习惯早起，又憋屈地睡了一晚腿都伸不直的沙发，连许棠舟都不怎么敢和他说话。

小木屋里还残留着陆承安的阿尔法级携带素，不比凌澈的抽象化携带素，他这兰花香是可以明显闻到的。

"澈神，过来扶着我。"陆承安满怀希望地说，"拜托了。"

凌澈戴着口罩，冷冷地转过头，他拒绝道："你身上臭死了。"

明明已经洗过澡的陆承安便换了个对象："舟舟，你能不能让我握一下手，给我一点勇气，很快就好了。"

许棠舟昨晚也没睡好，眼睑下有淡淡的黑眼圈，听陆承安这么说，便下意识地向陆承安走去："没问题。"

刚迈出一两步，人就被往后拉了一下。

凌澈先一步坐过去，面无表情地握住陆承安的手，并催促医生："麻烦你快点。"

许棠舟："……"

陆承安叹了口气："你早这样不就好了，非得我喊舟舟……"

凌澈："陆前辈，闭嘴。"

许棠舟还没反应过来，便听外面有人叫自己，是茉茉。

此时正值早上七点多一点，大家都得到了牛奶和面包作为早饭。有人熬了通宵，有人和许棠舟一样没睡好，所以院子里来来往往的人像是一群"丧尸"。

全拜两姐妹所赐，可能每个人心里都是有怨言的，许棠舟看见院子里的帐篷已经被收起来了。

以后不知道会怎么样。

许棠舟宁愿回到前几天一群人其乐融融的时候，可是为什么会有人暗藏心思，想通过一些不那么光彩的方式去获得更多的关注呢？

这是许棠舟第一次在娱乐圈感受到什么叫表里不一、暗流汹涌。

难怪许多人都对进入娱乐圈这件事不看好，名利和财富蒙蔽了人的眼睛。在许棠舟看来，夏月与夏星两个女孩子就算有些任性，总体来说还是挺不错的，至少因为有了她们的奇思妙想，节目才更有趣了，她们却选择了这样的路。

另一方面，许棠舟看着那个收起来的帐篷忍不住想，一个欧米伽级常年伪装成贝塔级，一定也很不容易吧。

茉茉问许棠舟晚上睡得好不好，关切地问了几句，然后说："舟舟，网上说的那些你先不要去管了，一旦商量出结果，我们节目组就会立刻发声明。"

许棠舟纳闷地道："什么事？"

茉茉硬着头皮告诉许棠舟："昨晚的事情传出去了，国内有一些粉丝以为那个失控的欧米伽级是你。不过你放心，节目组绝对会解释清楚的。"

许棠舟："……"

茉茉只是一个小助理，并不能扭转局势，她只能抱歉地道："对不起呀，舟舟。"

昨晚，救护车和警车都被拍到了，只不过照片很模糊。

消息一放出，经过十几个小时的发酵，身怀绝技的网友们顺藤摸瓜，查出整个节目组只有许棠舟一位欧米伽级，那失控的不是许棠舟还能是谁？陆米两人的粉丝疯了一样辱骂许棠舟，言论内容不堪入目，许棠舟被描述成了一个不知廉耻的人。

许棠舟沉默了一分钟，实在有些无语。

但身正不怕影子斜，许棠舟也不想在这个时候再添乱。另一方面，主动发声虽然可以澄清自己，但是免不了又会被人说成落井下石，还是等官方通报最好。

许棠舟便说："错的不是你，你不用道歉啊。放心吧，我不去看就是了，反正骂的人不是我。"

陆承安缝完了针，晕针也没掩盖他昨晚的英勇行为，一群人被他迷得不得了，陆前辈长陆前辈短地叫着。

"崽崽。"

许棠舟正坐在芭蕉树下喝牛奶，一抬头，就看见凌澈披着晨光走到了院子里，正一边叫自己一边摆弄节目组发的手机。

"缝完针了吗？"许棠舟问。

凌澈的脸比晕针的人还臭，就"嗯"了声，然后命令道："给我问好。"

许棠舟一脸疑惑，但还是试着说了句："早上好？"

这是什么新发明的今日一问？许棠舟没想那么多，拿出另一罐牛奶递过去："喝牛奶吗？今天的早饭不花钱。"

三天的免费用餐结束，原本许棠舟都准备好了迎接新一天的各项节省了，谁知来了这么一出。许棠舟特别满足地想，暂停录制唯一的好处就是吃东西都不用花钱了。

凌澈接过牛奶，打开盖子三两下就喝完了。

晨光中，他棕色的头发颜色偏浅了些，仰着头吞咽的时候喉结一上一下滚动，明明是很寻常的举动，却因为这样做的是他，而让人移不开眼睛。

凌澈把盯着自己看的许棠舟抓了个正着。

两人对视，凌澈还没说什么，许棠舟就先红了脸，还很快找了个理由："我去看看小米！"

晚上果然不能做太多梦！

凌澈看了下手机屏幕，然后点了退出。

令所有人没想到的是，下午双方经纪人抵达录制现场的小木屋时，原本守在医院的夏星也回来了。负责人安排了一个小会议，商量这件事要怎么处理。

节目组的意见是，夏月突然分化为欧米伽级是一个意外，陆承安的损失节目组会赔偿，夏月的经纪公司也应当负起一部分责任。节目还是要继续录的，毕竟都录了一半了，没有中途取消的道理，这是对所有嘉宾的尊重，尤其是凌澈。

这很有可能是凌澈参加的唯一一个综艺，节目组付不起违约金，也不可能放过这样的机会。

"夏月今天住院一天，明天就能出院，"夏月的经纪人说，"今天这一天可以赶出来，后面多剪辑一天凑数就行了，耽误大家的时间，真的非常抱歉。但是发生这种事大家都不想，我们夏月也受伤了，头上有一个包块，不一定比陆先生的伤势轻。"

小孟发出一声冷笑道："是吗？那为什么偏偏在我们陆哥来的时候失控呢？"

夏月的经纪人气道："你不要胡说八道！"

小孟又说："就算我胡说八道吧。我刚才已经问过了，这里是澈神住的房子，难不成原目标不是我们陆哥，而是澈神？"

对方气得拍桌而起："你们陆承安又不是没得好处！受点小伤而已，怕是乐得都笑出声了吧！"

眼看两人就要打起来了，凌澈终于开口："闹够了没有？"

小孟被陆承安拉着勉强坐下。

每个人都感受到了凌澈的怒气。

他与许棠舟本来是不用参加这个小会议的，可是也没有人拒绝。大家都以为是刚才小孟口不择言把火烧到了他身上，他才会冷冰冰地开口。

谁料，凌澈紧接着说："夏月不是临时分化，她本来就是一个欧米伽级。"

夏月的经纪人脸色一变："澈神，话不能乱说。"

凌澈看他一眼："有兴趣的话，大家先看一个视频。"

凌澈打开平板电脑，点开一段先前司徒雅传过来的监控录像。

视频一播放完，所有人都震惊了。

夏星一直不在状态，看上去既不想为夏月辩白，也不想给自己争取什么，应该是早就知道了这件事。

她看到视频里的人把许棠舟的东西放进了她们的箱子，忽然就哭了："我们不是故意的……"

夏氏姐妹十几岁时就以贝塔级双胞胎的形式出道，被扒出其实有年龄差后人气暴跌，夏月便有了公开欧米伽级身份的想法，这件事一直瞒得很好，自然被公司驳回了。两人的发展被限制住，早已想和公司解约，所以才会筹划这一场大秀，不料却因为一个小小的疏忽满盘皆输。

夏月的失控确实在计划中，为此她们还早就联系了苏里兰的一位医生为她们证明所谓的"临时分化"。

可夏月也因此受了很多苦，一直在打提前失控期的针剂。

司徒雅昨晚和夏星通话时，她就已经被吓得腿软了。

先是不小心害了陆承安，还让夏月差点被标注印记，后又得知还害了许棠舟，她们没那么坏，这些都超出了她们的计划。

夏星眼泪汹涌："对不起，澈神，我们真的没想过舟舟的口袋里有抗携带素敏感度的药，我们以为只是阻断剂而已，便利店里都能买到。"

所有人都呆住了，搞半天，许棠舟才是最初的受害者？

许棠舟在桌旁安静地坐着，心想：没错，我才是受害者。

凌澈冷声道："你需要道歉的对象不是我。"

夏氏姐妹凭一己之力，把节目组所有人都得罪了。

当晚，夏氏姐妹的经纪人灰溜溜地悄悄离开了，只留下一对姐妹花在苏里兰。经纪人回去后立刻发了解约声明，彻底和她们撇清了关系。

夏星主动发了一条长长的 Flow，把前因后果讲得很清楚，从在公司受到的压迫、刚出道的艰辛、种种难以解决的困难，以及这次错误的做法，全文长达三千字。最后，她还向陆承安、米非、凌澈以及许棠舟郑重道歉。

夏月则拍了一条道歉视频，视频中的她十分憔悴，态度诚恳，惹人心疼。

Flow 一度出现服务器瘫痪，吃瓜群众可不管什么艰辛、什么道歉，无数人亲自上阵，将两姐妹骂得狗血淋头。除了少数真爱粉以及欧米伽级帮她们说话，几乎都是一面倒地辱骂她们。

两个小时后，节目组官博发表声明，除了前三天会有夏氏姐妹的镜头，她们将因违反节目规则而退出节目录制，剩下陆米 CP 与澈舟组进行 PK。

另外，节目组因监管不严、办事不力，也向几位嘉宾道了歉。

谁都没想到，《我们的完美旅行》第三季还没播出就成了年度综艺最大的赢家。

这么密集的爆点，真是前所未有。

米非醒来后，节目组连夜更换拍摄地点，这里已经被曝光，无法再进行录制了。

临走前，许棠舟还有些舍不得。

节目组的安排是，接下来的行程缩短到两天，规则也有所改变，拍摄场次都将安排得很密集。过去几天那种优哉游哉的日子将不复存在。

许棠舟在小木屋里转了一圈，好好地称了一下 Ruby，发现它重了几百克，两人把它照顾得很好。

Ruby呜呜地叫着，似乎不明白为什么这么快就要分离了。

许棠舟来到院子里，又站了一会儿。

凌澈站在院门口，像过去几天出门前一样："可怜她们？"

这都被他看出来了？

许棠舟的确是想起了夏星和夏月在这里搭帐篷的日子，她们搬过来的第一晚，还一起给Ruby洗了澡呢。那时候偶尔会觉得她们很吵，也有点烦，现在却有点怀念了。

"没有，"许棠舟这是说的实话，"她们做错了事情就得承担后果。再说，如果我可怜她们，谁可怜无辜受伤的陆前辈和小米？"

凌澈道："你呢？如果和你一起录制的嘉宾不是我，你怎么办？你就不可怜你自己？"

许棠舟走到凌澈面前说："如果和我录制节目的嘉宾不是你，我也参加不了啊。"

自己分明就是蹭凌澈的热度才赶上这趟车。

再说了，自己也就对凌澈一个人的携带素敏感。

凌澈不置可否。

许棠舟也不打算告诉他。

两人上了保姆车，陆承安和米非两人已经在车内等着了。

显然，陆米两人也有同样的感受，昏昏欲睡的米非由陆承安抱着，所以一路上的气氛并没有想象中活跃。这种伤感的氛围一直持续到中途休息，许棠舟翻看当天的Flow热搜时。

Flow热搜的前三分之一都被《我们的完美旅行》包揽了。

夏月 欧米伽级

夏月夏星道歉

完美旅行节目组道歉

夏月夏星解约

夏月夏星退出完美旅行

米非晕了

＃陆承安狠人＃

＃嫁人就嫁陆承安＃

＃你向许棠舟道歉了吗＃

……

看到这里，许棠舟有点摸不着头脑了，因为Flow有一条几十万讨论量的话题，却排在不起眼的十几位，看样子是热度已经过了，现在正慢慢地往下面降。

这一条话题是＃凌澈直播护短＃。

什么情况？

许棠舟点了进去，第一条就是凌澈本人的账号凌澈45361发的状态：要观看凌澈45361的直播回放吗？是/否。

凌澈什么时候直播了？

车里的人都在补觉，许棠舟拿出耳机戴上，点了"是"。

画面打开了，首先映入眼帘的是小木屋的客厅，陆承安的脸一晃而过，有工作人员问："陆先生没事吧？吃点止痛药。"

陆承安说："没什么事，这点痛算什么，呵。"

凌澈的声音进入视频中，很冷淡："晕针的人先把我的手放开再说。"

这应该是陆承安缝完针后。

弹幕密集地弹出来。

"啊啊啊，我家哥哥啊！"

"哥哥直播了！我是不是没睡醒？"

"啊啊啊，我要疯了！"

"啊啊啊，我疯了！呜呜呜呜，哥哥的声音太好听了吧！"

"澈！澈！我澈的脸呢？"

"啊啊啊……"

一片"啊"，都让人看不清画面。

"陆承安？这是节目现场？陆承安受伤了？"

"哥哥又在怼人了，哈哈哈，我哥真棒。"

"这是什么神奇的早上？我的两个爱豆竟然出现在了同一个直播里，呜呜呜……"

"晕针，哈哈哈哈……"

光线变化，凌澈拿着手机走到了院子里。

许棠舟的心怦怦怦地跳了起来，许棠舟知道这是什么时候了，因为看见了出现在画面中的自己——正坐在芭蕉树下和茉茉说话。

"失控的人还这么淡定？"

"许棠舟不是失控了吗？不像啊！"

"哥哥这是在辟谣吗？什么都没说，为了朋友直接直播吗？"

"护短澈！啊啊啊，黑子出来打脸！"

"前面的傻子，失控这么淡定呢，明显不是许棠舟了！"

"崽崽。"凌澈喊了一声。

"天哪，又来了，又是这一声，大清早的受不了了。"

"天哪，怎么有点不对劲的样子。"

"啊啊啊啊，许棠舟你不笑，让我来。"

"尔等凡人，许棠舟表情解读，不谢。"

"谁来告诉我许棠舟是不是面瘫啊？"

镜头拉近了。

许棠舟看见自己问："缝完针了吗？"

这下不用看弹幕，自己就想钻进地缝里了。

自己刚喝过牛奶，可是唇边那一圈奶渍是怎么回事？为什么没人提醒？配着那张冰块脸真的很可笑好吗？

"哈哈哈，好可爱啊！"

"等等，突然觉得有种反差萌是怎么回事？"

"崽崽，你给我把嘴巴擦干净，不擦我就来帮你擦干净！"

"前面的等等我，我也感觉到了，呜呜呜，明明讨厌这人来着，但就是觉得好奇怪哦。"

"给我问好。"凌澈说。

"早上好？"许棠舟看见自己迟疑了几秒，才懵懂地回了一句，"喝牛奶吗？今天的早饭不花钱。"

"不花钱,哈哈哈……"

"节目组有点良心吧。"

"哈哈哈,看把孩子逼得。"

"毕竟是抽奖五块钱的节目组,难怪这么坑!"

镜头稍稍移开了一点,但还是能看见许棠舟,应该是凌澈在喝牛奶的时候。

紧接着,许棠舟说:"我去看看小米!"

"脸又红了,还跑了,哈哈哈……"

"哈哈哈哈,变脸绝技许棠舟,哈哈哈……"

"真的好好笑,这两人根本一点都不熟吧!"

"啊啊啊啊,好期待这一组的表现啊!"

视频结束前,许棠舟看见了一条弹幕。

"凌澈真的太会了吧,一大早不声不响就把黑锅甩掉了诶。"

许棠舟知道了。

难怪凌澈早上心情不好,原来不是没睡醒啊。

从许棠舟的角度,能看见后一排正在假寐的凌澈,他连闭着眼睛的时候都是桀骜的样子。

许棠舟的心像一颗曼妥思扔进了可乐里,咕嘟咕嘟地冒出了泡泡。

《我们的完美旅行》原定一周的拍摄周期,因为夏月的事耽误了一天,最终却提前完成了任务。

澈舟组虽然拿回了节目组应付的另一半买阻断剂时所花费的一千块钱,但中途状况百出,即使许棠舟偷偷贡献出了藏在衣服口袋里的压缩饼干,陆米CP还是以不到两百块钱的微弱优势赢得了胜利。

回去的机票是原本就买好的,现在要提前回去,节目组早已重新统一购买了机票。

除了工作人员,嘉宾们都是头等舱。

这次不用再跟拍了,也不用做游戏,大家在头等舱里安安静静地休息。

许棠舟第一次参加集体工作,马上就要告别了,心里油然而生曲终人散的伤感。

陆承安到底年纪大一些，看出来许棠舟的心事，安慰道："舟舟，节目以后还有宣传、活动什么的，我们还有很多机会见面，就怕你到时候见我们都见得烦了。"

米非说："对对对，这不是最后一次。"

许棠舟点点头。

自己知道的，但……还是不一样，可是又说不出哪里不一样。

"舟舟现在住在哪里？"米非问。

这两天米非养回来了一点精神，网友们把米非和陆承安那天发生的事想象得非常……其实陆承安有分寸，最起码还能勉强控制自己主动打抑制剂。

许棠舟说："我家是启南的，在首都念完大学后就和朋友一起租了公寓。"

"朋友？"米非问，"大学同学？"

许棠舟说："不是，我朋友是学医的，还在念博士呢，我们认识很久了。"

房子是仇音先租下来的，因为实在是太少在家了，就在网上发布了招租启事，机缘巧合下认识了刚来首都念书需要租房子的许棠舟，四年来两人成了好友。

欧米伽级人口稀少，很少有人能熬过学医枯燥而漫长的岁月，因此医生大多数都是阿尔法级和贝塔级。听许棠舟这么说，大家都默认了许棠舟是和阿尔法级或贝塔级的人合租。

陆承安说："舟舟刚出道，大概是公司没来得及安排吧，在外面住始终还是不方便。有时间的话，欢迎你到我们家里来玩，我和小米做好吃的招待你。"

米非也高兴地道："是啊，特别欢迎，你和澈神一起来吧。"

凌澈似乎睡着了。

许棠舟觉得凌澈比自己还能睡。

被提到名字，凌澈也丝毫没有要醒来的迹象，他这回戴了眼罩，看样子要睡个天昏地暗。

陆承安便对米非说："你忘了，澈神回去就要开演唱会。"

米非道："啊，对哦，我还买了票。"

许棠舟终于知道哪里不对劲了。

自己和陆前辈还有小米会参加接下来的一些宣传活动是没错，可是凌澈却不会参加了。这是录节目之前凌澈就和节目组谈好的，凌澈不是综艺咖，也不需要更多的曝光，他的重心还是放在自己的事业上。

这意味着，两人虽然在同一家公司，却再也没有这样的机会长时间地待在一起，各自都有各自的事要忙，更别说凌澈其实连公司都不去。

许棠舟心里说不出的失落。

突然从天而降的拍摄机会让自己与凌澈朝夕相处，久得像足足过了一个月，实际上和凌澈稍微熟稔起来的日子不过短短一周而已。

拍摄结束得太突然，原以为还能慢悠悠地拍完，慢悠悠地告别，谁知道中途会发生那种事，导致计划全乱了。

临走前，米非听说了两人未能实施的椰子计划，啧啧称奇："澈神那样的人，真的会愿意在路边卖椰子吗？"

许棠舟也有点想象不出那样的画面。

后来想了想，其实许棠舟自己也并不确定那个计划行不行得通，先不说两人都没有做生意的经验，就是凌澈本人那么有辨识度，要是真的往路边一站，说不定也得被迫中途取消拍摄。

但没做成的事，总归是有遗憾的，因为自己以后和凌澈说不定就不会再有交集了。

等到飞机降落，这样的感觉就越发强烈。

因为凌澈的影响力实在太大，许棠舟越来越明显地认识到两人的差距。

机场被围得水泄不通，不知是谁泄露了今天节目组会统一打道回府的消息，真的像凌澈上次说过的那样，机场几乎瘫痪了。

几千人堵在各个出口，连 VIP 通道外都是疯狂的接机粉丝。

无数的灯牌和横幅将机场变成了大型应援现场，许棠舟还在廊桥上就听见了隐约的喊声。

他们都没想到回来会是这样的景象。

各家艺人的助理都来接人了，小安早就等在外面。

一周不见，小安分外热情。

司徒雅没来，小场面而已，还不用她出马。

黄千倒是来了，许棠舟没有助理，什么事都只能靠自己，黄千说："一会儿跟在我后面,保安会拦着两边的人,你注意不要被粉丝的指甲抓到。这个口罩戴好,千万不要停下来和人说话。"

许棠舟看到黄千,觉得很亲切:"好的,黄哥。"

小孩还是这么乖,黄千可满意了。

陆承安有经纪人在侧,和米非先一步出去,两人一露脸,外面的尖叫声几乎把机场的屋顶掀起来。经过这次的事,陆承安的粉丝更讨厌米非了,可是却收获了米粉和CP粉。

现场的粉丝不全是为了凌澈来的,有相当一部分是来看陆米二人撒糖,这都在经纪人的意料之中。

小安帮凌澈拖行李,让凌澈也戴上口罩和鸭舌帽。

许棠舟才明白原来艺人们出现在机场戴口罩和墨镜不是为了装酷,而是一种自我保护。

准备妥当后,凌澈却像没听见黄千的话一般,回头对许棠舟说了句:"跟在我后面。"

许棠舟条件反射地点点头。

黄千心想:许棠舟这么听前男友的话?

什么都不知道的小安以为两人录完节目关系有所缓和,还挺高兴的,他叫上机场的安保人员,一行人将他们完全围了起来。

等到一出通道,有那么一瞬间,许棠舟怀疑自己的耳朵要聋了。

"啊啊啊——"

"啊!凌澈!啊啊——"

"啊啊啊!"

在此起彼伏的尖叫声中,凌澈的名字是最响亮的那一个。粉丝们已经在国际航班的出口等待了整整一天,到了这一刻,似乎他们蓄了一天的力量终于爆发了出来。

保安筑起了人墙,依旧挡不住那人山人海,许棠舟觉得他们几乎被汹涌的人潮淹没了。

无数人在推搡,两旁不断伸来想要触摸他们的手臂,镜头、灯牌、手机无数,许多刺眼的光芒让许棠舟眼前花成一片。

"凌澈！啊啊啊，我爱你！"

"啊啊啊啊！"

"凌澈！凌澈！凌澈！凌澈！"

凌澈走在许棠舟前方，他足有一米九高，身穿黑色大衣，几乎将身后的许棠舟完全挡住了。

等他们稍微拉开一段距离，终于有人发现了凌澈身后的人。

"崽崽！"

"许棠舟！崽崽！啊啊啊！"

许棠舟一脸惊讶地抬头看去，可是眼前一片黑压压的人海，根本分不清是谁在叫自己的名字。那是一小波声音夹杂在呼喊凌澈的浪潮中，依旧被许棠舟听到了。

有种情绪在心中翻腾，被喜欢的感觉让许棠舟有点震动，因为自己现在什么都没有，也没想过会有人来接自己。

在绚丽耀眼的灯牌里，许棠舟好像看见一块写着自己名字的灯牌，但人实在太多了，很快就被挤着往前去，来不及多看一眼。

黄千怒斥着那些越来越疯狂的人，混乱以他们为中心扩散开来，只有他们走得快一点，这里才能恢复平常有序的样子。

航站楼彻底乱了。

有人被踩到了正在大哭，在叫骂与推挤中黄千差点摔倒，他像老母鸡护雏一样下意识地去护着许棠舟。

许棠舟被人群冲散了，身边只有两个保安，一阵一阵地耳鸣。

这时，新一波尖叫响起，有一只大手拉住了许棠舟的胳膊。

是凌澈拨开人流去而复返，将许棠舟紧紧抓住了。

许棠舟看到凌澈皱起眉，似乎说了什么，许棠舟猜测应该是："不是叫你跟着我？"

凌澈将许棠舟拉到身边，护着许棠舟一起朝外走去。

短短几百米的距离，一行人像是走了一天那么久才终于看到了曙光。

两人的车都在外面等待，为了保证能快速上车，这里倒是由机场的安保奋力空出了一条通道。

"凌澈，传闻说夏月原本是想让你失控，是不是真的？"

"澈神！澈神！你这次对欧米伽级又有什么看法？"

"节目提前录完是不是因为你受不了欧米伽级？"

"凌澈，你能说明一下……"

……

粉丝少的地方媒体一定不少，这条通道快被记者和狗仔冲破了。面对那些问题，凌澈一个也没回答，倒是收了两三个相对来说规矩一点的粉丝递过来的纸笔，迅速地签了名。

那些粉丝激动得当场就哭了起来。

分开前，凌澈再次抓住了许棠舟的胳膊，从上飞机前就一直有点沉默的人此时欲言又止："许棠舟，如果……"

许棠舟有些茫然，面容隐藏在口罩下，只露出一双凤眼。

只有熟悉许棠舟的人才知道，其实许棠舟的内心柔软炽热，只要多逗一下就会流露出羞涩甜蜜的神情。

凌澈放开许棠舟："算了。"

许棠舟先一步被黄千推上车，车子随即发动，许棠舟透过后面的窗户看到凌澈被一群人堵住了。

凌澈是最高的那一个，他在人群中朝他们乘坐的车子望了过来，似乎在确认许棠舟上车了没有。

仅仅是短暂的一眼而已，凌澈与那场混乱就被远远地甩在了车后。

很快，许棠舟乘坐的车驶入主路，就什么都看不见了。

黄千被挤得去了半条命，眼镜都被人抓歪了，还没来得及扶正。

"你没事吧？"黄千喘着气说，"我上次遇到这种阵仗，还是二十多岁当助理的时候。难怪司徒雅不来，还是她有经验。我看是时候给你找个助理了。"

"嗯？"许棠舟回过神。

刚才凌澈确认自己有没有上车的那一幕，许棠舟总觉得好像发生过。一阵突如其来的心悸，伴随着些微疼痛，竟让许棠舟分神了。

"没事，"许棠舟坐好，"他们能脱身吗？"

"放心，"黄千说，"小安有经验的，比这更夸张的时候都有过。"

许棠舟从来没见过这样的阵仗，最多也只在电视里见过。

胳膊上被凌澈捏过的地方还有些疼，也有些烫。要不是凌澈倒回来拉自己一把，说不定自己这时候还在人潮里出不来，可见凌澈也十分有经验，并且已经被堵得快麻木了。

黄千嘴上抱怨着，心里还是很高兴的。

这些天因为节目风波，许棠舟的粉丝新增了一大波。那些粉丝都要"饿"死了，翻来覆去都只找到许棠舟以前走秀的照片和Mist广告，少数几张节目组的宣传照还老是被黑粉嘲讽是精修图。

许棠舟的外形条件是真的特别出色，又会穿衣服，黄千知道到时候机场的照片一放出来，不知道会秒杀多少现在的明星。

许棠舟去海岛待了几天，国内却还是寒冷的天气。

黄千让司机把车内的温度调高了些，对许棠舟说："我先送你回家，你休息两天。之后有一个二号配角的试镜，我已经拿到剧本了，总体来说难度不大，剧情也简单。你这两天随便看看。"

"二号配角？"许棠舟十分意外。

黄千误解了许棠舟的意思："现在你还不太适宜冲主角，倒不是没有本子，是我都给你拒了。你现在压别人还不合适，容易被黑。先演一下配角积累人气，下一个本子我们就可以挑一挑了。"

许棠舟连忙说："不是的，黄哥，我是觉得我什么经验都没有，怎么能演二号？"

靠着蹭凌澈的热度得到这种资源，也太不名正言顺了。

再说，许棠舟心里其实已经有了想要的角色。

一回来就说工作，许棠舟倒没什么不愿意的。

许棠舟对黄千说："黄哥，我喜欢之前的那个剧本，我能去演那个吗？"

在录节目之前，黄千给了许棠舟两个三号配角的剧本，其中一部是古代仙侠剧，导演与制片方都不是什么特别有名的班底，但剧本非常好，是由游戏改编的。

那款游戏叫《御风》，许棠舟的角色是四大门派中最不起眼的一个，人设与本人有些相似，都是冷冰冰的，戏份不太重。

许棠舟喜欢那个剧本，一是因为剧本里有清晰的剧情线，是良心之作；二是因为许棠舟知道从零开始才会有突破这个道理，一个人连与自己相近的角色都演不好，怎么可能去挑战更高的难度呢？

在车上，许棠舟把自己的想法原原本本地告诉了黄千。

黄千迟疑了："这……这个剧组给的条件还不如我说的那个的一半好。他们资金有限，找的主角肯定也不会是什么大咖，在后期宣发和粉丝号召力上也差了一大截。"

这些道理许棠舟都懂，黄千也是为自己好，怕自己错过了大好机会。

电视剧制作周期虽然不算太长，却也要好几个月，到时候没了现在的热度，要是电视剧也扑街了，以后保准无人问津。

换作以前，许棠舟肯定会按照黄千说的办。

可是，今天在听到那些人喊自己名字的时候，想起在出道前一直支持自己，因为自己再次出道而激动的那些粉丝的时候，许棠舟有了些应该做些什么的责任感，不想辜负那种喜爱，自己应该值得被喜欢。

当然，还有一个很重要的原因让许棠舟改变了想法。

许棠舟曾经信誓旦旦地对凌澈说过，节目结束后绝对不会蹭他的热度，想凭着自己的实力站起来。

如果，可以的话。

许棠舟和凌澈之间的差距实在是太大了。

黄千道："舟舟，当初你说你做艺人，不就是为了想赚一笔钱？我觉得你可以考虑一下，等有了名气，更好的剧本自然随便你挑，到时候要什么没有？"

"钱还是要赚的，"许棠舟说，"但是可以缓一缓。我现在觉得梦想比较重要，谁不想做一个好演员呢？"

最后黄千说："这样吧，我先考虑一下，你也考虑一下，不着急。"

黄千别扭地换了个话题："说说你们吧，你在电话里说你和凌澈……呃，你说你和澈神相处得还不错，是怎么个不错法？你们有没有什么不一样？"

许棠舟："没什么不一样。"

就是因为意外，自己被临时标注印记了而已。

黄千心里苦。

直播护短这种事凌澈都做出来了，当时吓了他一跳，司徒雅却表现得好像一切在她预料之中，看来凌澈的态度司徒雅很清楚。黄千就是再瞎，也知道凌澈对许棠舟是有感情的。

且不说甩人的人已经失忆了，就说凌澈前几天专程给他打电话，他就有苦说不出。

黄千本打算等许棠舟一回来，就把这件事说出来，可是凌澈提出了要求。

"这是我们之间的事，"凌澈在电话里不怎么客气地交代，"请黄哥不要插手，我查清楚情况后，自己会说出来。"

黄千被噎住，凌澈才是被甩的人，不管两人的关系有什么变化，这的确都是他们两个人的事。

黄千只好说："那万一舟舟自己想起来了呢？舟舟也有知情的权利吧？"

过了一会儿，凌澈才说："如果许棠舟自己想起来了……我希望，你能第一时间告诉我。"

黄千倒不是担心凌澈会做什么，他此时还想不到这一点，就是担心凌澈那种骄傲的人会针对许棠舟。

得到许棠舟的答案，黄千暂时放了心，把许棠舟送回公寓，还送上了楼。

录节目的时候许棠舟的手机是由节目组保管，现在黄千还给了许棠舟，又交代了一些"不要随便出门""晚一点我给你送吃的过来"等事项，才离开了。

手机没电了。

许棠舟一边充电一边整理行李，然后又将好几天没人住的房子好好收拾了一番，热得身上出了汗，忙完后才有时间倒一杯水，顺便看看手机上这一周以来收到的信息。

开机后，许棠舟就发现收到了凌澈发过来的信息。

这是凌澈的私人号码。

上次录节目时许棠舟还曾经拨过一次。

许棠舟没想到，在没录节目的情况下，凌澈的手机号也会出现在自己的手机上。

凌澈："到了吗？"

这条信息的发送时间已经是两个小时前了。

凌澈又发了第二条："许棠舟。"

短短三个字，许棠舟就可以想象凌澈有点不高兴的样子——眉毛微微挑着，表情冷淡，深邃的浅棕色眸子里写满不爽，像是在告诉全世界的人都最好不要招惹他。

许棠舟有点激动，像是怕凌澈不再理自己一样，赶紧回复："到了！抱歉啊，刚才在整理行李，手机没电了，刚开机！"

许棠舟以为凌澈那么忙，至少要许久之后才会回复。

谁知刚发过去，凌澈的信息就立刻回了过来，简直像守着手机一样。

凌澈："。"

简简单单一个句号而已，表示凌澈已经收到了信息，凌澈也是这样和司徒雅沟通的。

许棠舟却因为这个句号，心扑通扑通地跳得快了起来。

许棠舟鼓起勇气，没话找话："你呢？你到了吗？"

凌澈："到了。"

简单的一句"到了"，好像就结束了这场对话。

许棠舟思来想去，也没有想到其他话题可以聊，在对话框里打了又删，删了又打，好像考试时写作文一样字句斟酌，可是每一句话都是那么不合适。

最后，许棠舟停下来，守着手机足足等了十几分钟，才确定凌澈不会再发信息过来了。

淡淡的失落感一下子涌上来，浇灭了刚才的兴奋。许棠舟忍不住想，凌澈现在在干什么呢？

是在休息，还是在忙工作呢？

是在家里，还是在别的什么地方？

他们没在一起录节目的时候，凌澈都是什么样子的？

凌澈说对了，自己可真是"一无所知许棠舟"，除了像粉丝一样崇拜凌澈以外，什么都不知道。

相反，凌澈对许棠舟的了解好像更多一点……

不知怎的，刚才凌澈目送自己上车的那一幕又冒了出来，在许棠舟的脑海中挥之不去。

难道是在自己失忆那段时间，也有人这样目送自己上车吗？

那种感觉怎么就像再也不会见面一样？

许棠舟试图牢牢地抓住这种感觉去回想，它却好像狡猾的鱼，窜进掌心，又滑不唧溜地逃走了。就像凌澈教自己算基础资金时，就像在苏里兰骑自行车时，就像凌澈用熟稔的语气和自己开玩笑时，就像和凌澈从鸟巢餐厅回小木屋时……那些一晃而过、来不及抓住的既视感里，好像自己的身边应该是有另一个人存在的。

记忆空荡荡，许棠舟越试图去回忆，就越想不起来。

黄千送食物来时发现许棠舟有点不对劲，以为许棠舟只是累了。

"怎么了？"

许棠舟收回思绪，叹了口气，老成地说："寂寞。"

黄千看了一下，公寓里就许棠舟一个人，好像是有点孤单。

他给许棠舟买了许多吃的，水果也买了一些，看样子是打算要许棠舟接下来两天都不要出门。把什么都安排好以后，黄千便给许棠舟找点事做："舟舟，一会儿你有时间就直播一下，随便问个好，告诉粉丝你回来了就行，随意一点。"

前两天的 Flow 热搜 #你今天给许棠舟道歉了吗 #，当事人许棠舟还没有回应过。

黄千当然不是让许棠舟现在才来回应，就是打个招呼刷一点存在感，不要太端着。这个度也不能太过了，以后不管是演主角还是配角，都需要很高的粉丝好感度，得又有存在感又低调。

黄千临走时说："你记得先换一件衣服，穿件家居服什么的，更自然。"

经黄千一提醒，许棠舟才发现自己还穿着从机场回来的那件衣服，在衣柜中翻找了一会儿，找了件相对来说高级点的家居服穿上，这才坐到桌前。

节目录制这么些天许棠舟没有晒黑，藏蓝色家居服倒是把许棠舟显得更白了。

许棠舟把手机放在茶几上找东西固定住，就么坐在地板上开始吃东西，牢记又有存在感又低调的指令。

许棠舟上一次在 Flow 冒泡还是录节目前转发的官宣，更早就是元旦节那次直播。

这次许棠舟一打开 Flow，在线人数就噌噌地上涨，比以前不知道多了多少倍。

"大家好，我回来啦。"许棠舟对着手机说，这些天无处不在的摄影机已经让许棠舟习惯了镜头，所以内心算得上毫无波澜。

"崽崽！呜呜呜呜，我爱你！"

"你终于出现了，不枉我今天在 Flow 蹲了你一天！"

"你都一点不想我们吗？"

"幸好思念无声，"许棠舟淡淡地道，"我怕你们震耳欲聋。"

"哈哈哈，果然是我的崽！"

"啊啊啊，我爱豆今天也在撩我！"

"崽崽在吃什么？"

"经纪人给我买的爱心晚餐呀，"许棠舟一边回复一边吃了口饭，"高营养低脂肪，谁吃谁漂亮。"

"你都那么漂亮了，哼！"

"给我吃，多吃点，不够我给你买！"

"我偷我老公的钱养你啊！"

"看到节目组花絮，崽崽吃打包的剩饭了，垃圾节目组。"

……

鸟巢餐厅打包的食物就吃了一顿，许棠舟不便透露太多节目内容，便说："垃圾节目组 +1。"

"哈哈哈哈！"

"哈哈哈，笑死，吃剩饭的时候心里一定这么想的吧！"

"太真实了！"

"连我们哥哥也吃了，许棠舟也没那么娇贵。"

"哈哈哈哈，澈神之前明明就一脸嫌弃说他不吃剩饭的，哈哈哈！"

"真香警告。"

最新放出来的花絮正好是澈舟这组从鸟巢餐厅回来后。

许棠舟想起当时的情景，不由得微微一笑："嗯哼，我也很意外。"

凌澈的确坚决表示不吃剩菜，许棠舟当时也没打算把剩菜给他吃，只想着能省一个人的餐费也是好的。等两人从鸟巢餐厅回来之后，凌澈什么也没说，就一起吃了那顿由剩菜组成的晚餐。

后来还剩下几盒打包好的食物没来得及吃，就换了拍摄地点，否则许棠舟觉得，凌澈可能会陪自己把那些剩菜吃完。

凌澈那个人好像有点口是心非啊。

"作秀而已，没有欧米伽级在场，他会吃？（假装看不懂是洗白。）"

"黑子滚开！"

"还不让人说了？参加个节目就忘了，你们都是草履虫？"

"说话也分场合吧，这是崽崽的地方。"

"崽崽玩得怎么样？"

"出门五分钟，流汗两小时，苏里兰太好玩了！"许棠舟无视了那些言论，尽量装作没看见，面无表情地道，"有机会你们也可以试试，不知不觉可以省下好大一笔钱呢。《我靠节约发家致富》秘籍免费送给你们，不谢。"

在一阵插科打诨中，许棠舟挑了几个问题回答。

"陆前辈没什么事了，大家不要担心。"

"之后的事会交给公司处理。"

"没有，没有不和，也没有故意针对。"

"我本来打算要是真的花光了钱，就躺在床上哪里也不去，能省一顿是一顿。"

有网友发现了许棠舟背后的沙发和上次元旦节直播中的是同一张。

"舟舟是在家里吗？上次好像也见过这张沙发。"

"沙发上堆的那些书是你的吗？（星星眼）"

"哭了，舟舟这么努力，我却像个文盲……"

许棠舟回头看了一眼，那些书都是与医学相关的，家里本来就有很多书，沙发上这一摞应该是仇音不知道什么时候回来后留下的，来不及整理就走了。

"这些书是我朋友的，我朋友的书特别多，连床底下都是。"许棠舟站起来，把那些书拿到仇音房间去了。

等许棠舟回来的时候，弹幕已经刷了一大片，好些人都在问是哪位朋友，是不是娱乐圈的。

"我朋友是学霸、天才，未来的医生，特别厉害！"许棠舟有点骄傲地说，"我们在一起住了好几年啦，不过我朋友现在不在。"

"崽崽一个人在家啊，摸摸头。"

"抱抱，我们陪你呀。"

"乖，我马上就回去陪你，乖乖等着。"

"前面的？"

"我就在崽崽身边，我倒要看看谁敢来抢我的位置！"

"崽崽怎么不去找澈神玩啊？想看有澈神在的直播……"

弹幕一条接一条，许棠舟看到这一条不一样的，便回道："凌澈应该在忙吧，他要开演唱会了呢。"

"你会不会去？"

"一定会去的吧，我买的前排，能不能遇到舟舟？"

"我也……不过我买的后排，气死了！"

"哥哥演唱会的票不好买，借地方问一下有人要出吗？加价……（卑微）"

许棠舟叹了口气，半真半假地道："我倒是想去……可是我没有票呀。"

许棠舟之前没想过去和粉丝抢票，凌澈之后也没有提这件事。

两人没熟到那种程度，自己又不好意思开口要。

网友们都不信，还怂恿许棠舟去找凌澈要。

短短十几分钟，许棠舟便完成了直播，还答应了粉丝好好休息什么的。天下的粉丝都差不多，大部分都很贴心。

许棠舟有点明白自己为什么寂寞了，根本就不是因为仇音不在。

才分开不到一天，自己竟然就开始想念凌澈了。

明明录节目的时候两人也没有频繁交流，怎么会这样？

经过节目的发酵，网上已经有很多《我们的完美旅行》的花絮和路透了。许棠舟躺在沙发上，干脆顺着那些有标签的照片挨个翻看起来，看到好些自己和凌澈在一起的照片，在车上的、海边的，还有在小木屋里的。

节目组的摄影审美的确很好，好几张照片里许棠舟发现自己都带了点微笑，看上去没那么高冷了。而凌澈虽然不太和许棠舟亲近，却能看得出心情是愉悦的。

凌澈天生就很上镜，轻易就能成为画面的中心，有时候仅仅是露出一个侧面，就让人心跳加速。

许棠舟把这些照片保存下来。

有一张是两人刚到苏里兰时在路边打车的。

许棠舟站在路边，凌澈坐在行李箱上，从后面用手把许棠舟的手臂托举起来，告诉许棠舟在苏里兰应该这样做才能打到车。远处蔚蓝的海岸线、热带的风，还有两人身上的白T恤，形成了一道亮丽的风景线。

这张照片下的评论很有意思。

"啊！我可以！哥哥，我可以！这三个字我已经说累了！"

"只有我一个人嫉妒凌澈吗？许棠舟也太好看了吧。"

"这身高差我爱了！"

"最养眼的一对，求求不要当朋友，恋爱吧！"

"热评有毒啊，一起录个节目而已，明眼人都看得出来两人不熟，能不能不要乱点鸳鸯谱？凌澈不谈恋爱，谢谢！"

"不熟？就凌澈这表情，你告诉我不熟？他们若是不熟，我直播吞键盘。"

"+1，两人应该是朋友吧，哥哥对谁这样过？看节目就行了，不要带节奏。"

许棠舟不知道，原来当时凌澈的表情是那样的。

傲慢，却又似笑非笑。

许棠舟看了照片上的凌澈许久，然后把那张照片保存到手机上，留着慢慢欣赏。

许棠舟本来没有强迫症，但因为实在是太无聊了，于是清理起后台这些天来累积的私信与评论、点赞，要把那些上万的消息都取消，心里才舒服。

"已关注人私信"这一栏，显示有一条未读私信。

许棠舟想起了什么，心中猛然一跳。

对了，刚开始录节目时，在录影棚里许棠舟发现凌澈关注了自己，还不小心触发了一条系统私信给凌澈。

当时发过去后凌澈还看了自己一眼，对话框里也显示对方正在输入，却因为信号太差一直没收到。

许棠舟不知道是凌澈取消了信息还是发送了信息，都没来得及看就把手机上交了。

现在这一栏显示着："凌澈45361。"

原来凌澈回复自己了！

那时候凌澈回复的是什么呢？

那时他们还没相处过，应该和现在的语气很不一样吧。

许棠舟按捺不住激动，立刻点开私信，却在看清内容后一下子就愣住了。

@凌澈45361："对你没兴趣，少因为过去的事瞎想。"

这语气，他好像特别讨厌自己啊！许棠舟心里咯噔一声，又看了一遍自己发过去的信息。

@许棠舟zz："对你来说，我一定是最特别的那个人吧！谢谢你，让我成为你的第一、唯一、万里挑一。（爱心）"

@许棠舟zz："点击我的主页，去发现更多和你兴趣相似的博主，扩大交友圈吧！Flow，因为发现，所以精彩！"

几条信息的发送时间是错乱的，凌澈的私信发送时间明明是在后一条回复前，却因为网络问题卡到了最后，以至于许棠舟这边还没看见，系统就自动发送了第二条。

凌澈肯定是发现了这一点，因为最下面还有一行小字："对方撤回了这条信息。"

大概凌澈当时对Flow的操作也很无语。

然而可恨的网络竟卡过了Flow服务器，许棠舟还是收到了。

许棠舟捂着脸，果然是因为这两条系统信息，凌澈才那样回复的吧。

许棠舟盯着那句话，却被其中用词吸引了注意力。看到屏幕自动暗了下去，许棠舟又按开屏幕再次确认，凌澈发的消息中的确有"过去"两个字。

对你没兴趣，少因为过去的事瞎想——什么过去？两人以前并不认识，会有什么过去的事？这怎么看也不像在说两人第一次见面的不愉快吧？

许棠舟忍不住想，凌澈是不是手误了？是不是弄错了什么？

许棠舟不是傻子，这条迟到了一周的私信像是冥冥之中安排好的，让这些天来在脑海中闪过的许多细节一下子又冒了出来。

这回它们串成了完整的逻辑线，指向一个越来越接近的可能。

"不熟？就凌澈这表情，你告诉我不熟？他们若是不熟，我直播吞键盘。"

"+1，两人应该是朋友吧，哥哥对谁这样过？"

连网友的评论都在提醒自己。

许棠舟想，如果凌澈说的"过去"不是指两人第一次见面，而是更早呢？刚刚在脑海中闪过的回忆中，应该是有一个人在自己身边的，现在想起来，好像每一次出现这种似曾相识的感觉时都有凌澈在身边。

如果……那个人是凌澈呢？

许棠舟越来越大胆地回忆起和凌澈相处的点点滴滴。

第一次见面，凌澈就知道自己叫崽崽，知道自己数学不好，知道自己对浆果过敏，还知道自己喜欢狗。

难道两人真的早就认识？

他们的身份差距这么大，如果早就认识，会是在哪里呢？

冥思苦想中许棠舟脑子里灵光一闪：宝芬尼！

许棠舟一下子从沙发上弹了起来。

两人唯一可能相遇的时刻，就是许棠舟给宝芬尼走秀的那个时期。

上次在录影棚，主持人戚木就曾问两人是不是在宝芬尼的秀场认识的。

偏偏许棠舟连那时候的记忆都没有。

只记得凌澈当时说，两人不熟。要是不认识，以凌澈的性格，他不是应该直接否认吗？为什么要编造一个谎言呢？

如果两人真的认识，那么凌澈这条私信就能很好地解释了，凌澈第一次见到自己的态度也很好解释了，一定是因为两人过去发生了不愉快。

仔细想来，好像是在凌澈确切地知道自己失忆后，两人之间的关系才变得平和起来。

许棠舟呆呆地坐了很久。

如果这些猜想是对的，那凌澈为什么不告诉自己？这到底是怎么回事？

两天后，黄千来接许棠舟去公司上课。

路上，黄千和许棠舟聊起了剧本选择的事："你考虑得怎么样了？还是想接《御风》那个本子吗？"

许棠舟的决定没有改变："嗯。我还是觉得要从这样的角色开始。"

"行吧，"黄千显然也考虑好了，爽快地道，"一步一个脚印也好，我们走得稳一点，以后也走得远一点。"

黄千分析了一番，却发现许棠舟有点心不在焉。

许棠舟很少会出现这样的情况，黄千问："你今天怎么了？"

许棠舟坐在左后方，眉目沉静，难得在熟人面前也有了冷美人的样子。

听到黄千的问题，许棠舟缓缓地说出藏在心里的疑惑："黄哥，我总觉得……我好像以前就和凌澈认识了。"

黄千脸色微变，惊讶地问："你想起什么了？"

许棠舟摇摇头："没有。"

许棠舟只是猜测而已，这两天自己给母亲谢蘅打了两次电话，却每次都得到母亲的助理"谢小姐正在开会"这样的回复，关于那几年的记忆，母亲说不定会知道什么。

黄千："你怎么不直接问澈神？"

许棠舟："我怕我猜错了。"

黄千耐着性子问道："要是你们真的认识，你会怎么样？"

许棠舟也不知道自己会怎么样，只疑惑地说："我在想我以前是不是做了什么不好的事，或者是我们闹了什么不愉快，但我想不起来，越是去想头就越疼。"

记忆一片空白的感觉真的很难受，什么都抓不住，什么都抓不着。一个人在什么都不知道的情况下被别人牵着鼻子走，好像蒙着眼睛走路，一切都是未知。

黄千随口道："要是你们真的闹过不愉快呢？不过都过去了，也不会怎么样。反正你也想不起来，不如不要去想了。你们现在不是相处得很好吗？相处久了会觉得对方熟悉，是正常的。"

许棠舟却被这句话点醒了，一下子就转过头："会不会是因为临时印记？"

因为对方标注印记后的携带素作祟，自己会带入对方的记忆，许棠舟在仇音的书上看到过这样的案例。

黄千差点呛死，一脚踩了急刹车："什么临时印记？"

这件事许棠舟还没和黄千说。

黄千的反应这么大，许棠舟反而不好意思说了。

得知过程后的黄千一时不知道该说什么。

所以凌澈这是又不让他说，又要吃定许棠舟的意思吗？

他只是个小经纪人，许棠舟这么单纯的一个孩子交到他手上，他总得负责一点，那些阿尔法级不知道在想什么，万一哪天许棠舟被标注永久印记了呢？

黄千觉得自己真是太难了。

他不想得罪凌澈，也不想骗许棠舟。

许棠舟要是没问就算了，可是既然问起来，他的良心突然有点不安。

凌澈可能做梦也想不到，还不到三天，黄千就把他卖了。

黄千毫不犹豫地出卖了他："舟舟，你和凌澈是闹过不愉快，还是很严重那种。"

许棠舟："啊？"

过了好一会儿，许棠舟都不敢相信自己的耳朵，没听错吧？

见许棠舟一脸震惊，黄千一个头两个大，自暴自弃什么都说了："你以前甩了他。"

许棠舟："……"

第七章
我会负责的

舞蹈室。

镜子里的男人微微喘着气,汗水淋漓,原本深邃的五官因此多了几分野性,他拧开一瓶矿泉水,仰着头一口气喝了个精光。

他在强忍着烦躁。

这编舞没什么问题,他也练得很熟了。

编舞老师委婉地提醒他:"澈神,很晚了。"

"嗯,"凌澈扔开瓶子,"最后再来一次。"

这天又练到很晚。

小安被叫到名字的时候正在打瞌睡,一下子就惊醒过来,果不其然看见凌澈皱着眉头。

这些天,凌澈都觉得心浮气躁,原因很简单,他人生第一次进入了阿尔法级的易感期。

最初感到那种烦躁的时候,凌澈并不知道是怎么回事,只觉得事事不顺利,看什么都不顺眼。明明睡了八个小时,他仍会在起床的时候觉得睡眠不足,刷牙的时候会嫌用惯了的牙刷毛太硬,手机铃声一响就会觉得很吵,连排练录歌都觉得哪里都不满意。

他最近没回凌家住,就住在自己的房子里。

应宸家和他家相邻,有天晚上应宸拎着酒来找他喝。

见凌澈吹毛求疵到处找碴的模样,应宸忽然来了句:"喂,你是不是那个了?"

凌澈喝掉酒,眼神不耐:"哪个?"

应宸慢悠悠地说:"易感期啊。"

凌澈的动作迟疑了一瞬。

他有点不能接受这个事实。

阿尔法级的易感期往往会在和自己的伴侣分开后出现,特别是在初次标注印记后,身体会特别想念对方的携带素。易感期的症状为易怒易躁,睡眠质量差,难以平静下来。若是阿尔法级对欧米伽级尤其心仪,那么症状会表现得更为明显,直到再次得到欧米伽级的携带素为止。

造物主是公平的,欧米伽级虽然天生弱势,容易受到阿尔法级的掌控,可是反过来,欧米伽级也能对他们造成很大的影响。

凌澈沉默了,他渴望……许棠舟吗?

自从在机场分别之后,两人已经好几天没联系了。

最后一条信息还停留在"到了"两个字上,好像只要他不主动联系许棠舟,许棠舟就绝对不会联系他。

他知道一回国,许棠舟就会去医院开什么治疗携带素敏感症的药,绝对不会像在苏里兰那样,红着脸眼巴巴地想求他标注印记。

可是,这次明明先说喜欢的人是许棠舟。

应宸也不再幸灾乐祸,而是问他:"初次印记,感觉怎么样?"

凌澈并不想讨论这个话题,他不像应宸,以风流为趣,什么话都敢讲。

"很激动吧?"应宸摇晃着杯中酒,粉丝们根本想象不到应影帝正不要脸地讨论印记的事情,"你的携带素与对方的携带素交融,那个瞬间,脑子里一片空白,头皮层兴奋得发麻,啧……"

"你是变态啊?"凌澈挑眉,"被你形容得简直不堪入耳。"

应宸道:"事实嘛,有什么不敢说的?难道你不觉得?"

凌澈不答,接着蹬了应宸一脚,这损友还笑起来了。

"喂,说说而已,"应宸好笑地说,"我也没试过,据说要契合度很高或者很喜欢对方才行。"

凌澈:"不高。"

应宸道:"那就是很喜欢对方了。"

凌澈竟然没反驳。

应宸来了兴趣,连酒杯都放下了:"澈神,这一个有多喜欢?比喜欢你那个前任还要多吗?"

应宸知道凌澈受过情伤。

他们认识的时候，凌澈比现在阴郁多了。

那时凌澈给他主演的电影写了一首配乐，却不乐意写主题曲，说那部电影是垃圾，实在想不到什么词可以配，只能交出纯音乐。

那时应宸就看他不顺眼，处处和他作对。

一来二去，双方都不服输，怼着怼着就好上了。

对于那个前任，凌澈说得不多，也不怎么提及，应宸很少有这样直接和他聊起来的时候。

这次他以为凌澈不会回答，却等到了答案。

"是同一个。"凌澈说。

应宸震惊了。

凌澈饮尽杯中酒，看着窗外的夜景，再次说："许棠舟就是那个前任。"

"你这是栽在同一个人身上两次？"应宸简直不敢信，"凌澈，你太纯情了吧？当初是许棠舟甩了你，你竟然还喜欢对方？"

难怪平时正眼都不看别人一眼的人，会在节目录制期间因为合作的搭档就给对方假性失控临时印记。

凌澈可从来不滥情，也不温柔，更不是慈善家。

凌澈："现在许棠舟失忆了。"

应宸在内心吐槽：这种剧情也有人会信？

凌澈可能是心里太烦躁了，也可能是喝醉了，睨他一眼："那不重要。"

从知道真相开始，许棠舟一直没办法消化。

许棠舟第一次觉得自己的心理承受能力不行。

凌澈和自己谈过恋爱？

要不是告诉自己这件事的人是黄千，许棠舟就是相信自己买彩票中了一千万也不敢相信这种事。自己竟然在不知道的时候已经和喜欢的人谈过恋爱了？

那些梦……难道真实发生过？

凌澈真是自己的前任？自己就是那个传说中甩了凌澈的欧米伽级？自己

是瞎子吗？现在求复合还来得及吗？

这一切大大超出了许棠舟的预料，许棠舟还以为两人最多就是以前打过架的那种不愉快。

可是真相比自己这几年对凌澈的了解加起来都还要具有冲击性。

难怪第一次见到凌澈，对方会是那样的反应，会那么讨厌自己。那时凌澈并不知道自己失忆了，所以当时他看到自己，还听到黄千介绍自己从来没谈过恋爱……凌澈是什么样的心情？

难怪凌澈会说出"想我带，下辈子吧"这种话。

可是两人还是合作了。

那么这些天来，凌澈又是什么样的心情？

许棠舟问黄千："黄哥，你早就知道了，怎么不告诉我？"

黄千解释道："我也才知道几天而已，是你的阻断剂不见了，我们查监控录像的时候，雅姐担心你们两个住一起会出事，才和我说了。看她的意思，根本就没打算透漏这件事。当时我担心你的状态会受到影响，就打算等你录完节目回来再告诉你。"

许棠舟点头，隐约记得那时黄千是说过有事要告诉自己。

但后来怎么没说呢？

黄千叹了口气："是凌澈，他叫我不要插手，还说不准把这件事告诉你。"

为了避免事情复杂化，多余的猜测黄千就不打算告诉许棠舟了。

许棠舟明白了，终于知道凌澈为什么从来没提过了，他那么要面子的人，死也不会让失忆的前任知道自己被甩过这种事吧。

不说别的，就说在不知道自己失忆的时候，凌澈就特地交代过，不要随便和别人说他们两人的事。

当时许棠舟还以为凌澈是不想闹绯闻，原来还有这样的原因。

果真是一无所知许棠舟！

这几天许棠舟都在自我反省。

好在自从上次在机场分别以来，凌澈就没和自己联系了，好像他们之间没什么好说的。

如果对方联系自己，许棠舟还真的不知道要说什么才好。

让许棠舟没有料到的是，等到了公司，却得知了一个消息。

凌澈来公司了。

凌澈到公司来算是个内部新闻，毕竟同为星境的艺人，有人还一次都没见过他，由此可知他来的次数到底有多少了。

大家都在讨论今天凌澈穿了什么样的衣服，和谁说了话，演唱会的预算又是多高之类的。

据说凌澈来公司就是为了讨论演唱会细节的。

拍了《我们的完美旅行》后，所有人都知道了凌澈与许棠舟可能真的是朋友。

许棠舟在公司上课，表演课老师还好心询问："澈神在公司，舟舟你休息的时候不去打个招呼吗？"

许棠舟不敢去，自己要装作不在公司。

下课时，一个没出道的艺人来问："舟舟，听说澈神今天来公司了，你们关系那么好，能不能请你帮我要一个签名啊？"

许棠舟尴尬地道："他应该有点忙吧。"

那个艺人不好意思地说："也是哦。抱歉，那有机会的话，可以帮我要一个他的签名吗？"

许棠舟只好说："可以。"

这头开了空头支票，松了一口气，在餐厅吃饭的时候又碰到了小安。

"舟舟！"小安太热情了，老远就和许棠舟打招呼。

凌澈该不会也在餐厅吧？

小安已经走近了。

"这么巧。"许棠舟对小安微微一笑，"你来公司办事吗？"

小安是来拿奶茶的，已经打包好了，看上去有些匆忙："澈哥他心情不好，我来给他拿奶茶。"

提到凌澈，许棠舟的心猛跳一下，听到这个名字总会忍不住悸动。

还好凌澈不在餐厅。

不过，为什么凌澈会心情不好？

看小安的样子并不知道他们过去的事。

当然,凌澈肯定不会把这种事告诉助理。

"澈哥在房间里,"小安问,"你要和我一起上去吗?"

许棠舟一本正经地说:"你们那么忙,我就不去了,我还要上课呢。"

下午上完课,许棠舟在电梯口碰到了司徒雅,顿时觉得今天一切都和凌澈有关。

司徒雅是知道两人的事的,因为许棠舟的表现不错,司徒雅对许棠舟并没有偏见,还上前打招呼:"舟舟,晚上一起吃饭。"

许棠舟努力保持镇定:"啊?谢谢雅姐。我已经和朋友约好了,现在准备回家。"

司徒雅温和地道:"下次再和朋友约吧,黄千还没告诉你吗?今天临时安排你见一下制片方。"

许棠舟:"……"

司徒雅又说:"对了,你去叫凌澈一起吧,他在房间。"

许棠舟觉得天都塌了。

磨蹭了十几分钟,许棠舟才走到凌澈的房间门口。

黄千第一次带自己来公司的时候,曾经到这个房间来过,当时第一感觉就是乱。

这次的第一感觉还是乱。

房门虚掩着,乐器、海报和演出服乱七八糟地堆在原来的位置,简直像个杂物间。

桌子上放着一杯喝了三分之一的奶茶,应该是小安中午买的那杯吧。

房间里没人,许棠舟刚想松一口气,就听见了一道有点沙哑的声音。

"有事说事,没事就滚。"

紧接着,凌澈从背对门口的沙发上坐起身。

他身穿一件黑色卫衣,头发凌乱,眼下有淡淡的黑眼圈,微微眯着眼睛,脸上是不耐烦的表情。

几天不见,他身上那股属于阿尔法级的气势更烈了,S级携带素铺天盖地地漾开。

许棠舟与他四目相对。

霎时间,心脏停止了跳动,许棠舟下意识就想逃。

第一个念头就是,凌澈果然心情不好!

"许棠舟。"凌澈暴躁地开口。

许棠舟立刻矮了一截,有点腿软。

凌澈的气势太强大了。

自己当时到底是哪里想不开,竟然甩了凌澈。

"那个,雅姐说,该去吃饭了。"许棠舟乖巧又自然地说。

凌澈看了许棠舟两秒,冷淡地得出结论:"你在躲我?"

"我没有啊!"许棠舟脱口而出。

许棠舟都有点佩服自己的反应了,脸上的表情控制得很好,肌肉放松,唇瓣微张,那是一种非常自然的状态,完全看不出半点心虚,这段时间的表演课没有白上。

凌澈似乎被许棠舟的反应麻痹了,一时间竟难以判断许棠舟说的是真是假。

"那为什么没有和我联系?"

许棠舟这下真的惊讶了,一种名为喜悦的情绪在心里蔓延开。

许棠舟以为凌澈不想和自己有什么瓜葛,可现在凌澈的语气,分明和两人还在录节目的时候差不多。

在短暂的沉默中,许棠舟做出了决定:还是继续装作什么也不知道,和以前一样就好。

只要表现得和以前一样,凌澈就不会翻脸,说不定不仅可以骗过他,还能想个办法重新发展一下。

"那个,我知道你在准备演唱会,就想着这几天先不打扰你了。"

说这句话的时候,许棠舟的脸是有点发热的,因为这听起来就像是承认自己一直在等对方主动联系一样。

凌澈想到自己最近的日程安排,神色稍霁,却仍有点不悦地说:"我是很忙,但是你可以联系我,打电话、发信息都可以。我是很忙,但回复你一下也不是不行。"

"哦……"许棠舟的耳垂红了,凌澈这话听起来像是在给予自己特权啊!

"哦?"凌澈的眉头又皱了起来,表情像是在说"你竟还不主动谢恩"。

许棠舟马上补了一句:"那……以后我就不客气了。"

凌澈稍微满意了点:"嗯。"

凌澈本来是在小憩,此时将手指插入头发中,随意将凌乱的头发往后梳,露出光洁的额头与高挺的鼻梁。他这样做是让自己稍微清醒一点,因为他看起来有些疲惫。

许棠舟还站在门口,有些手足无措。

虽然已经想好了怎么做,但一时之间还不知道具体要如何表现才不会被凌澈看出端倪。

凌澈却已经走了过来,因为身高差,又靠得太近,凌澈微微低头看着许棠舟:"发什么呆?还不走?"

闻着对方身上熟悉的气息,看着他深邃的五官,还有那张淡色的唇,许棠舟脑子里轰的一声,竟然不合时宜地想起了梦里的场景。

这几天许棠舟都没考虑到一个问题:凌澈是自己的前任,那么……梦里的那些事情都是真实发生过的?

那根本不是什么幻想对象,而是自己实实在在的前任啊!

那张唇,吻过自己。

"去哪儿?"许棠舟愣愣地道,回神后的模样有些懵懂。

凌澈像在看傻子,唇角勾了下:"不是说去吃饭?"

凌澈先一步走出门,许棠舟反应过来,跟了上去:"你别走那么快啊,等等我。"

"慢死了。"凌澈说。

两人一起出现在公司电梯里,遇到了一些练习生和同事。

有不少人主动和凌澈打招呼,凌澈没什么架子,却也算不上热络,仅仅是点头表示回应。

凌澈不擅于经营人际关系,从两人录《我们的完美旅行》的过程便可见一斑。陆承安因为年长加上脾气好,要是换了同龄人,多半会被凌澈怼成恼羞成怒。

但是很神奇的是，凌澈虽然朋友不多，却很容易交到真心的朋友。

路上，凌澈接了一个电话，听语气两人很是熟稔。

"不回去，"他说，"自己玩，没空陪你。"

对方又说了什么，凌澈"嗯"了一声便挂了电话。

他转头，恰巧发现许棠舟正在看自己。

其实许棠舟只是好奇罢了。

凌澈的神色温和了些，他告诉许棠舟："是应宸。"

许棠舟知道他们是好朋友，也知道他们买的房子隔得很近，于是点了点头。

两人到了停车场，司徒雅已经在车上了，小安坐在驾驶座上。

吃饭的地方在一家私房菜馆，平时不太容易预约，是制片方订好的。

《御风》制片方与黄千已经先一步到了，对方本以为见一下黄千和许棠舟即可，谁料还来了司徒雅与凌澈，都有点意外。

司徒雅道："听说要吃饭，就顺便一起来了，不介意吧？"

"怎么会怎么会，欢迎都来不及。"监制姓林，为人很是圆滑，"和雅姐、澈神吃饭求都求不来，我的荣幸！"

见面是临时约好的，所以黄千还没来得及和许棠舟说。

但为什么又会加上凌澈与司徒雅，说实话黄千也丈二和尚摸不着头脑。

《御风》是由游戏改编的本子，编剧很有名，以前的作品很多都是热播剧，但很早就退圈了。这些年他鲜少接触电视剧这一行，所以这次复出，对角色的要求尤其严格。

在偶像剧和真人秀大热的年代，正剧向的仙侠剧并不吃香，所以他们拉到的投资并不多，用不起片酬高昂的流量明星，偏向于用新人。

许棠舟录节目之前，这个剧本是要求试镜的，属于制片方挑人。

录完节目之后，许棠舟有了热度，就变成了黄千帮许棠舟挑制片方了。

许棠舟本人是想演这部戏的。

于是双方经过协商，就免了试镜，今晚见个面就把事情定了。

双方都握手打过招呼，便点了菜。

凌澈没怎么动筷子，对方以为是他有架子，也不敢和他搭话。

许棠舟倒是知道多半是这里的菜不合凌澈的胃口。加菜的时候，许棠舟根据自己对凌澈的了解，点了一些他能吃的。

林监制见他们熟稔，对许棠舟便热络了点："舟舟家是启南的吧？"

艺人资料上这些都写得很清楚。

许棠舟应了："是。"

林监制想起了什么，说："诶，真巧，我认识一个策划，很有能力，家里也是启南的，离婚后出国去单干了。说起来，今天一见到你本人就觉得你们有点像。"

许棠舟有些意外："您说的是谢蕤吗？"

林监制停下筷子："你们认识？"

许棠舟坐在灯光下，一张脸白皙精致，冷意褪去些许："谢蕤是我妈妈。"

谁都没有注意到，凌澈原本百无聊赖地看着手机，闻言动作顿了顿。

许棠舟的父母离婚了？

结婚十几年的一对夫妻，各方面都破裂得很彻底。

年少时的许棠舟就生活在双方的拉锯战中，每次放假来首都时才能勉强喘一口气。自从两人分手以后，凌澈再没关心过许家的事，谢蕤竟然等到了离婚那一天？

"这可就巧了！"林监制来了兴致，说起了早年间的趣事。

这些事黄千都不知道，司徒雅倒是能搭上话。

推杯换盏间，这顿饭并没有吃得很久。临走前林监制把事情定了下来，表示对许棠舟本人非常满意。

凌澈全程没说几句话，黄千却喝醉了，他这样子没办法开车，只能由顺路的司徒雅把他捎走。

"我送你。"小安开车来时，凌澈对许棠舟道。

夜风习习，还有些凉意，许棠舟缩了缩脖子："不用了，这里离我家挺近的，我自己打车就可以了。"

刚才许棠舟都怀疑凌澈马上就要睡着了。

说实话，凌澈怎么看都不像是会来参加这种饭局的人。

凌澈打开车门，催促道："黄千不在，你想一个人在街上游荡被拍？"

许棠舟一下子就明白了。

他们来吃饭的路上，小安已经凭着高超的技术甩掉了几个狗仔。许棠舟现在已经有了一点知名度，刚才在私房菜馆就有人认了出来，虽然名气不大，但是也得注意一点了。

可要是被狗仔拍到凌澈送自己回家，也不太好吧。

没等许棠舟纠结完，车子已经停在公寓楼下，凌澈把许棠舟送上了楼。

许棠舟打开门，凌澈也没有要走的意思："你和朋友一起住？"

许棠舟："是的。"

凌澈今天穿了一件大衣，整个人挺拔高大，站在门口头都快顶到门框了。

许棠舟只好客气地道："你要进来坐坐吗？"

凌澈勉强点了下头。

两人进了屋，灯光大亮，小而温馨的公寓一目了然。凌澈一下子就看到了许棠舟直播时坐过的沙发，上面还扔着几件衣服。

今天早上许棠舟出门的时候可没想到会遇见凌澈，更没想到会把人带回家来，于是慌忙把那些衣服都收了起来，一股脑扔进脏衣篮里，又发现桌上还有盘子没洗。

这就有点尴尬了，许棠舟面无表情地说："肯定是我朋友今天回来过，我才不这样。"

许棠舟把盘子收到洗碗槽里，出来时发现凌澈没有坐，而是站在书架前打量着那些医学书籍。

许棠舟走过去，主动找话题："我有没有和你说过，我这个朋友很厉害。"

凌澈道："学霸、天才、未来的医生。"

许棠舟惊讶，这话怎么听着这么耳熟，好像是自己前几天直播时说过的吧。

对了，自己和凌澈互相关注，开播的时候Flow是会有提醒的。

难道凌澈看自己直播了？

凌澈又凉凉地问："你们一起住几年了？"

许棠舟一想到自己直播时的样子都被凌澈看到了，就觉得有些不好意思，羞涩与悸动在心中交错，只好顺着他的话道："四年了，不过我朋友一个月至少有十几天都不在。"

凌澈转身，忽然上前一步。

许棠舟感受到强烈的压迫感，不由得退后一步，整个人靠在了书架上。

凌澈的手还揣在大衣口袋里，就那么矜傲地低下头，在许棠舟颈间轻轻嗅了嗅。

没有别的阿尔法级气息，从进这房子起，凌澈就没嗅到阿尔法级的味道，看来许棠舟说的是实话，那个朋友真的经常不在。而且，两人应该也不是他猜测的那种关系。

可凌澈还是很不爽。

他烦躁了这么几天，看到许棠舟之后也没有平复多少。

许棠舟只以为凌澈在闻临时印记，心跳得快极了，腺体也跳动了起来，听见凌澈问："我的衣服，你是不打算还给我了？"

许棠舟一下就红了脸，还以为凌澈没注意到。

没错，刚才沙发上那几件衣服里，有一件是凌澈的外套——上次开完年会被狗仔跟踪，凌澈用那件外套把自己遮了起来。

这几天，许棠舟在家都会穿着那件衣服，不过原因仅仅是仇音说携带素敏感，想要不吃药的话，就得用对方使用过的物品来习惯对方的味道。

自己的确没打算还，一件衣服而已，凌澈怎么这么小气？

"我忘了，"许棠舟眼也不眨地撒谎，"本打算洗了再还你。"

"没关系，"凌澈却这样说了一句，"那么想要就送给你好了，我还有一件一样的。"

许棠舟在好闻的携带素里有点晕。

经过几天的反省，许棠舟有了结果，那些冒着泡泡的悸动在这一刻终于冲破了水面。

许棠舟张嘴，鼓起勇气迈出第一步："凌澈……我们是朋友了吧？"

话音刚落，许棠舟就察觉到无形的桎梏一下子就消失了。

凌澈已经抬起头，皱着眉："什么意思？"

"我觉得我们已经是朋友了，"许棠舟心虚，心里打着自己的小算盘，"是朋友的话，才会在不录节目、不工作的时候也见面，就像现在这样。"

凌澈心里还没消散的暴躁又冒出来了。

过了几秒，凌澈明白了什么，阴恻恻地说："许棠舟，你认为我今晚在做什么？"

仇音回来时，许棠舟正坐在客厅发呆。

仇音一边脱外套一边说："我刚才上楼的时候碰到一个戴口罩的阿尔法级，对方特别烦躁，走得好快。对了，他长得好高，看眉眼有点像那个凌澈，可惜光线太暗了，我没看清楚。"

房子里有一股阿尔法级的味道，仇音分辨不出来，不像是普通的携带素，倒是像S级抽象化的。

仇音有点好奇："舟舟，谁来过了？"

许棠舟说："好像是交往对象。"

仇音挂好外套，终于反应过来哪里不对："等一下，你有交往对象了？我怎么不知道？"

许棠舟的脸冷成了冰块："我也不知道啊。"

许棠舟："对不起。"

这条发给凌澈的信息犹如石沉大海，一整晚过去了，凌澈也没有回复。

昨晚说完那些话，凌澈反问："许棠舟，你认为我今晚在做什么？"

许棠舟一时语塞，突然想到，今天凌澈质问自己为什么没有联系他，晚上陪自己吃饭，还送自己回家，这有点像……

凌澈又冷冷地说了一句："我没有随便临时标注印记的朋友。"

许棠舟愣在原地，凌澈的意思是两人在交往吗？

然后，许棠舟眼睁睁地看着凌澈的脸迅速黑如锅底，接着他就打开门走了。

许棠舟整个人晕乎乎的。

好容易消化了"我又和前任谈恋爱了"这个事实，然后开始回想凌澈是什么时候决定和自己交往的。

首先就想到了临时印记，那时候许棠舟还以为凌澈只是像许多负责任的阿尔法级一样，会主动尽义务帮帮忙，舔一舔咬痕帮助修复。

不对，那时候凌澈的态度已经发生变化了。

再往前看，是……凌澈询问自己是否失忆，以及什么时候认识他的那次吗？如果是那次，那么凌澈就是确定自己失忆了，才勉强和自己交往的。

许棠舟一阵庆幸，还好当时没把自己已经知道这件事告诉凌澈。

对了，当时凌澈说了一句"我同意了"，还提出了三个要求。

许棠舟回忆了一下，最后一个按摩的要求就不提了，前两个分别是：

第一，不准后悔。

第二，不准和其他人勾肩搭背。

许棠舟捂脸，当时的自己怎么会觉得这两个要求是在说临时印记啊。

难怪凌澈会那么生气，对凌澈来说，两人已经交往两个星期了。

可是，这也不能怪自己啊。

"和凌澈谈恋爱"，数不清的人都有这个愿望，但恐怕没有一个人敢当真吧？

经过一番反省后，许棠舟不想再犯这种低级错误。

早上起床时仍没收到回复，许棠舟又给凌澈发了一条信息。

许棠舟："你……在忙吗？没关系，谈恋爱嘛，重在参与，心到就行，我不打扰你工作。"

过了片刻，许棠舟又补了一句："我等你。"

这天阳光很好，马上就要换季了。

许棠舟从被子里钻出来，洗漱完毕后看到那件属于凌澈的外套。许棠舟把它从脏衣篮里拿了出来，其实根本不脏，许棠舟也不舍得洗，上面属于凌澈的携带素味道已经很淡了。

许棠舟把衣服挂好，闻了闻，才红着脸走出房间。

仇音竟然还没走，扶了下黑框眼镜："舟舟，吃早餐。"

餐桌上，仇音亲手做的早餐香喷喷的，谁能想到一个天才的厨艺还这么好。

以后谁能成为仇音的阿尔法级，谁就是人生赢家。

"你今天没课？"许棠舟坐下来开吃，"好好吃哦，要是你每天都在家就好了。"

仇音白了许棠舟一眼:"我有那么闲吗?"

昨晚许棠舟已经老实交代了来家里的人就是凌澈,与世隔绝、两耳不闻窗外事的仇音终于明白了许棠舟现在在做什么工作。

自己的室友是个艺人。

自己室友的交往对象是个超级巨星。

仇音很淡定地接受了这个事实,然后熬了几个小时把许棠舟以前的视频、最近的照片资料等都看了,才确定了一件事。

"你之前说的那个让你很敏感的阿尔法级就是凌澈吧?"仇音说。

许棠舟:"是携带素味道敏感,不是让我很敏感。"

为什么仇音总是有办法形容得这么诡异,随便说句话都有看热闹不嫌事大的嫌疑?

"如果是他的话,那我就知道了。"仇音道,"有问题。"

许棠舟停下筷子,凤眼圆睁:"什么问题?"

仇音说:"我看节目,你的携带素敏感处方药被人拿走了。那么你和他在一起的话,必定出现过假性失控,所以你一定被对方临时标注过印记了。"

许棠舟耳垂微红:"你是福尔摩斯啊?"

仇音分析得分毫不差。

并且,仇音还继续进行推理:"你昨晚说不知道他因为什么生气,我来告诉你。"

许棠舟其实已经想明白了,却不愿在好友面前暴露智商,便故作高深:"哦?为什么?"

仇音说:"昨晚你没让对方标注印记,所以他生气了。"

许棠舟差点呛到,什么鬼?

自己又没怎么样,为什么需要被标注印记?

再说,哪有人没事就咬着玩啊?

"你到底有没有念过书?"仇音鄙视道,"生物不及格吧?凌澈那么暴躁,当然是因为进入了阿尔法级的易感期。你还不主动让他标注印记,他当然会生气。"

许棠舟:"易感期?"

十几岁前的记忆尚在，许棠舟知道父母每次吵架后，父亲许尉都会变得更为暴躁。许尉是退役军官，作为以前驰骋沙场的一名陆军上校，他发怒的时候尤其恐怖。这就造成了夫妻之间更大的摩擦，谢蕤每次都会哭着大喊"我才不在乎你的易感期"之类的。

许棠舟一下就愣住了，凌澈……也进入了易感期吗？

仇音给许棠舟上完课就飞快地吃完最后两口，然后站起来把桌上散落的书本收拾好，准备走了。

"阿尔法级和欧米伽级谈恋爱，你至少得关心伴侣为什么心情不好。"未来的仇医生教育许棠舟。

许棠舟继昨晚反省以后，开始了新一轮的反省。

仇音背着书包走到门口，又折返回来，问了一句："对了，第一次被标注印记的时候，到底是疼多一点还是激动多一点？"

许棠舟："……"

仇音一本正经地说："学业相关，我做个参考。"

许棠舟眯了下眼睛："那要看对方的技术好不好了，技术好应该是激动多一点。"

某人的技术……一言难尽，勉强算有一点激动吧。

仇音沉思两秒，然后就走了。

许棠舟在公司上了两节课，黄千才姗姗来迟，昨晚黄千喝多了，看上去有些萎靡不振。

许棠舟也有点心不在焉，时不时拿出手机看。

《御风》的编剧给许棠舟整理了一份专属于三号配角的剧本，黄千带过来了，顺便还拿出一个盒子给许棠舟："昨天上午澈神让小安给我的，我忘了给你。"

听到凌澈的名字，许棠舟回过神来："这是什么？"

"不知道，"黄千说，"你自己看吧。"

许棠舟要求黄千做双面间谍，坚决不能告诉凌澈自己已经知道了真相。

作为一个守不住秘密的人，黄千觉得太难了。

黄千发了毒誓，除非这两人被狗仔拍到曝光，否则他绝对不会再管他们哪怕一分钟。

许棠舟一边拆，一边想，难怪凌澈昨天质问自己是不是在躲他，原来昨天上午他就对自己的行踪了如指掌了。

盒子打开了，里面是一双拖鞋。

许棠舟一脸茫然。

什么意思？凌澈为什么要给自己一双拖鞋啊？

黄千看到那"礼物"，也蹙眉不解，但是他没问，而是说："后天要参加《超级玩咖》，宣传《我们的完美旅行》，都是一些熟人，倒是不用彩排，就是你没参加过这种活动，我让他们把台本发过来，今晚和明天你看看？"

许棠舟是知道这件事的，便点点头："好。"

黄千又说："我记得你在节目组和米非的关系还不错，米非经常参加综艺，你到时候学着点。"

许棠舟道："凌澈不参加吧？"

许棠舟问得小心，知道凌澈一来在忙演唱会，二来根本不想去，但其实心里还是抱了点期望的。

"怎么可能？"黄千说，"凌澈当然不去。"

那么……想通过工作和凌澈见面的希望就落空了。

"第一次"和别人交往，许棠舟毫无经验，完全不知道该怎么办才好。

录完节目分别前，许棠舟和米非交换了私人叮讯，米非直接组建了一个群。

群的名字是：休闲棋牌聊天室。

王者："宝贝，这是什么？"

米非："这是我们第一次在飞机上打牌的聊天室呀，纪念一下。你忘了？"

王者："怎么可能，当然没有。（流汗）"

许棠舟一看那个流汗的表情，立刻确定了"王者"就是陆承安，给他修改了备注。

许棠舟："陆前辈，你暴露年龄了。"

陆承安："舟舟，你还是这么犀利。我看花絮了，你说我是'怀疑人生陆承安'。（菜刀）"

又是一个中老年专用表情，许棠舟一时无语。

米非："舟舟，今晚七点来我家吃饭吧，我给你们做大餐！"

许棠舟："陆前辈今晚会给我下毒吗？"

米非："是福不是祸，是祸躲不过。他今晚不给你下毒，后天录节目也会下手的。"

陆承安："……"

米非："澈神收到了吗？"

许棠舟："听起来好有道理，反正在你们面前单身狗早晚都是一死。"

这两条消息同时发出来，一时忘记自己"有临时印记关系的交往对象"的许棠舟手一抖。

凌澈也在群里吗？

许棠舟一看，叮讯群成员列表中果然有凌澈。

凌澈在群里回复了："。"

许棠舟："……"

去米非家的路上，许棠舟先搜索了"不小心惹交往对象生气了怎么办"，跳出来的答案全是搞笑言论，就没一个正常的。

于是许棠舟又搜索了"阿尔法级易感期怎么办"。

许棠舟看见一个题主描述"我的阿尔法级易感期来了，但我不是很想让他标注印记呢"这样的内容。

许棠舟思忖了一下，先不说主观原因，在客观上，站在凌澈的角度来看，自己的确不想让凌澈标注印记。

下面的回答全都在骂那位题主。

"你根本就不爱你的伴侣！"

"难怪有人说欧米伽级骨子里就贱。"

"非人折磨，还用这么可爱的语气，神经病，呕。"

"楼上有病？骂人就骂人，不要攻击欧米伽级，你家一个欧米伽级都没有？"

"楼上真的有病。"

吵得这么凶，那位题主出来解释："其实我真的不是故意的，我们就标注过一次印记，太疼了。还有，我本身是比较冷淡的类型，看上去就像冰一样，对这方面真的没什么兴趣。"

下面的评论骂得更凶了。

"标注印记一次和很多次有区别吗？绿茶！（鄙视）"

"我就奇了怪了，既然那么冷淡那么纯洁，怎么会有第一次被标注印记？"

"发个照片我看看到底有多冷淡。"

"还像冰一样，你以为你是许棠舟啊。"

先不说这些人怎么吵架，许棠舟总算明白了一件事，那就是阿尔法级进入易感期后，就像仇音说的那样，欧米伽级是应该主动尽义务和责任的。

许棠舟有点懊恼。

自己不懂也就算了，可是昨天和凌澈见面的时候，就算作为朋友，自己也应该问一句"你为什么心情不好"。

车子到了米非家楼下，黄千便走了。

这小区安保措施做得不错，倒是不用担心隐私暴露。

许棠舟往前走了没几步，就发现楼下站着一个个子很高的年轻男人，脸上戴了黑色口罩，正百无聊赖地看着手机。听到脚步声，那个人转过头来。

风骨俱佳，眉眼深邃，十分出挑。

看到许棠舟，对方微微蹙眉，并未摘下口罩，只看了一眼，就继续看手机了。

许棠舟面红耳赤，心跳如雷。

是凌澈，他是在等自己吗？

走得近了，烈日气息逐渐融化了冰雪。

许棠舟："你怎么不上去？"

凌澈不答。

许棠舟长长的睫毛耷拉着，精致的脸庞白皙无瑕，开口时声音很低："对不起啊！"

凌澈终于有了反应："对不起什么？"

许棠舟心里一抖，勉强开口："就是昨天晚上我说的事……对不起，我好像有点忘恩负义了，我不知道你……很喜欢我。"

差点说成"你还喜欢我",一个"还"字被许棠舟硬生生吞下去换成了"很",听着有点自大的意思,几乎咬到舌头。

凌澈的脸色并不好看,诧异地道:"谁说我很喜欢你?"

被甩后还上赶着追上去,对方却完全没弄懂他们的关系。

不用应宸来提醒,这就已经很伤凌澈的自尊心了,昨晚凌澈是真的特别生气,直到今天早上才好一点。他这天都在忙着彩排,喝水的时间都没有,有空看手机的时候差点被什么"谈恋爱重在参与"这种话气死。本来他根本没有时间,也不会来参加这样的聚会,可是许棠舟在群里的回复更让他恼怒。

许棠舟豁出去了:"不是吗?"

凌澈冷声道:"你想多了。"

许棠舟蓦地抬头:"啊?"

凌澈收起手机,淡淡地道:"我没有很喜欢你,我只是不喜欢随便给人标注印记。"

昨晚凌澈说"我没有随便临时标注印记的朋友",难道想表达的是标注了临时印记就要负责的意思?根本不是因为喜欢才交往?

许棠舟受到打击,脸上火辣辣的。

太尴尬了!

许棠舟只想找个地缝钻进去,恨不得藏起来才好。

许棠舟还没迈开步子,凌澈便用一根手指勾住许棠舟的后领口说:"去哪儿?"

许棠舟一个趔趄,满脸通红。

见对方这么窘迫,凌澈有点愠怒,却仍旧冷冷地道:"玩了就想跑?许棠舟,你是不是想得太简单了点。"

先说喜欢自己,然后让自己标注印记,最后再装什么都不知道,挺能耐的。

"我没想玩,"许棠舟硬着头皮说,"我会负责的,不好意思。"

两人对视着。

"怎么负责?"凌澈问。

灯光下,凌澈那双浅棕色的眸子里似乎盛着星河,就是一对黑眼圈比昨天更为醒目。

一看就是易感期还没过。

许棠舟明明是个冷美人模子,在他面前立马变得可怜兮兮的。

凌澈压着那股暴躁,叹了口气。

他还没开口,鬼使神差地,许棠舟启唇,问了句:"标注印记吗?"

许棠舟双眼水汪汪的,眼尾缀着红色,是羞的。

许棠舟不太敢与凌澈对视,很快又补充了一句:"上次你帮了我,这次我觉得我也应该帮你。"

凌澈沉默了一会儿,只道:"帮我?"

许棠舟说:"嗯,你进入易感期了吧?没关系的,你标注一下印记就能好。"

好吧,自己确实想占凌澈的便宜。

凌澈似乎完全不需要这样的帮助,他什么也没说,转身朝楼上走去。

再次自作多情的许棠舟恨不得变成透明人。

米非家在三楼,凌澈单手推开楼道门,看来是不想浪费时间去等电梯。许棠舟看着凌澈高大的背影,一句话也不好意思说,只能跟在他后面进了楼道。

"咣"的一声,防火门自动归位,紧紧地关上了。

高档小区楼道的白炽灯很明亮,但空间和外面比起来还是比较逼仄的。

楼道里静悄悄的,只有两人的脚步声在回荡,刚上了二楼,凌澈就忽然停下了脚步。

许棠舟:"怎么了?"

凌澈并不搭话,只阴恻恻地看着许棠舟。

许棠舟心里发毛,刚走到凌澈身边,就被凌澈重重地推到了墙上。

凌澈力气大,又高出许多,许棠舟整个人被他的阴影笼罩着,还以为要挨揍了,脸上露出惊恐:"你……"

凌澈低下头,一口咬住了许棠舟的后颈。

许棠舟:"啊!"

疼痛从后颈传来,许棠舟不由自主地抓住了凌澈的衣摆,腺体在跳动,人在发抖,可大脑一阵一阵地传来要命的麻痹感,整个人止不住地往下滑。

凌澈这次已经把力道放轻了许多。

上次许棠舟被凌澈咬过,伤口有点撕裂。

凌澈记得上次许棠舟哭了，应该是很疼很疼的，可是许棠舟什么也没说，更没有抱怨。

今晚凌澈心里有怒气，所以才不打招呼就直接咬了，可一点没打算让许棠舟疼。

但许棠舟还是哭了，生理性的眼泪从眼眶一滴一滴坠落，打湿了凌澈肩膀处的衣料，许棠舟在疼痛中小口喘着气，抓住凌澈衣摆的手指关节都泛了白。

"你、你不是……"许棠舟说不出完整的句子。

你不是不想标注印记的吗？

许棠舟没得到回应。

后脑勺被凌澈控制着，那只大手将许棠舟的脸压到了凌澈宽厚的肩膀上，许棠舟什么都看不见，也什么都听不清了。

唯一能感觉到的便是触觉，疼与酥麻让许棠舟知道那属于阿尔法级的携带素正争先恐后地进入自己的腺体。

陆承安不会做饭，又受了伤，米非不让他进厨房，他就站在门口和对方说话。

这些阿尔法级并不知道自己体型大，站在那里挡着空间，不能帮忙的时候其实还很碍事。

"他们怎么还没上楼来？"米非想让他去看看。

"该不会走错了？"陆承安拿出手机看了看，距离上一条凌澈发的消息已经过去了十分钟。

陆承安："澈神，到了吗？"

凌澈："楼下。"

陆承安："等舟舟？"

凌澈："。"

陆承安："我们是三楼左手边这一户，右手边住的邻居和我八字不合，你不要走错了。"

凌澈："来了。"

陆承安严重怀疑凌澈的智商："我去看看。"

米非十分满意："去吧。"

陆承安换了鞋，选择走楼梯下楼。

刚下了一层楼，他就闻到了一股熟悉的携带素，是属于凌澈身上那 S 级的携带素。

另外，在炽热中，还有一种极为明显的携带素味道，冰凉的，让人想起雪，却带了些许难以察觉的甜味，若有似无，让陆承安一怔。

他看见了拐角处的两人。

其中一个是凌澈，另一个当然是许棠舟了。

那携带素是许棠舟的。

这种携带素相当少见，陆承安活了三十多年，也没闻过这样的携带素。

陆承安不会自讨没趣，打扰别人的好事，他回过神来便悄悄退后一步，放轻脚步回去了。

他回到家，米非还在厨房，围着围裙用勺子盛汤。

米非看见他回来，便问："你没去吗？"

"去了，"陆承安从怔愣中回过神，笑道，"人家忙着呢。"

他把事情和米非一说，米非没忍住，笑了："这两人好倒霉啊，不是被我撞见，就是被你撞见。"

年轻人真会玩，陆承安总算承认自己已经老了。

"我可不想被狗仔拍到。"一道低沉的声音响起。

许棠舟还瘫软着，靠凌澈搂着腰才勉强站着，这回许棠舟觉得自己可以回答仇音的问题了——比起疼，当然是激动的感觉多一点。

凌澈似乎因此感觉到了一点愉悦，因为他接下来说："我的易感期很长，你那么负责的话，过几天它长好了，自己乖乖来找我，知道吗？"

许棠舟"嗯"了声，有气无力，尾音很软。

凌澈忽然就没那么生气了。

至少，他可以不断地给许棠舟标注印记，而不用管许棠舟到底在想什么，直到他彻底把人标注印记为止。

许棠舟缓了好几分钟，才稳住心神。

凌澈给许棠舟整理好衣领，看了几秒，又觉得不爽了。

凌澈拿出手机打电话："到便利店买一盒腺体贴过来，五分钟。"

这是叫小安。

许棠舟今天穿的衣服领口能遮住咬痕，也不好意思让小安知道这件事，赶紧拿出 Mist："我今天带了阻断剂，吸一口就好了。"

为了表示自己没事，许棠舟赶紧拧开盖子吸了几口。

凌澈却不理会。

很快，小安就把腺体贴送来了。

作为一个贝塔级，他本来是一头雾水地去买这个东西，见到站在单元门口的凌澈还奇怪地问："哥，你买这个干什么？"

凌澈接过东西，抬起眼皮："你管得还挺宽。"

过了很久，小安才想起来今晚参加聚会的人有许棠舟……该不会是给许棠舟用的吧？

凌澈为许棠舟贴好腺体贴，后者面无表情，耳垂却悄悄红了，都做好约定了，两人现在不算是"随便临时标注印记"的关系了吧？

"你舒服一点了吗？"许棠舟询问"患者"。

刚被标注了印记的欧米伽级看上去分外诱人。

凌澈眸色渐深："还行。"

两人到了米非家。

节目录完后，四人便没怎么联系，这次为了上《超级玩咖》，米非才提起上次说过的邀请两人来吃饭的事。

"欢迎欢迎！"

一阵寒暄后，凌澈和许棠舟进了屋子。

这房子很大，位置也很好，和应宸、凌澈住的地方不一样，这里更靠近市中心，也有不少名人和有钱人住在这里。

两人一进门就闻到一股饭菜香气，米非凭一己之力做了一顿丰盛的大餐，陆承安没什么事干，还有时间撸猫。

猫是米非养的，不爱搭理人，陆承安撸它，它也一副爱理不理的样子。

许棠舟把外套挂在玄关，里面穿了一件宽松的衣服，人看着很单薄："陆前辈手上的伤好了吗？"

陆承安笑道："差不多了，就是还得养一养。我前几天去签合同，遇到了凌总，澈神和凌总真的有几分相似呢！"

凌澈在沙发上坐下，淡淡地道："是吗？很多人都这么说。"

暴躁感消失殆尽，凌澈觉得头脑清晰，连疲惫也没有了。

携带素是个好东西。

许棠舟好奇地道："谁？"

凌澈看了许棠舟一眼，想起来许棠舟失忆了，才道："我家人。"

没发现凌澈突然不太想讨论这件事，陆承安继续道："是的，这次我们拿了代言和澈神有合作了，有机会也想请凌总吃饭。"

许棠舟恍然大悟。

许棠舟差点忘了，《我们的完美旅行》是由宝芬尼赞助的，胜出者将会获得宝芬尼全球视觉代言人的合同。陆米CP是胜出者，现在因为"陆承安值得"和"最美恋情"这些话题，两人的人气非常高，最近可以说是红得发紫了。

陆承安口中的"凌总"，应该是凌澈的家人，对方是宝芬尼的董事长兼首席执行官，一手撑起了一个奢侈品帝国。

凌澈听到这里，道："大家都挺忙的，我也好些日子没见着了。"

陆承安笑道："差点忘了，澈神这几天应该也忙坏了，那我们再说。"

短短几句话，凌澈便知道，陆承安给他留了余地。

方才撞见他和许棠舟在做什么的人是谁，凌澈不是不知情。对方身上的兰花味在一阵冰凉中太突兀，他不用看就知道是陆承安。

可是陆承安非常有礼貌，很快就走开了，他们进屋后，他也没有追问。

这和应宸不同，若是应宸，绝对要当着他们的面问细节。

由此可见，年纪大一些的陆承安果然要稳重得多，是时候回去教育一下应宸了。

不过，凌澈也知道，或许对旁人来说他和许棠舟现在还没有到"交往"的地步，连许棠舟本人都没有意识到，旁人或许以为他和许棠舟只是玩一玩。

想到这里，不知道为什么，凌澈竟有点气闷。

许棠舟已经去厨房和米非说话了，两人不知道说了什么，看起来很亲密的样子。

在娱乐圈，目前许棠舟只有米非一个朋友，两人很投缘。

凌澈移开视线，对陆承安道："好，我会找机会提。"

米非的厨艺很不错，通过节目中对彼此的了解，这顿饭菜做得完全符合凌澈与许棠舟的口味。四人一落座，就食指大动。

米非拿出手机："喂，先不要动，我还没拍照。"

许棠舟："饭前开光，吃得更香。"

"舟舟你很懂嘛。"米非美滋滋地指挥大家一起拍了合照，然后又拍了饭菜，然后一边吃，一边发了Flow。

"你年纪虽小，说话却一套一套的，以前是讲相声的吧？"陆承安对许棠舟道，"段子真多。"

许棠舟："别问，问就是蚯蚓切腹踢足球。"

大家："……"

许棠舟："只要下手，段子不愁。"

大家："……"

米非笑得不行："澈神，你们在一起天天都这样吗？"

凌澈放下筷子，道："不这样。"

"诶？"米非很好奇，"为什么啊？"

凌澈也有点意外。

以前的许棠舟又乖又单纯，什么都不懂，完全不是现在这样。

重逢后，凌澈一次又一次发现对方的内在不是他想的那么回事，许棠舟的段子再多，也没在他面前讲过。

没等凌澈回答，许棠舟就抢先道："因为我们没有天天在一起。"

凌澈刚才说不想公开，许棠舟能理解，于是现在就主动撇清了关系。

自己愿意保密。

凌澈"嗯"了一声，听不出情绪。

一顿饭吃下来，米非发的Flow已经有了近万条评论，陆承安和许棠舟都转发了这条Flow，但凌澈毫无转发的意思，他不耐烦去打理这些，米非便也没问。

许棠舟的Flow下评论特别多。

"崽崽是要上《超级玩咖》了吗？给崽崽应援！"

"聚会了呀，我看见澈神了！"

"呜呜呜，真好，下周有《超级玩咖》，还有坑人旅行首播，可以在电视上看见崽崽了！"

"我哥哥今天好帅！"

"陆米 CP 和舟舟关系真好，羡慕了。求另一对姐妹的心理阴影面积。（狗头）"

"我哥哥为什么不转发啊？又忘了手机可以上网了吗？Flow 申请后就发了两条……我知道是我的要求太高了。（卑微）"

"求崽崽发张哥哥的照片。"

四人在客厅聊了会儿天，陆承安和凌澈打起了电子游戏，米非则和许棠舟说起了节目的事，给许棠舟分享参加游戏类综艺的心得。

猫不知从哪里钻出来，直奔凌澈，看样子有往他腿上趴的意思。

凌澈眼皮都没抬，直接把猫拎开了，但猫偏要喵呜喵呜地叫着往凌澈身上去。

凌澈有个 MV 是在猫岛拍摄的，花絮里他差点被猫咪包围，粉丝说他是猫咪陷阱。

米非看到了，悄悄对许棠舟道："我家 mumu 平时可傲娇了，结果碰到澈神，就变成这样了。"

傲娇？

许棠舟看过去，只见猫干脆在凌澈腿边翻起肚皮耍赖。那肚皮又软又圆，萌得主人都看不过去了，凌澈才终于大发慈悲，伸了只手去挠，或许是他很温柔，猫很没出息地打起了呼噜。

许棠舟恍然大悟，自己一直找不到合适的形容词来形容凌澈，这不就是傲娇吗？

许棠舟悄悄拍了张照片，没经过允许就没拍凌澈的脸。

照片上只有一只骨节分明的手，以及人见人爱的猫。

@许棠舟 zz: 来啦，忙着呢。（照片）

发完这条状态，许棠舟就没去看 Flow 了。

聚会结束后,许棠舟才发现这一条的热度竟比上一条转发米非的 Flow 还高。

"啊啊啊啊,看到手了!"

"羡慕了羡慕了,我宣布以后我就住在崽崽的 Flow 了。"

"好想变成那只猫。"

"哥哥摸我。"

"不好意思,我就是米非家的猫!"

"猫咪好可爱,那么问题来了,我到底应该嫉妒谁?"

"哈哈哈,永远都是差别对待,米非自闭了……"

"可以和应宸交换心得,哈哈哈!"

"心疼。"

"心疼 +1。"

许棠舟越看越摸不着头脑,后知后觉地点进后台,才知道凌澈转发了自己发的这条。

@凌澈 45361:黏人,这猫就很烦。//@许棠舟 zz:来啦,忙着呢。(照片)

参加完聚会,凌澈还得赶回去工作,这两个小时算是他忙里偷闲得来的。

大家都没有喝酒,米非好意提出送许棠舟回家。

四人里只有许棠舟一个人没车没助理,许棠舟又是年纪最小的,大家都对许棠舟很是照顾。到了车库,小安已经从外面回来了,正等着送凌澈回去。

陆承安道:"澈神忙吧,我们把舟舟送回去,顺便我也要去一趟工作室。"

陆承安的工作室与许棠舟住的地方并不顺路。

凌澈微微低头,看着身侧的人:"你怎么看?"

这一分别,两人不知道又要多久才能见面,少则三天,多则要等到凌澈演唱会当天。

许棠舟说:"那就麻烦陆前辈送我吧,我和小米也没聊完。"

许棠舟知道凌澈忙,不想耽误他的时间。

另外,自己身上还有凌澈的临时印记,和凌澈单独待在一起,怕自己会忍不住想要靠近他。

凌澈看上去对这个回答不太满意。

就在这时，凌澈的手机震动了一下，他拿出来看了看，发现是他最近联系过的号码发来了一条短信。

短信内容言简意赅：2203年，启南市第一人民医院，外科转欧米伽级腺体内科。

凌澈关掉了手机。

许棠舟发现，凌澈关掉手机后看自己的眼神变得有些深不可测，他眼里有太多自己看不懂的东西。可是很快凌澈就收起了那些复杂的情绪，淡淡地开口："好，那你们慢慢聊。"

三人挥手道别，看着凌澈上车先一步离去。

米非说："澈神怕是最忙的人了。"

"他应该也不是天天这样，没人能安排他的行程……"陆承安笑道，"演唱会嘛，忙起来就是这样的。过了这段时间，他就能天天和喜欢的人待在一起了。"

米非理解了这句话的意思。

许棠舟看上去并没有听明白，还呆呆地看着凌澈的车消失的方向，心里想着，两人是不是要等到下一次"临时印记的交易"才会有交集了。

要是凌澈的易感期一直循环就好了。

许棠舟有点邪恶地想，得不到凌澈的心就先得到他的人。

第二天一早，黄千就敲响了许棠舟的门。

和黄千一起来的，是一个圆脸的小个子欧米伽级妹子，看着挺甜美的，一见到许棠舟就激动地和许棠舟握手："舟舟，我特别喜欢你，你本人比镜头里还好看！"

许棠舟穿着睡衣，一脸茫然。

好在许棠舟冷淡的外表和内心的真实状态截然不同，所以看上去很淡定。

黄千乐呵呵地说："你的助理。"

女孩很机灵，立刻自我介绍："我叫乌娜娜，去年大学毕业，今年二十二岁，和你是同年的！我会开车、会做衣服、会煲汤，以后你有什么事，可以尽管吩咐我！"

乌娜娜？这个名字念起来像唱歌，许棠舟觉得很可爱。

许棠舟点点头，很正式地说："你好，那以后就麻烦你了。"

大家落座，许棠舟没什么架子，还去给他们倒茶。

乌娜娜见状，立马走过来拿了杯子："我来就可以了。"

"让她做吧，"黄千随意道，"不让她进这行，她偏要进。"

原来乌娜娜是黄千的外甥女，虽然大学毕业了，可不务正业，每天就知道追星，哪一家和哪一家怎么样她门儿清。

知道黄千要给许棠舟找助理，乌娜娜就吵着闹着毛遂自荐。

黄千以前做过五年艺人助理，见过不少嚣张跋扈的艺人。他知道许棠舟不是那样的人，可艺人助理无疑是娱乐圈里最苦最累的活，尤其是做演员的助理。

简单聊了两句，黄千就说："你差不多也该搬出去了，我给你看了四五套房子，你先了解一下。"

许棠舟惊讶地道："这么突然？我都还没和我朋友说这件事。"

黄千本也觉得这事不急，可以等许棠舟进组后再搬也不迟，到时候戏拍完了，新房子也收拾好了。

可是司徒雅突然向他提起了这件事，还发了几张照片给他看，原来不仅昨晚米非送许棠舟回家被拍到了，前一晚凌澈送许棠舟回来也被拍到了。

这公寓便捷，却没什么隐私性。

相信过不了几天，粉丝们就能根据照片上的建筑特征顺藤摸瓜找到这里。

就算不会被找到，许棠舟的公寓这么热闹，以后必定是狗仔蹲点的地方。

"那你尽早和朋友说，"黄千道，"这里的租金不便宜，你朋友早点找到下一个合租的人也好。公司提供给你的房子都是免费的，这你不用担心，喜欢哪个选哪个。"

许棠舟明白，自己是得早点和仇音说。

说实在的，若不是因为工作，许棠舟真的不太想搬走，毕竟已经习惯了这样的生活。

乌娜娜拿出平板电脑滑动几下，熟练地调出每套房子的户型和照片："这些都是我选的，舅舅选的那些都太难看了！"

黄千："……"

乌娜娜介绍道："这些房子地段都好，隐私性也好。舟舟你一个人住，我选的就都是小户型，你看看喜欢什么风格。"

每一套房子都拍了好几张不同房间的照片，乌娜娜还细心地用笔写出了优缺点。

"谢谢，"许棠舟对她微笑了一下，"我会好好选的。"

许棠舟说完便低头看了起来，睫毛长而翘，无论从哪个角度来看脸庞都没丝毫瑕疵。

乌娜娜呆滞了一瞬，难怪许棠舟有那么多粉丝，这脸真的绝了。

许棠舟一低头，黄千就发现了什么，担心地道："你有点不舒服？"

许棠舟："嗯？"

黄千摸着自己的脖子，提示："你今天贴了腺体贴。"

许棠舟想起昨晚在楼道里的事就耳朵发红。

上次黄千的反应许棠舟还记得，这次许棠舟不再想那么老实地说出来了，若无其事地说："没有不舒服，只是日常保养，你不知道吗？多做腺体保养可以美容。"

黄千一个贝塔级，也搞不懂这些，虽然心里有点怀疑，但还是没再问。

美容？

保养腺体可以美容乌娜娜还真不知道，立马拿出小本本记下来，准备回去就分享给闺蜜。

许棠舟一次性骗过了两个人，竟有点成就感。

黄千说起正事："对了，明天录节目《超级玩咖》，台本你都看了吧？有没有什么环节有意见的？要是有，我可以去和节目组交涉。"

《超级玩咖》是室外综艺，节目一录就是一整天，如果到了中途才因为个人问题去改变原有的安排，会对所有人造成影响，浪费大家的时间。

原定五个人一起参加的宣传节目，现在因为夏氏姐妹的事变成了三个人，节目时长不变，难免多出一些环节。

其中有一项是挑战现场换衣速度，这一看就是为模特出身的许棠舟量身定做的。

黄千已经看过这一项，胜负并不重要，但许棠舟失忆了，他还是有点担心许棠舟应付不来。

许棠舟仔细看过台本了，想了想，道："我觉得应该是没问题的。挑战一分钟之内换好衣服，昨天我在家试了一下，不是做不到。"

实际上许棠舟已经许多年没接触过模特这一行，再加上失忆了，已经全然不记得了。不过音乐响起的时候，似乎还有肌肉记忆，竟能颇为精准地踩点。

黄千便放心了些许，拍拍许棠舟："那好，早点拍完早点收工，不要忘了，明天晚上《我们的完美旅行》首播。这是你第一次参加综艺节目，应该很想看吧？"

他不说还好，一说，许棠舟才想起来这件事。

《我们的完美旅行》制作效率惊人，这些天网上出现了各种路透和花絮，都是在为播出做准备。节目组还在制作第一期就放出了官宣预告，却因为预告里好些有看头的画面花絮里已经有了，热度倒是只与平时持平，大家的胃口已经被吊得够高了。

昨晚在米非家吃完饭，陆承安还提起过。

当时许棠舟听见陆承安问凌澈："澈神看首播吗？"

凌澈说："不看。"

凌澈看上去一点都不担心自己在节目里的表现。

可是许棠舟就不一样了，可以说是非常担心，比如自己的面瘫脸，比如自己的笨、不擅交际……种种缺点，都将在这个节目里暴露无遗。

"万一录到很晚也没关系，"黄千说，"娜娜可以帮你录屏，不用等网络版或者重播。"

第二天，《超级玩咖》果然录到很晚。

节目录得长而烦琐，需要剪出足足一个半小时的素材。

没有凌澈，也没有夏氏姐妹，许棠舟全靠着陆承安和米非的帮助，才不至于完全摸不着头脑。

这期节目将会在下周周日播出，正好是《我们的完美旅行》播出第二期的时候，那时候节目看点都已经被网友们罗列出来了，若是有负面影响，这期《超级玩咖》便可以补救，这是综艺节目的惯用伎俩了。

收工时，《我们的完美旅行》第一期已经播完了，网上掀起了一波一波的热潮。乌娜娜把节目都录下来了，缓解疲劳的牛奶也买好了，许棠舟拿在手里还是温热的，有一个助理真好。

"舟舟，我开车很稳的，你可以放心睡一会儿。"乌娜娜不见疲惫，"要是睡不着，你可以先看视频，这期超好看，Flow上已经有好几个热搜了！"

许棠舟是睡不着的，干脆依言拿着平板电脑，戴上耳机准备观看节目。

三人告别前小米还说："一想起那时候我们带的工艺品就觉得好傻，都不好意思看了。"

许棠舟说："更傻的应该是我吧……"

许棠舟其实比任何人都要紧张。

怀着忐忑的心情，许棠舟点了播放键。

熟悉的背景音乐响起，精美的片头一闪而过，分别代表六人的Q版形象出现在苏里兰的地图上，然后才切入了正题。

首先出现在画面中的人十分出乎许棠舟的意料，也出乎网友们的意料，竟然是所有人都以为会压台出场的凌澈。

画面上，通过镜头所呈现的空旷居所让粉丝们一眼就认出来应该是凌澈独居的那套豪宅。应宸平时来这里串门时发过不少照片，而且应宸在自己家录节目时也曝光过内部格局，和这里是一模一样的。

凌澈趴在家用理疗台上，身上盖着一条大毛巾，理疗师正在收拾用品，看样子是刚刚做完理疗。

"行不行？"画外音是司徒雅。

"行。"凌澈没抬头，只是淡淡的一句回复，声音低沉而磁性。

网友们已经疯了。

"啊啊啊，哥哥第一个出场！"

"哇，房子好大，羡慕了！"

"什么行不行？"

"啊啊啊，凌澈你给我听好了，我爱你！"

"啊啊啊,我没了,啊啊啊!"

"声音酥爆了,呜呜呜……"

"啊啊啊,哥哥大清早就按摩?让我来好不好?"

"哥哥不行的话我行!我自己可以!"

司徒雅却迟疑了:"干脆别去了,一个节目,有什么大不了的?"

"雅姐威武!哈哈哈哈!"

"没想到经纪人比艺人还任性,哈哈哈!"

"司徒雅的口气太大了吧,节目是你家的?"

"呵呵,人家有钱,关你什么事?滚!"

"上梁不正下梁歪,哈哈哈!"

"哈哈哈哈!"

"司徒雅任性,我爱了!"

凌澈坐起来穿上衣服,结实的背肌与宽阔的肩膀很快被衣服遮住,但是腰上那片骇人的淤青还是被众人看到了。

"凌澈怎么了?"

"好心疼啊,怎么受伤了?"

"怎么回事啊?怎么伤得那么严重?"

"呜呜呜,司徒雅,你怎么照顾人的?"

"他受伤了,你还不拦着他!"

"啊啊啊,谁能解释一下这伤是怎么回事?"

"我心疼死了!哥哥!"

节目组的花体旁白出现在画面上——出发前倒数第二天,因排练时失误,不慎摔落导致腰部受伤的澈神,清晨六点在家里完成了最后一次理疗。

随着镜头移动,凌澈已经转了过来,淡棕色的眸子里平静无波:"我说行就行。"

第八章
我的星星

节目还在播放着，许棠舟的心因为刚才的画面揪了起来，无暇去看弹幕，许棠舟将画面拖回刚才凌澈穿衣服的镜头。

这次许棠舟看得很清楚，凌澈的腰部左侧瘀痕呈青紫状，看上去应该是在硬物边缘磕到的，诸如台阶和升降机等，都能造成这样的伤痕。

许棠舟算是明白在录节目的时候，凌澈为什么总是一副懒散的样子瘫着了。

当时还以为凌澈就是爱睡觉，在车上是，在飞机上也是，在小木屋的时候也是，凌澈可以躺着就不坐着，可以坐着就不站着，原来是因为身上一直有伤。

伤在腰腹，很影响日常行动。

可是凌澈却没跟任何人提过，带伤录完了节目。

车子还在缓慢平稳地行驶着，许棠舟却感觉到了一丝焦躁，拿出手机，给凌澈发了一条信息。

许棠舟："你的腰是怎么弄伤的？现在好了吗？"

发完后，许棠舟才继续看节目。

节目里凌澈上车了。

果然，凌澈一上车就开始睡觉，但他的姿势看上去很不舒服，没过多久就遇到了堵车，弹幕全是表示心疼的，画面被密密麻麻的弹幕遮盖，几乎快看不到人了。

画面切换到其他嘉宾，先是陆米CP从家里出发的过程，两人之间的浓浓情意从这里就开始展现了，令人艳羡。

然后，是从录影棚外才开始出现的许棠舟，许棠舟是第三位出场的嘉宾，也是唯一一位没在家中拍摄的嘉宾。许棠舟租住的公寓不算大，为了保持许棠舟的偶像形象，黄千并没有安排摄制组去家里取景。

许棠舟看到自己的第一反应是：难怪会挨骂……

镜头离得那么近，助理茉茉主动上前打招呼，而自己竟然就面无表情地说了三个字："早上好。"

"画风突变，哈哈哈！"

"哈哈哈，这镜头凑得太近了！"

"真的冷，这一位来走秀呢？装。"

"令人窒息的尴尬，我看到那个小姐姐脸都红了，哈哈哈！"

"只有我受到了崽崽的美颜暴击吗？"

"有一说一，颜值暴击+1。"

"这算是高级脸吗？好厌世啊……"

"你们没看花絮吧？许棠舟厌世？你们是不是有什么误解？"

等到许棠舟开始在签到处签名的时候，画面被清一色的"哈哈哈"覆盖了。

别人的签名都龙飞凤舞、潇洒恣意，力求让人看起来就觉得格调很高的样子，只有许棠舟在角落里端端正正地写了名字，还用的是正楷。

"崽崽太老实了，哈哈哈！"

"等等，这个字体其实也很冷淡啊，哈哈哈！"

"天哪，我第一次看见有明星的签名是这样的，哈哈哈！"

"哈哈哈，太真实了，哈哈哈！"

"还没设计签名吧？哈哈哈，回去练练！"

"仿佛看见了不会签名的自己。（笑死）"

"可可爱爱。（脸红）"

镜头里，茉茉友好地给许棠舟抛梗："你只带了一个行李箱吗？里面都装了什么呢？"

许棠舟冷着一张脸，眼里闪过迷茫。

节目组精准地抓住了许棠舟的想法，在许棠舟头上加了三个问号，然后在空白处罗列了年轻人出去旅行有可能带的物品，并都画上了红叉。

弹幕又是一片"哈哈哈"。

正在这时，只亮着阅读灯的昏暗车厢里，许棠舟的手机屏幕亮了起来。

凌澈回复了刚刚那条消息："不小心摔在台阶边缘，没事了。"

许棠舟稍稍放心，正要发信息过去，凌澈又发了一张照片过来。

照片看上去是凌澈对着镜子拍的，卫衣掀起了一角，露出紧实的后腰，肌肉线条很漂亮，充满了力量。

那片瘀痕已经不见了，皮肤早已恢复如初。

这张照片虽然没有露脸，甚至只是潦草地拍了受伤的地方，但许棠舟还是怀着莫名其妙的悸动，将它保存在了手机里。

许棠舟："那就好。（微笑）"

凌澈："你在看节目？"

许棠舟："是啊，我刚刚收工，现在有点堵车。"

凌澈："嗯。"

许棠舟："你都受伤了，为什么还要参加节目啊？"

许棠舟忍不住为凌澈感到心疼，也不用这么敬业吧！大牌的艺人不都是特别任性才对吗？

过了一会儿，凌澈才回复了冰冷的四个字："不想赔钱。"

许棠舟语塞：这么现实吗？

聊天又结束了。

许棠舟发现他们俩每次通过信息聊天，都能很快地终结话题。因为看不见凌澈的脸，无法猜测他的心思，许棠舟总是觉得很有距离感。

看着凌澈的名字，许棠舟的心跳微微加快了。

不管怎么样，他们现在都已经在一种奇怪的交往关系里了，上次凌澈说过自己可以主动联系他，还说会回复自己的信息，那么是不是说明自己真的拥有特权？

如果自己一直和他聊天，他都会回复吗？

许棠舟动动手指，又发了一条信息过去："你收工了吗？"

凌澈真的回复了："没。"

那他就是在中途休息了。

许棠舟抓紧时间和他聊天："演唱会是后天吧？这两天你不是应该休息一下保证精力才对？"

凌澈:"没在排练。"

那是在做什么?

许棠舟想不到凌澈平时会做什么,除了写歌、录音和演出,其他的就不知道了。

凌澈:"在拍一个广告。"

这样啊。

许棠舟不知道聊什么,灵光一闪,那就使劲地黑自己总行了吧。

许棠舟:"我在节目里看起来有点傻。"

凌澈回得倒是很快,但只有一个句号。

什么意思?居然连安慰都没有?我也是要面子的好吗!

你就回复一个句号是看不起我吗?我什么都可以聊!

平板电脑上的画面里,最后一组嘉宾夏氏姐妹出现了,弹幕立刻疯了一样暴增,骂人的话不堪入目,什么词都有,节目组榨取了她们的剩余价值,知道越骂越火的道理,竟然一刀未剪。

许棠舟则继续给凌澈发信息找话题:"我其实真的不是故意装高冷的,我们神仙都这样。(苦恼)"

凌澈:"我看看脖子。"

这两条信息是同时出现在聊天界面的。

原来两人在同一时间编辑信息并点击了发送,这种感觉很棒。

许棠舟还以为凌澈已经不太想理自己了。

许棠舟看了眼开车的乌娜娜,对方认真履行司机的职责,没往后看。

在有别人的场合拍摄被阿尔法级咬过的伤口,就像赤裸裸地展示自己的印记一样。

谁知许棠舟还没打开手机的相机,凌澈就直接打了一个视频电话过来。

视、视频?

许棠舟的心跳瞬间加速,几乎是没有迟疑地按下了接通键,看见自己的脸出现在屏幕上,从下往上,这角度很糟糕。

许棠舟赶紧将手机拿远拿高了些,看到凌澈那边光线很暗,应该是在广告拍摄现场的某个封闭空间里。

凌澈先开口:"你有没有抓伤口?"

许棠舟下意识地道:"没有。"

凌澈的头发被精心打理过,脸上还带了妆,显得比平时更好看,也昳丽了许多。或许用昳丽来形容一位成年的英俊阿尔法级并不合适,可对于轮廓深邃、皮肤白皙的凌澈,这妆容让他多了几分烟火气,更像是一位王子。

凌澈皱了皱眉:"低头给我看看。"

许棠舟依言做了。

许棠舟把手机举得高高的,低头轻轻撕开了脖颈上的腺体贴,也不知道镜头对准了没有。

过了十几秒,许棠舟才抬起头,头发因为低头的动作弄乱了:"看到了吗?"

凌澈好像连姿势都没变过,就那么认真地看着许棠舟:"看到了。"

有人在敲门,隐约传来声音:"哥,差不多该换衣服了。"

听起来像是小安。

凌澈说了句"就这样",便毫不犹豫地结束了视频通话。

许棠舟突然觉得自己已经没有利用价值了?

手机又震动了一下,凌澈倒是不算太无情,还发了一条信息过来。

凌澈:"多练练签名。"

许棠舟又恼又窘,早知道签名会被嘲讽,一定会练好才上节目。

不过,许棠舟很快又反应过来:不对,凌澈怎么知道签名这件事?难道他也看节目了?

可是昨晚明明听到凌澈对陆承安说不会看节目,这才播出多久,凌澈就连这个都知道了?

凌澈真的很傲娇啊。

许棠舟腹诽,第一次参加节目的凌澈明明就很想看看自己的表现吧。

大明星也没什么不同嘛。

经过一晚上的发酵,《我们的完美旅行》不仅首播告捷,成功拿下了当晚全国综艺的收视第一,还获得了更大的热度,各家媒体都发了观后感,通稿如雨后春笋般冒了出来。

夏氏姐妹被骂惨了，轻松再次登顶热搜，顺便带出了更多的陆米CP恩爱标签。

一大早，乌娜娜就送来早餐，许棠舟昏昏沉沉地吃早餐之际，她就挑了一些热点和许棠舟说。

"超话打榜升得很快，你也有两三个标签冲上了热搜。"乌娜娜说，"目前有对家在黑你，就是那个秦宝，以前也做过模特，你知道吧？"

从模特圈转娱乐圈的人不在少数，秦宝也是一个欧米伽级模特，合作过的大牌比许棠舟只多不少。秦宝是甜美型，后来转行成为演员，几年来已经拍过好几部电影了。

"我还有对家了？"许棠舟迷茫地道，"对什么？"

乌娜娜道："你们的出身、年纪和经历都差不多，就被拿来比较了。还有，秦宝不是还拍过一次澈神的MV吗？"

许棠舟倒是知道这件事，凌澈《晒干记忆》那首歌的MV是秦宝出演的，不过凌澈与秦宝并没有什么交集。

许棠舟看了热搜标签，被黑的是#许棠舟 欧米伽级高级脸#这个标签，下面有双方的粉丝在争论，许棠舟的粉丝也不少了，战斗力十足，骂战很激烈。

双方粉丝在争的是到底谁才是欧米伽级模特的高级脸。

"对方快没资源了，"对于这些事情，乌娜娜知道得不少，"秦宝拍来拍去都是配角，口碑之作几乎没有。由于一转行起点就很高，现在又不肯掉价来演电视剧，地位不上不下很尴尬，所以对家目前见谁火就踩谁，顺便蹭热度。"

这些事情很多时候不是艺人本人操作的，许棠舟没有往心里去。

略过这个不提，许棠舟其他的话题标签都很和谐。

有#凌澈崽崽护短#、#许棠舟守规矩的乖#、#凌澈教许棠舟选机票#等，大部分都和凌澈有关，他们两人是一组，当然是话题最多的。另外，#许棠舟变脸绝技#和#一秒脸红#等话题都被顶了上来。

许棠舟接到凌澈电话后一秒脸红的动图突出重围，占据了表情包界第一的宝座。

节目里凌澈接电话这一段，网友们看了都笑得不行。

当时许棠舟被戚木揎掇，在电话里问凌澈知不知道打电话的人是谁这一段,凌澈先喊了声"崽崽",又说了句"你当我是傻子吗",本来一度被认为是嘲笑许棠舟,配合节目镜头重现,大家都说这句话是嘲笑戚木的。

因为凌澈接电话的情景也被镜头拍到了,许棠舟的声音一从手机扬声器里传出来,凌澈便扬眉,显然是立刻就听出了许棠舟的声音,也明白了节目组想干什么。

戚木本人发了一条动态:我的心被澈神扎了一刀。

于是,#凌怼神#这条也火了。

目前排在第一名的是#凌澈受伤#这一条,凌澈的粉丝都在不断地刷这个话题,开始回顾凌澈历年来受过的伤和吃过的苦。

乌娜娜小心翼翼地说:"舟舟,我昨晚逛超话,发现你现在有CP粉了,所以黑你的人可能不止秦宝的粉丝,你不要在意。"

许棠舟:CP粉?

乌娜娜道:"就是你和澈神啊。"

她一番操作后,迅速进入超话,这里有一小群粉丝正在偷偷摸摸嗑糖。因为之前有凌澈的粉丝在超话圈里破口大骂,这一小群粉丝就悄悄换了个社交软件。

乌娜娜说:"这些事情舅舅他们会处理的,雅姐很厉害,她要是想澄清,动作会很快的,估计节目播完后吧。你不要太担心了,粉丝们都是金鱼脑。"

许棠舟能说自己一点都不担心吗?

许棠舟浏览这里的讨论话题,一眼就看见了#澈舟#。

"他俩真是甜到没谁了,呜呜呜!"

"崽崽这个称呼也太宠溺了吧!"

"我敢说许棠舟被澈神撩到了才会瞬间脸红,那声谁都顶不住,这个秘密只有我知道!"

"哥哥教舟舟算机票钱的时候也是宠到没边了!"

"还有检查行李箱那里!"

"哥哥:我的欧米伽级私人物品只有我能碰。"

"好温柔啊,呜呜呜,真的太好嗑了,啊啊啊!"

有人发了一张两三秒的动图,是凌澈看着许棠舟和陆承安说话,许棠舟一回头，凌澈就立刻移开了视线，表情很淡定。

"我真的没见过澈神对谁这样！腰都受伤了，根本就是为了和许棠舟单独相处七天才参加节目的吧！"

许棠舟愣住了，这两三秒的镜头被特意截出来，竟然真的有了凌澈暗中关注自己，还不想被发现的感觉。凌澈受了伤还录节目，不会真的是为了自己吧？

那时凌澈并不知道自己失忆了，却还是参加了节目。

两人以前……到底谈过多久的恋爱？

那时候凌澈很爱自己吗？

"舟舟，"乌娜娜叫了两次，"舟舟？"

许棠舟回过神："怎么了？"

乌娜娜说："你的手机响了。"

许棠舟手里还拿着平板电脑，闻言才发现桌面上的手机在震动，显示着"妈妈来电"。

自从知道自己和凌澈谈过恋爱以后，许棠舟给谢蕤打过两三次电话。自己是失忆了，但是谢蕤没有，为什么这几年谢蕤从来没有提起过这件事？要知道和自己谈恋爱的不是别人，可是红透半边天的凌澈。

许棠舟有过两种猜测：一是谢蕤根本不知道这件事，只当凌澈是自己的偶像；另一种猜测则是，正如黄哥所说自己"甩了凌澈"，是因为自己没那么爱凌澈，抑或两人真的发生过什么不愉快，所以谢蕤多一事不如少一事，才没有提。

无论是哪一种，许棠舟都需要知道答案。

乌娜娜在客厅里，许棠舟便拿着手机进了自己的房间，按下了接听："妈妈？"

谢蕤的声音传来，几个月不通电话竟然显得有点陌生了："崽崽，你跑去参加什么综艺节目？为什么不告诉我？要不是昨晚我们公司的一个员工在电视上看见你，我到现在还不知道。"

谢蕤质问的语气让许棠舟很意外，许棠舟答道："想挣钱呀。"

谢蕤迟疑了一下："你缺钱了？你要多少？我转给你。"

许棠舟道:"一千万。"

谢蕤不解:"你要那么多钱干什么?"

"买房子啊,"许棠舟非常自然地回道,"我不是和你说过吗?"

这件事,许棠舟的确和谢蕤提过。

许尉退役后开了一家重型机车店,重拾了他年轻时候的梦想。四年来,这家店在业内已经小有名气,但是那处宽敞的铺面明年年底租约到期后就要依法拍卖了,他们需要买下来。许尉估算了所有财产,还差一千万左右。

由于许尉和许棠舟都是理想主义者,是愿意为了理想付出所有的人,许棠舟因为这个进入娱乐圈并不奇怪,但在谢蕤这个实干主义者眼中就有些幼稚滑稽了。

不过她和许尉已经离婚了,没有立场也没有必要去管。

这不是谢蕤关注的重点,她忍着怒意道:"你出道的事并没有和我说。"

她是个欧米伽级,却一点也不娇软甜美,这些年来她已经变成了一个干练、自立又理智的人。

谢蕤人在国外,现在从事各大艺术展览策划,离婚后许棠舟跟着父亲生活,两人很少见面。

许棠舟只好重复了一遍早就报备过的事:"我上次给你打电话说要去拍Mist广告,你还记得吗?那次就签了经纪合同了。"

谢蕤记起来了。

工作太忙碌,她好像根本没把这件事情放在心上。

许棠舟继续道:"你想反对我出道吗?我赔不起违约金。"

许棠舟很聪明,听谢蕤的语气,就知道谢蕤之所以打这个电话,或许和自己的第二种猜测更为接近。

果然,谢蕤下一句话便是:"崽崽,你和凌澈……现在是什么关系?"

许棠舟心脏紧缩,不由自主地攥紧了手机。

许棠舟想起凌澈第一次见到自己的样子、叫自己崽崽的样子,还有对自己微微一笑的样子。

重逢以来,自己因为一无所知,所以一直没心没肺,这对凌澈来说太不公平了。

许棠舟垂下睫毛，轻声说："我喜欢他。"

谢蕤那边安静了。

许棠舟问："我以前为什么会甩了他啊？"

谢蕤能给出答案吗？

过了很久，谢蕤才说："崽崽，我真的很抱歉……但是你们不可能在一起。"

许棠舟不自觉地提高了声音："为什么？"

难道自己和凌澈之间有什么阻碍，诸如电视剧和小说里的血缘关系、血海深仇？

许棠舟疑惑于自己为什么会甩了凌澈，也疑惑于谢蕤的态度，这一切像迷雾一样萦绕在眼前，拨不开看不见。

好在事情到了这一步，两个本该没有交集的人竟然还是遇到了。

谢蕤知道瞒不过，叹了口气说："这样，我订了明天早上的机票，回去后我再告诉你。"

许棠舟应了声："好。"

这件事竟然值得谢蕤从国外专程回来一趟，看来比自己想象中还要严重一些。

许棠舟挂断电话走出房间，看上去心事重重。

乌娜娜却没发现这一点，还很高兴地向许棠舟招手："舟舟，澈神对自己受伤的事发 Flow 回应啦。"

将思绪从刚才那通电话里拉出来后，许棠舟回到桌旁："发什么了？"

许棠舟点开平板电脑，找到凌澈的 Flow，脸上渐渐写满了惊讶。

@凌澈45361：不小心摔在台阶边缘，没事了。

这么简单的一句话，和昨晚他发给自己的一字不差，看上去简直是直接复制了那条信息，懒到了一定境界。

不过，他没有发那张照片。

就一句话，连个表情符号都没有，粉丝要是知道凌澈发了什么给许棠舟，估计会嫉妒死。

许棠舟很惊讶，这真的是……差别对待吗？

评论里网友都在心疼凌澈。

"哥哥没事就好，呜呜呜，昨晚哭了好久好久。"

"太难受了，千万不要再受伤了啊。"

"哥哥好坚强，受伤一声不吭，可我还是好心疼。（大哭）"

"没事还是要养一养，明天的演唱会哥哥唱歌就好，不用跳舞给我们看！姐妹们顶我上去！"

"澈神好棒！"

"哥哥辛苦了！雅姐小安辛苦了！"

这晚，仇音又回来了。

破天荒的，仇音这个月竟然在一周之内连续回家两次。

许棠舟正坐在沙发上看电视剧："你被导师开除了吗？"

仇音扶了扶眼镜："怎么可能？开除我这种天才是他一生最大的损失。"

医生这个职业真不是普通人能胜任的，想仇音一个柔弱的欧米伽级，每天承受着医学生不可承受之重，还要在实验室和医院来回奔波，真的太不容易了。

许棠舟忧心忡忡地说："是不是感应到我要搬走了，你就回来了？"

许棠舟已经选好房子了，就等和仇音交代后再搬。

仇音呆住了。

许棠舟觉得很抱歉，因为这公寓的房租其实不便宜，仇音一个人的确承受不起。

"要不，我还是继续交房租吧。"许棠舟改变了主意，"有些东西我可以留在这里，偶尔我们还能聚一聚。"

"少操心了，"仇音坐在许棠舟旁边，"东西不搬就不搬，这房子我买的。"

许棠舟："……"

仇音说："租给你，既可以收钱，又有人打扫卫生。你一走，就没人打扫了。"

许棠舟："你骗了我四年？"

"嗯哼。"

"坏蛋！"

仇音回来是为了送演唱会门票给许棠舟。

凌澈演唱会内场第一排，仇音让师兄守着网页卡点抢票，花了不少钱，原本是送给许棠舟的生日礼物。

可是新年那天仇音加班，把这事给忘了……

直到昨天听见医院里有人提到凌澈的演唱会，仇音才想起来这件事，从抽屉里把票翻了出来："要不是送这个回来，我才没空呢。你不是没买票吗？我知道你们在交往，但是票不好买吧？"

许棠舟双眼发光，还以为明天去不了！

"谢谢！"

内场第一排，凌澈在舞台上应该能看见自己吧？会不会把凌澈吓一跳？

抑制不住心里的激动，许棠舟把不开心的事都抛到九霄云外了。

仇音眼里只有钱："今年我过生日的时候麻烦你买个更贵的礼物。"

许棠舟："买！你过生日的时候，我演的电视剧都播啦，什么礼物买不起？"

许棠舟现在已经存了一笔钱了，别的不说，就是参加《我们的完美旅行》就有六十万入账。

过几天许棠舟还要进组，《御风》那边签了合同，片酬是十五万一集，算是新人里很高的价格。接下来黄千还给许棠舟安排了许多工作，只要自己努力，一切都会越来越好。

然而，这张票到底没用上，因为第二天傍晚，司徒雅就亲自来公司带许棠舟去演唱会现场了。

不仅是许棠舟，公司有好几位高层也去了。

凌澈的演唱会两年一轮，大家都很有兴趣。

"可是，我已经有票了，"许棠舟说，"朋友送给我的。"

"内场第一排，"司徒雅看了一眼那张票，"不错呀，不用白不用，叫你朋友来看吧。你和我们坐一起，陆承安他们也会来。"

许棠舟只好和仇音说了。

仇音对凌澈的演唱会没有兴趣，可是听到那张票派不上用场的时候就陷入了沉默。

在请假和浪费之间反复斟酌，仇音终于还是没有抵过守财奴的本性，自己打车从医院过来了。

乌娜娜留在外面等仇音，许棠舟跟着司徒雅几人从另一个通道入场。

许棠舟发现，除了几位高层，公司里并没有其他艺人从这里进去，位置也没有一个是多余的。

有个管理层还对许棠舟说："舟舟和澈神的关系果然不错啊，他还特别邀请你来看。"

许棠舟礼貌地点点头，心却因为这句话乱了。

凌澈连提都没有提过会请自己来看演唱会，而是直接就这么做了。

两万五千人的体育馆塞满了人，金黄色的荧光棒像绵延不绝的萤火，到了夜幕完全降临时，它们的灯光才变成了星芒状，汇聚成绚烂的星河。

巨大的圆形舞台上方垂吊着一圈电子显示屏，虚若无物，这是高科技给人们带来的视觉盛宴。

周围的人都带了各式应援物，有头巾、手环和灯牌，上面都印着凌澈的名字。

第一次身处超级巨星的演唱会现场，即使还在播放暖场音乐，许棠舟也心旌摇曳起来。看着不远处空荡荡的舞台，许棠舟想象着凌澈出现在那里的模样。

"舟舟！"许棠舟听到有人叫自己。

许棠舟弯腰一看，同排隔着十几个人的座位上，米非正兴奋地对自己挥手。

前排的艺人不少，很多都是熟面孔，陆承安正与其他人聊天。

一些相熟的人开始换位子，许棠舟找到仇音买的座位号，准备换座位和仇音一起坐。

暖场的歌手上台了。

演唱会还没正式开始，凌澈人都还没出来，现场的呼喊声就一波高过一波了。

"凌澈！"

"凌澈！"

"凌澈！"

整齐划一的口号，响彻场馆上空。

筹备已久的视听盛宴，终于在凌澈的巨型3D全息投影出现时拉开了帷幕。

"啊啊啊!"

歌迷们的尖叫震耳欲聋。

高达十几米的全息投影,让凌澈身上那股阿尔法级气势席卷了全场。

他居高临下地看着台下的人,好似尊贵优雅的无上天神,俊美的面庞足以让任何人为之疯狂。

这一刻,关于他的种种猜忌、诋毁与质疑都消失无踪。

在这里,他是主宰一切的王者。

"啊啊啊!"

"凌澈!凌澈!凌澈!"

整座场馆,包括舞台,忽然都陷入了黑暗,只剩下无数的灯牌与荧光棒组成的星海。

悠扬的音乐响起。

许棠舟紧紧盯着舞台,屏住了呼吸。

那里投射出了一束光。

凌澈出现了。

世界因此而静止。

那位举世瞩目的巨星,唱出了第一个音节。

喜欢一位歌手,在手机上听他的音乐和到现场去感受是完全不同的概念。

仇音迟迟没有来。

许棠舟渐渐忘了这件事,直到凌澈唱一首抒情歌时,才有人坐在了旁边的位子上。

来人打着招呼:"嗨。"

许棠舟都有点舍不得从台上移开目光,但出于礼貌,许棠舟还是转过头,却发现来的不是仇音。

男人二十七八岁的年纪,非常英俊,眼睛像是会说话,他勾着唇道:"许棠舟。"

来人正是大名鼎鼎的影帝应宸。

许棠舟知道他和凌澈是好朋友,便礼貌地道:"您好。"

应宸跷着腿,看向舞台,在一片嘈杂中说:"听说你失忆了。"

许棠舟一怔。

凌澈把这件事告诉他了吗?

应宸似乎不在乎许棠舟回不回答,径自道:"挺有意思的。我演过这样的角色,他们通常是想逃避什么的时候才这么干。"

许棠舟不解:"我不太明白你的意思。"

许棠舟的皮肤是冷白色,在一片纷乱的光线里依旧是耀眼的那个。

黑色颈环戴在修长的脖颈上,有一股冷淡的气息,像许棠舟这个人的皮囊,冷漠得拒人于千里之外。

当然,许棠舟有了疑惑,表情微微变化,便如冰雪消融,整个人变得灵动起来。

大荧幕上,正在弹着钢琴低低吟唱的凌澈从观众席收回目光,神情微微有了变化。

忽地,他停了下来。

在万人呐喊中,凌澈淡淡地开口:"今晚,我很高兴。"

看样子,他难得在台上有了想说的话。

"啊啊啊!哥哥!"

"哥哥!"

"凌澈!"

"很久以前,我就幻想过这样的一天,在我写《行星》的时候。我那时候想,如果有这一天,我就要在这里做一件事。"凌澈缓缓地说,带着磁性的声音回荡在场馆中,电子荧幕上,他完美的侧面完全展露了出来。

应宸皱起眉:"这傻子……"

许棠舟本没留意到应宸,正忙着看台上那个最耀眼的人,直到应宸又说:"求不搞演唱会告白。"

许棠舟愣住了。

什么?告白?对谁?

那一刻,许棠舟耳旁的声音都远去了。

凌澈顿了顿,然后开口:"我想说的是……"

声音戛然而止。

在疯狂的尖叫声中，凌澈按下了六个不同的琴键，它们组成了一串怪异的音符。

全场都安静了。

什么东西？

应宸笑道："真是傻。"

应宸也这么喜欢怼人吗？

许棠舟心里冒出疑问，果然不是一类人玩不到一起去啊！

台上的凌澈弹完那几个音，似乎发现了全场的歌迷还在等待——没人听得懂凌澈的暗示，都以为他只是随意按了几下琴键而已，所有人都在等他接上前面那句话，包括许棠舟。

许棠舟的心跳得很快，应宸的话影响了自己。

虽然知道不可能，可是许棠舟因为应宸玩笑般的一句话，产生了一些不合时宜且荒诞的想法。

告白？

凌澈想说什么？许棠舟还在想着这件事，因此都快有点神志不清了。

凌澈其实并不在意有没有人听懂，他只是想做，便做了，算是完成了一个心愿而已。

顿了顿，他稍微靠近了话筒，淡淡地道："好不好听？"

"好听！"粉丝们大喊。

哪里好听了？许棠舟严重怀疑自己是音痴。

凌澈继续道："随便给大家表演一手即兴怎么样？"

"好！"

"这首曲子送给你们。"

说着，镜头拉得更近了。

凌澈修长的手指在黑白琴键上跳跃，构成了一幅赏心悦目的画面。

流畅的旋律从指间泻出，凌澈用刚才弹过的那几个音符组成了新的和弦，他的才华仿佛取之不竭，只要随意给他一个开头，他就能将其化为动听的音乐。

在一片更猛烈的尖叫声中，许棠舟松了一口气。

搞什么啊，原来凌澈说的在写《行星》的时候就想做的事，就是"给大家表演一手即兴啊"。

应宸看了眼许棠舟，对许棠舟更加失望了。

可未等他再说什么，就见有人弯着腰在保安的护送下来到他的座位前。

那个人对他说了一句话。

现场的音乐和尖叫都震耳欲聋，实在是太嘈杂了。

应宸没有听清楚："什么？"

那人走近一步蹲下来，应宸在纷乱的光线里看见了一张巴掌大的脸，戴着老土的黑框眼镜，看上去年纪很小。

这个欧米伽级拿出一张票，指着上面的数字竭力喊着："我、的、位、置！"

演唱会都快要过半了才姗姗来迟，这个人到底怎么进来的？

应宸并不想动，小孩子迟到了，他才没道理迁就："没用了，过期作废。"

欧米伽级生气了，又一波粉丝的尖叫袭来，对方张大嘴巴又急又快地说了什么，应宸一个字都听不见。

对方的模样好像一条金鱼，应宸觉得很好笑。

欧米伽级就更生气了。

许棠舟："仇音！"

过来好一会儿，应宸才搞明白原来这条戴着黑框眼镜的土气金鱼是许棠舟的朋友，应该是由认识的人带进来的，否则就是有票现在也进不来了。

应大影帝挪动尊臀，终于舍得回到自己的位子。

仇音得到了属于自己的座位，凑到许棠舟耳旁喊道："那个阿尔法级真讨厌，你也不给我看好座位！"

仇音没认出来应宸吗？应宸那张脸难道不是人人皆知？

不过现在的环境实在不适合聊天。

两人都渐渐被台上的人吸引，完全陷入了属于小行星们的狂欢。

时间一分一秒地过去，凌澈唱完了新歌，进入怀旧的环节。

两个小时的演唱会似乎在眨眼之间就快要结束了。

这位巨星汗水淋漓，汗珠从额头滑落到睫毛的模样，性感至极。

这一次，没有伴舞团，没有乐器，没有繁复的舞美。

凌澈随意地坐在圆形舞台的台阶上，支起一条腿，为歌迷们唱了一首

《行星》。

三百六十度可见的舞台设计,让许多歌迷或是只能看见他的背影,抑或是侧颜,但所有人都安静了下来,整齐划一地挥动着荧光棒,听凌澈懒懒地唱这首出道时的成名曲。

星河中渺小的碎片,

碰撞间火花一闪。

你的背影在数光年之间,

我的灵魂因此死灰复燃。

环绕一个星河内的圆,

轨道固定为亿万年。

无法阻止想再靠近你一点,

越冲动,却距离你越远……

三次安可后,演唱会还是正式结束了。

现场有一些歌迷在哭,太过强烈的不舍让他们迟迟不肯离开,还站在场馆里喊凌澈的名字。

现场很乱,人也很多。

前来观看演唱会的艺人与贵宾们都走了别的通道,混乱中,应宸拨开人流找到了许棠舟。

"跟我走。"他言简意赅地说。

应宸带着两人走向后台,有保安开道,一路畅通无阻。

到了稍微安静一些的地方,许棠舟终于有机会问仇音:"你怎么来得这么晚,我的助理不是去接你了吗?"

仇音也很无语:"我没有颈环,被保安挡在外面了,临时买了新的颈环才进来的。"

仇音指着自己脖子上的仿丝巾材质颈环。

走在前方的应宸回头道:"小朋友成年了吗?"

常年只知埋头学习的仇音没什么机会参加这些场合,所以对颈环这件事不太敏感,多半是忘了公共场合没有颈环不准进入这个规定。

许棠舟还没解释,仇音就拉了一下许棠舟的衣袖,小声道:"这个男的好奇怪，你们认识？"

耳力极佳的应宸听得清清楚楚。

许棠舟只好说："他是应宸，电影《人间》的主演，是拿过很多奖的影帝。"

仇音想了一下，直接道："不认识。"

应宸："……"

转眼到了后台，人来人往的复又嘈杂起来，大家都疲惫得很，演唱会的热烈氛围犹在。

乌娜娜总算找到了许棠舟，她说司徒雅通知他们去一家会所。

演唱会结束后，还有一个小小的派对，凌澈邀请了一些朋友和艺人参加，许棠舟当然也在此列。

"澈神今天太帅了！"乌娜娜激动不已，"天啊，我第一次看他的演唱会！舟舟你太幸福了，不仅和澈神是朋友，一会儿还要去他的私人派对！"

说起来，许棠舟也有两三天没和凌澈真正见面了。

刚才两人一个在台上，一个在台下，许棠舟更多的是感受到作为天王那一面的凌澈，而非平时那个傲慢的凌澈。

因此，一想到一会儿就能见到走下舞台的凌澈，许棠舟就有点紧张。

刚才凌澈在台上看见自己了吗？

有好几次凌澈站在舞台边缘和歌迷互动的时候，许棠舟都觉得凌澈好像看到了自己，又好像没有。

仇音听见这话，看了一下手表，严肃地道："我今晚值班，只请了师兄帮我值几个小时，回去晚了要扣钱的。舟舟，那我先回医院了。"

许棠舟："现在场馆外人太多打不到车，你过一会儿再走吧，不然你出去也是等在路口。"

应宸乐了，问仇音："你到底多大？"

仇音对应宸抢座位的事耿耿于怀，不理他，只对许棠舟说："没关系，我可以等。"

应宸被忽略了也不恼，他还不至于和一个小孩置气。

应宸安排道："这样，外面车多眼杂，许棠舟你坐我的车去会所，让你助理送你朋友，派对结束的时候再叫助理来接你怎么样？"

许棠舟受宠若惊："可以吗？"

应宸道："有人特意交代过，所以你不用和我客气。"

许棠舟脸上发烫："哦。"

难怪应宸对自己有点不一样，许棠舟猜应宸多半知道自己和凌澈在交往的事了。

乌娜娜去送仇音，许棠舟就上了应宸的车。在车上，许棠舟的备忘录提醒响起，才记得谢蕤今晚要回来。算算时间，许棠舟给谢蕤发了一条短信，告诉了她会所的地址。

去会所的路上，应宸什么都没问，看起来应宸不像是一个八卦的人。

一路无言。

会所很僻静，深夜十一点似乎才到了它营业的时候。

现场有许多气球和丝带等物，是星境公司的人提早来这里布置的。一走进前院，应宸便走在前方，看起来熟门熟路。

整个会所都被包了下来，温泉泳池、落地窗，以及璀璨的水晶灯，是一种非常奢侈的风格。

主角凌澈还没到，现场都是一些公司高管和艺人，毫无疑问这里暂时变成了一个交际场。

许棠舟在一堆人里看见了黄千。

应宸却带着许棠舟穿过这些人，直奔另一扇门。

移门滑向两边，里面是一个相对僻静的空间，人很少，都是熟面孔，许棠舟能叫出每个人的名字，人家却不一定认识自己。

这才是属于凌澈的私人圈子。

"应宸，动作慢了点哈。"说话的人是莫潇，就是前段时间变成"草原小王子"的那个歌手。

应宸自罚三杯，眼都不眨。

另外还有一个女明星、一个圈外人，以及凌澈的制作人，他们看起来都很放得开。这些人自成小圈子，几个人一见面就先喝了起来，彼此之间很是熟稔。

许棠舟不是一个善于交际的人，却也不会端着。

有人主动来搭讪，许棠舟就回答着，好在应宸很尽责，时不时替许棠舟答几句话，让许棠舟不那么尴尬。

莫潇先和应宸喝完酒，又对许棠舟说："喝两杯，认识一下？"

那个女明星开玩笑道："莫潇今晚见人就叫喝酒，该不是来买醉的。今晚的演唱会上澈神没叫你当嘉宾，你失落了？"

"怎么不失落？"莫潇说，"单身狗还不可以拓展一下交友圈了？"

应宸道："那你换个人，人家又不是单身。"

许棠舟怕应宸再说什么，主动把酒喝了："没关系，我可以的。我叫许棠舟，言午许，海棠的棠，扁舟的舟。"

莫潇失笑，最近许棠舟挺火的，是不是单身就要上一次热搜，他当然知道。

应宸靠在沙发上，见许棠舟这样便也不再插手，看好戏般提醒了莫潇一句："人家的名字你最好记住了，以后见了，千万不要叫错。"

许棠舟："……"

其余的人都是一愣。

莫潇恍然大悟："可以呀，应宸，动作很迅速嘛！"

"果然谁都逃不过应影帝的魔爪啊！"

"凌澈的朋友你都不放过！"

他们开着玩笑，显然都误会了。

"不是！"许棠舟脸红了，"弄错了！"

许棠舟忙着解释误会，应宸却只顾笑，搞得许棠舟不知道要怎么办才好。

气氛却因此变得热络起来，你来我往间，许棠舟发现这些人只是爱开玩笑，没有恶意。这些人都是凌澈的朋友，不是难相处的人，也没什么架子。

中途黄千还特地进来和大家打了招呼，许棠舟不知不觉也喝了好几杯酒。

会所调的洋酒虽然度数不高，但后劲大，等应宸发现许棠舟有点不对劲的时候已经晚了。

推拉门滑动，刚卸完妆的凌澈出现在门口。

他朝房间里看了一眼，皱眉道："谁让许棠舟喝酒的？"

主角一来，众人起哄。

凌澈站在那里，又问了一次："谁让许棠舟喝酒的？"

这是什么情况？众人都安静了一瞬。

许棠舟坐在软皮沙发上，原本冰雪覆盖的一张皮囊染了酡色，双颊绯红，眼睛水汪汪的，看上去还算清醒："我没喝醉。"

凌澈走过去，伸手在许棠舟脸上摸了下，似乎在探温度："不准喝了。"

许棠舟只觉得凌澈有点不高兴，但因为喝了酒，头脑有些不清楚，就乖乖点头："嗯。"

见两人这样，再蠢的人也知道是怎么回事了。

应宸笑而不语，被众人灌了好几杯酒。

凌澈端着一杯酒，没怎么喝，但他知道许棠舟喝醉了。

莫潇被应宸耍了一通，还有点不死心："等一下，舟舟，你说说，应宸和凌澈到底谁才是你男朋友？"

许棠舟思索片刻，艰难地回答："应宸，不是。"

众人鼓掌欢呼，凌澈竟然有了交往的人，还带来和他们见面，实在是一件令人兴奋的事。

许棠舟坐在那里，似乎不太明白他们为什么这么高兴。

莫潇觉得太好玩了，他也看出来许棠舟喝醉了，不怀好意地再次问："那就是凌澈了。"

许棠舟缓缓转头，看了眼凌澈。

凌澈正垂眸看着自己，难得也有了些兴趣，他知道许棠舟的酒量，知道许棠舟目前处于基本上还可以自理，但是问什么答什么的状态。

恐怕许棠舟这几年没什么机会喝酒，失忆后连自己的酒量都忘了。

许棠舟给出答案："不可以说，说了就没有了。"

许棠舟迷迷糊糊地记得，凌澈让自己不要告诉别人。

众人狂笑。

莫潇问凌澈："你在哪里捡的宝贝？"

许棠舟听到了这句，以为还在问自己，说："我在天上捡到的宝贝。"

凌澈看着许棠舟。

许棠舟却伸出食指，在凌澈的鼻尖点了点："是我的……星星。"

就在这时，许棠舟的手机响了。

许棠舟似乎惊醒过来，从口袋里拿出手机。

也不知道对方在电话里说了什么，挂断电话后许棠舟就"腾"地站了起来，忽然很大声地说："我要走了！"

众人："什么情况？"

许棠舟面容沉静，完全看不出喝醉了，直直地转过身往外走去，步伐与常人无异。

眼睁睁看着许棠舟打开推拉门走出去了，应宸才推了凌澈一把："还不去看看，星星？环绕你的小行星偏离轨道了！"

恋爱的酸臭味，搞得他都想谈恋爱了。

凌澈沉默了片刻。

他刚才看见了许棠舟手机上的来电显示，是"妈妈"。

是谢蕤。

许棠舟目不斜视地沿着来时的路走出去，外面没人发现许棠舟喝醉了，许棠舟甚至还和黄千打了招呼说再见。

凌澈跟在许棠舟后面，在快要走到大门口时，见四下无人，忍不住伸手轻轻捏住了许棠舟的后颈。

许棠舟的脖子细而柔滑，两天不见，凌澈分外想念那里的触感，即使那段脖颈现在被颈环遮住，让他无法欣赏到自己留下的、已经快消失的咬痕。

凌澈刚才在台上看到许棠舟了，但并不能看得很清楚。

今晚的派对并不重要，能见许棠舟一面才比较重要，他知道许棠舟过几天就要进组了。

不过他只是晚来了一会儿，许棠舟就喝醉了，还说了那样的话，不知道算不算是给他的一个惊喜，他才不会让许棠舟就这样离开。

"崽崽。"

许棠舟被风一吹，稍稍清醒了一点："嗯？"

凌澈捏着许棠舟的后颈，不轻不重，充满占有欲："你去哪里？"

许棠舟说："我妈来接我了。"

会所外停着一辆出租车。

谢蕤站在车外，身穿驼色大衣，隔着一条马路朝这边看了过来。

隔着一条街，双方都发现了彼此的存在。

几年前，他们的最后一次交流并不愉快。

凌澈收回了目光，只专心看着眼前的人："你们现在去哪里？别忘了几天后你就要进组。"

谢蕤回来干什么并不重要，重要的是许棠舟在想什么。

节目播出后凌澈就知道会有这么一天，他只是没想到这一天来得这么快。好在……有些事情他已经有了些头绪，不至于处于完全被动的位置。

许棠舟水汪汪的眼睛看着凌澈，似乎只看得到他一个人一般。

明明带了醉意，许棠舟说的话也不颠三倒四，还条理分明："去酒店，我没忘。"

凌澈轻轻抚摸着许棠舟的后颈，思绪百转千回。

这次可能没办法等许棠舟自己想起来了，谢蕤肯定马上就会把事情说出来。

"你要去吗？"许棠舟是想和凌澈在一起的，也不知道许棠舟脑子里都装了什么，竟然提议，"我们住一间。"

没等凌澈反应，许棠舟思考着，补充了一句："你放心，盖着被子纯聊天。"

"谁要和你纯聊天。"凌澈轻哼一声，松开了手。

谢蕤走过来了。

许棠舟蓦地觉得后颈空荡荡的，只想和凌澈在一起更久一点。还没来得及再说什么，谢蕤就站在许棠舟身侧，微笑道："小澈，好久不见，祝贺你，今晚的演唱会很成功。"

作为母亲，谢蕤到底更按捺不住一点。

凌澈比几年前还要高上一些，身上的气势越发逼人，S级的烈日携带素直接而猛烈，让她都有些招架不住，她知道凌澈这是在宣示主权。

"阿姨好，"凌澈几乎是俯视着她，淡淡地道，"崽崽今晚喝了点酒。"

谢蕤看出来了："好的。"

许棠舟跟着谢蕤走了，走几步还不忘回头看，似乎在想凌澈为什么不愿意跟自己走。

出租车消失后，凌澈才转过身往回走。

应宸站在不远处，等他走近了，开口道："那女人是许棠舟的母亲？"

凌澈："嗯。"

应宸："长得挺像。"

凌澈冷声道："你出来干吗？"

"随便逛逛，"应宸跟在他身侧，"看看以前把你甩了的人这次怎么把你弄回去的。毕竟在演唱会上告白这种事，只有十几岁的人才做得出来，我看你怕是有点疯了。"

凌澈看他一眼。

应宸指指耳朵，笑而不语——无聊的绝对音感骂人游戏，凌澈在他面前玩过一次。

"的确是十几岁的时候想过要做的事，不过许棠舟都忘了……"凌澈停下脚步，懒洋洋地警告他，"只要你不乱说，许棠舟就不会知道。"

应宸嗤之以鼻："我才没那么无聊。对了，我们刚才在猜许棠舟的携带素是什么味道。莫潇他们猜是甜的，至少也该是种果香。我猜是花，你不是喜欢花？"

凌澈挑眉："这还不无聊？"

应宸说："说说，到底是哪种神奇的携带素，才能吸引你这种 S 级阿尔法级的注意，爱得死去活来。"

应宸只是随口一问，并不觉得凌澈会告诉他。

这个年代，欧米伽级的携带素味道早已成了个人隐私，像生辰八字一样，除了必要用途，否则不会随便告诉他人。

凌澈却告诉了他。

这晚应宸除了不知道许棠舟的酒量，总体还算把人照顾得不错。

"是新雪。"凌澈顿了顿，又补充了一句，"编号20354，世界上只有五例。"

"高难度啊，"这么稀少的携带素很难契合，应宸不知道怎么安慰他，只能调侃一句，"澈神，你真喜欢自我折磨。"

"你爹乐意。"进屋前，凌澈不屑地道。

一觉醒来，许棠舟只觉头疼欲裂，谢蕤一大早就煮好了醒酒汤。

喝了一碗后，许棠舟又睡了一觉，再醒来的时候已经好了不少。许棠舟几乎没怎么喝过酒，人还是有点萎靡不振，只隐约记得昨晚和应宸他们去了会所，黄千带自己和大家认识还喝了酒，后面的事就不记得了，好像见到了凌澈了，又好像没有。

许棠舟连自己怎么来酒店的都没有印象。

手机上就有几个未接来电，有乌娜娜的，也有黄千的。

许棠舟回复时发现黄千已经知道了自己和家人在一起，还说今天没什么事，让自己好好休息。

颈环被许棠舟取下来放在床头，脖子后面的咬痕已经差不多消失了，但还是有些许痕迹，谢蕤发现了，却什么也没问。

昨晚看见凌澈，她差不多就猜到了他们目前的关系。

谢蕤一个头两个大，她怎么也想不到他们还会遇见。

"我明天还得走，"谢蕤一脸疲惫，揉了两把脸，"所以我们今天就得把这件事说好。"她一边说，一边从包里拿出一份文件递给许棠舟。

许棠舟坐在床上，脑子还有些迷糊，只想就这样当个赖床的懒人。

以后再也不想喝酒了。

喝醉酒这么难受，许尉以前为什么还老是买醉，害自己每次照顾喝醉的他，还以为醉生梦死是一件很爽的事。

许棠舟问："这是什么？"

谢蕤示意许棠舟把文件打开："你先看看。"

许棠舟打开文件，映入眼帘的文字是：血型契合度检测报告。

许棠舟疑惑地往下看。

阿尔法级那一栏，姓名是两个星号，这说明被检测人的资料是保密的，但携带素编号处写着：16，S级抽象化，烈日。

许棠舟心里咯噔一声，这是凌澈。

欧米伽级那一栏则写着许棠舟的名字。

姓名：许棠舟。

携带素编号：20354，新雪。

许棠舟明白了什么，飞快地扫过那一长串检测过程和说明，直接跳到了最后的结果处。

那一栏写着：契合度百分之十八。

最后签名处，写了许棠舟的名字，许棠舟知道那是自己的笔迹，顿时呆住了。

谢蕤在说什么，许棠舟好像听不见，只觉得一阵阵耳鸣。

一个是极为靠前的16，一个是极为靠后的20354，有这样的携带素编号的两人竟然遇到了。那概率是多少？许棠舟数学不好算不出来。

经世界卫生组织公布，全球阿尔法级和欧米伽级血型的平均契合度为百分之六十五，而一位阿尔法级对一位欧米伽级彻底标注印记的最低契合度是百分之四十三。

这意味着，两人那百分之十八的契合度不仅远低于世界平均线，更是注定了凌澈永远无法将许棠舟彻底标注印记。

这就是说，哪怕在大街上随便抓一对素不相识的阿尔法级和欧米伽级，都不可能出现这么低的契合度。

谢蕤心疼极了，四年前的情景重现，许棠舟忘了，她还没有。

她记得当时许棠舟得知结果时的反应，也记得那对许棠舟来说是多大的打击，她非常不愿意再次看到这样的情景。

令谢蕤惊讶的是，许棠舟微微缓了过来，第一句话却是："凌澈……他知道吗？"

谢蕤疑惑地道："你们还没聊过这个话题？"

她拿出这份报告，只是担心两人一意孤行，想要用这个事实来让许棠舟看清楚情况。

许棠舟点点头："嗯，凌澈只知道我失忆了，但不知道我已经知道了我们以前的关系。所以……我们当年是因为这个才分手的吗？"

许棠舟前几天打电话问过父亲，但父亲那几年就忙着喝酒，连两人交往过都不知道，只有那几年带自己在首部进入秀场的谢蕤才知道真相。

谢蕤沉默了一会儿，还是告诉许棠舟："崽崽，是我让你们分手的。"

许棠舟："什么？"

"你那时候很听话，"谢蕤道，"你知道你们不可能在一起，就听我的话和凌澈提出了分手。你还编造了一个谎言，告诉他你遇到了一个契合度高达百分之八十的阿尔法级。"

许棠舟猛地抬起了头。

难怪！难怪在苏里兰夏月出事的那个晚上，凌澈会问："假设你是一个刚完成分化就进入失控期的欧米伽级，遇到这种情况，你会怎么做？如果恰好有一个契合度高达百分之八十的阿尔法级在场呢？"

自己的回答是会去医院。

然后，自己反问了凌澈这个问题，凌澈的回答许棠舟记得很清楚。

许棠舟的心好像掉进油锅里一样，五脏六腑都发疼。许棠舟想过许多种两人分手的原因，却从没想过真相会是这样。

自己竟然那么容易就和凌澈分手了，还说了那样的话。

"我希望这次你也能这么做。"谢蕤道，"我专门回来一趟，就是怕你们一时冲动做出后悔的事。"

许棠舟仍觉得不可置信，像被施了定身术一样呆呆地坐着。

当初两人就这样分手了？

"崽崽，你听我说，"谢蕤见许棠舟这样，语重心长地说，"从你出生起，我们就知道你是一个欧米伽级了。你有欧米伽级的特征，有腺体囊。普通的欧米伽级到十二岁就开始分化腺体液，但是你长到十六岁还没什么反应，就只长个子，那时候我就知道你的携带素可能会很少见。果然，你一分化，我最担心的事情就发生了……"

许棠舟眼圈发红。

"和凌澈分手以后，你很不开心，所以你失忆了以后我就没再和你说过这件事。天意弄人，我怎么也没想到你们竟然还能遇见，还能走到一起。我以为你只是拍个广告而已，不会和他有交集……是妈妈错了。"谢蕤话锋一转，"凌澈也有错。他明知道结果还这样做，是对你不负责，也是对他自己不负责。"

"不，凌澈没错，"许棠舟转头看着母亲，正色道，"是我当时太自私了。"

对于母亲说的"听话"，许棠舟心里有很多疑问，自己为什么要那样做？是因为年纪小没有担当，还是因为不够爱对方？不管怎么样，自己都错得离谱。

许棠舟终于搞清楚凌澈第一次见到自己为什么会是那种反应了。

任何被伤害过的人都会那样吧,恨不得再也见不到对方才好。

谢蕤听许棠舟这么说,脸色微变:"怎么会是你自私?你做得很对,难道你忘了我和你父亲的悲剧?"

谢蕤站起来,有些暴躁地转了一圈,然后喝了口水冷静了一下。

"我以前也不相信所谓的携带素羁绊,"她说,"可是事实证明爱情与携带素缺一不可。你知道低于世界契合度平均线,还因为爱情而结婚的阿尔法级和欧米伽级夫妻有百分之九十九会离婚吗?"

"我曾经以为我们会是那百分之一。我和你父亲的契合度只有百分之四十二,就比最低契合度低了百分之一,看上去很有希望是不是?因为无法彻底标注印记,婚后我还每年都开开心心去打抑制剂,直到三十二岁那年我产生了耐药性……失控期来了。那一周是我们彼此都最不愿意回忆的一周。"

许棠舟还有十二岁以前的记忆,还记得父亲告诉自己,他们去度假了,过了整整一周才回来。

原来是出了这样的事。

"第二年,"谢蕤道,"比第一年还不如。"

吵架、互相抱怨,再加上没有了携带素的羁绊,他们不得不面临爱情已经被消磨掉了这个事实。

许尉开始频繁地喝酒。

他从那时退役,自暴自弃,谢蕤也不再回家。

许棠舟的童年算不上美好。

许尉和谢蕤互相折磨,直到前几年许棠舟出了事,许尉才同意了离婚。而谢蕤虽没有再婚,但已经找到了契合度适合的人,再也不用受失控期折磨。

谢蕤说出这次回来的目的:"我不是要逼你们分开,我只是想提醒你们,趁现在感情还不深,长痛不如短痛,像上次一样快刀斩乱麻最好,你们都还会遇到合适的人,千万不要重蹈我们的覆辙。"

他们尚且不行,更别提许棠舟与凌澈只有百分之十八的契合度了,连医生都无法相信会有这么低的契合度出现,接连做了三次检测。

"好了,"谢蕤看了看表,"我跟你说得很清楚了,明天我还要工作……"

"是不是你不够爱爸爸呢？"许棠舟静静地听完，神色渐渐归于平静，却问了这样一个问题。

谢蕤简直不敢相信自己的耳朵："你说什么？"

许棠舟坐在床头，肤色白得几乎透明，眼下有黑眼圈，但身上那股冷意比过去来得还烈，许棠舟已经长大了。

许棠舟也不是故意这么冷漠，更不是故意伤母亲的心，只是陈述事实："你常常一消失就是一个月，回来的时候也不和爸爸待在同一个房间里。你说你要忙工作，所以你几乎不往家里打电话，你会忘记他的生日，也从不陪他出席重要场合。你在家的时候不怎么和他说话，他和我看完电影回到家，你都没发现我们出去过。连我失忆后的那几年，你少有的几次回家也只是为了和他办离婚。"

谢蕤怔住。

"我觉得事情并没有你想象中那么严重，"许棠舟想得很清楚了，"你有空的话可以看看我们这次录的节目，里面有一位嘉宾叫陆承安。他是阿尔法级，恋人却是贝塔级。还有，凌澈的妈妈也是贝塔级。他们都没有携带素羁绊，一样很恩爱，这些你都可以去查的。"

谢蕤坐下来，神色严厉："可是你不是贝塔级，你的血型就决定了你天生对彻底标注印记怀有期盼！"

这是身为欧米伽级必须接受的事实！

许棠舟的耳朵慢慢红了。

许棠舟说："妈妈，我只对凌澈有期盼。"

谢蕤又怒又气："你太天真了！你以为阿尔法级不是一样的吗？他也会不断尝试彻底标注印记，直到彻底失望为止！"

"不，凌澈不一样。"许棠舟摇摇头说，"凌澈什么都知道，他知道我们的契合度很低，却还是愿意靠近我。"

"我不会再那么做了。"不去看谢蕤的表情，许棠舟继续道，"爱不应该只和携带素有关。"

这是凌澈说过的话，哪怕像现在这样，只能咬一口，也是好的啊。

自己的阿尔法级，自己会争取回来。还没开始，怎么可以就结束？

谢蕤把许棠舟一个人留在酒店房间，离开之前问许棠舟和星境签了多少年，违约金是多少，就独自出去了。

许棠舟没想趁母亲出去的时候离开，趁这段时间还刷了一会儿Flow，看了些关于昨天凌澈演唱会的反馈与热搜。

其中一段万人合唱《行星》的视频被顶了上去，许棠舟忍不住点了一个赞。

那次在小木屋玩游戏，凌澈抽到的是真心话。大家问他，《行星》这首歌是不是写给初恋的，凌澈没有否认。那时许棠舟什么都不知道，还用凌澈的歌名瞎编了一段歌曲串烧，说这首歌是凌澈失恋的时候写的，凌澈说自己说错了。

现在，许棠舟明白了，这首歌应该是凌澈在自己还没有分化的时候写的。

歌词内容写得很清楚。

环绕一个星河内的圆，

轨道固定为亿万年。

无法阻止想再靠近你一点，

越冲动，却距离你越远……

这不就是一个阿尔法级面对自己尚未分化的欧米伽级时的心情的真实写照吗？那种想要更进一步却不得不按捺住冲动的心情，许棠舟可以想象。

说到底，凌澈在自己的梦境里可不是什么君子。

但那些情景到底是真实发生过还是自己的幻想，许棠舟还不敢确定，毕竟现在凌澈真的十分傲娇。

会不会是因为凌澈的渴望太明显了，当年的自己才会在得知检测结果后，一时冲动就听了母亲的话，心灰意冷地和凌澈分手了呢？

那段记忆空白而迷蒙，每当许棠舟试图去想，仅有的一丝思绪就会消失不见。

不管了。许棠舟想，都已经标注印记了。

凌澈要是没那么喜欢自己了，自己就努力一点。

两人对彼此的吸引力都那么大，许棠舟就不信抵不过什么携带素契合度……

正在胡思乱想之际，谢蕤回来了，扔了一份律师拟的解约合同在许棠舟面前。合同上各种条款都写得很清楚，甚至连赔偿金额都写好了，这只是一份初稿，许多还需要详谈的条款都打了星号。

许棠舟觉得有点不敢置信："这是干什么？"

谢蕤说："你想挣钱就到我的公司来，解约后我就带你走。你想尝试新事物，广告和综艺你都拍了，也没什么新鲜感了。只要能带你离开这里，你就可以试着去认识新的人。我不是一个合格的母亲，但是为了你能有幸福的下半生，只要你愿意，我倾家荡产也无所谓。"

她的事业刚起步，许棠舟的解约的确会让她倾家荡产。

许棠舟不是不感动，可更多的是不解。

自己当然不会签，也不会跟谢蕤走："我不愿意。"

谢蕤察觉到了无力："你们这是浪费时间！"

许棠舟并不赞同："怎么会是浪费时间呢？这世界上有多少人一生都遇不到喜欢的人，那才是浪费时间。"

谢蕤捂着脸，她已经没有其他办法了。

许棠舟是成年人，不再是当年那个还没上大学的孩子了，离婚后她忙着发展事业的这几年，也早就失去了对许棠舟的控制。

谢蕤是凌晨的飞机，许棠舟晚上十一点左右和她一起去了机场，戴着口罩送她过安检，还是被几个人认了出来。

"舟舟，我超喜欢你的！"

"崽崽，啊啊啊，我昨天在哥哥的演唱会上看见你了！"

粉丝们都很热情，许棠舟好容易签完名脱了身，发现母亲已经走了。

机场的旅客很多，许棠舟却觉得空荡荡的。

两人难得见一次面，谁知道一点都不愉快。

许棠舟坐车回公寓的路上才收到谢蕤的一条短信，上面写着：怀着你的时候，我多希望你是个自由自在的贝塔级。

许棠舟一步一步走上楼梯，脚步很沉重。

许棠舟不想当贝塔级，也不可惜自己是个欧米伽级，却因为谢蕤的心理负担而受到了一点影响。这种感觉似曾相识，好像还有过更加难受的时刻，却不记得了。

许棠舟刚走到家门口，就愣住了。

门口站着一个高个子男人，他戴着口罩，眉目之间有些许戾气，正低头看手机。这个姿势如此熟悉，简直和那天在米非家楼下的情景一模一样。

"凌澈？"许棠舟几乎怀疑自己眼花了。

这么晚了，凌澈在这里干什么？

凌澈不知等了多久，看上去有些不耐烦。

他收起手机："许棠舟，你去哪里了？"

许棠舟的心怦怦乱跳，忍不住问："你在等我吗？"

被那双单纯的凤眼充满期待地看着，凌澈的怒气消失了。

凌澈从口袋里拿出一块手表，尽量冷淡地道："昨晚有人喝醉了，把手表落在会所，我从附近路过，就顺便送过来。"

"谢谢，"许棠接过手表，耳垂发红，"不好意思，我都不记得了。"

自己昨晚果然喝醉了吗？是不是丢人了？

"不记得了？"凌澈反问，不大高兴的样子。

"我是不是做了什么不好的事？"许棠舟欲哭无泪，"我没有一边哭一边抱着酒瓶说这个世界不懂我的痛吧？"

见许棠舟傻站着，凌澈再次开口："还不开门？"

许棠舟这才反应过来，赶紧用钥匙打开了公寓的门："请进。"

公寓里乱成一团，因为已经选好了房子，乌娜娜早上就过来帮忙打包了行李，在这里住了四年，许棠舟的私人物品早就填满了每一处。

凌澈站在凌乱的物品与纸箱中间，拉下口罩，将俊美的面容露了出来。

他嫌弃般看了看周围，继续刚才的话题："你去哪里了？电话也打不通。"

许棠舟的手机在回来的路上被自己刷凌澈以前的资讯刷到没电了，许棠舟想知道几年前凌澈在干什么，都去过哪里，都喜欢什么，想看看能不能找到一点蛛丝马迹。

粉丝们都猜测凌澈昨天刚开完演唱会，接下来行程并不密集，应该会在家好好休息几天。他们怎么也想不到，他们的哥哥凌晨一点还蹲在许棠舟的家门口，等着许棠舟回家。

可是真的会有人凌晨路过附近，然后来给自己送手表？

许棠舟好像发现了盲点。

凌澈的出现，凌澈的声音，都让许棠舟忘记了刚才的不开心。

许棠舟回答："我刚送了我妈去机场，手机没电了。"

凌澈点点头，又不甚在意地问："上次在饭局上听说你妈妈人在国外，这次回来做什么？"

这种关键时刻千万不能大意，这个连等自己都要说成送东西的傲娇鬼，如果发现了真相，一定会翻脸走人的。

许棠舟："是工作上的事，她处理完就走了。"演技自然，毫无破绽。

果然，凌澈迟疑片刻，还是相信了许棠舟的话，没有再问。

过了一会儿，凌澈看着乱糟糟的屋子，又问："你要搬家了？"

"嗯。"许棠舟心里松了口气，答道，"上次小米送我回来被狗仔拍到了，还有那次你来的时候也被拍到了，黄哥说这里的隐私性不太好。"

许棠舟想起了什么："你今晚过来应该没有被拍吧？"

凌澈根本就无所谓："搬去哪儿？"

许棠舟说了个大概的地址，比现在住的地方要偏僻一些，但以后大部分时间都会忙工作，不再有什么时间待在家里，而且作为公众人物，以后也不能随便上街瞎逛了，所以偏不偏僻都不重要。

凌澈皱了皱眉。

许棠舟想请凌澈坐，发现客厅里根本没有可以坐的地方，就进了房间，却发现乌娜娜竟然把床品都收拾干净了。

"不好意思，太乱了，"许棠舟有些无奈，"我助理可能以为我今晚住酒店，所以东西都被收起来了。"

凌澈也进了房间。

上次送许棠舟回家并没有进来，此时他打量了一下这个许棠舟住了好几年的房间："那你今晚怎么办？"

许棠舟倒是不急，忽然想到了什么，然后眼睛一闭，嘴巴一张，就那么把话说了出来："我可不可以去你家？"

天知道许棠舟鼓起了多大的勇气。

要不是背对着凌澈，许棠舟才不可能说得出这样的话。

没等到凌澈回应，许棠舟回头时，脸已经全红了。

许棠舟一羞起来，连带着眼尾和脖子都是红的，却还是一鼓作气道："你家房子很大，应该有空房间吧？我可以去借住一晚吗？"

许棠舟还没去过凌澈的家，只在节目里见过。

凌澈眯了眯眼睛："空房间？"

许棠舟厚着脸皮点头："嗯嗯。"快点同意啊！

"没有空房间。"凌澈好像在故意逗着许棠舟玩。

这下许棠舟整个人都要烧起来了。

勇气燃烧殆尽，取而代之的是一股无地自容的窘迫，许棠舟结结巴巴地说："哦，那、那我睡我朋友的房间也可以。"

凌澈不悦地道："你朋友的房间？"

许棠舟飞快地说："嗯，就在隔壁，我朋友昨晚也去看你的演唱会了，我们坐在一起的，你看见了吗？"

凌澈隐约看见了。

他人在舞台上，第一排的人他还是看得清的，只不过对方的模样他没看清楚，只觉得和许棠舟很亲密。

原来是那个学医的朋友。

"睡别人的床你就别想了，"凌澈打断了许棠舟，"我的床很大，你打两个滚也不会碰到我。"

许棠舟有些茫然："啊？"

"不敢？"凌澈走近了一步，微微低头沉声道，"许棠舟，不是你说想和我住一起，然后盖着被子纯聊天吗？"

不是吧？自己会那么傻，纯聊天？

第九章
谁不想欺负许棠舟

凌澈不提还好，一提，许棠舟就隐隐约约记起来自己醉酒之后好像是讲过这种话。

在许棠舟愣神之际，凌澈大概误会了。

凌澈没再说话，带着许棠舟上车后，他也只是讲了一句："系好安全带。"

发动车子，打方向盘，转向，凌澈都做得很熟练。

这还是许棠舟第一次见到凌澈开车，而且还是他自己的跑车，以前凌澈去哪儿都有小安，他一上车就靠在后座睡觉。

"小安呢？"许棠舟没话找话。

"放假。"凌澈本来目视前方，闻言奇怪地看了许棠舟一眼，"你以为我的助理不休息的？"

许棠舟：真的那么以为！

凌澈这个人，虽然自带王者气场，但是看上去就很娇气，是脾气不太好的那种大少爷。网上黑粉都说他身为豪门继承人，不仅对欧米伽级有偏见，连对穷人也有偏见，有次狗仔拍到助理小安面容憔悴地跟在他后面打瞌睡，纷纷猜测他是折磨人不让人睡觉。

总之人一旦火到了一定程度，就有永远也取之不尽的素材供人遐想。

许棠舟给自己灌输凌澈"很容易追到手"的思想，告诉自己大明星也是人，凌澈除了艺人这个身份，也只是一个普通人而已。

正想着，司徒雅的名字就投影在中控台上。

凌澈按了方向盘上的按钮接听。

司徒雅的语气不太好："凌澈，你在哪里？"

凌澈："高架桥。"

司徒雅提高声音："三更半夜的，你跑到高架桥上去干什么？嫌你的跑车声浪不够大，要给狗仔表演一个漂移甩尾是不是？"

许棠舟没想到私底下的雅姐居然也这么强势！

司徒雅完全不知道车上还有一个人，劈头盖脸地道："我就一晚上没盯着你，你就管不住自己了？你开车经过哪里、去了哪里的照片都发到我手机上来了，要不是我压着，明天还得对外解释你凌晨一个人在外面干什么！他们会乱写你不是不知道，搞不好说你酒驾，谁会相信出门是因为做噩梦……"

许棠舟神情微变，凌澈果然被拍到了？

还有，凌澈出门是因为做噩梦？

为什么会做噩梦啊？

凌澈大概是觉得没面子，冷冷地打断了司徒雅："我和许棠舟在一起。"

司徒雅的声音戛然而止，方才的气势全无，整个人偃旗息鼓了。

她瞬间平静下来，只说："许棠舟在你车上？"

凌澈："嗯，在我旁边。"

许棠舟觉得很尴尬，只好打了个招呼："雅姐好。"

两秒后，司徒雅才问："你们现在去哪里？"

凌澈回答："当然是睡觉了，不然还能去哪里？"

司徒雅再次沉默了。

许棠舟更尴尬了。

一个阿尔法级，一个欧米伽级，半夜还在一起已经很引人浮想联翩了，再加上司徒雅知道两人以前的关系，被凌澈这么一说，搞得两人马上就要做什么不得了的事情一样。

"雅姐你不要误会，是我要搬家了，家里很乱，就去凌澈家借住一晚。"

许棠舟说完又懊恼起来。

凌澈家只有一张床，难道司徒雅会不知道吗？

这不是更像此地无银三百两了？

司徒雅却根本没在意许棠舟的解释。

短短时间内，她已经恢复了冷静，简短地道："我只有两个要求。第一，不要被拍到，你们两个人私底下单独在半夜见面要是被拍到了，谁也压不下来。第二……"

她顿了一下,才道:"不要违章。"

许棠舟忙不迭地应下:"好的!"

那头司徒雅已经挂断了。

不知道为什么,许棠舟觉得她比之前更生气了。

无能为力的那种气。

驶入辅道的时候,凌澈只淡淡地说了句:"她知道我们的事,你不用特意解释。"

这句话要怎么理解啊?是指司徒雅知道两人以前的事,还是连"临时标注印记"这事都知道?

要是知道"临时标注印记"的事,那以后见面的时候司徒雅会不会特别注意自己?

她又会怎么看待自己呢?

许棠舟的脸渐渐红了。

凌晨的首都依旧灯火辉煌,但车流量小了很多,一路畅通无阻,也没撞见什么狗仔,不一会儿就到了凌澈所住的房子。

将车子驶入车库,凌澈先下了车。

许棠舟一下车就呆住了,这个私人车库里光是跑车就有三四辆,另外还有两辆越野车、一辆商务车和一辆重型机车。

这机车型号许棠舟认识,父亲许尉的店里有客人订过一辆,足足排了两个月的队才拿到手。许棠舟知道它价值不菲,光是一辆就能顶得上这车库里的两辆跑车。

凌澈这一辆颜色很特别,从不同角度看去,蓝紫渐变色车漆在灯光下流光溢彩,好像绚丽璀璨的银河。它只是静静地停靠在角落里,就轻而易举地吸引了所有的注意力。

许棠舟忍不住向它走了几步:"这是魅影吗?"

凌澈"嗯"了一声。

凌澈似乎对许棠舟能认出机车型号这件事一点都不奇怪。

许棠舟摸了一下,艳羡道:"我不知道魅影还有这种颜色。"

"去年代言的时候品牌方送的，"凌澈不以为意地说，"是什么特别定制款，他们叫它星空，全球仅此一辆。"

对了，凌澈的确是这个品牌的代言人。

星空，这个名字一听就是为凌澈量身定做的。

凌澈代言的顶尖奢侈品不少，经统计，去年全球艺人收入排行榜前十位，凌澈榜上有名，大约并没有把这辆车当回事。

许棠舟觉得凌澈不太喜欢它。

果然，凌澈嫌弃地道："太难看了，特别定制给应宸还差不多。偏偏有什么条款写明了不能送人，摆着占地方。"

你驾驭它保证帅得飞起好吗！应宸什么的根本没法和你比！

许棠舟跟着凌澈上了私人电梯，电梯门一打开就是客厅。

顶级明星的生活是什么样的，许棠舟终于见识到了。许棠舟像一个没见过世面的土包子一样站在足有一百平方米的客厅里，心里想着凌澈果然没有骗人。

住在这里的人，每天早上从超大的床上醒来什么的，不是太正常了吗？

"我一个人住，"凌澈这样说了一句，"你穿我的鞋。"

说完，凌澈就打着光脚进屋了。

许棠舟穿上凌澈的拖鞋，对方一米九高，拖鞋对许棠舟来说足足长了好几厘米。

可是许棠舟仔细一看那拖鞋的模样，这不是和凌澈送自己那双一模一样吗？

别说款式和材质了，连颜色都是一样的，不管怎么看都只是一个大号一个小号的区别。

"怎么了？"见许棠舟站在门口没动，凌澈停住脚步，微微蹙着眉问。

许棠舟指着拖鞋道："情侣款？"

许棠舟总算知道凌澈为什么送自己拖鞋了。

凌澈不太自然地"嗯"了一声，说："你不是很羡慕别人？"

"啊？"许棠舟没反应过来。

直到凌澈走开了，许棠舟才慢慢记起来，在苏里兰的时候，夏月突然出事，两人的小木屋让给了陆承安和米非，不得已只好去住了陆承安他们的房子，那时候发现陆承安他们什么都是情侣款，包括但不仅限于生活物品，其中就有拖鞋。

自己说过羡慕，凌澈的回复却是"肉麻"。

但是现在……

许棠舟睡意全无，整个人都有点雀跃。

许棠舟去找凌澈，大房子里很通透，空间划分得简单明晰，倒是很容易就在衣帽间找到他了："我还没有送过东西给你。"

许棠舟低头看着拖鞋，问道："你喜欢什么样的杯子？"

许棠舟一旦开窍，举手投足间就都有点让人受不了，但是许棠舟自己完全不知道。

凌澈找出睡袍和新毛巾，让许棠舟先去洗漱："你要送我杯子？你知道送杯子是什么意思吗？"

许棠舟语塞，送杯子就是一辈子。

许棠舟不好意思地说："其他的也可以。"

凌澈才不会开口要礼物。

这人上次说要对自己负责，这就是在负责了。

凌澈低头捏了下许棠舟的后颈，不在意地道："你确定现在还要聊这些？时间已经不早了。"

许棠舟洗完澡出来，发现凌澈已经站在床的一侧。

凌澈显然在其他浴室洗过澡了，正穿着睡袍用一块宽大的毛巾擦头发，动作间能隐约看见胸肌与结实的小腿。听到声音，凌澈把手里的毛巾扔开，问了句："头发吹干了？"

"吹干了。"

到了这个时候，许棠舟的心才猛烈地跳了起来。

天知道，任自己在梦里和凌澈如何如何，现实中也是第一次面对这么刺激的场面。

自己没失忆时还没分化，两人应该没有真的发生过什么吧？

"那你站着干什么？"凌澈道。

许棠舟没动。

凌澈："怕了？"

许棠舟："不是！"

凌澈似乎笑了下："不是就好，反正我不会把床让给你，自己去睡沙发的。"

床是真的很大，但也不至于有凌澈说的打两个滚都碰不到对方那么大。

两人躺在这样一张床上，要想碰到对方还是很容易的。

许棠舟的睡相算得上不错，但记忆中也没和别人同床共枕过。

许棠舟一躺下，就立刻盖上被子闭上了眼睛。

紧接着，许棠舟察觉到床垫另一侧往下陷，是凌澈也躺了上来。

两人一个靠左侧躺着，一个靠右侧躺着，中间隔着还能睡两个人的距离。

床头灯灭了。

许棠舟心里汪了一声。

朋友一生一起走，谁先脱单谁是狗。

仇音，对不起，说不定今晚我要走上人生巅峰了！

然而，意想中的事情并没有发生，整个房间随着凌澈上床的动作很快就陷入了一片安静，除了两人的呼吸声，几乎针落可闻。

在许棠舟忐忑不安，又隐隐有些失落之际，凌澈的声音忽然响起。

"许棠舟。"

"嗯？"

"你在紧张。"

"我没有！"

"你确定这样真的睡得着？"

几秒后，床垫忽然传来往下陷的振动感，紧接着凌澈靠过来的动作让被子掀起了小小气流，也掀起了许棠舟的额发。

许棠舟浑身僵硬，心跳如擂鼓。

凌澈这是要干什么？

沐浴露与体温混合着烈日气息，将凌澈从身后抱着许棠舟的动作渲染得既强烈又清晰。

被这样被拥入怀中，许棠舟身上一下子就烧了起来。

现在怎么办？自己应该转过身去抱住凌澈吗？

"你知不知道司徒雅说的不要违章是什么意思？"

凌澈的声音比平常稍微暗哑一点，落入许棠舟的耳中，性感极了。

许棠舟勉强思考着，这是什么问题？

难道不是要遵守交通规则，注意安全的意思？

等等，现在是聊这个的时候吗？

凌澈却揭晓了答案："就是……不能比这样更多的意思，懂了？"

不懂！

神经病啊！

凌澈捉弄够了，声音比之前更沉。

两人之间又恢复了方才的距离。

最后凌澈冷淡地说出结论："所以你不用紧张……现在给我认真睡觉。"

房间里再次陷入了寂静。

片刻后，许棠舟转过身来面对着凌澈，用有点颤抖的声音喊了声："凌澈。"

凌澈似乎睡着了。

黑暗中凌澈的轮廓看着硬朗了不少，许棠舟只能看清他的侧影。

又过了很久，许棠舟小声道："我喜欢你。"

"凌澈，我喜欢你。"

这句话并不是凌澈第一次听到。

这世上喜欢他的人太多，歌迷、粉丝，甚至阿尔法级极端崇拜者，他们都会说"喜欢他"。

可现在说这句话的人是失忆的许棠舟。

凌澈分不清许棠舟的"喜欢"是属于哪一种，是来源于他华丽外壳下的偶像光环，还是来自某种虚幻的憧憬。

毕竟，许棠舟早已不记得过去的他了。

听到这句告白，心脏突如其来地钝痛，过了很久很久，凌澈才把掐住自己脖子的那只无形的手给掀开，他开口时发现嗓音彻底沙哑了："许棠舟……"

黑暗中，许棠舟并没有回应。

他沉默得太久，许棠舟已经撑不住睡着了。

告白完就睡觉，或许许棠舟根本不在乎答案，就是单纯地想要告诉他。

看着熟睡的人，凌澈觉得自己的心理已经有点变态。

他像不知餍足的野兽，一开始只想证明这猎物不会对他产生影响，后来又想把这猎物绑在身边，而现在他想要更多……他想要许棠舟全都说出来。

说喜欢他什么，是喜欢他这个人还是喜欢他的外在，如果只喜欢他这个人，那么又有多喜欢。

全都叫许棠舟说出来才好。

第二天，凌澈醒得很早。

算起来他只睡了两三个小时，然而一睁眼就睡意全无。

他做了一场噩梦，比连续睡了几天还累，醒了以后心里的痛感还存留了不少，直到看见仍在酣睡的许棠舟。

天雾蒙蒙的。

许棠舟的脸埋在松软的枕头里，睫毛安静地蛰伏着，因趴着的姿势唇瓣微张，吐露着均匀的呼吸。阿尔法级的气息让许棠舟睡得很安稳，就连凌澈坐起身，许棠舟都没有醒来。

这人的睡姿不算好，被子被压了一半在身体下面，还露出睡袍下一条白而长的腿。

凌澈眸色一暗，拉过被子给许棠舟盖上了。

"启南市第一人民医院，外科转欧米伽级腺体内科。"

患者资料属于保密文件，凌澈能查到这些已经很不容易，本是想查一查许棠舟的失忆是不是可逆转的，却被告知了这样的信息。如果真的只是印记清洗手术，为什么会先去外科？

凌澈没有头绪，他想要查的线索在启南全都被人抹得干干净净，他有一个荒谬的想法：印记清洗手术只是司徒雅的猜测，如果许棠舟失忆不是因为这个呢？

可是，一个人不可能无缘无故就失忆了。

凌澈的目光扫过床上人白皙的后颈和微微凸起的颈椎。

在逐渐亮起来的天色中，许棠舟皮肤上那层小绒毛有细腻的光，像洒了一层细密的碎钻。腺体上那块皮肤光滑无瑕，前些天咬过的痕迹早就消失无踪了。

凌澈喉结滚动，目光再往上，掠过耳郭，看向了柔软黑发下的后脑勺。

"凌澈？"

许棠舟竟然醒了，还翻过身来。

凌澈动作一滞，两人正好一上一下四目相对。

这情形怎么看怎么像要接吻了。

许棠舟很快想起半夜自己的告白，虽然不知道凌澈有没有听见，可脸和耳朵还是以肉眼可见的速度变红了。

凌澈目睹这变化，退后一点，若无其事地道："有虫子。"

许棠舟睡眼蒙眬："虫子？"

"嗯，赶走了……"凌澈下了床，往外走，"你可以再睡一会儿，还早。我去跑步。"

凌澈离开后，许棠舟才觉得脖子有点痒，倒不是觉得有虫子，而是觉得刚才好像差点被咬一口，有点凉飕飕的。

许棠舟忽然有些懊恼，难怪有句老话是：不要在生气的时候说话，不要在半夜的时候煽情。

难道大清早的，自己就要去问凌澈有没有听见告白，刚才是不是想吻自己？

早餐是小安买来的，听到司徒雅吩咐买两人份，还以为应宸又在凌澈家通宵打游戏。等到了凌澈家，小安一开门就看见了许棠舟。

许棠舟怎么会在这里？

难怪雅姐让他今天上班。

凌澈和许棠舟之间的气氛怪怪的，不像共眠一夜后的缠绵缱绻，也不像进入了贤者时间，更不是翻脸不认人的那种。虽然说不上亲密，却又给人一种密不可分的暧昧，而且这暧昧淡淡地萦绕在宽大的房子里，让小安这个单身的人有点无措。

助理一来，许棠舟倒是没那么拘谨了。

小安很会做事，不仅不会说多余的话，还把食物都盛好，和两人聊天。

小安说："舟舟，你后天就要进组了吧？"

许棠舟坐在桌前："对。"

许棠舟要进组的事不是秘密，周围的人都知道。

"我听到一个小道消息，"小安悄悄道，"是认识的策划告诉我的，我听说《御风》的主演被换了。"

许棠舟怔了一下："为什么？"

小安说："听说秦宝看了剧本很是喜欢，临时决定要来拍，就空降剧组了。"

秦宝就是乌娜娜提过的那个演员，也是模特出身，不过对方不是只拍电影吗？许棠舟好奇地道："真的假的？"

黄千还没提过这个，可能是不知道，也可能是觉得不值一提。

但不管怎么样，秦宝也太过分了吧，剧组这边定好的演员早就签了合同了。

凌澈在家里的健身房跑完步，又去洗了澡，这才走过来在许棠舟的对面坐下："什么真的假的？"

小安把这件事说了一遍。

凌澈兴趣缺缺，圈中这样的事情屡见不鲜，不到最后一刻谁也不知道有谁会压住你，应宸说过就算拍完了，得罪人后被剪掉全部戏份的事也有。

"我也不知道是真是假，"小安感叹道，"如果是真的……秦宝和哥还拍过MV呢，当时我没看出来对方那么大架子。"

凌澈蹙眉："秦宝是谁？"

小安："……"

许棠舟："……"

"你去拍多久？"凌澈更关心这个问题，"时间都安排好了吗？"

许棠舟说："大概两个月吧，我的戏份不多，应该是最早杀青的那一批。"

许棠舟在《御风》中扮演的角色叫宋摇，是四大门派中被灭门的那一派仅剩的继承人，小小年纪背负血海深仇和掌门重任，看上去冷冰冰的，实则有一颗炽热的心。宋摇在尔虞我诈中摸爬滚打，眼看就要查出真相，却因错信师兄断送性命，是一个悲剧人物。

这样的角色和不少人都有对手戏，按许棠舟慢热的性格，对许棠舟来说会是一个很好的锻炼机会。

凌澈问："我怎么没看见你的定妆照？"

许棠舟没有试镜，自然没有定妆照。其实许棠舟也很好奇自己穿古装的样子，便说："等我做好造型了，就发照片给你看。"

凌澈："要是太难看就不要给我看了。"

许棠舟："你这是看不起我。"

凌澈："我是看不起你们那个破剧组的经费。"

那晚的饭局凌澈和司徒雅都参加了，所以凌澈大概知道一些剧组的情况，见惯了应宸动辄几个亿的启动资金，听说那部剧就几千万的投资，凌澈都觉得他们像在闹着玩。

不过现在古偶仙侠是小众剧，只要质量过硬就能靠口碑取胜，关键还是看剧情。

许棠舟今天是要走的。

马上就要进组了，许棠舟还要搬家，靠乌娜娜一个人根本没办法按照许棠舟的习惯去整理好。

小安说要送许棠舟，可是许棠舟还不太想走。

不知道昨晚自己的告白，凌澈是听见了还是没听见？

如果他没听见，自己要不要再说一次？

犹犹豫豫地，再加上有小安在，许棠舟到底没能问出口。许棠舟低头看着脚上那双情侣拖鞋，一时间不知道应该怎么办才好，慢吞吞地把鞋子换好了，凌澈却忽然开口："崽崽。"

这次他直接叫了许棠舟的小名。

"啊？"许棠舟心中猛地一跳，小兽受到召唤般转过头。

凌澈看了许棠舟一眼，然后对小安说："你先下楼。"

小安莫名其妙地应了，先进了电梯。

房子里就只剩下凌澈和许棠舟。

许棠舟看到凌澈一步一步地走近，心也随着凌澈的靠近越跳越快。凌澈走到许棠舟面前，低声道："你要去两个月？"

许棠舟："对……对啊，你放心，虽然我的人走了，但是我的心还留在你这里！"

这话许棠舟是不是说得太自然了？还是说许棠舟平时就是这样。

许棠舟的脸"刷"地一下就红透了，自己都不知道自己在说什么："我是说我会给你发信息，也会打电话什么的……"

凌澈打断："临睡前你是不是说了什么？"

心跳得咚咚响，因为靠得太近，许棠舟竟分不清是凌澈的还是自己的。

两人站在玄关，把凌晨就该解决的问题拖到了分别前这一刻。

许棠舟凤眼圆睁。

凌澈果然没听见自己的告白！

凌澈："好像说了什么喜欢？"

凌澈惯常这样居高临下，可许棠舟却察觉到凌澈现在也有些紧张，因为那受到万千歌迷喜爱的好听嗓音有点发紧，毫无平日里的懒散与傲慢，他耳根也泛了红，偏偏还故作高冷，一副无所谓的模样。

没想到凌澈会这么问，许棠舟一时卡住了。

见许棠舟这样，凌澈还以为对方又要耍赖，咬牙道："那就是我听错了。"

许棠舟受不了了，抬起头又说了一遍："你没听错，我……我是说了我喜欢你，我想和你交往，不想只做临时标注印记的交易！"

随着这掷地有声的告白，房子里突然变得安静了。

"临时标注印记的交易？"

凌澈语气危险，浅棕色的眸子变得越来越沉，他微微侧着头，两人的呼吸纠缠在一起。

他想干什么不言而喻。

就在他快要碰到许棠舟柔软的唇瓣时，有人按响了门铃。

凌澈看也不看，就仗着手臂长按了通话键。

小安出现在视频通话上："哥，我忘了拿车钥匙。"

"你辞职吧。"凌澈打开门，冷冷地说。

作为待在凌澈身边时间最长的一名助理，小安一向聪明圆滑、机灵安分。

进门后的他一脸惊恐，发现屋内两个人面上隐隐都有不爽，凌澈是冷着脸，像谁欠了他八百万,而许棠舟则脸色绯红,目光闪躲,像被打断了什么好事。

等等,小安终于知道自己闯了什么祸了。

上次两人去米菲家,凌澈就让他送过一次腺体贴,那时他就猜测可能是许棠舟需要。可是一来凌澈一向洁身自好,小安从未看见他接近哪个欧米伽级,二来凌澈不是应该很讨厌许棠舟吗?小安可还记得凌澈第一次见到许棠舟时,说过"想我带,下辈子吧"这种狠话。

就算录完节目两人之间关系缓和,也不至于一大早许棠舟就出现在凌澈的家里……

小安的目光在两人身上转了一圈,一个阿尔法级和一个欧米伽级在一起,除了谈恋爱还能干吗?

难怪刚才凌澈叫他先下楼,他真是太没眼力见了!

小安怂道:"哥,要不我待会儿再来拿车钥匙?"

旖旎的气氛早已被他打破了。

凌澈心里有一万句脏话要骂,因此脸色看上去很骇人:"拿了就滚。"

"是。"小安灰溜溜地去找车钥匙,又讨好地问,"我回来的时候要不要给你买咖啡?"

凌澈冷漠地道:"不用。"

这场景、这环境,都不太适合把刚才的事情继续下去了。

许棠舟走之前,回头看了看门内的人。

凌澈站在玄关处,单手插在口袋里,将不耐烦演绎到了极致,恨不得眼前一片清净才好。可他的眼神和方才一样沉,让许棠舟深刻感受到属于阿尔法级的侵略性。

许棠舟:"我走了。"

凌澈像是有话要说的样子,最终只淡淡地道:"嗯。"

电梯门合上了,许棠舟吐出一口气。

凌澈终究没来得及给自己答案。

一天之内对同一个人告白两次已经是自己的极限了,总不可能还要来第三次吧!

失落的许棠舟离开凌澈的视线范围,整个人就渐渐从心慌意乱中镇定下来，恢复了一贯的冷淡。

小安以为许棠舟在生气，顿时更加不安了："对不起啊，舟舟。"

许棠舟："为什么说对不起？"

小安说："那个，你知道澈哥他出道这么久以来一直没有过恋情吧？"

许棠舟点点头："知道。"

在这个时代，人们的观念已经比从前开放了许多，是否有恋情不再是衡量一个偶像的标准。可在许棠舟的记忆中，凌澈一直没有过恋情，甚至连绯闻都没有。

久而久之，有黑粉说凌澈是故意拗不谈恋爱的人设，根本不敢公开恋情。

之前"欧米伽级偏见论"一出，他们又干脆把他打成了身边容不下欧米伽级的人。

种种是非，众说纷纭。

直到许棠舟和凌澈一起上节目并且节目花絮和正片陆续播出后，人们才渐渐认识到凌澈到底是一个什么样的人。

小安继续道："我跟在哥身边快四年了，他从不乱来。我也从来没见过他谈恋爱，更没见过他把人带回家，你还是唯一一个呢！所以我一时也没往那方面想。"

虽然许棠舟早有预料，但真的听到小安说的又是另一回事。

小安这话的意思是，凌澈在自己以后再没有过别人？

许棠舟愣住了。

小安："你们太隐秘了，我还以为你们录节目时是真的不太熟……总之今天怪我不识相。你放心，我嘴巴很紧的，哥的事我不会乱说的。"

许棠舟："没关系。"

朋友，关键时刻你都已经打扰了，道歉还有什么用。

小安把许棠舟送到公寓后，说要再往前开一段路去一家店买咖啡。

许棠舟有点疑惑，明明凌澈说不用买。

小安临走前自言自语般道："不买就死定了。"

许棠舟一边上楼一边拿出手机准备给乌娜娜打电话，一打开手机就看见了米非家猫咪mumu的照片，那天晚上聚餐时许棠舟觉得很可爱就顺手拍了一张照片做屏保。

蓦地，许棠舟想到了什么。

凌澈明明特别喜欢那只猫，却还要让它一次又一次地黏上来才肯伸出手去挠，到了后来还抱进怀中面带嫌弃地撸了好一阵子，才依依不舍地放开。

许棠舟怎么忘了，凌澈就是那种明明想要，却又不说的类型。

所以凌澈今天早上那样做是故意的吗？

阿尔法级的心犹如海底针，作为一个直来直往的欧米伽级，许棠舟觉得自己完全不懂他的心思。

当天下午许棠舟和助理一起将东西全都打包带走，好把房间腾给仇音的下一位租客，临走前许棠舟给仇音发了条信息。

许棠舟："钥匙我放在你床头了，回来记得收一下。"

仇音："知道了。你把新地址发给我。"

仇音说话一直十分简洁，没有多余的修饰语和表情包。

许棠舟把新地址发过去，然后想到另一件事。

许棠舟："如果阿尔法级和欧米伽级的契合度只有百分之十八，这种情况还有救吗？"

这次仇音没有回复。

许棠舟猜想仇音应该是去忙了。

仇音专研的方向正好与阿尔法级和欧米伽级的血型有关，以前老听仇音讲什么专业术语，许棠舟一个字也听不懂，只知道仇音很厉害。

当年自己分化后做检测的启南市第一人民医院也很有名，检测报告不可能出错。

因此，许棠舟也是顺口一问，万一有一丝希望呢。

隔天就要进组，拍摄地在一千多公里外的影视城，乌娜娜提前做好了准备，给许棠舟收拾了很多衣服，吃的也带了不少。

一个是第一次进组，一个是第一次正式给人做助理，黄千不放心，还是买了票送两人一起过去。

出发前一晚，许棠舟参与录制的室内综艺《超级玩咖》播出了。

"前排！蹲一个崽崽！"

"前排！"

"啊啊啊，陆米！"

"舟舟我来了。"

"这档节目没有夏氏姐妹，开心。"

"蹲不到哥哥，就蹲一个许棠舟。（卑微）"

"看过完美旅行的糖粥路人粉经过。"

"糖粥甜甜甜，甜甜小甜甜。"

许棠舟又是忙得只能看重播："糖粥？这是我？"

乌娜娜在给许棠舟挂衣服，凑过来看了一眼平板电脑："对呀，你不喜欢吗？"

许棠舟觉得很意外："倒不是不喜欢，就是为什么会这么叫我啊？"

乌娜娜说："大概是因为谐音吧。上期《我们的完美旅行》结束时，澈神不是教你算机票钱吗？你认真得像个小学生，签字也像小学生，别人都说你外冷内软，其实甜得很。"

许棠舟："这个绰号听起来就不聪明。"

视频中，嘉宾们正在做游戏。许棠舟被绊倒，一屁股坐在瑜伽球上被弹出去好远，弹幕全是"哈哈哈"。

好在米非很快就把许棠舟拉了起来，两人在一起窃窃私语，留陆承安一个人奋斗。

"啊啊啊，我兔子真的人好好啊！"

"陆承安好可怜，哈哈哈！"

"可怜的是崽崽吧，哈哈哈，单身狗被虐得太惨了！"

"要是哥哥也在就好了，想看两个人一起上节目，澈舟比较好嗑。（哭）"

"想看两人一起的明天去看《我们的完美旅行》第二期好吗！澈神不在，我们不约。"

"等等，这说明舟舟的人缘不错呀！"

"就是，换了夏氏姐妹，你看有人帮吗？"

"不要提她们，谢谢。"

"不要提+1。"

夏氏姐妹一出场必被骂，对她们本人来说这已经是过去的事了，可节目晚一步播出，对观众来说是当下的事，被人从头骂到尾，她们也没有出来说过一句话。

许棠舟每次看到这些的时候，除了有点惋惜和伤感之外，还深刻体会到水能载舟亦能覆舟的道理，粉丝就是那载着艺人的水。在娱乐圈，没有哪一个艺人能离开粉丝，唯一能做的就是趁年轻努力一把，以后才能靠实力说话。

因此，面对越来越多的粉丝，许棠舟本人其实很淡定。

剧组的资金有限，许棠舟所住的酒店不算豪华，房间也不算大，黄千在外面观察了一番回来，一边和许棠舟说话一边看《超级玩咖》。

"这……"黄千看了弹幕，有点愤慨。

屏幕上，许棠舟正和别人一起做游戏，正好是挑战"一分钟换衣服"那一段。

许棠舟分到一套穿法很复杂的礼服，不过许棠舟换衣服的速度很快，仅仅花了五十秒就走出了更衣室。那夸张的款式和繁复的花纹与许棠舟那张清冷的脸很相称，配合着在T台上精准踩点的步伐，让黄千都觉得惊艳。

"啊啊啊！和小时候一模一样，啊啊啊！"

"啊啊啊！崽崽好惊艳！"

"什么叫高级脸！我爱了！"

"简直不敢相信这是一个综艺节目，我以为在看秀！"

"天天吹自己是高级脸的某人出来挨打！"

"哈哈哈，秦宝什么咖？许棠舟什么咖？"

"秦宝要是出来，你们崽马上就自惭形秽。"

"我宝国际超模，公认的高级脸，谢谢！"

很快，两边的粉丝就争论起来了。之前乌娜娜就和许棠舟提过，许棠舟被秦宝的粉丝当成了对家，许棠舟还有些啼笑皆非。

黄千告诉许棠舟说秦宝确定出演《御风》主角了，距离秦宝上一部没有水花的电影已经过去了两年，秦宝不得不自降身价出演电视剧来吸引一波粉丝。

黄千骂道："这都进组了还拉着舟舟的综艺节目踩，水军也太多了点，以为我们不能买水军？"

乌娜娜举手："我去买，保证骂死他们！"

许棠舟："……"

好在黄千也只是说说而已，还没那么冲动，冷静下来道："明天就开机了，你们总得见面的。舟舟，你就当不知道这件事，不要当面和秦宝起冲突，有问题我会解决。"

许棠舟点头道："我只想好好拍戏。"

这是自己的第一部作品，许棠舟是十分看重的。

"好好拍戏是对的。"黄千说完，又补了一句，"等《我们的完美旅行》播完，我们连水军都不用请就能把对方踩在脚底下。"

许棠舟："黄哥，你也太看得起我了。"

黄千的神情有点古怪，却又什么都没说。

乌娜娜却兴奋不已："对，节目一播完，舟舟你必定C位出道，碾压对方！"

对于两人对自己抱有的信心，许棠舟表示压力很大。

黄千留在这里也没什么用，晚上和上次见过面的林监制吃了一顿饭，然后把事情都交代给乌娜娜就匆匆离开了，他手上还有几个艺人的工作需要跟进。

乌娜娜去休息后，房间里就剩下了许棠舟一个人。

许棠舟拿起手机，除了 Flow 提示着无数条未读消息，手机安安静静的，凌澈没有给自己发消息。

这两天忙得脚不沾地，都没时间和凌澈联系，凌澈也没有再找自己，好像前天早上在凌澈家发生的一切不过是自己的错觉而已。

然而，每每想到临走时看到凌澈的那个眼神，就像羽毛在心里挠，让许棠舟的心痒痒的，又酥又麻。

那时候凌澈是不想让自己离开吧？

凌澈是不是在等自己主动联系他呢？毕竟振振有词地说什么人走了心还在的人是自己啊！

像凌澈那种口是心非的人，一定会很快回复消息的。

为了证明这一点，许棠舟打开叮讯，给凌澈发了一条信息。

许棠舟："我进组了，一切都安顿好啦。"

这条信息不管从哪个角度来说都挑不出错，既不显暧昧也不显疏远，可以理解为单纯的朋友聊天，也可以理解为某种特殊关系中的必要交代。

凌澈的头像本来是暗的，没过几秒，它就亮了起来。

凌澈："。"

这么快就回复了，他一定是切换为离线状态在等自己先联系他吧。

许棠舟感觉自己瞬间掌握了某种规律。

凌澈又发了一条过来："习不习惯？"

许棠舟随便拍了一张房间的照片发过去："还行，大多数人我都不认识，现在没什么事情，我准备看会儿剧本。"

凌澈回复："嗯。"

许棠舟："你在干什么？"

凌澈："写歌。"

许棠舟："真的吗？写什么歌？我可不可以听？"

凌澈："不可以。"

许棠舟："……"

这次，过了好一会儿凌澈才回复。

凌澈："刚才去拿录音笔了。"

许棠舟奇怪道："你拿录音笔干什么？"

凌澈发了一段语音过来。

那声音很奇怪，是通过另一个设备播放后录制的语音消息，不过许棠舟还是一下子就听出来说话的人是谁，脸涨得通红。

许棠舟听见自己用急促的声音喊道："你没听错，我……我是说了我喜欢你，我想和你交往。"

声音戛然而止，凌澈怎么都录下来了？

许棠舟想撞墙，为什么自己告白时的语气一点都不浪漫！

凌澈又发了一条语音过来，这次是凌澈自己的声音："歌还没写完，这是灵感来源。"

许棠舟语塞。

这个人把自己的告白录下来只是为了反复播放吗？

许棠舟几乎有种凌澈在捉弄自己的感觉了。

凌澈还火上浇油："你的声音很有感染力，很不错。"

所以他到底是在笑话自己还是答应自己了？

许棠舟立刻退出叮讯，再也不想和凌澈聊天了。

没过多久，许棠舟收到一条Flow提示：您的特别关注@凌澈45361更新了状态。

@凌澈45361：喜欢你。新歌安排上了。

许棠舟看见那条Flow的瞬间，心跳就加快到从来没有过的频率。

凌澈这是干什么？

许棠舟看着"喜欢你"三个字，久久难以平静，把剧本看到哪儿都忘了，满脑子都是明天怎么办，两人是不是就这样公开了，自己和凌澈公开恋情？

一个小时内，凌澈发的这条Flow直接空降热搜第一。

这条Flow的评论让许棠舟渐渐冷静下来，能好好思考了。

"啊啊啊，哥哥，我也喜欢你！"

"新歌！我笑得发出母鸡叫，方圆百里内的公鸡都不敢打鸣！"

"各位，新歌出来再叫我！"

"哥哥，我爱你！"

"刚开完演唱会就有新歌，啊啊啊，这是什么神仙爱豆啊！"

"哭了！我澈新专辑，我爱了！"

"瞧我发现了什么，凌澈新歌！"

"我赌上我百分之十的美貌，押歌名就叫《喜欢你》怎么样？"

渐渐地，评论里混进了路人粉，随着讨论愈来愈热，风向也变了。

"只有我觉得这句话像是在告白吗？（捂脸）感觉澈神会做这样的事啊！"

"那是不是因为喜欢这个人，才想要写新歌啊？"

"不是那个某舟吧？"

"以为不带大名我们就看不出来了吗？这是哪里来的水军，呵呵。"

"不管是谁,被哥哥喜欢都很幸福好吗!(然而我觉得不可能)"

"大胆猜一下会不会是某崽?"

"谁?我不接受!"

"澈舟粉想太多了吧,只是一起参加一档综艺节目而已,还没炒够?"

"你们醒醒,澈神上那节目一看就是为了洗白,不会傻到节目结束了还捆绑在一起。这些年谁能蹭他的热度,还不是只有同公司的某人咯。"

"舟舟和哥哥是朋友啦,不要随便诋毁哥哥的朋友!"

"不拉踩、不炒作,谢谢合作。"

"啊啊啊,我不要啊,我不准哥哥谈恋爱,他是我的!"

"等一下,要是那个人真的是崽崽,我好像可以接受……很带感啊!(捂脸)"

"我也可以,反正我又得不到凌澈这种男人!顺便告诉大家,今晚会播《我们的完美旅行》第二期!(期待)"

"啊啊啊,我懂了,我不可以……没人配得上哥哥!"

当晚,各个营销号发文,对这条Flow进行全方位分析,却因为凌澈实在甚少透露个人生活,无法准确理解这句话的含义。

"隔空喊话喜欢你,凌澈喜欢谁?"

"凌澈大胆告白?疑似即将首次公开恋情?"

"凌澈演唱会后准备发新歌,原因竟是因为'喜欢你'?"

"是回馈粉丝,还是热烈示爱?"

黄千前脚刚走,人还没回到首都就爆出这样的新闻,一个电话打了回来:"舟舟,这是怎么回事?澈神发的那条Flow是不是和你有关系?"

许棠舟惊魂未定:"好、好像有。"

黄千急道:"到底有没有啊?你们不能这样,什么都不跟我说就搞这一出,我年纪大了受不了刺激,你至少要让我准备一下!"

许棠舟被训得面红耳赤,只好把凌澈说写歌的事说了一遍。

黄千听完一阵沉默,只觉得年轻人真会玩。

过了一会儿,黄千才理出思绪:"我知道了,你先不要回应,那条Flow没有直接@你,你贸然回应会被骂死的。"

许棠舟知道黄千是为了自己好，在梦幻的泡泡中惊出一身汗。

去年有一个艺人公开恋情后，恋爱对象被粉丝围攻，两人苦撑几个月，最后还是以分手收场。

原因无他，那个明星的粉丝太多了。

差距悬殊的两个人，总归是弱势的一方吃亏。

许棠舟倒不是害怕吃亏或者被攻击，而是知道要想维持一段感情，前期需要好好呵护，不能被外界以及流言破坏了感情发展，娱乐圈有太多情侣就是毁在了这上面，去年那个公开恋情的艺人人气已经一落千丈了。

在自己实力不够强的时候，绝对不能去消耗凌澈。

"这件事暂时保密，剧组人多口杂，谁也不要说……"黄千提醒道，"娜娜不知道吧？她嘴巴不紧，你暂时不要告诉她。"

说完，黄千就挂断电话，去找司徒雅了。

凌澈不是一般的艺人，若是他公布恋情，公司需要做好十足的准备，他的恋爱对象也得经得起考验才行。

直到第二天早上，乌娜娜仍有点兴奋，一直在哼凌澈的歌。

这天有开机仪式，剧组所有的主创都需要一起去上香，然后揭开红布，这是不知从哪里流传下来的开播流程。

许棠舟心不在焉地换好衣服，吃了早餐。

乌娜娜八卦地问："舟舟，我可以问一下你吗？"

许棠舟："什么？"

乌娜娜夸张地道："你还不知道啊？澈神昨晚在网上告白了！"

许棠舟："……"

"现在说法不一啦，也有说是回馈粉丝的，但我不信。"乌娜娜眼睛发亮，"你和澈神关系那么好，知不知道他昨天发的那条Flow到底是什么意思？"

许棠舟浑身僵硬。

乌娜娜见许棠舟不说话，还以为许棠舟不知道，失望中还是兴奋未减："连你都不知道啊！其实要我说啊，根本不是写歌，就是告白！你看，'喜欢你'，澈神说喜欢你诶，他从来没有这样和粉丝说话。我真的好想知道到底是哪个神仙在和澈神谈恋爱。"

听乌娜娜念叨了一路，许棠舟在一迭声的"喜欢你"中差点憋不住了。

整个剧组有近百人，乌泱泱地围成了一个圈。导演与监制、各大主演，甚至编剧本人都来到了现场，除了主角秦宝。

乌娜娜听说秦宝还有一个节目要参加，得晚一点才能进组。除了秦宝，大家都没什么咖位，又都不熟，聊得也就不深，也没人表示不满。

有了秦宝，整个剧组也算有了一个门面担当，能在一些大制作中掀起水花了。

剧组邀请了两三家媒体，拍了几张开机仪式的照片，按照传统走完流程后就算正式开机了。

下午，每个演员都抽出时间来拍了定妆照。

古装剧不比现代剧，光是戴头套就要花上好些时间。许棠舟第一次拍戏，还是古装戏，整整坐了三四个小时才做好剧中的主要造型。

剧组宣发前定妆照保密，乌娜娜只能拿手机拍了几张发给黄千看，不能发到网上，她拍了好几张仍觉得意犹未尽。

造型师做完许棠舟的造型，一直感叹不已。

这辈子能做一个符合游戏人设的造型，他的职业生涯也算达到了巅峰。

许棠舟几乎就是宋摇本人。

编剧过来看时，也有些激动："这就是我想要的宋摇！"

游戏里的宋摇冷若冰霜，并没有多少存在感，只是作为一个谪仙般的人物存在着。剧本里的宋摇依然冷情冷性，但有了剧情加持，变得有了一颗炽热的心，这样的矛盾点注定宋摇会受到关注，所以宋摇必须冷而美，第一时间吸引观众的注意。

而许棠舟就是这样一个会不自觉地吸引别人注意力的人。

编剧姓顾，叫顾小山，人们都称他为顾老师。

十几年前顾老师写过许多热播剧，现在很多活跃在屏幕上的实力派演员都演过他的剧。不过他当年因故退圈，这些年人才辈出，再加上市场混杂，他的名气虽然还在，但要拍这样一部古装偶像剧，号召力还是不够。

上次林监制在饭局上说过，他之所以做这部《御风》，完全是看顾老师的面子，因此相较于监制和导演来说，顾老师在片场拥有更大的实权。

"你叫许棠舟？"顾老师问，"你以前是一个模特吧？我昨晚在电视上看见你的节目了。"

许棠舟答道："是的，顾老师。"

顾老师点点头："很好，冷而不绝，柔而不娇。没有经验不要紧，你保持下去，希望你能把宋摇演活。"

许棠舟受宠若惊。

本以为顾老师会对非专业院校出身的演员有偏见，谁知道对方竟完全没有，还对自己进行了鼓励。

这给了许棠舟很大的信心。

看着镜中的自己，许棠舟恍若有了一种自己就是宋摇的感觉。

这是自己头一次在剧本以外的地方体会到角色的状态。

拍摄完定妆照后，许棠舟给凌澈发了一张。上次凌澈问过自己定妆照的事，还对他们剧组的经费表示了鄙视，许棠舟都不知道自己是单纯想证明剧组的审美不错，还是只想和凌澈联系而已。

昨晚两人说完话，就没有再联系了。

凌澈发了那条 Flow 之后，就再没回应过任何人，关掉手机沉浸在自己的音乐世界。

此时，收到许棠舟信息的时候，凌澈正在挨骂。

司徒雅气道："你到底几岁了？你不要害我！"

凌澈："我怎么会害你？"

他打开了信息。

崽崽："在下宋摇，请多指教。"

信息之后附带了一张照片。

只一眼，凌澈就收起了笑容。

照片上的许棠舟不太像许棠舟了。

许棠舟一袭纱质白衣，腰间系着长剑一柄，即使尚未出鞘，也能叫人知道这是不好惹的角色，不会有任何人把许棠舟扮演的角色视为弱者。

许棠舟的眉目是冷到骨子里的，好似轻飘飘的一片雪，落进了凡人的心里。

在苏里兰录节目的时候，不，应该说在和许棠舟重逢的时候，凌澈就知道许棠舟早晚会被更多人看到。

许棠舟的长相和气质，乃至仅仅一个背影，都太夺目了。

那时凌澈不以为意，因为他没有看清自己的想法，现在他看着许棠舟的定妆照，有种想把人抢回来藏起来，不让别人看见的冲动。

司徒雅觉得头痛："拜托你做什么事先和我商量，你要公开恋情，至少要和我打个招呼！我相信你只是放不下对许棠舟的感情，一时头脑发热才这么做的！"

连夜搬出一批营销号与水军带节奏，用模糊的言辞说凌澈是回馈歌迷写新歌，司徒雅很累，她忽然很后悔给凌澈开通社交账号，要知道以前可是求着他开他都不开。

凌澈道："我没有头脑发热，也还不想公开。"

他嘴上回答着，同时回复许棠舟："丑死了。"

崽崽："？"

凌澈："我说你旁边那个。"

崽崽："那个是男二……"

男二只露出了一只手，许棠舟发给凌澈的是截图，因为觉得合照中的自己更自然一些。

司徒雅："没有？那你昨晚发的这个是什么？我看你都想@许棠舟了！"

凌澈微微蹙眉："有问题？"

司徒雅倒吸一口凉气，果然被她猜中了，凌澈真的有这样的想法，但不知道为什么，他还是留了一手。

凌澈知道突然公开恋情会对许棠舟造成什么影响。

如果许棠舟是一个圈外人还好说，可是许棠舟现在也是艺人，并且事业刚起步，一旦公开，不仅许棠舟的所有努力都将埋没在巨大的恋情光环下，还会遭受巨大的非议。

凌澈知道这一点，所以他得给粉丝们一点缓冲。

这说明凌澈比司徒雅想象中还要认真，他在保护许棠舟。

司徒雅正色道："如果你们的契合度很高，那当然没问题。可是你们只有百分之十八的契合度……连世界最低线都达不到，新鲜感一过去，还能剩下什么？"

说到契合度，凌澈没有反驳。

虽然这是事实，但他现在有了些别的线索，只不过还没有结果而已。

司徒雅："当初你们分手，不就是因为契合度太低吗？现在许棠舟失忆了，等到想起来的时候，不代表这样的事情许棠舟不会再做一次。你不能给我扔下一个深水炸弹就什么都不管了，我一点也不想收拾烂摊子。"

司徒雅点到即止。

凌澈不是小孩，自然早已考虑到这一点，但面对感情凌澈还是太冲动了，司徒雅得提醒他。

"最近没什么事，你好好休息，说了写新歌，过段时间准备准备就发吧。"

司徒雅说完就走了。

凌澈看着窗外，不知道在想什么。

换季了，天气一天一天热了起来，马上就要进入五月了。

许棠舟拍完戏回来的时候将会是七月，像两人认识那年的夏季。

十四岁的许棠舟骑着一辆自行车上山来，在别墅门口被淋得像个落汤鸡，可怜兮兮地对管家说是来送宝芬尼策划案的。

凌澈在二楼的落地窗前席地而坐，正弹着吉他，却因这一幕忘了拨动手中的琴弦。

手机震动了一下。

崽崽："（图片）喀，这次重新介绍：我是宋摇，我好不好看？"

隔着屏幕，凌澈都能想象到对方耳垂发红、双眼湿润的害羞模样。

许棠舟这次发的是一张角色的单人照，因为过于贴合角色，比合照中显得还要冷漠一些。

凌澈想起了许棠舟去年拍的那个 Mist 广告，暴雨天中，冰雕玉琢的欧米伽级轻而易举就再次夺走了自己的呼吸，比初见时更甚。

凌澈动动手指。

崽崽："看不懂。（本人已获得智商负一百）"

凌澈："。"

崽崽："是还行的意思吗？"

凌澈勾了勾唇："赞同你智商低的意思。"

许棠舟不知道凌澈这么说是什么意思，到底是觉得好看还是不好看？

可是许棠舟也不好意思再问一次了。

许棠舟照了会儿镜子，仔细观察自己的扮相，以自己的审美来说，的确算得上是好看的。可是审美这种东西很主观，每个人的喜好都不一样，许棠舟越看，越觉得自己这扮相哪儿哪儿都不好看了。

许棠舟心里渐渐涌上羞耻感，看着对话框里的聊天信息，恨不得把所有的消息都撤回。

这时有人进了化妆间，看到许棠舟后，来人脚步一顿："许棠舟。"

许棠舟本来在发呆，听到有人叫自己的名字，下意识地把手机收起来，看到来人是被凌澈看到一只手就评为"丑死了"的另一个演员。

这个演员名叫肖扬，是一名拍过几部剧的阿尔法级，这次的角色是他通过试镜得来的，他长得不仅不丑，还特别清俊。

他的携带素是淡淡的草木香，他有意收敛了许多，微微一笑道："你今晚有没有安排？"

许棠舟："应该没有。"

肖扬说："那正好。明天的第一场戏改了你知道吗？"

明天就要正式开拍，原计划要拍摄的是《御风》中四大门派继承人齐聚的场景。可是因为主角秦宝的缺席，这场戏只能往后挪。

这就是俗称的跳戏了。

因拍摄地、成本、妆造和时间等因素的影响，在影视作品的拍摄中，跳戏拍摄是很常见的。

许棠舟点点头。

肖扬说："明天会先拍我和你的对手戏，就是宋摇上万山岭后，卢修夜访宋摇的那一条。我们之前没合作过，如果你今晚没事的话，我们正好可以晚饭后抽时间对对戏，明天拍起来会快一点。"

整部剧里，宋摇与卢修的对手戏最多。

宋摇唯一相信过的人是卢修，喜欢过的人也是卢修，最后却死在卢修手上。

许棠舟比外表看起来要好相处很多，大家都发现了这一点。

同是年轻人，以后在剧组里朝夕相处的日子还很多，彼此之间互相熟悉，最后成为朋友也是常有的事。

许棠舟没有经验，大家都知道，肖扬这是在主动向许棠舟抛出橄榄枝。

经过黄千的教导和综艺节目的锤炼，许棠舟已经知道圈子里人脉的重要性了。

"好呀，"许棠舟答应下来，"那晚上我吃过饭去找你。"

肖扬临走时说："对了，忘了和你说，你这扮相真好看，过几天剧照一放出去，估计会引起轰动。"

许棠舟愣了一下，敲了敲自己的头。

真是的，怎么能因为凌澈没有夸自己就怀疑自己的扮相不好看呢？

毕竟凌澈本来就是个口是心非的人，自重逢以来，许棠舟还没见过凌澈夸奖人，否则粉丝也不会给他"凌怼神"这样的爱称了。

当天晚上和肖扬对了一个小时的戏，第二天早上黄千打电话告诉许棠舟："今天晚上《我们的完美旅行》播出第二期，你发一条Flow，提醒粉丝们观看，语气轻松一点。"

许棠舟最近忙着搬家进组，有好几天都没有更新自己的Flow了。

挂了电话，许棠舟就认真看了一遍这一期《我们的完美旅行》的预告片，然后才发了一条Flow，顺便加了一张宣传图。

@许棠舟zz：今晚播出第二期啦，快来看看我们怎么斗智斗勇、公平竞争吧！（图片）

发完后，许棠舟没看粉丝们的评论，就忙着去片场了。

今天是许棠舟进组后拍的第一场戏。

序幕以四大门派中每年一度的夏学拉开，四大继承人将在万山岭重聚。这一年，小青山迟迟没有露面，夏学第二晚，小青山遭灭门的惨讯传来，宋摇背着小青山的寒风剑，一袭白衣独身来到万山岭，请求宗门帮忙查出灭门真凶。

男二号，也即来自大青山的卢修与宋摇有过一面之缘。

四大继承人齐聚后，卢修前往宋摇的住处安慰宋摇。

简单地站位后，导演一声令下便开始拍摄了。

卢修推开门时，宋摇正坐在桌前拭剑。

烛光下，宋摇的脸苍白如纸，一抬头，眼神犀利得如同剑锋："谁？"

话音刚落，剑已抵喉。

卢修后退一步："是我。"

宋摇收回剑："卢师兄，这么晚了，有何贵干？"

"卡！"导演喊卡了。

昨晚两人对过戏，许棠舟的问题出在收回剑后没找准机位。

这与许棠舟之前拍摄《我们的完美旅行》不同，摄影师并不会跟着演员走，机位大多时候有固定位置。导演的每一个分镜都有详细划分，演员需要根据当下的设定自己注意机位。

一个上午拍下来，许棠舟NG了七八次，这场深夜叙旧的戏才算顺利通过。

拍别的演员的戏份时，许棠舟便坐在片场观察学习。

许棠舟的扮相符合角色，也符合本人的气质，因此虽然知道许棠舟NG最多，但除了肖扬，并没有人来和许棠舟说上两句鼓励的话，毕竟许棠舟看上去实在是太冷漠了。

天气转热，许棠舟在现场看了一下午。

大家都有些受不了大太阳，乌娜娜给许棠舟喷了防晒喷雾，还让许棠舟打伞。

顾老师过来问："舟舟，烈日灼人，你不热？"

许棠舟并不热。

听到这句"烈日灼人"，许棠舟莫名心神激荡，因为想起来了某人的携带素。

两人的交流还停在昨晚，凌澈发的最后一条信息是："赞同你智商低的意思。"

许棠舟这下是真的怀疑自己的智商低了。

当晚，许棠舟出的错已经少了许多，但还是NG了两三次。

导演找许棠舟谈话："第一次拍戏出错是难免的，你压力不要太大了。今晚还有夜戏要拍，虽然没有你的戏份，但如果你没什么事的话，可以到我旁边来看看。"

许棠舟感激地道:"谢谢导演。"

导演笑着道:"你是个好苗子,又很认真,以后不会比别人差。"

剧组的演员,除了许棠舟与秦宝,大多数都是科班出身,都有丰富的经验,肖扬就更不用说了,一直拍得特别顺利。

许棠舟确实感觉压力有些大。

当晚看了其他演员的拍摄,许棠舟更加意识到了与别人的差距,学习一晚后回到酒店便闷头睡觉。

第二天一早,肖扬对许棠舟说:"舟舟,放松一点,第一次拍戏是这样的,你已经表现得很好了。还有啊,你路人缘那么好,到时候大家都不会对你太苛刻。"

许棠舟有点疑惑:"我路人缘好?"

肖扬点头:"对,昨晚我看了你的节目。"

"节目?"许棠舟想起来了,"啊,我都忘记看了。"

肖扬说:"我想也是,听说你昨晚在片场学习到十一点,太刻苦了。"

许棠舟尴尬地道:"笨鸟先飞……我不能总是害你陪我 NG。"

"没关系,"肖扬说,"你在节目里那么有趣,和你在片场一起 NG 应该很有意思。"

许棠舟:"不,忘了你看过的节目。"

"哈哈哈,你的怨念颇深啊!"肖扬笑道,"别担心,澈神和他们都想欺负你,我是不会欺负你的。"

下午一收工,许棠舟就急忙打开平板电脑,看昨天那期节目都播了些什么。

几个热搜标签还挂在前几名。

有 #怀疑人生陆承安#、#陆米狗粮#、#凌澈怼人#、#凌澈机智# 和 #许棠舟自动字幕机# 等,光是看这些标签,许棠舟就知道有哪些场景。

而排在最前面的,却是 #谁不想欺负许棠舟#。

为什么要欺负自己?

许棠舟疑惑地打开了那个标签,找到一段网友剪辑的节目视频。

去机场的路上,凌澈原本在车里闭目养神,茉茉在对许棠舟进行采访,这时陆承安打来电话。

"录节目时凌澈也睡觉？架子真大啊！"

"有没有好好看上一期啊，哥哥的腰受伤了！"

"心疼！这个坐姿看起来好不舒服，节目组就不能换辆大点的车？"

"心疼。"

"没睡着……马上要抢手机了，哈哈哈！"

"高能预警！霸道哥哥背后强抱！"

"前方高能。"

电话里，陆承安问他们选的是哪一组航班。

许棠舟正要回答，凌澈捂住许棠舟的嘴，抢过了手机："陆前辈，不要趁我打盹，就想从许棠舟这里套话。"

说完，眼中毫无睡意的凌澈扫过镜头，眼神中有一丝桀骜。

他一只手掌几乎捂住了许棠舟大半张脸，看上去是个有些霸道的姿势。

网友们瞬间就疯了。

"啊啊啊！捂我啊哥哥！"

"怎么办，我想被他捂嘴，啊啊啊！"

"啊！啊！"

"这什么啊？肢体接触？我不同意！"

"讲道理，这很没有礼貌吧？"

"同觉得不舒服，本人欧米伽级。"

"再不捂住许棠舟都要泄密了，哥哥做得对，哥哥威武！"

"高冷欧米伽级软成一碗水，呸，一碗糖粥！"

紧接着，凌澈一本正经地开起了玩笑。

陆承安说四个人在一起比较好打发时间，凌澈则拒绝了陆承安要加入的要求，说这件事只有两个人玩才会有乐趣。

许棠舟清楚地看见屏幕里自己被凌澈捂着嘴，耳朵却全红了。

"哈哈哈，我打包票崽崽听懂了！"

"澈神你搞事情，我有证据！"

"哥哥竟然也会搞事情？"

"好想揉啊啊啊！"

"天啊，这个动作！"

"我没了！"

"澈神，你放开那个欧米伽级，让我来！"

"对不起……反差萌我爱了……我黑不动了……"

画面一转，飞机上四个人打牌，凌澈输了一把，却把纸条往许棠舟脸上贴。

米非制止道："澈神，你输了就输了，为什么只让舟舟贴纸条？"

凌澈挑了挑眉："因为我是恶霸。"

说完，他还对许棠舟说："过来。"

许棠舟与他就隔着一条过道，真的把脸伸过去让凌澈贴纸条。

弹幕全是"哈哈哈"，许棠舟则十分无语。

这段是谁剪的？

自己当时明明就非常不爽，为什么看起来一副心甘情愿的样子？还有，自己从头到尾就贴了这一次好吗？

可是节目组不愧是坑人节目组，接下来的环节再加上网友的剪辑加工，许棠舟就一直被欺负得没停过。

尤其是到了苏里兰，凌澈用计耍了陆米CP，带着许棠舟半途从大巴上跳下去，然后两人在路边打车的画面。

许棠舟蹲在地上笑到肚子痛："陆前辈气得脸都变形了，哈哈……"

许棠舟笑出了眼泪："不敢置信小米非，怀疑人生陆承安，这时候后期可以配上这样的字幕，把他们的反应多放几次剪成预告片，哈哈哈……"

后期果然把这里剪成了预告片！

画面里，凌澈站在一旁，露出嫌弃的表情，唇角却带着笑："你笑够了没有？笑够了就起来打车。"

接下来，凌澈像地主一般，全程坐在行李箱上指挥许棠舟，还说许棠舟打车的姿势不对。

这一段弹幕多得都快看不清画面了。

"哈哈哈！"

"仿佛看见被男朋友欺负的自己！"

"太真实了!让我想起学生时代!呜呜呜,不要欺负我们小可爱。"

"哥哥明明就很想笑吧,哈哈哈!"

"啊啊啊,甜齁了。"

"你们去看节目,前面有一段特别酥,上车的时候澈神扶了崽崽的腰!"

"对对对,飞机上打牌贴纸条那里也很宠。"

"这两人私底下也是这样的吧?"

"一个愿打一个愿挨!"

"实不相瞒,我那些朋友就是这样对我的。(假如不哭太悲伤)"

如果说许棠舟之前在节目里完全不觉得自己被欺负了的话,那么现在许棠舟算是反应过来了。

凌澈从头到尾都在欺负自己,还是明目张胆的那种。

那个时候,凌澈真的那么讨厌自己吗?

有一条弹幕引起了许棠舟的注意。

那条弹幕说:"喜欢你就欺负你,嘿嘿嘿,澈神是不是特别喜欢舟舟啊?"

许棠舟一下子就脸红了。

这……好像也有这种说法。结合现在的情况来看,凌澈就是那种心口不一、行为恶劣的人。

明明自己那么好看,他还偏偏不肯承认。

这段剪辑的最后是一段许棠舟并不知道的节目画面。

看样子是在小木屋的院子里拍摄的,凌澈一个人坐在芭蕉树下,开始了综艺节目独有的内心独白式采访。

茉茉问:"澈神,网友们都很想知道,您为什么会来参加这档节目呢?"

凌澈:"经纪人安排的。"

"太真实了,哈哈哈!"

"难不成告诉你'我是来洗白的'吗?"

"这么耿直?"

"哈哈哈,哥哥一句话就结束了话题。"

"我就想问问凌澈怎么做到随时都这么帅气的?"

茉茉尴尬地打了个马虎眼,继续问:"那今天第一天录制的感觉怎么样呢？"

凌澈："不怎么样。"

弹幕又是一片"哈哈哈"。

茉茉干笑着说："我发现您和许棠舟的相处很不一样……"

凌澈："你是想说我欺负许棠舟？"

茉茉弱弱地道："难道不是吗？"

凌澈直视着镜头，浅棕色的眸子眯了眯："是。你不觉很好玩吗？"

"哈哈哈，太搞笑了吧，求许棠舟的心理阴影面积！"

"啊啊啊，我怎么觉得被秀了一脸？"

"真的好有CP感，我暂、暂时嗑一下澈舟……"

"看完两期节目的人表示这一对比陆米好嗑，我的快乐你们不懂。"

"澈舟，锁了！（小声发出尖叫）"

"哈哈哈，真好玩，崽崽要哭了。"

"好可怜，为什么和澈神做朋友都这么惨？哈哈哈！"

"来个人，给应宸递个麦克风！"

"澈神小心被报复，哈哈哈！"

"只有我一个人觉得凌澈是故意针对许棠舟吗？"

"明明就是很熟的朋友才会这样，宠的时候也很宠啊！不过嘛，欺负你也没商量！"

"我也觉得好玩，我也想欺负崽崽。"

"谁不想欺负这样反差萌的软糖宝贝呢？让我来！"

原来那条#谁不想欺负许棠舟#的标签是这么来的。

许棠舟针对这次网上的讨论发了一条Flow。

@许棠舟zz：#谁不想欺负许棠舟#（不，你不想.jpg）

谁知发出去不到一分钟，凌澈就点了个赞。

这条Flow下面的评论五花八门，以肉眼可见的速度增加着，全是类似"哈哈哈"的嘲讽，许棠舟又好气又好笑，给凌澈发了条信息。

许棠舟："取消点赞！（怒）"

凌澈："？"

许棠舟:"你号没了。"

凌澈回复得很慢:"司徒雅不知道密码。"

这也能被猜中?

黄哥把凌澈在Flow上表白那件事说得那么严重,许棠舟还以为雅姐会把他的号没收了。

失算!

凌澈:"在那边怎么样?"

提起这个,许棠舟就打开了话匣子:"特别能吃苦,我原本还做得到前四个字,现在一个字都做不到了。"

凌澈:"……"

许棠舟:"饭很难吃。"

黄千对这期节目播出的效果十分满意,果然如肖扬所说,许棠舟有很好的路人缘,粉丝又涨了一波,已经有许多人在关心许棠舟最近的动向了。

短短两期节目下来,许棠舟就给观众留下了甜软的印象,以后看起来再高冷,人们也只会想起这些综艺画面,这无疑拓宽了许棠舟的发展道路。

在参加这档节目之前,许棠舟从来没有想过这个节目会给自己带来这么高的曝光。

这都是凌澈给的。

包括在节目里的互动也好、自己被欺负也好,凌澈在无形中给了自己足够多的镜头。

当天下午,乌娜娜拿来了一大袋食物,全是从影视城外面的甜品店和料理店打包来的,大部分都很符合许棠舟的口味。

许棠舟奇怪地道:"你去买的吗?"

乌娜娜说:"我以为是你订的,刚才有人开车送过来,剧组的人叫我去拿的,好大一车,剧组里其他人也有份,是以你的名义请的。"

许棠舟明白了,是凌澈订的。

看吧,凌澈果然是个傲娇鬼,听自己说这里的饭很难吃就送吃的来。许棠舟心里暖暖的,顿时更想念凌澈了。

这才是拍戏的第二天，剩下的一个多月要怎么过！

许棠舟给食物拍照后，发了一条信息给凌澈："在吗？是你在买吃的养我吗？（图片）"

凌澈半晌才回复："我不能让你唯一的优点都没了。"

许棠舟决定不想凌澈了。

许棠舟拍起戏来，比前两天还要卖力。

空闲的时候，许棠舟偶尔会主动和肖扬对戏，不知怎的，两人把整个剧组的学术氛围搞得有点浓，连编剧顾老师都会参与到两人的讨论中。

两耳不闻窗外事，转眼就到了进组的第三天。

这天秦宝总算来了。

当晚拍完最后一条，许棠舟还在酒店安排的化妆间里卸妆，就听见外面吵吵闹闹的。

乌娜娜帮许棠舟拿着衣服，跑到窗户边看了一眼，确认过后说："是秦宝来了。"

楼下停了两辆高级保姆车，围了一群记者和粉丝，秦宝进组这件事变成了新闻发布会。

秦宝从头一辆车上下来，大晚上还戴着墨镜和口罩，一头染成浅色的头发分外惹眼。在一片闪光灯与尖叫声中，两个助理提了好几个大行李箱，和酒店的保安一起把秦宝护送进了酒店。

"好大的阵仗啊，"乌娜娜说，"迟到了还这么高调。"

化妆师笑道："这话可不要叫别人听见，秦宝那个人很小气的。我以前和老师待过秦宝所在的剧组，秦宝来得晚就算了，每天早上起得也是最晚的，别人化好妆都要等着。一个不如意，秦宝就不拍了。"

乌娜娜咋舌。

化妆师又说："说起来我也不明白这样的人为什么能红，这几年还到处得罪人……"

许棠舟听着秦宝的种种恶劣事迹，不自觉地把对方那张漂亮的脸想象得有些妖魔化了。

这样的人不好相处无所谓，许棠舟只期望不要耽误大家的时间。

许棠舟卸完妆换上自己的衣服，已经是十点了。

许棠舟准备回房间去休息，乌娜娜则去房间给许棠舟整理换洗的衣物。

等电梯时，乌娜娜说："我看了下刚才的热点，现在大家都知道秦宝进组了。都说对方忙着录慈善节目，连夜往小制作的剧组赶，特别敬业。"

她义愤填膺地嘀咕着："天啊，要不是我进了这个圈子，我都要信了。"

电梯门打开了，两人眼前一黑。

待看清电梯里的人，乌娜娜只觉汗毛倒竖。

果然不能在背后说人坏话，电梯里站着的人不是秦宝是谁？

秦宝已经摘了墨镜和口罩，素面朝天，除了看上去有点累，天生的好底子让秦宝的素颜也很惊艳。

双方一时无语。

许棠舟从没遇到过这种情况。

问题一：见到对家，到底要不要主动打招呼？

问题二：都在同一个剧组，要是自己打了招呼，对方却不回应，以后相处会不会很尴尬？

几秒钟后，许棠舟正要开口，秦宝就先开口了："借过。"

许棠舟和乌娜娜稍微让了让，秦宝从电梯里出来，一言不发地走了。

架子真大啊，许棠舟想。

擦肩而过的那一瞬间，许棠舟从秦宝的身上闻到了阿尔法级携带素的味道，不自觉地看了对方的后颈一眼，那里有一个已经愈合却没有消失的咬痕。

那是彻底标注印记的标志。

许棠舟很惊讶，印象中，秦宝从未对外公布过已有结婚对象。

乌娜娜个子矮一些，因角度关系没看到对方的永久印记，只闻到了味道，等秦宝等人一消失就说："秦宝有恋人了啊？这可是惊天大秘密，为什么没人报道？"

许棠舟说："大概秦宝还不想公布吧，我们不要随便和别人说。"

乌娜娜点头："我看秦宝高傲得很，对方肯定是个大人物。"

许棠舟若有所思地点点头，心里却在咆哮。

你家艺人的对象也是大人物啊！

你家艺人的男朋友是凌澈啊！喂，你醒醒！

然而，许棠舟什么都不能说，只能暗爽罢了。

许棠舟回到房间，发现手机上有未读信息，顿时眼睛一亮，以为是凌澈发来的。

两人的联系不多，许棠舟却常常会在不经意间想到凌澈，晚上对戏时看了好几遍手机，肖扬还问许棠舟是不是在等电话。

发来信息的是仇音。

仇音："没救。"

许棠舟差点忘了，自己在离开之前发了信息问仇音，如果阿尔法级和欧米伽级的契合度只有百分之十八，还有没有救。

仇音："我查了资料，世界上这么低的契合度基本没有。你为什么这么问？"

许棠舟的心沉了下去。

不知道为什么，许棠舟不愿意把悲剧发生在自己身上这种事告诉好友。

好像只要不说，这件事就不是真的一样。

许棠舟回复："帮一个朋友问的。"

仇音："哦。那你和你朋友说别想了，若是只有百分之十八的契合度，两人是不可能在一起的。"

许棠舟："嗯，知道了。"

嘴上说得随意，心却如遭重击。

许棠舟很在意自己和凌澈的契合度，虽然只有百分之十八，但自己偏不信。

仇音是直线思维，完全想不到这个所谓的朋友就是许棠舟自己。

仇音："你在剧组怎么样？"

许棠舟："还行，认识了几个演员，人都还不错。"

仇音："演员是不是都很会骗人？"

这句话就问得有点奇怪了。

怎么说呢？许棠舟觉得自己已经有点会骗人了，但不能说所有的演员都很会骗人。

许棠舟回复："从理论上说，会演戏的演员应该挺会骗人的。你为什么问这个?"

仇音:"那个应宸不是什么好人。前几天我在医院碰见他,他说他得了绝症,然而今天我看见他来取报告,前几天只是来做常规体检而已。"

许棠舟不便评价应宸的为人,只是相信凌澈的朋友不会差到哪里去。

不过,许棠舟总觉得应宸似乎不太喜欢自己。

不知道为什么,或许是看到了秦宝脖子上的咬痕,或许是仇音的信息,这天晚上许棠舟又做梦了。

"我不想走。"许棠舟听见自己说。

眼前的凌澈还是少年模样,依旧是浅棕色的瞳孔与棕色的头发。

阳光下,凌澈捏了捏许棠舟的后颈,又微微低头,在许棠舟的额间吻了一下:"考完试我就来接你,你还想不想考到这里来了?"

"想!"许棠舟感觉眼眶发酸,一股酸楚涌上鼻腔,"那我这几天可不可以给你打电话?"

"不可以,"凌澈冷酷地说,"我会很忙。"

在梦里对方也这么冷淡。

许棠舟看到自己伸出两条胳膊环住了凌澈的脖子,哽咽着道:"我保证一天只打一个,不耽误你太多时间。"

凌澈的脸色很难看,但拉开自己胳膊的动作却很温柔,他道:"崽崽。"

许棠舟的眼泪滑落在脸上,凉凉的。

"好了,"凌澈松了口,"一天可以打一个。崽崽,你要努力一点。"

旁边停着一辆车,司机在催促。

许棠舟的视角一转,发现自己已经上了车,趴在后车窗上看着车外的凌澈。

少年模样的凌澈站在原地,显得既傲慢又冷漠。

如果能标注印记就好了,至少两人的携带素会融合在一起,怎么也分不开。

这个想法在许棠舟心中不断膨胀。

车子逐渐远去,凌澈的身影变得越来越小。

突然,许棠舟的后颈剧烈地疼痛起来,伸手一摸,摸了满手血。

许棠舟骇然失色,眼前的画面瞬间变成了一节车厢。

自己似乎身处一列火车上,车轮驶过铁轨的声音哐当作响,自己侧着身子,透过玻璃窗去看自己的腺体。

那里全是血,腺体被自己破坏掉了。

许棠舟猛地睁开眼睛,大口喘气。

一醒来许棠舟就发现自己还在酒店的床上,浑身大汗淋漓,床单与枕套都湿透了,就像泼了一盆水一样。

有什么东西在脑子里横冲直撞,太阳穴突突地跳着。

身心都疲惫到了极点,好像跑完马拉松一样累。

许棠舟发烧了。

第十章
无条件开放

天还没亮。

许棠舟看着天花板,知道那些情节可能是真实发生过的。

原来凌澈真的送过自己上车,所以那次在机场和凌澈告别时,自己在车里往后看,才会有那么强烈的既视感。

凌澈的神情让自己的心很痛很痛,这是自己第一次想起来和过去有关的悲伤情节。

许棠舟清楚地记得,梦里凌澈说的是"考完试我就来接你",许棠舟觉得那应该是指高考,因为以前做那些梦的时候,自己每次在凌澈的指导下做的都是高考模拟题。

那些梦里凌澈时而温柔,时而冷酷,却都让自己分外安心,好像潜意识里就知道不管自己表现如何,凌澈都会纵容自己一样。

然而,自己却把凌澈甩了。

凌澈现在还要接受自己,一定很不容易吧!想到这一点,许棠舟心里就特别难过。

许棠舟继续蒙头去睡,想要记起来更多,却再也想不起来更多的情节。

乌娜娜来送早餐时看见许棠舟脸色苍白,人像是从水里捞出来的一样,连头发都打湿了。

她吓得飞快地找来了剧组里随行的医生。

考虑到许棠舟是个欧米伽级,量了体温后,医生又检查了许棠舟的腺体。

"除了体温有点高,一切正常。"房间里只有医生和许棠舟两人,医生直接问,"你最近有被频繁标注印记吗?"

听到医生这么问,许棠舟疑惑地道:"只有两次,算不算频繁?"

这个问题太私密了,和除了仇音以外的人讨论,许棠舟有点不好意思。

医生微怔:"只有两次吗?"

许棠舟的脸颊微微发烫。

自己就被凌澈临时标注了两次印记,但两次相隔的时间很短,几乎是临时印记还没失效就又被标注印记了。

医生道:"我看你的腺体上没有咬痕,推断你现在的症状俗称携带素依赖。一般来说,阿尔法级和欧米伽级进行过连续五次以上的临时标注印记,欧米伽级的腺体就会适应阿尔法级携带素的呵护,一旦阿尔法级留下的印记失效,腺体被清空这种链接,欧米伽级就会出现类似于戒断反应的症状。"

许棠舟大概听懂了,问:"这不就有点像阿尔法级的易感期?"

"差不多,但又不一样。"医生说,"你只被标注了两次印记就出现携带素依赖,这种情况我还是第一次遇到,你们的契合度一定非常高。"

说到契合度,许棠舟一下子连话都不想说了。

医生笑了笑,安慰许棠舟:"问题不大,不用太担心了。演员谈恋爱,分隔两地不容易,如果你有时间,和恋人再做一次临时印记就好了。"

那估计得杀青之后了,许棠舟有点绝望地想。

而且,许棠舟知道凌澈好像不太愿意提临时印记什么的。

许棠舟:"我可不可以吃药?"

很少有人会选择吃药而不是做临时印记,不过艺人们有各自的苦衷。

作为医务工作者,医生也不好多问,便说:"吃药也可以,但只能缓解,效果慢一些,这几天你得慢慢适应,多休息。"

秦宝来了以后要补拍几场戏,许棠舟吃了药之后正好休息。乌娜娜替许棠舟换了床单和被套,许棠舟又趴在床上准备睡觉,却怎么也睡不着了。

纷繁的思绪一闪而过,梦里腺体的剧痛不复存在。

许棠舟用手去摸后颈,不能确定那一段情节是不是真的发生过。

因为它完好无损,梦里的情形更像是自己在现实中的隐忧的投射。

过去与现在之间有着强烈的割裂感。

许棠舟忍不住想要打电话给凌澈,却在看到对方的名字时无法按下通话键。

这样的话题根本无从说起,因为两人好不容易才重新走到一起。

这一层美好被捅破了之后,凌澈还会愿意和自己在一起吗?

许棠舟不敢赌。

除了乌娜娜和医生,剧组没人知道许棠舟生病了。

许棠舟告诉乌娜娜自己只是小感冒,更不好意思让剧组的人都知道。

秦宝补拍完定妆照后,《御风》终于开通了官博账号,在 Flow 上正式官宣,并 @ 了几大主演。

网上掀起一波讨论热潮,谁也没想到秦宝会去拍电视剧,还是古装仙侠剧。秦宝饰演的颜星渊身着月白衣纱,气质温和,和以往的形象判若两人。

"宝宝太棒了!"

"天啊,我发现了什么,我宝去拍古装了,啊啊啊!"

"只有我一个人觉得有点违和吗?"

"肖扬很不错啊,卢修是个反派,有前途!"

"宋摇是许棠舟扮演的?"

"等等,天哪,崽崽拍戏了,为什么是配角啊?"

"糖粥粥,这个扮相好惊艳,我爱了!"

"崽崽可以的,简直是宋摇本人!"

"啊啊啊,这部剧的主演颜值也太高了吧,再烂我也追了!"

"等等,秦宝和许棠舟?两人不会打起来吗?"

"哈哈哈哈,人家和和睦睦地拍戏,两家粉丝私底下开骂。"

"高级脸警告!"

网上逐渐因为秦宝与许棠舟尚未停歇的咖位之争而偏离了方向,有说两人之前对家之争是为了提高电视剧热度,有说两人是被安排在一起,所以才开始争论的,肖扬几乎被完全忽略了,全是关于秦宝和许棠舟的讨论。

《御风》的宣发部门对这两个演员自带的流量表示很满意。

这部剧在影视城拍摄并不是秘密,官宣后的当天晚上就有一波粉丝前往现场应援了。

这天晚上拍摄的是秦宝与许棠舟的第一场对手戏。

颜星渊得知宋摇在路上与万山岭的仆从起了冲突就拂袖而去,半途在山路上截住了宋摇。宋摇误会颜星渊是故意羞辱自己,两人差点动手。

不得不说，秦宝的演技是真的烂。

一场简单的戏，只要表现出主角颜星渊的单纯与热情即可，秦宝却NG了好几次，害许棠舟来来回回地在小径上跑。

导演不好意思说秦宝，就道："你们两个对几遍戏，我们再来。"

两人私下从来没说过话。

秦宝冷着一张脸，就没有要配合的意思，反而对许棠舟说："你要是不耐烦，就先拍你的戏份，然后找个替身过来，我对着替身走戏。"

这么简单的戏，就是一个没演过戏的人也该会了。

难怪转行后演了好几部电影都不火，原来秦宝就没想好好拍戏。

许棠舟道："我没有不耐烦。"

气氛有些尴尬。

秦宝沉默了一会儿，还是好好地看了台词，和许棠舟把这场戏过了，虽然有点不尽人意，但还是比之前好了许多。

拍完之后，许棠舟出了一头的汗。

乌娜娜冲过来扶住许棠舟，忍不住埋怨了一句："生病了还逞强，拍不好干吗要和人浪费时间。"

秦宝脸色微变。

许棠舟回酒店的时候遇到了粉丝。

秦宝先一步上车，许棠舟则因为停下来给几个女生签名被围住了，乌娜娜挡都挡不住。

"舟舟！啊啊啊，我喜欢你！"

"舟舟，我们不会欺负你的，你好可爱！"

"我们一定会支持你！你的宋摇最好看！我们爱你！"

"这次演配角，下次演主角！"

有人拉了许棠舟一把，冷声道："许棠舟生病了，你们让人家先回去休息。"

众人惊讶极了，来人竟然是去而复返的秦宝。

不理会炸开锅的粉丝，秦宝拽着一脸茫然的许棠舟，把其推上车，临走前劈头盖脸地对乌娜娜说："要是你是我的助理，你早被开除了。"

乌娜娜脸红得不行，无法反驳又气得要死："秦宝有病？"

许棠舟也觉得秦宝有点奇怪。

第二天拍戏时，全剧组都知道许棠舟生病了。

许棠舟哪好意思说自己是阿尔法携带素戒断反应，只告诉大家自己感冒了。

肖扬说："难怪昨天我就觉得你的脸色不太好，要不是秦宝昨天拉你那一下上了热搜，我都还不知道。你今天感觉怎么样？"

许棠舟表示自己好多了。

#秦宝 许棠舟#果然上了热搜。

评论都是说两人的关系破冰，两人的关系比想象中要好很多，许棠舟生病了，秦宝还照顾什么的。

乌娜娜更气了："秦宝的心机太深了！我就知道这人没安好心，拍戏的时候故意为难你，然后又装模作样地帮你一把！"

不过许棠舟一生病，这几天拍戏竟然特别顺利，好像所有人知道自己带病拍戏，便开始自觉地配合起来。

秦宝这天和许棠舟依旧没什么交流，两人对手戏不多，在片场遇到了也不会打招呼。头一次在片场这么闲，许棠舟收工后一边看肖扬拍戏偷师，一边玩手机。

许棠舟上 Flow 看前一天的剧照宣发，还把官博下面的评论截图发给凌澈看。

一条条的全是彩虹屁。

许棠舟就是要让凌澈知道，自己好看、好看、好看，重要的事情说三遍。

凌澈一直没有回复。

许棠舟很失落。

自己辜负了的人，跪着也要追回来。

说好了要努力追回自己的阿尔法级，就不能轻易放弃，都告白过了，还有什么不好意思的？

从某种意义上说，自己是第一次谈恋爱，但这不妨碍自己无师自通。

许棠舟又给凌澈发了一条信息："在？网恋吗？一个多月后奔现的那

种。"

凌澈依旧没回复。

许棠舟又发了一条："说不定还可以视频聊天的那种。（狗头）"

凌澈还是没回复。

隔了十几分钟，许棠舟发了最后一条："你前几天开始交往的那个欧米伽级，你还记得吗？"

许棠舟太沮丧了。

晚上肖扬邀请许棠舟去对戏，许棠舟也没什么精神，肖扬以为许棠舟仍然不舒服，便早早就结束了。

许棠舟无精打采地回到房间，脚步虚浮，一来是携带素依赖症还没好，二来是相思病犯了。

乌娜娜陪着许棠舟，刚出电梯就惊讶地道："咦，这层怎么停电了？"

走道黑漆漆的，只有安全出口的应急标志还亮着，就像恐怖片拍摄现场。

许棠舟忽然被人一把拉住胳膊往一旁拖去："谁……唔！"

被人捂住了嘴巴，许棠舟浑身发毛，头皮都炸了。

"不要说话。"黑暗中，低低的一声提醒，嗓音分外耳熟。

那人将许棠舟摁到了墙上，轻轻松松就让许棠舟动弹不得。

阿尔法级淡淡的烈日气息与巨大的体型差，让许棠舟几乎不敢相信发生了什么，刹那间噤了声。

与此同时，四肢百骸流过一阵微妙的酥麻，身体好像迫不及待地想要汲取对方的携带素，身体的认知远比许棠舟的认知更快地认出了对方。

许棠舟的心猛烈地跳了起来："怎么是你？"

是凌澈？

微弱的光亮起，乌娜娜尖叫一声，原来她把手机灯打开后就看到了小安。

两人当然认识，小安将她拉走了，乌娜娜满头雾水地回过头："舟舟呢？舟舟呢？"

小安有些头疼："你小声点，别吵，哥和舟舟在一起呢。你跟我过来……"

两人的声音渐渐远去。

许棠舟一直没有动。

凌澈放开了许棠舟，紧接着，一只骨节分明的大手握住了许棠舟的手，掌心滚烫。

许棠舟听到来人用熟悉的语气在自己耳旁说："崽崽，房卡。"

因为压着音量，凌澈的声音比平日里要沉一些，低低的，带着磁性。

"房、房卡？"

许棠舟的脑子都有点转不动了。

凌澈身上好闻的气息在黑暗中将许棠舟笼罩，手被对方轻轻地握住，指节、指腹那肌肤相触的感觉提醒着许棠舟，两人正十指紧扣。

在什么都看不见的情况下，好似所有的感官都集中在了对方身上。

"嗯。"凌澈似乎是侧低着头的，温热的气息从许棠舟脖颈旁扫过，"先回房再说，你想被监控拍到？"

他这话提醒了许棠舟。

这一层走廊的电力是小安断掉的吧。

线路问题许棠舟搞不懂，可是凌澈出现在这里不能被人看见这点还是明白的。

一只手还被凌澈牵着，许棠舟舍不得放开。

凌澈竟然也没有松开的意思。

许棠舟别扭地用右手从左边口袋里掏出房卡，凌澈拿走了它："哪间？"

凌澈或许已经等了好一会儿了，眼睛比许棠舟更快地适应黑暗。

许棠舟说了房间号，就被凌澈拉着找到房间，迅速地打开了门。

开门，插卡，凌澈一套动作十分熟练。

房间里亮起来的一瞬间，两人都是一怔，气氛有些微妙，随即变得暧昧起来。

许棠舟这才发现凌澈戴着口罩与帽子，这样的打扮表示凌澈是偷偷来的，这叫探班吗？

而从凌澈的角度看来，许棠舟有点傻。

呆呆地站着，一双眼睛就那么定在了凌澈的脸上，因为生病的缘故气色不太好，脸上却染着一团红晕。

两人紧扣的手终于松开了。

凌澈好像并不留恋牵手的那种感觉，开口："傻了？"

掌心骤然空落落的，许棠舟的语气却带着点藏不住的兴奋说："你怎么来了？"

凌澈："前几天刚开始交往的欧米伽级，是不是没想到今晚会奔现？"

许棠舟之前发的那些信息当时不觉得有什么，现在却觉得很尴尬，小学生都比自己的手段厉害一点。

说话间，凌澈已经摘了口罩和帽子，露出那张几天不见就让许棠舟朝思暮想的脸。

他头发乱乱的，看起来风尘仆仆，之前没回许棠舟的信息可能是在飞机上，也有可能是故意不想回。

总之凌澈出现在了这里，出现在离首都一千多公里的影视城，出现在了许棠舟面前。

扔开口罩，凌澈一把将人拉到面前，动作有点粗鲁，接着他一手握住许棠舟的后脑勺，另一只手抚上许棠舟的额头，像对待小孩子一样。

许棠舟吃了药已经好了许多，已经退烧了，但还是出了点虚汗。

凌澈摸到微微的湿意，皱着眉说："怎么突然就感冒了？"

许棠舟没回答，小心翼翼地道："是不是知道我生病了，你就来了？"

凌澈想否认，但看着许棠舟漂亮的眼睛，话到嘴边转了个弯："你觉得呢？"

许棠舟耳根泛红："我觉得是啊，你肯定知道我生病了才来的。"

就说凌澈很喜欢自己了，凌澈还不承认。

短短几天许棠舟就瘦了一圈，看起来又乖又脆弱，好像可以随便欺负。

在《御风》的剧照里许棠舟那么冷，现在又这么软，旁人却都看不见。

没有人知道，许棠舟能甜到这种地步。

许棠舟还是像当初那样看着自己，这样的眼神对凌澈来说无疑是一种撩拨。

凌澈眸色一暗，低头含住了许棠舟的唇。

这个吻太突然了，完全不在预料中，凌澈根本没想过要发展这么快。

他不想先靠近许棠舟，不想做先低头的那一个，除非许棠舟求他。

可冲动之下，他还来不及懊恼，唇瓣相触的一瞬间，触电般的感觉立刻席卷了彼此的大脑皮层。

什么冷静傲慢、步步为营都化成了泡影，只是触碰到对方的唇而已，两人的呼吸就骤然间停止了，对彼此的渴望是如此强烈。

许棠舟好像被吓坏了，脚步凌乱地后退，却被凌澈牢牢抓在怀里，动弹不得。

许棠舟的唇，以前凌澈不知道吻过多少次。

时隔几年后再次吻到，那冲击甚至比第一次更甚，让他几近失控。

凌澈知道自己有点粗暴了，因为许棠舟在颤抖。

许棠舟头皮发麻，眼尾发红，不由自主地抓紧了凌澈的衣襟。

没人能受得了这样的许棠舟。

凌澈呼吸再次一窒，强势深入许棠舟的领地。

许棠舟在梦里不是没和凌澈接过吻。

关于凌澈的，许棠舟什么梦都做过，却觉得远不如现实中一个吻来得刺激。

一吻结束，因体温不断升高，许棠舟的额头都被汗水打湿了。

怀中人汗津津的，眼中水光潋滟。

凌澈额头抵着许棠舟的额头，不敢再继续，哑声道："这么热？"

两人接吻了。

这个认知让许棠舟前所未有的悸动。

好像有了这个吻，两人才算是真的步入了恋爱。

许棠舟心还在咚咚地跳，慌慌张张地应了一声："你、你亲我……我就热。"

凌澈听到这话，几乎咬着牙才抑制住冲动："一身是汗，臭死了。"

分开的这四年，凌澈都是凭本事单身的吧？

许棠舟气得正要骂人，凌澈就在许棠舟额头上亲了一下，温柔地道："还想感冒加重？先去洗个澡，换身干的衣服，你身上湿透了。"

许棠舟认栽。

凌澈一来，还算宽敞的房间就变得很小了。

小安又来过一次，送了些吃的来，原来凌澈还没有吃晚饭。大明星表示这里的饭菜真的很难吃，不是许棠舟不好养。

许棠舟洗完澡换了干净的衣服，再从浴室出来的时候，凌澈已经倒了一杯水，将药也放在杯子旁了。

凌澈正坐在沙发上打电话。

来电者不知道是谁，他微微蹙着眉，姿势懒散，简单地应着。

许棠舟已经吞了药片，忽然就有些手足无措，只好拿起剧本装模作样地看起来。

凌澈却长臂一伸将许棠舟带过去坐好，大手不轻不重地捏着许棠舟的后颈，就像随手抚摸着宠物一样，姿势有点像撸猫。

许棠舟偏偏还觉得很舒服。

凌澈口中道："知道了。"然后他就挂断了电话。

四目相对，许棠舟的目光不由自主地从剧本上移到对方的薄唇上，回想起刚才那个吻，许棠舟害羞了。

许棠舟赶紧别开脸，把视线放回剧本上，不经意地问："是不是雅姐打的？"

司徒雅应该是不喜欢凌澈来探班的。

"是我妈。"凌澈也有点不自然。

按照常理来说，他们两个发展得太快了。

他收回捏着那截后颈的手，正襟危坐，和许棠舟说起家人。

凌澈很少提起家人，也不主动说自己的事。

许棠舟还是头一次听到凌澈说起这些。

凌澈的妈妈是一个贝塔级，据说是官家小姐，但很少在公共场合露面。

凌澈从小就被散养着，又是家中的大少爷，因此养成了桀骜不羁的性格。

凌澈道："后天家里人过生日，她让我回家一趟。"

许棠舟点点头："哦。"

心里却想，后天凌澈就要走了吗？这才刚来呢！

见许棠舟的反应有些冷淡，凌澈发热的头脑冷却了些许。当年两人分手的原因，凌澈没告诉任何人，家里人都不知道凌澈被甩了。

凌家更是没有人把携带素当回事，他们家就是阿尔法级和贝塔级的结合，骨子里就有种对感情的自负，即使当年许棠舟迟迟没有分化，凌澈的妈妈也特别喜欢许棠舟，一口一个"崽崽"地叫着，最近更是追《我们的完美旅行》追得起劲。

其实刚才在电话里，澈妈妈要求凌澈带许棠舟回家。

对于许棠舟失忆一事，凌澈还没有和她说。

许棠舟有点失落，短短几天就消瘦了不少。

凌澈眯着眼睛："你那个助理可以换了，她怎么照顾你的？"

许棠舟心想，这件事可不是乌娜娜的责任，正要开口，门铃就响了。

凌澈松开手，对着门口抬了抬下巴："有人找你。"

许棠舟一头雾水地走到门口，先从猫眼里看了看外面，见门外站着肖扬。

肖扬从来没到过自己的房间来找自己，难道是有什么事？

"是剧组的演员，"许棠舟回头说，"我们刚才还在一起对过戏，不知道是不是工作上的事。"

"对戏？"凌澈眯了眯眼，"那个演卢修的演员？"

许棠舟："是他，他叫肖扬。"

凌澈应该是看过《御风》的官宣了，他"嗯"了一声。

作为顶级巨星出现在这里，麻烦太多了，他勉强挪到从门口看不见的地方，重新换了个位置坐下。

许棠舟有种房间里藏了只大猫的感觉，还是特别傲娇的那种。

许棠舟打开门，自然地挡住了门口："扬哥。"

肖扬微笑着递过来一个袋子："舟舟，刚才对戏的时候我让助理去买了两杯奶茶，忘了给你。"

许棠舟连忙接过来："谢谢！"

"你脸怎么这么红？"对方诧异地问，"还在发烧吗？"

许棠舟连忙否认了："可能是我刚洗完澡，有点热。"

自己的脸很红吗？

肖扬担心地道："今天晚上你要是不舒服就别看剧本了，明天晚上我们再对戏。"

肖扬人很不错，对许棠舟处处提点。

许棠舟点点头，真心实意地道："好的，谢谢扬哥，明晚再约。"

肖扬抬脚要走，却又想起了什么："奶茶刚刚送过来，还是热的，我买的无糖的，你不用担心长胖，喝了之后早点休息。"

门还没关好，许棠舟却不见了。

肖扬震惊了，因为来关门的那个阿尔法级眉眼深邃，自带超强气场，无声地宣示着主权。

短短一瞥，对方就冷着脸关上了门。

肖扬几乎不敢相信自己的眼睛，那是凌澈？

他不敢确定。

可那一丝属于S级阿尔法级的携带素悄然蔓延，让他有点腿软。

这就是……传说中的烈日？

凌澈："真吵。"

门后的许棠舟眼睁睁地看着奶茶被某人拿走："他是不是看见你了？"

凌澈毫不在意："他没有证据。"

说着，他插入吸管喝了一口，嫌弃道："无糖的还这么甜。"

奶茶呈抛物线被扔进了垃圾桶。

许棠舟还圆睁着漂亮的眼睛看着凌澈，满脑子问号。

他吃醋了？

凌澈淡淡地道："你想尝尝？"

许棠舟害羞地点点头。

被凌澈亲一亲，自己就可以公正客观地评价一下这奶茶到底甜不甜了。

凌澈没有感情地说："已经扔了。"

许棠舟心想：好吧，凌澈不懂自己的心。

经过这个小插曲，刚才甜腻的氛围已经化去少许，谈论的话题也不了了之。

凌澈没有再说多余的话，也没有要走的意思，看样子他的"探班"仅限于许棠舟的房间里。许棠舟吃了药有些犯困，却看着床有些犹豫。

酒店的床算是大的，不过比起凌澈家的床还是小了点。

他们今晚要一起睡吗？

凌澈似乎也发现了这一点，但他完全没有心理负担，伸手过来，再次摸了摸许棠舟的额头:"你是不是该睡觉了?"

生病的人要早点休息,这件事还用不着肖扬来提醒。

"我明天早上没戏,"许棠舟决定什么都不问,"可以晚点睡的。"

嘴上这么说着,许棠舟还是乖乖地爬上床盖好被子,只露出一双眼睛:"你想聊天吗?"

凌澈没带行李,便拿了酒店的浴袍:"生病了就少说话。"

他拧开床头灯,准备把大灯关掉。

凌澈走过来的瞬间,许棠舟记起了两人"第一次"见面那天,在费舍酒店的情景。

当时凌澈拔掉了电话线,自己半跪在地上去找线头,凌澈从背后俯下身来确定电话是否占线的时候,一张脸因为讨厌自己这个前任而显得分外冷漠。

像受到蛊惑一般,许棠舟道:"我不是生病了。"

凌澈顿了顿,道:"什么?"

许棠舟一股脑地说了出来:"我是想你想的。"

凌澈在心里骂了句。

他冷静地开口:"崽崽,你是要聊天还是要撩人?"

两个人单独待在一起,本来就容易擦枪走火。

凌澈怀疑高估了自己的自制力,现在不同以往,现在在他面前的是已经发育成熟的许棠舟,不再是那个没有分化出腺体的小孩了。

他应该单独订一间房的。

"是真的,"许棠舟双颊发烧,"你知道携带素依赖吗?"

许棠舟解释道:"我不是感冒,医生来看过了,我没和别人说。医生说我习惯了你的携带素,就出现了类似戒断一样的反应……所以才会这样。"

就两人的契合度,许棠舟怎么会出现携带素依赖?

凌澈假装信了:"只是携带素依赖?"

许棠舟赶紧否认,还拿出手机解锁给他看壁纸:"当然主要是因为想你。"

壁纸上是凌澈演唱会的照片,粉丝拍的高清舞台照,凌澈站在光束中央,脸上的金粉在发光。

"我去对戏的时候不是和肖扬单独在一起的,"许棠舟小声说,"有时候有顾老师在场，顾老师不在，我的助理也在。肖扬人不错，平时也不会来我的房间……我不喜欢他那种类型。没有人知道我们在一起，我就悄悄地想一下你。黄哥说我们之间的差距太大了，现在不能告诉别人，可是我会很努力的。"

因为那个可怕的梦，因为想不起来的过往，许棠舟觉得惴惴不安。

凌澈的到来像不真实的梦。

让许棠舟无法忘怀的是凌澈在梦中的温柔。

许棠舟缓缓讲出自己的想法："我想追上你。"

凌澈发热的大脑终于完全冷却了，现实给了他当头一棒。

他误会了许棠舟在苏里兰说的"喜欢你"，许棠舟从没搞清楚状况到接受得这么快，还主动告白，总归还是和四年前不一样了。

进入娱乐圈的小菜鸟，被偶像的光环吸引，到底是喜欢他这个人还是喜欢他的外在？

许棠舟从头到尾都不记得过去的他，喜欢的也不是本来的他。

他面对的分明是两段截然不同的感情。

百分之十八的契合度哪有什么携带素依赖？

对许棠舟来说，这不过是增进感情的甜蜜小伎俩。

凌澈并不受用，却不可能拆穿，因为不管是哪种喜欢，肤浅也好，崇拜也好，得到总强过得不到。许棠舟的喜欢他通通都要，许棠舟的欢笑也好眼泪也好，只属于他一个人。

凌澈的语气透着危险的气息："如果我没有来，你怎么办？"

许棠舟知道凌澈说的是携带素依赖，自然地道："吃药呀。"

凌澈沉默了几秒。

许棠舟又说："不过你不用为我标注印记，过几天我就好了。"

临时印记存在的时间不长，有了一次就必须有第二次，凌澈不可能一直待在影视城，这点许棠舟还是明白的。

凌澈："……"

谁说不用了？

说着说着，困意袭来，许棠舟已经昏昏欲睡："等我回去了，你就可以为我标注印记。"

凌澈："好。"

不一会儿，许棠舟就睡着了。

凌澈看着许棠舟的脸，不知道想到了什么。

只是标注印记吗？

许棠舟哪里来的自信这么理所当然？

凌澈可不觉得等到了回去的时候，两人会止步于此。

他想要的，远比许棠舟期盼的更多。

翌日。

上午许棠舟在房间休息，下午便去拍戏。

肖扬神色如常，拍戏的时候也和以前一样，甚至没问许棠舟房间里的人到底是不是凌澈。

许棠舟都不知道对方是没看见凌澈，还是像凌澈说的那样"没有证据"。

拍戏的时候，许棠舟就有点心不在焉了。

一想到某人还在房间里待着，就有点金屋藏娇的感觉，许棠舟恨不得马上就拍完戏回去与他卿卿我我。

和上次在凌澈家过夜不同，这天早上许棠舟是在凌澈的怀里醒来的。

那画面，许棠舟想起来就脸红。

从来没有人告诉自己，这世界上有人的睡颜会那么好看，许棠舟醒来后足足愣了十几分钟。

录《我们的完美旅行》时，许棠舟不是没见过凌澈假寐的样子。

可事实上，凌澈真正熟睡的模样看上去比任何时候都要平和得多。

傲慢不羁都收了起来，鼻梁高挺，薄唇轻合，长长的睫毛静静地蛰伏在眼皮底下，要是出现在摄影机里，保证每一帧都令人窒息。

这样的凌澈是我的。

许棠舟忍不住想。

那些秀恩爱的人是怎么想的，许棠舟现在终于明白了，一直憋着真的容易出问题啊！

许棠舟真想直接去凌澈的社交账号下评论：不好意思，凌澈现在在我的床上。

要不是阿尔法级的携带素将许棠舟包裹着,让腺体突突跳,许棠舟估计还会继续看下去。

不过许棠舟可不想一大早就丢脸地流鼻血。

许棠舟一动,就感觉凌澈慢慢醒了。

于是,许棠舟害羞地走开了,洗漱后再回来时,凌澈已经懒散地靠在床沿,开口道:"早。"

许棠舟面红耳赤:"早。"

这天秦宝和许棠舟没有对手戏,却早早到了片场,带着两个助理看许棠舟连续 NG 三次,还问:"你今天怎么样?"

许棠舟:"嗯?"

秦宝又问了一次:"你要是还不舒服,为什么不请假?你这样照样会耽误进度。"

昨天那个热搜众人皆知,这两人在片场也几乎不说话;现场的人大气都不敢出,总觉得两人马上就要打起来了。

肖扬赶紧站出来:"没关系,刚才我状态不对,昨晚我和舟舟对过戏,一会儿就好了。"

许棠舟点点头。

秦宝不冷不热地道:"你开心就好。"说完便大摇大摆地走了。

很快,拍完这一场文戏,许棠舟便收工了。第二天还需要连戏,戏服和道具这些许棠舟都记了一遍,免得第二天拍摄时用错了,这是一个好习惯,是肖扬教的。

现场都收拾得差不多了,许棠舟才急匆匆地回了房间。

乌娜娜这天话很少,想必是被小安说过了。

两个助理,总有一个是比较懂事的。

许棠舟一时之间还有些不习惯,只叫乌娜娜帮忙订餐。

凌澈不能出去,又特别挑食,两人可以在房间里涮火锅。

许棠舟一回房间,就发现凌澈穿戴整齐,正在打电话。

小安也在，看到许棠舟的瞬间便松了口气："舟舟，还好你回来了，我们差点来不及和你打招呼就走了。"

"你们要走？"许棠舟惊讶地道，"怎么了？不是明天才走吗？"

凌澈昨晚打电话时明明这样说的。

小安说："哦，我们要去启……"

"临时有变。"凌澈挂断了电话，淡淡地道。

许棠舟掩不住的失落："我还想着我们几个人一起吃火锅……"

许棠舟悄悄看了凌澈一眼，却发现那双浅棕色的眸子也在看自己，眼神很沉。

小安见状，识趣地离开了房间。

凌澈长臂一伸，便将许棠舟整个人拉进了怀里。

凌澈低着头，哑声道："许棠舟。"

"怎、怎么了？"许棠舟总觉得哪里不太对劲，"是不是出什么事了？"

凌澈的语气很冷。

许棠舟也伸出手环住了对方宽厚的背。

凌澈用手轻轻抚摸许棠舟的后脑勺。

许棠舟那里受过重伤，因此对他的触碰有点敏感，忍不住想要瑟缩。

下一秒，许棠舟感到后颈一阵剧痛，是凌澈直接咬了。

凌澈果真是人狠话不多，完全没有给许棠舟哪怕一点心理准备。

这是第三次，竟比前两次都来得让人腿软。

疼痛过去后，取而代之的是属于阿尔法级和欧米伽级独有的刺激感。

凌澈没有标注印记太久。

许棠舟兀自发着抖，察觉到凌澈在自己后颈上又轻又温柔地舔舐，似乎想修复那咬痕。

两人身体紧紧贴着，这个拥抱因长久而更显得亲密。

一个临时印记完成了。

"我要走了。"

许棠舟看不到凌澈的表情，却能从对方的语气中听出不爽。

这分别也来得太快了。

凌澈来的时候，许棠舟还以为他会待好几天呢，谁知时间一再缩短，分别前的这个拥抱就像偷来的。

凌澈抚摸着许棠舟的脸，轻声道："希望这次能维持得久一点，下次我会慢慢地给你标注印记。"

携带素依赖听起来是个好主意。

频繁地为自己的欧米伽级标注印记，让对方对自己产生生理上与心理上的依赖，试问如何不让一位阿尔法级喜欢。

许棠舟不好意思地说："其实你不用特地这样……我吃药就可以，这样太麻烦你了。"

这样下去，一个月凌澈至少得在两地之间来回两次。

凌澈轻哼道："你不是说你要负责？"

许棠舟："……"

凌澈终于离开了那段温热的脖颈，挑衅般看着许棠舟："我说过，我的易感期很长，你最好乖乖地让我标注印记。"

许棠舟怎么就有点不信呢。

明明凌澈就很想给自己标注印记吧？扯什么易感期！

许棠舟没有拆穿他，红着脸说："我本来就乖乖地让你标注印记了啊！"

让亲，让抱，让印记，他想做什么都可以。

凌澈怎么会不明白。

他只要动动手指，许棠舟就会答应他的任何要求，就像……所有那些喜欢他的人一样，全心全意地把他当成了神。

因此，许棠舟对他到底是哪种喜欢就不那么重要了，因为他想要的，不过也就一个许棠舟。

"还不够，"凌澈语气平淡，"你下次得主动一点。"

许棠舟无语，这还不够主动？

这时，小安轻轻敲了敲门："哥。"

这是在催促了。

凌澈听到了，难得没有骂人，看来是真的不得不走。

当着许棠舟的面，凌澈从口袋里掏出一盒崭新的腺体贴，也不知道是什么时候买的,反正看起来他是对这场印记早就有所准备,根本轮不到许棠舟本人提出要求。

凌澈撕开一张,将许棠舟转了个身。

一回生二回熟,这次他贴得很完美。

许棠舟转回去时,凌澈已经离开了,房间里还残留着他的灼热气息。

这晚,许棠舟和乌娜娜两个人吃的火锅。

"澈神和小安哥走了吗?"乌娜娜回来时看到许棠舟一个人在房间,觉得很意外,"我买了好多菜。"

她全然不知发生了什么,昨晚她被小安带着灌输助理基础经验,早上一起来又被小安叫走,针对她这几天的表现逐一进行分析,本来还以为今晚会被小安继续上课,小本本都买好了。

许棠舟被辣得鼻尖冒汗,精神看上去好了不少,脸上也恢复了神采:"没关系啊,我们慢慢吃。我感觉我可以吞掉一头牛。"

乌娜娜总觉得许棠舟这场感冒一好,整个人比之前还要水润不少。

她感叹道:"澈神人真好,一知道你生病了,时间这么赶还专程来看你,昨天晚上吓我一跳。以前网上还有黑子说你们不熟,这要是被拍到了肯定够打脸的。"

说起昨晚,许棠舟就脸红。

好在两人在吃火锅,勉强把许棠舟脑子里乱七八糟的东西都掩盖住了。

许棠舟:"凌澈当然是世界第一好了。"

所以,自己才要全力以赴,再也不会放手了。

第二天在片场,好几位工作人员和许棠舟打招呼,许棠舟觉得莫名其妙,不知道为什么大家突然这么热情。

化妆的时候,化妆师笑着对许棠舟说:"舟舟,下次澈神什么时候再来探班啊?我可以要一个签名吗?"

这些人怎么知道凌澈来了?难道是肖扬泄露的?

肖扬也在化妆间,忍不住举手作投降状:"真不是我说的!"

当时凌澈的眼神太吓人了,他一个毫无名气的小演员,怎么可能随便乱说凌澈的事。

所以肖扬真的看见了，这还需要什么证据啊！

纸终究包不住火，凌澈到影视城来的这一趟被拍到了。

作为顶级明星，凌澈一出门，就有无数双眼睛盯着。即使他们来之前乔装、换车，还故意绕路，离开影视城时一个不察，还是被机场的人认了出来。

视频画面晃动得非常厉害，可以看见一小波粉丝正在追逐凌澈。

凌澈大步走在前面，拍摄的人跟不上他的步伐，又因为过度兴奋而气喘吁吁。

"澈神！澈神！"

"啊啊啊！"

"哥哥！"

眼看骚乱将起，戴着口罩的小安跟在凌澈后面，不停用手去挡："大家注意影响，私人行程，给点空间！"

粉丝们已经疯了，根本听不进小安的话。

凌澈闷头走路，过于高的个子在人群里特别显眼。

"啊啊啊！凌澈！"

"凌澈！"

"对了对了，舟舟在这里拍戏！"

"啊啊啊，哥哥是不是来探班的？"

凌澈终于停了下来："不然呢？"

他这一搭话，声音好听得让一群人都疯了般尖叫起来。

小安的手伸向镜头，这段视频掐断了。

网上出现了很多人拍摄的照片，都是在同一座机场、同一段路，不同的人从不同的角度拍摄同一个活生生的凌澈，"不然呢"三个字被做成了大大的字幕，后面写着#凌怼神的耿直日常#。

#凌澈探班许棠舟#这个话题在Flow的热搜缓慢爬升，越来越多的粉丝知道了这件事。

"好棒！澈神探班我们崽崽！"

"头一天和秦宝上热搜，隔天就和凌澈上热搜。"

"少阴阳怪气了，朋友生病了，激神去探班很正常吧？"

"啊啊啊！我昨天也去了影视城，为什么没有遇到激神？为什么？"

"舟舟生病了，好心疼。"

"等一下，激神好像从来没探过某人的班。"

"手动@应影帝，（狗头）保命。"

"只有我觉得这句'不然呢'太搞笑了吗？去影视城不是探班还能干吗？哈哈哈哈！"

"哥哥：你们这届粉丝不太聪明啊！"

许棠舟总算明白剧组的人为什么都这么奇怪了。

试问，谁不会唱几首凌澈的歌？凌澈粉丝遍天下，每个人对许棠舟的热情招呼里都有一句和化妆师一模一样的潜台词，"下次激神来探班，可不可以帮我问他要签名"。

化妆师和肖扬开玩笑地聊了几句，问他怎么知道凌澈来了也不说。

肖扬笑呵呵的，没有多做解释。

化妆师手上的动作一顿："舟舟今天忘了撕掉腺体贴？"

欧米伽级都有偶尔暂停使用携带素阻断剂，用腺体贴保养腺体的习惯，演员们也不例外。但为了拍摄方便，演员们都会选择在晚上使用腺体贴，白天则使用阻断剂。

肖扬忍不住看了一眼。

由于是古装戏，化妆师正轻轻拢着许棠舟的长发梳理，也正因为此才发现了许棠舟的腺体贴。

化妆师话音刚落，许棠舟的脖子就迅速泛红到了耳根。

许棠舟说："没有忘，是我的阻断剂用完了，还没来得及买。"

一直穿着能遮住后颈的衣服，连乌娜娜都没发现，自己真的差点忘了这件事。

被标注印记什么的，许棠舟还不想让剧组所有人知道。

化妆师没有起疑，将那长发放下，还说了句："你皮肤好白啊。"

许棠舟不好意思地问："遮得住吧？会不会影响拍摄？"

"不会，"化妆师笑着说，"你头发长，衣领也高，没关系的。"

两人出去的时候，肖扬忽然小声对许棠舟说："别担心，明天化妆师就不会问你了。"

那咬痕两三天才会好，许棠舟刚刚随口一说，根本没想过明天，总不可能到了明天还没买阻断剂。

肖扬眨眨眼："圈子里的人很聪明的，只要不影响工作，某人是你男朋友这种事他们不会乱说的，再说了，除了我，没人敢肯定。"

"开玩笑，"许棠舟装傻，"男朋友那么好玩，一定会影响工作，还好我没有男朋友。"

肖扬微微一笑。

许棠舟："……"

凌澈来探过班的事在剧组里传了两天，连顾老师都对许棠舟说，下次凌澈来的时候想一起吃个饭。之前凌澈创作的几首电影配乐他都很喜欢，他不指望凌澈能给《御风》配乐，就是欣赏这个年轻人而已。

许棠舟把这件事告诉了凌澈。

凌澈对顾小山有所耳闻，大多都是从应宸和司徒雅那里了解到的。

拍顾小山的戏，即使是配角，也对以后的演艺生涯有所裨益。

凌澈便同意了。

没聊几句，凌澈便一个视频通话打了过来。

许棠舟还穿着戏服，戴着假发，这扮相，很容易让人联想到从画中走出来的人物，凌澈心里的浮躁和烦闷也因此一扫而空。

"咦，你在哪里啊？"许棠舟先开口。

凌澈那边不像是在他自己的房子里，却也是在室内。

装修的风格完全不一样，许棠舟能看见凌澈背后做了满墙的书架，还有略显凌乱的 CD 架、靠墙的 keyboard。

许棠舟猜测这是凌澈位于半山宓园的那个家。

那里一直很神秘，凌澈从来没对外公布过，是属于凌澈不可触碰的底线。

凌志的生日刚过，凌澈应该还没走。

果然，凌澈回道："在家里，今晚留宿。"

许棠舟好奇地道:"这是不是你的房间?我看见你的东西了。"

凌澈穿着黑色T恤,难得有了些居家大男孩的气息,身上那股凌厉褪去不少,想来是在家里的缘故。

这几天凌澈好像都很忙,那晚分别以后,这还是两人第一次视频。

"嗯。"听到许棠舟这么问,凌澈的表情微变,他应道,"是我房间,怎么?你想看?"

许棠舟来了兴趣:"可以吗?"

凌澈从小生活的地方会是什么样子的呢?

凌澈沉声道:"不可以,这里不对外开放。"

许棠舟:你们阿尔法级谈恋爱的方式真是别具一格。

"让我看看,"许棠舟脸皮变厚了,"你的房间一看就适合睡觉。"

凌澈:"好好说话。"

作为学渣,许棠舟还有下一句:"那么多书,光是看封面就能把我催眠了。"

凌澈似乎考虑了一下,还是给许棠舟看了。

他不是一个善于介绍的人,给许棠舟参观,也只是把手机的镜头换到后置,快速又随意地在房间里扫了一圈。

床、书架、乐器,还有落地窗与书桌,房间足够大,镜头隐约还掠过了天花板上的吊扇。

这是一个很有年代感,却不容易过时又充满生活气息的房间。

画面里的许棠舟忽然怔住了。

凌澈轻笑一声,将对方的画面放大:"睡着了?"

他的语气比以往温柔。

许棠舟依旧怔愣着,连眼睛都忘了眨。

凌澈皱起眉,以为是网络延迟,便先挂断了视频。

屏幕一黑,许棠舟整个人蓦地放松了下来,捏着手机趴在膝盖上小口喘气。

同组的演员正巧进了休息室拿东西,看见许棠舟这样,关心地问:"舟舟,你没事吧?"

许棠舟一句话都说不出来,连凌澈重新打过来的视频通话都没有接。

怎么可能没事?

许棠舟认出凌澈的房间了——落地窗、书桌、吊扇,还有窗外影影绰绰的树木,分明是自己梦里出现过无数次的场景。

自己和凌澈在落地窗前接过吻,在书桌前做过试卷,在梦里,这里的一切都早已熟悉。

那是不是说明,那次年会后送凌澈回家时,自己看着自行车道出现的画面,那踩着脚踏的帆布鞋、车筐里的雏菊,还有路旁的垂柳,都是真真切切发生过的?

自己早就去过凌澈的家。

凌澈早就对自己无条件开放了。

许棠舟还记得靠墙的 keyboard,有人在那里弹过几个音符。

好像是刚吵过架,许棠舟哭兮兮的,声音还带着鼻音:"你是不是用琴在骂我笨蛋?"

那个人继续弹着音符。

许棠舟气道:"你还学我说话?!"

那个人发出闷笑。

许棠舟被嘲讽了,气得恨不得撕了卷子,那么多,怎么做都做不完,怎么做都不及格,不做了,反正自己一点也不想念书!

好像过了很久,那个人又弹了几个音,害得许棠舟的心跳刹那间加快了。

可是来不及分辨那是什么,记忆就戛然而止,变成一片空白。

许棠舟的头疼得快炸开了。

凌澈重新打了两次视频通话,许棠舟都没有接。

他正要直接打电话过去,就听到有人敲门。

应宸打开门探进半个身子:"你躲在这里干什么?"

凌澈淡淡地道:"很久没回来了,进来随便看看。"

应宸见他拿着手机,便问:"聊着呢?"

凌澈:"没。"

应宸推门进来,他身上还穿着黑色西服,略微带了些酒气,凌志的生日宴会他既然来参加了,就逃不过一番推杯换盏。谁叫他潇洒风流,比另一个大明星要平易近人得多，自然更讨人们喜爱。

好不容易才推开一群莺莺燕燕，又碰到生意场上的大佬和他谈论什么金融投资，还是凌澈的妈妈时芊宓帮他脱身，说凌澈在房间里有事找他，叫他快去。

凌澈的房间应宸自然知道，可是他到了房间，却不见凌澈的人影。

他随手拦了一个凌家的用人，对方告诉他，凌澈在以前的房间。

凌澈早就搬到新的房间住了，以前的房间多年不用，里面只保存着一些他年少时的物件。至于为什么在自己家里还要搬来搬去这么麻烦，不过是触景伤情罢了。

应宸粗略扫了一圈，这房间果真有点年代感："你以前就是在这里给你的小前任补课，顺便吃点豆腐？"

照凌澈的说法，以前每逢假期都会把人接到这里来，美其名曰补课，实际上是陪小孩玩罢了。

啧，论会玩，他比不过某人。

凌澈随手抓起抱枕就扔了过来，应宸身姿轻盈地躲开了。

应宸正色道："得了，我还看不出来你心情不好？整天拉着个脸，晚上还跑过来睹物思人，你俩前天的热搜不是很恩爱吗？怎么了？"

凌澈坐在沙发上，眉目间有些严肃："我昨天去了启南一趟。"

应宸等着下半句，那谁就是来自启南市，他知道，可却不知道这两人在玩什么把戏。

"少露出那种眼神，"凌澈抬起眼皮看了他一眼，"是真失忆，不是假失忆。"

检查报告凌澈看了，是高价从医院买来的，诊断结果写得很清楚。

司徒雅之前的猜测害他调查时走了弯路，许棠舟失忆的原因和什么印记清洗手术半点关系也没有。

简单聊了两句，应宸听到许棠舟失忆的原因也很诧异。

站在朋友的角度，他先前还猜测许棠舟别有用心，谁知是误会，便开始正视这件事了——至少凌澈没有被爱情蒙蔽双眼。

他坐下来问："你调查许棠舟？"

凌澈不否认："嗯。"

凌澈的调查方向当然不是许棠舟是不是真的失忆，而是另一个连应宸都能猜到的原因。

应宸收起轻佻，有点头疼地说："爱情使人盲目，你这纯属单方面找虐。"

未等凌澈开口，应宸又说："知道许棠舟和前任的事对你来说没有任何好处。对方就是千般万般不如你，但仅凭契合度那一点就赢了。"

凌澈不会不知道这一点。

当初许棠舟甩了他，不为别的，就因为那百分之十八的契合度。

仅凭这个数字，他就输得彻底。

应宸非常不能理解，怎么会有人在爱情里卑微到这种地步，更不要提那个犯傻的人竟然会是凌澈。

这种事要是被凌澈的粉丝知道了，许棠舟还不得被骂死。

明知道越查越受伤，凌澈还是忍不住想知道对方的一切。

而许棠舟什么都不记得了，那些嫉妒、不甘和痛苦便压在了凌澈一个人身上。

"何必呢？"应宸道，"反正许棠舟也想不起来，你俩现在在一起不就够了？这回许棠舟总归逃不出你的手掌心。契合度低就多标注印记，没事就黏在一起，你现在不是贯彻得很好？"

凌澈意外地有些沉默。

应宸忍不住道："谈个恋爱而已，你别那么投入行不行？"

凌澈开口道："迟了。"

话说到这个份上，凌澈打住了话题，不打算继续讲下去了："你要走了？"

"差不多该走了吧。"应宸也点到即止，不再说下去。

再说下去也改变不了什么，凌澈的心思旁人难以改变，两人之间这点默契还是有的，他站起来抬腕看表："干吗？哥哥今天陪你一天还不够，舍不得我走？"

凌澈冷漠无情地踹过去："滚。"

应宸失笑："没你这样的，你倒是轰轰烈烈地探完班，得到了满足，我还空虚着呢。"

应影帝完全就是流氓一个。

凌澈还是提醒他:"注意点,少去玩。"

应宸道:"你这样就不对了,首先,我本人特别洁身自好;其次,我最近认识的那个小朋友可是有趣得很,非常与众不同。"

凌澈对此表示怀疑。

应宸不得不说明:"你别不信,说起来那人还是许棠舟的室友,两人一起住了四年。"

那个学医的欧米伽级?

凌澈的眼神一下子变得很复杂:"那是非常与众不同,我怎么没看出来你有这种嗜好。"

那个欧米伽级比应宸小好几岁,还在医院实习。

应宸站起来整理好衣服,语气有点飘:"彼此彼此,排名两万开外的欧米伽级也敢追,澈神你也挺独特。"

顿了一下,应宸又说:"你慢慢惆怅,人家还在等我吃夜宵,先走了。"

刚走到门口,应宸又站住:"喂,你要不要去?没什么烦恼是喝一杯不能解决的,如果不能,就喝两杯,哥陪你。"

凌澈表情怪异:"不去。"

自己又不是有病。

许棠舟在片场头疼得差点昏过去,乌娜娜发现得及时,找医生来看了却查不出原因。

足足休息了一个小时,许棠舟才勉强从头疼中缓过来,但那些渐渐回想起来的记忆却无法再进一步了,甚至最后一点已经记起来的也变得很模糊。

凌澈连续打了好几个电话过来,许棠舟不敢说出真实原因,只说在拍戏,没有时间接电话。

不知怎的,许棠舟觉得凌澈好像也有事情瞒着自己。

两人交往不久,彼此都很小心翼翼。

可是许棠舟能感觉到,凌澈是用心地在维护这段感情的,否则他也不会不远千里赶过来,就为了见自己一面。

可是两人之间却始终像隔着一层纱，到底是因为什么，两人都心知肚明。

许棠舟没有勇气去面对过去的自己，好像只要不承认自己知道事实，那些就可以当作没有发生过——虽然知道这样是不对的。

自己只是真的不想失去凌澈。

这次许棠舟生病后，有许多粉丝在许棠舟的 Flow 留言，米非也打电话来询问情况，聊到最后，米非说："对了，你还记不记得我们录节目的时候，我跟你提起的事？"

许棠舟："什么？"

米非笑道："我说你会成为 Mist 的代言人啊，上一个代言人合约到期了，我朋友在 Mist 工作，说现在品牌方手里有好几个合适欧米伽级人选，其中你的评价很高。"

许棠舟很惊讶："真的？会有我吗？"

米非说："嗯，内部消息。如果不出意外，下期节目播出后，黄哥就会和你谈了。"

"为什么是下一期？"许棠舟不明白，"还有，他们为什么会看中我？"

"你看上期的节目进度，下一期不是正好应该播到你的阻断剂不见了？"米非说，"我们这一季节目的关注度太高了。"

原因大家都懂，事实也是真的如此。

《我们的完美旅行》进行到第三季，早在第一期就收视率极高，不仅超越了前两季，还打破了有史以来所有综艺节目的收视纪录。

首先是因为凌澈，从来没参加过综艺节目的顶级巨星的首秀便是最大的噱头，多少人是冲着他去看的。

其次便是因为夏氏姐妹，欧米伽级装成贝塔级，震惊娱乐圈。

最后是陆承安为爱守身，陆米 CP 的绝美爱情了。

每组嘉宾的话题量都大得惊人，这次宝芬尼独家赞助赚得盆满钵满。而许棠舟作为模特拍摄过广告并亲自试用的 Mist 阻断剂，什么都没做就得到了最大的广告效应。

代言人会倾向谁便可想而知了。

许棠舟还觉得有些不可置信。

Mist 不是小品牌，而是在世界范围内都很流行的大品牌携带素阻断剂，想成为它的全国代言人的明星不在少数。

果然，米非告诉许棠舟："秦宝也是候选人之一。我觉得秦宝应该争不过你，这次的代言八九不离十是你的。"米非说着笑了起来，"舟舟，你已经 C 位出道了。"

得知这个消息后，许棠舟每次在片场遇到秦宝，总觉得对方怪怪的。

这天有一场外景戏，是宋摇与颜星渊外出查探小青山灭门真相，两人策马驰骋的场面。

五月了，午后的天气有些闷热。

因为是古装剧，头套、戏服和妆容本来已经很烦琐，长时间暴露在太阳之下，演员们都有点吃不消。一场戏拍完，工作人员便招呼大家喝下午茶。

是秦宝请的。

影视城里有不少甜品店，秦宝出手大方，人人有份。

现场顿时嘈杂起来，秦宝的两名助理负责把饮料甜品等分发给每一个演员和工作人员，沁人心脾的冰冻甜点一到手，所有人都眉开眼笑。

许棠舟正在喂马，便将送过来的那份甜点暂时放在一旁。乌娜娜检查过了，甜点里面有桑葚，许棠舟不能吃。

不过一两分钟工夫，秦宝的助理便主动来道歉了。

"不好意思，"那个助理抱歉地说，"我不知道您对浆果过敏，还好您还没吃，我马上去换一份。"

许棠舟觉得奇怪，秦宝的助理怎么会知道这一点。

那个助理说："还是我们秦宝心细提醒我，真的不好意思。"

说完，对方就走了。

乌娜娜都震惊了："秦宝怎么知道的？"

许棠舟也非常意外，抬头在片场扫一圈，正好看到不远处坐在遮阳伞下的人。仿佛心有灵犀般，秦宝忽然侧过头，朝这边看了一眼，眼神很平淡。

许棠舟："……"

难不成，秦宝知道两人都是 Mist 代言人的候选者，所以才对自己特别关注？

这个疑问一直憋在心里，收工时许棠舟终于忍不住了。

拍外景难免会劳师动众，演员们分别坐了两辆剧组的车，许棠舟来时并没有和秦宝坐同一辆。返程时，许棠舟特地上了秦宝所在的那辆车，对方一看见许棠舟就别过了脸。

气氛有些尴尬。

许棠舟其实根本不想有什么对家，由于没和认识的人结过仇，自然也不知道要怎么解。

不过许棠舟话还是敢问的："那个，今天下午，你为什么知道我对浆果过敏？"

许棠舟的脸都红了。

要是秦宝不愿意回答，许棠舟还真的不知道怎么办。

好在秦宝回答了，却正眼都没给许棠舟一个："你和我说过。"

许棠舟："什么？"

等一下，秦宝先是关心自己的身体，又是担心自己过敏……自己和秦宝不会早就认识吧？

两人年纪相仿，都是欧米伽级，是最重要的一点，两人在转行前都是模特，试问年纪相仿又稍微有点名气的模特真的会不认识对方吗？两人说不定还走过同一场秀。

自己以前怎么没想到？

没等到回应，秦宝看了许棠舟一眼，硬邦邦地说："你不想搭理我，不代表我想看你遭殃。再怎么说我以前也把你当成最好的朋友，这回算我还你人情了，以后互不相欠。"

许棠舟呆住了，好一会儿才干巴巴地开口："我们、我们以前认识啊？"

秦宝猛地愣住，气得站起来就要走。

许棠舟："等一下！"

秦宝："怎么？"

许棠舟："我说我失忆了，你信吗？"

秦宝说："我看起来像白痴？"

许棠舟欲哭无泪:"真的,我真的失忆了。"

秦宝皱起眉,脸因为气愤还是红的:"那你说,我看你能编出个什么花来。"

两个欧米伽级在车里面面相觑。

许棠舟下意识地摸着自己的后脑勺:"四年前我这里受过重伤,十二岁以后的事差不多都忘了。"

秦宝连珠炮般问:"什么伤?怎么弄的?你爸酒后打你了?那么巧就忘了十二岁以后的事?"

许棠舟这下确定两人真的认识了,许尉爱喝酒这件事自己不会随便和人说。

许棠舟不知道先答哪一个,只好道:"我爸才不打人……"

秦宝眼里是不加掩饰的质疑:"你现在和凌澈在一起前途光明,看不起我、不想理我也很正常,不用找理由。"

许棠舟:"……"

秦宝顿了顿,试图用扎心窝的话去戳许棠舟,好像戳痛了对方才舒服:"那你口口声声最爱的哥哥呢?说什么一分化就要和对方结婚,现在早就把对方甩了吧?我真替他不值。"

许棠舟怔住:"哥哥?"

秦宝不屑地道:"比你大四岁,每逢假期都来接你,每天给你打电话,经常亲你,特别宠你的那个阿尔法级。"

秦宝一度怀疑这些是许棠舟编出来的。

许棠舟的心猛地跳动起来,心跳声冲击着耳膜,眼睛一下子就亮了。

秦宝是老天爷派来拯救自己的吧?

(第一册完)